Johanna Spyri

Heidis Lehr- und Wanderjahre

Heidi kann brauchen,

was es gelernt hat

Beide Bände in einem Buch

Johanna Spyri: Heidis Lehr- und Wanderjahre / Heidi kann brauchen, was es gelernt hat. Beide Bände in einem Buch

Heidis Lehr- und Wanderjahre:
Erstdruck (anonym): Gotha (Justus Perthes) 1880.
Heidi kann brauchen, was es gelernt hat:
Erstdruck: Gotha (Justus Perthes) 1881.

Vollständige Neuausgabe mit einer Biographie der Autorin
Herausgegeben von Karl-Maria Guth
Berlin 2015

Der Text dieser Ausgabe folgt:
Johanna Spyri: Heidis Lehr- und Wanderjahre, Zürich: Diogenes, 1978.
Johanna Spyri: Heidi kann brauchen, was es gelernt hat, Zürich: Diogenes, 1978.

Die Paginierung obiger Ausgaben wird hier als Marginalie zeilengenau mitgeführt.

Umschlaggestaltung von Thomas Schultz-Overhage unter Verwendung des Bildes: Jessie Willcox Smith, Heidi, 1930

Gesetzt aus Minion Pro, 11 pt

Die Sammlung Hofenberg erscheint im
Verlag der Contumax GmbH & Co. KG, Berlin
Herstellung: BoD – Books on Demand, Norderstedt

Die Ausgaben der Sammlung Hofenberg basieren auf zuverlässigen Textgrundlagen. Die Seitenkonkordanz zu anerkannten Studienausgaben machen Hofenbergtexte auch in wissenschaftlichem Zusammenhang zitierfähig.

ISBN 978-3-8430-9760-4

Bibliografische Information der Deutschen Nationalbibliothek

Die Deutsche Nationalbibliothek verzeichnet diese Publikation in der Deutschen Nationalbibliografie; detaillierte bibliografische Daten sind im Internet über www.dnb.de abrufbar.

Inhalt

Heidis Lehr- und Wanderjahre

Zum Alm-Öhi hinauf

Vom freundlichen Dorfe Maienfeld führt ein Fußweg durch grüne, baumreiche Fluren bis zum Fuße der Höhen, die von dieser Seite groß und ernst auf das Tal herniederschauen. Wo der Fußweg anfängt, beginnt bald Heideland mit dem kurzen Gras und den kräftigen Bergkräutern dem Kommenden entgegenzuduften, denn der Fußweg geht steil und direkt zu den Alpen hinauf.

Auf diesem schmalen Bergpfade stieg am hellen, sonnigen Junimorgen ein großes, kräftig aussehendes Mädchen dieses Berglandes hinan, ein Kind an der Hand führend, dessen Wangen so glühend waren, daß sie selbst die sonnverbrannte, völlig braune Haut des Kindes flammendrot durchleuchteten. Es war auch kein Wunder: das Kind war trotz der heißen Junisonne so verpackt, als hätte es sich eines bitteren Frostes zu erwehren. Das kleine Mädchen mochte kaum fünf Jahre zählen; was aber seine natürliche Gestalt war, konnte man nicht ersehen, denn es hatte sichtlich zwei, wenn nicht drei Kleider übereinander angezogen und drüberhin ein großes, rotes Baumwollentuch um und um gebunden, so daß die kleine Person eine völlig formlose Figur darstellte, die, in zwei schwere, mit Nägeln beschlagene Bergschuhe gesteckt, sich heiß und mühsam den Berg hinaufarbeitete. Eine Stunde vom Tal aufwärts mochten die beiden gestiegen sein, als sie zu dem Weiler kamen, der auf halber Höhe der Alm liegt und »im Dörfli« heißt. Hier wurden die Wandernden fast von jedem Hause aus angerufen, einmal vom Fenster, einmal von einer Haustür und einmal vom Wege her, denn das Mädchen war in seinem Heimatsort angelangt. Es machte aber nirgends Halt, sondern erwiderte alle zugerufenen Grüße und Fragen im Vorbeigehen, ohne stillzustehen, bis es am Ende des Weilers bei dem letzten der zerstreuten Häuschen angelangt war. Hier rief es aus einer Tür: »Wart einen Augenblick, Dete, ich komme mit, wenn du weiter hinaufgehst.«

Die Angeredete stand still; sofort machte sich das Kind von ihrer Hand los und setzte sich auf den Boden.

»Bist du müde, Heidi?« fragte die Begleiterin.

»Nein, es ist mir heiß«, entgegnete das Kind.

»Wir sind jetzt gleich oben, du mußt dich nur noch ein wenig anstrengen und große Schritte nehmen, dann sind wir in einer Stunde oben«, ermunterte die Gefährtin.

Jetzt trat eine breite, gutmütig aussehende Frau aus der Tür und gesellte sich zu den beiden. Das Kind war aufgestanden und wanderte nun hinter den zwei alten Bekannten her, die sofort in ein lebhaftes Gespräch gerieten über allerlei Bewohner des »Dörfli« und vieler umherliegender Behausungen.

»Aber wohin willst du eigentlich mit dem Kinde, Dete?« fragte jetzt die neu Hinzugekommene. »Es wird wohl deiner Schwester Kind sein, das hinterlassene.«

»Das ist es«, erwiderte Dete, »ich will mit ihm hinauf zum Öhi, es muß dort bleiben.«

»Was, beim Alm-Öhi soll das Kind bleiben? Du bist, denk' ich, nicht recht bei Verstand, Dete! Wie kannst du so etwas tun! Der Alte wird dich aber schon heimschicken mit deinem Vorhaben!«

»Das kann er nicht, er ist der Großvater, er muß etwas tun, ich habe das Kind bis jetzt gehabt, und das kann ich dir schon sagen, Barbel, daß ich einen Platz, wie ich ihn jetzt haben kann, nicht dahinten lasse um des Kindes willen; jetzt soll der Großvater das Seinige tun.«

»Ja, wenn der wäre wie andere Leute, dann schon«, bestätigte die kleine Barbel eifrig; »aber du kennst ja den. Was wird der mit einem Kinde anfangen und dann noch einem so kleinen! Das hält's nicht aus bei ihm! Aber wo willst du denn hin?«

»Nach Frankfurt«, erklärte Dete, »da bekomm' ich einen extraguten Dienst. Die Herrschaft war schon im vorigen Sommer unten im Bad, ich habe ihre Zimmer auf meinem Gang gehabt und sie besorgt, und schon damals wollten sie mich mitnehmen, aber ich konnte nicht fortkommen, und jetzt sind sie wieder da und wollen mich mitnehmen, und ich will auch gehen, da kannst du sicher sein.«

»Ich möchte nicht das Kind sein!« rief die Barbel mit abwehrender Gebärde aus. »Es weiß ja kein Mensch, was mit dem Alten da oben ist! Mit keinem Menschen will er etwas zu tun haben, jahraus, jahrein setzt er keinen Fuß in eine Kirche, und wenn er mit seinem dicken Stock im Jahr einmal herunterkommt, so weicht ihm alles aus und muß sich vor ihm fürchten. Mit seinen dicken grauen Augenbrauen und dem furchtbaren Bart sieht er auch aus wie ein alter Heide und Indianer, daß man froh ist, wenn man ihm nicht allein begegnet.«

»Und wenn auch«, sagte Dete trotzig, »er ist der Großvater und muß für das Kind sorgen, er wird ihm wohl nichts tun, sonst hat er's zu verantworten, nicht ich.«

»Ich möchte nur wissen«, sagte die Barbel forschend, »was der Alte auf dem Gewissen hat, daß er solche Augen macht und so mutterseelenallein da droben auf der Alm bleibt und sich fast nie blicken läßt. Man sagt allerhand von ihm; du weißt doch gewiß auch etwas davon, von deiner Schwester, nicht, Dete?«

»Freilich, aber ich rede nicht; wenn er's hörte, so käme ich schön an!«

Aber die Barbel hätte schon lange gern gewußt, wie es sich mit dem Alm-Öhi verhalte, daß er so menschenfeindlich aussehe und da oben ganz allein wohne und die Leute immer so mit halben Worten von ihm redeten, als fürchteten sie sich, gegen ihn zu sein, und wollten doch nicht für ihn sein. Auch wußte die Barbel gar nicht, warum der Alte von allen Leuten im Dörfli der Alm-Öhi genannt wurde, er konnte doch nicht der wirkliche Oheim von den sämtlichen Bewohnern sein; da aber alle ihn so nannten, tat sie es auch und nannte den Alten nie anders als Öhi, was die Aussprache der Gegend für Oheim ist. Die Barbel hatte sich erst vor kurzer Zeit nach dem Dörfli hinauf verheiratet, vorher hatte sie unten im Prättigau gewohnt, und so war sie noch nicht so ganz bekannt mit allen Erlebnissen und besonderen Persönlichkeiten aller Zeiten vom Dörfli und der Umgegend. Die Dete, ihre gute Bekannte, war dagegen vom Dörfli gebürtig und hatte da gelebt mit ihrer Mutter bis vor einem Jahr; da war diese gestorben, und die Dete war nach dem Bade Ragaz hinübergezogen, wo sie im großen Hotel als Zimmermädchen einen guten Verdienst fand. Sie war auch an diesem Morgen mit dem Kinde von Ragaz hergekommen; bis Maienfeld hatte sie auf einem Heuwagen fahren können, auf dem ein Bekannter von ihr heimfuhr und sie und das Kind mitnahm. – Die Barbel wollte also diesmal die gute Gelegenheit, etwas zu vernehmen, nicht unbenutzt vorbeigehen lassen; sie faßte vertraulich die Dete am Arm und sagte: »Von dir kann man doch vernehmen, was wahr ist und was die Leute darüber hinaus sagen; du weißt, denk' ich, die ganze Geschichte. Sag mir jetzt ein wenig, was mit dem Alten ist und ob der immer so gefürchtet und ein solcher Menschenhasser war.«

»Ob er immer so war, kann ich, denk' ich, nicht präzis wissen, ich bin jetzt sechsundzwanzig und er sicher siebzig Jahr' alt; so hab' ich ihn nicht gesehen, wie er jung war, das wirst du nicht erwarten. Wenn ich aber wüßte, daß es nachher nicht im ganzen Prättigau herumkäme, so könnte ich dir schon allerhand erzählen von ihm; meine Mutter war aus dem Domleschg und er auch.«

15 »A bah, Dete, was meinst denn?« gab die Barbel ein wenig beleidigt zurück; »es geht nicht so streng mit dem Schwatzen im Prättigau, und dann kann ich schon etwas für mich behalten, wenn es sein muß. Erzähl mir's jetzt, es muß dich nicht gereuen.«

»Ja nu, so will ich, aber halt Wort!« mahnte die Dete. Erst sah sie sich aber um, ob das Kind nicht zu nah sei und alles anhöre, was sie sagen wollte; aber das Kind war gar nicht zu sehen, es mußte schon seit einiger Zeit den beiden Begleiterinnen nicht mehr gefolgt sein, diese hatten es aber im Eifer der Unterhaltung nicht bemerkt. Dete stand still und schaute sich überall um. Der Fußweg machte einige Krümmungen, doch konnte man ihn fast bis zum Dörfli hinunter übersehen, es war aber niemand darauf sichtbar.

»Jetzt seh' ich's«, erklärte die Barbel; »siehst du dort?« und sie wies mit dem Zeigefinger weit ab vom Bergpfad. »Es klettert die Abhänge hinauf mit dem Geißenpeter und seinen Geißen. Warum der heut' so spät hinauffährt mit seinen Tieren? Es ist aber gerad' recht, er kann nun zu dem Kinde sehen, und du kannst mir um so besser erzählen.«

»Mit dem Nach-ihm-Sehen muß sich der Peter nicht anstrengen«, bemerkte die Dete; »es ist nicht dumm für seine fünf Jahre, es tut seine Augen auf und sieht, was vorgeht, das hab' ich schon bemerkt an ihm, und es wird ihm einmal zugut' kommen, denn der Alte hat gar nichts mehr als seine zwei Geißen und die Almhütte.«

»Hat er denn einmal mehr gehabt?« fragte die Barbel.

»Der? Ja, das denk' ich, daß er einmal mehr gehabt hat«, entgegnete eifrig die Dete; »eins der schönsten Bauerngüter im Domleschg hat er gehabt. Er war der ältere Sohn und hatte nur noch einen Bruder, der war still und ordentlich. Aber der Ältere wollte nichts tun, als den Herrn 16 spielen und im Lande herumfahren und mit bösem Volk zu tun haben, das niemand kannte. Den ganzen Hof hat er verspielt und verzecht, und wie es herauskam, da sind sein Vater und seine Mutter hintereinander gestorben vor lauter Gram, und der Bruder, der nun auch am Bettelstab war, ist vor Verdruß in die Welt hinaus, es weiß kein Mensch wohin, und der Öhi selber, als er nichts mehr hatte als einen bösen Namen, ist auch verschwunden. Erst wußte niemand wohin, dann vernahm man, er sei unter das Militär gegangen nach Neapel, und dann hörte man nichts mehr von ihm zwölf oder fünfzehn Jahre lang. Dann auf einmal erschien er wieder im Domleschg mit einem halberwachsenen Buben und wollte diesen in der Verwandtschaft unterzubringen suchen. Aber es schlossen sich alle Türen vor ihm, und keiner wollte mehr etwas von ihm wissen. Das erbitterte ihn sehr; er sagte: ins Domleschg setze er keinen Fuß mehr, und dann kam er hierher ins Dörfli und lebte da mit dem Buben. Die Frau muß eine Bündnerin gewesen sein, die er dort unten getroffen und dann bald wieder verloren hatte. Er mußte noch etwas Geld haben, denn er ließ den Buben, den Tobias, ein Handwerk erlernen, Zimmermann, und der war ein ordentlicher Mensch und wohlgelitten bei allen Leuten im Dörfli. Aber dem Alten traute keiner, man sagte auch, er sei von Neapel desertiert, es wäre ihm sonst schlimm gegangen, denn er habe einen erschlagen, natürlich nicht im Krieg, verstehst du, sondern beim Raufhandel. Wir anerkannten aber die Verwandtschaft, da meiner Mutter Großmutter mit seiner Großmutter Geschwisterkind gewesen war. So nannten wir ihn Öhi, und da wir fast mit allen Leuten im Dörfli wieder verwandt sind vom Vater her, so nannten ihn diese alle auch Öhi, und seit er dann auf die Alm hinaufgezogen war, hieß er eben nur noch der ›Alm-Öhi‹.«

»Aber wie ist es dann mit dem Tobias gegangen?« fragte gespannt die Barbel.

»Wart nur, das kommt schon, ich kann nicht alles auf einmal sagen«, erklärte Dete. »Also der Tobias war in der Lehre draußen in Mels, und sowie er fertig war, kam er heim ins Dörfli und nahm meine Schwester zur Frau, die Adelheid, denn sie hatten sich schon immer gern gehabt, und auch wie sie nun verheiratet waren, konnten sie's sehr gut zusammen. Aber es ging nicht lange. Schon zwei Jahre nachher, wie er an einem Hausbau mithalf, fiel ein Balken auf ihn herunter und schlug ihn tot. Und wie man den Mann so entstellt nachhause brachte, da fiel die Adelheid vor Schrecken und Leid in ein heftiges Fieber und konnte sich nicht mehr erholen, sie war sonst nicht sehr kräftig und hatte manchmal so eigene Zustände gehabt, daß man nicht recht wußte, schlief sie, oder war sie wach. Nur ein paar Wochen, nachdem der Tobias tot war, begrub man auch die Adelheid. Da sprachen alle Leute weit und breit von dem traurigen Schicksal der beiden, und leise und laut sagten sie, das sei die Strafe, die der Öhi verdient habe für sein gottloses Leben, und ihm selbst wurde es gesagt und auch der Herr Pfarrer redete ihm ins Gewissen, er sollte doch jetzt Buße tun, aber er wurde nur immer grimmiger und verstockter und redete mit niemandem mehr, es ging ihm auch jeder aus dem Wege. Auf einmal hieß es, der Öhi sei auf die Alm hinaufgezogen und komme gar nicht mehr herunter, und seither ist er dort und lebt mit Gott und Menschen im Unfrieden. Das kleine Kind der Adelheid nahmen wir zu uns, die Mutter und ich; es war ein Jahr alt. Wie nun im letzten Sommer die Mutter starb und ich im Bad drunten etwas verdienen wollte, nahm ich es mit und gab es der alten Ursel oben im Pfäfferserdorf an die Kost. Ich konnte auch im Winter im Bad bleiben, es gab allerhand Arbeit, weil ich zu nähen und flicken verstehe, und früh im Frühling kam die Herrschaft aus Frankfurt wieder, die ich voriges Jahr bedient hatte und die mich mitnehmen will; übermorgen reisen wir ab, und der Dienst ist gut, das kann ich dir sagen.«

»Und dem Alten da droben willst du nun das Kind übergeben? Es nimmt mich nur wunder, was du denkst, Dete«, sagte die Barbel vorwurfsvoll.

»Was meinst du denn?« gab Dete zurück. »Ich habe das Meinige an dem Kinde getan, und was sollte ich denn mit ihm machen? Ich denke, ich kann eines, das erst fünf Jahre alt wird, nicht mit nach Frankfurt nehmen. Aber wohin gehst du eigentlich, Barbel, wir sind ja schon halbwegs auf der Alm?«

»Ich bin auch gleich da, wo ich hin muß«, entgegnete die Barbel; »ich habe mit der Geißenpeterin zu reden, sie spinnt mir im Winter. So leb wohl, Dete; mit Glück!«

Dete reichte der Begleiterin die Hand und blieb stehen, während diese der kleinen, dunkelbraunen Almhütte zuging, die einige Schritte seitwärts vom Pfad in einer Mulde stand, wo sie vor dem Bergwind ziemlich geschützt war. Die Hütte stand auf der halben Höhe der Alm, vom Dörfli aus gerechnet, und daß sie in einer kleinen Vertiefung des Berges stand, war gut, denn sie sah so baufällig und verfallen aus, daß es auch so noch ein gefährliches Darinwohnen sein mußte, wenn der Föhnwind so mächtig über die Berge strich, daß alles an der Hütte klapperte, Türen und Fenster, und alle die morschen Balken zitterten und krachten. Hätte die Hütte an solchen Tagen oben auf der Alm gestanden, sie wäre unverzüglich ins Tal hinabgeweht worden.

Hier wohnte der Geißenpeter, der elfjährige Bube, der jeden Morgen unten im Dörfli die Geißen holte, um sie hoch auf die Alm hinaufzutreiben, um sie da die kurzen kräftigen Kräuter fressen zu lassen bis zum Abend; dann sprang der Peter mit den leichtfüßigen Tierchen wieder herunter, tat, im Dörfli angekommen, einen schrillen Pfiff durch die

Finger, und jeder Besitzer holte seine Geiß auf dem Platz. Meistens kamen kleine Buben und Mädchen, denn die friedlichen Geißen waren nicht zu fürchten, und das war denn den ganzen Sommer durch die einzige Zeit am Tage, da der Peter mit seinesgleichen verkehrte; sonst lebte er nur mit den Geißen. Er hatte zwar daheim seine Mutter und die blinde Großmutter; aber da er immer am Morgen sehr früh fort mußte und am Abend vom Dörfli spät heimkam, weil er sich da noch so lange als möglich mit den Kindern unterhalten mußte, so verbrachte er daheim nur gerade so viel Zeit, um am Morgen seine Milch und Brot und am Abend ebendasselbe hinunterzuschluckenund dann sich aufs Ohr zu legen und zu schlafen. Sein Vater, der auch schon der Geißenpeter genannt worden war, weil er in früheren Jahren in demselben Berufe gestanden hatte, war vor einigen Jahren beim Holzfällen verunglückt. Seine Mutter, die zwar Brigitte hieß, wurde von jedermann um des Zusammenhangs willen die Geißenpeterin genannt, und die blinde Großmutter kannten weit und breit alt und jung nur unter dem Namen Großmutter.

20

Die Dete hatte wohl zehn Minuten gewartet und sich nach allen Seiten umgesehen, ob die Kinder mit den Geißen noch nirgends zu sehen seien; als dies aber nicht der Fall war, so stieg sie noch ein wenig höher, wo sie besser die ganze Alm bis hinunter übersehen konnte, und guckte nun von hier aus bald dahin, bald dorthin mit Zeichen großer Ungeduld auf dem Gesicht und in den Bewegungen. Unterdessen rückten die Kinder auf einem großen Umwege heran, denn der Peter wußte viele Stellen, wo allerhand Gutes an Sträuchern und Gebüschen für seine Geißen zu nagen war; darum machte er mit seiner Herde vielerlei Wendungen auf dem Wege. Erst war das Kind mühsam nachgeklettert, in seiner schweren Rüstung vor Hitze und Unbequemlichkeit keuchend und alle Kräfte anstrengend. Es sagte kein Wort, blickte aber unverwandt bald auf den Peter, der mit seinen nackten Füßen und leichten Höschen ohne alle Mühe hin- und hersprang, bald auf die Geißen, die mit den dünnen, schlanken Beinchen noch leichter über Busch und Stein und steile Abhänge hinaufkletterten. Auf einmal setzte das Kind sich auf den Boden nieder, zog mit großer Schnelligkeit Schuhe und Strümpfe aus, stand wieder auf, zog sein rotes, dickes Halstuch weg, machte sein Röckchen auf, zog es schnell aus und hatte gleich noch eins auszuhäkeln, denn die Base Dete hatte ihm das Sonntagskleidchen über das Alltagszeug angezogen, um der Kürze willen, damit niemand es tragen müsse. Blitzschnell war auch das Alltagsröcklein weg, und nun stand das Kind im leichten

22

Unterröckchen, die bloßen Arme aus den kurzen Hemdärmelchen vergnüglich in die Luft hinausstreckend. Dann legte es schön alles auf ein Häufchen, und nun sprang und kletterte es hinter den Geißen und neben dem Peter her, so leicht als nur eines aus der ganzen Gesellschaft. Der Peter hatte nicht achtgegeben, was das Kind mache, als es zurückgeblieben war. Wie es nun in der neuen Bekleidung nachgesprungen kam, zog er lustig grinsend das ganze Gesicht auseinander und schaute zurück, und wie er unten das Häuflein Kleider liegen sah, ging sein Gesicht noch ein wenig mehr auseinander, und sein Mund kam fast von einem Ohr bis zum anderen; er sagte aber nichts. Wie nun das Kind sich so frei und leicht fühlte, fing es ein Gespräch mit dem Peter an, und er fing auch an zu reden und mußte auf vielerlei Fragen antworten, denn das Kind wollte wissen, wie viele Geißen er habe und wohin er mit ihnen gehe und was er dort tue, wo er hinkomme. So langten endlich die Kinder samt den Geißen oben bei der Hütte an und kamen der Base Dete zu Gesicht. Kaum aber hatte diese die herankletternde Gesellschaft erblickt, als sie laut aufschrie: »Heidi, was machst du? Wie siehst du aus? Wo hast du deinen Rock und den zweiten und das Halstuch? Und ganz neue Schuhe habe ich dir gekauft auf den Berg und dir neue Strümpfe gemacht, und alles fort! alles fort! Heidi, was machst du, wo hast du alles?«

Das Kind zeigte ruhig den Berg hinunter und sagte: »Dort!« Die Base folgte seinem Finger. Richtig, dort lag etwas und oben auf war ein roter Punkt, das mußte das Halstuch sein.

»Du Unglückstropf!« rief die Base in großer Aufregung; »was kommt dir denn in den Sinn, warum hast du alles ausgezogen? Was soll das sein?«

»Ich brauch' es nicht«, sagte das Kind und sah gar nicht reuevoll aus über seine Tat.

»Ach du unglückseliges, vernunftloses Heidi, hast du denn auch noch gar keine Begriffe?« jammerte und schalt die Base weiter; »wer sollte nun wieder da hinunter, es ist ja eine halbe Stunde! Komm, Peter, lauf du mir schnell zurück und hol das Zeug, komm schnell und steh nicht dort und glotze mich an, als wärst du am Boden festgenagelt.«

»Ich bin schon zu spät«, sagte Peter langsam und blieb, ohne sich zu rühren, auf demselben Fleck stehen, von dem aus er, beide Hände in die Taschen gesteckt, dem Schreckensausbruch der Base zugehört hatte.

»Du stehst ja doch nur und reißest deine Augen auf und kommst, denk' ich, nicht weit auf die Art!« rief ihm die Base Dete zu; »komm her, du mußt etwas Schönes haben, siehst du?« Sie hielt ihm ein neues Fünferchen hin, das glänzte ihm in die Augen. Plötzlich sprang er auf und davon auf dem geradesten Weg die Alm hinunter und kam in ungeheuren Sätzen in kurzer Zeit bei dem Häuflein Kleider an, packte sie auf und erschien damit so schnell, daß ihn die Base rühmen mußte und ihm sogleich sein Fünfrappenstück überreichte. Peter steckte es schnell tief in seine Tasche, und sein Gesicht glänzte und lachte in voller Breite, denn ein solcher Schatz wurde ihm nicht oft zuteil.

»Du kannst mir das Zeug noch tragen bis zum Öhi hinauf, du gehst ja auch den Weg«, sagte die Base Dete jetzt, indem sie sich anschickte, den steilen Abhang zu erklimmen, der gleich hinter der Hütte des Geißenpeter emporragte. Willig übernahm dieser den Auftrag und folgte der Voranschreitenden auf dem Fuße nach, den linken Arm um sein Bündel geschlungen, in der Rechten die Geißenrute schwingend. Das Heidi und die Geißen hüpften und sprangen fröhlich neben ihm her. So gelangte der Zug nach drei Viertelstunden auf die Almhöhe, wo frei auf dem Vorsprung des Berges die Hütte des alten Öhi stand, allen Winden ausgesetzt, aber auch jedem Sonnenblick zugänglich und mit der vollen Aussicht weit ins Tal hinab. Hinter der Hütte standen drei alte Tannen mit dichten, langen, unbeschnittenen Ästen. Weiter hinten ging es nochmals bergan bis hoch hinauf in die alten, grauen Felsen, erst noch über schöne, kräuterreiche Höhen, dann in steiniges Gestrüpp und endlich zu den kahlen, steilen Felsen hinan.

An die Hütte festgemacht, der Talseite zu, hatte sich der Öhi eine Bank gezimmert. Hier saß er, eine Pfeife im Mund, beide Hände auf seine Knie gelegt und schaute ruhig zu, wie die Kinder, die Geißen und die Base Dete herankletterten, denn die letztere war nach und nach von den anderen überholt worden. Heidi war zuerst oben; es ging geradeaus auf den Alten zu, streckte ihm die Hand entgegen und sagte: »Guten Abend, Großvater!«

»So, so, wie ist das gemeint?« fragte der Alte barsch, gab dem Kinde kurz die Hand und schaute es mit einem langen, durchdringenden Blick an unter seinen buschigen Augenbrauen hervor. Heidi gab den langen Blick ausdauernd zurück, ohne nur einmal mit den Augen zu zwinkern, denn der Großvater mit dem langen Bart und den dichten, grauen Augenbrauen, die in der Mitte zusammengewachsen waren und aussahen wie eine Art Gesträuch, war so verwunderlich anzusehen, daß Heidi ihn recht betrachten mußte. Unterdessen war auch die Base herangekommen samt dem Peter, der eine Weile stillestand und zusah, was sich da ereigne.

»Ich wünsche Euch guten Tag, Öhi«, sagte die Dete, hinzutretend, »und hier bring' ich Euch das Kind vom Tobias und der Adelheid. Ihr werdet es wohl nicht mehr kennen, denn seit es jährig war, habt Ihr es nie mehr gesehen.«

»So, was muß das Kind bei mir?« fragte der Alte kurz; »und du dort«, rief er dem Peter zu, »du kannst gehen mit deinen Geißen, du bist nicht zu früh; nimm meine mit!«

Der Peter gehorchte sofort und verschwand, denn der Öhi hatte ihn angeschaut, daß er schon genug davon hatte.

»Es muß eben bei Euch bleiben, Öhi«, gab die Dete auf seine Frage zurück. »Ich habe, denk' ich, das Meinige an ihm getan die vier Jahre durch, es wird jetzt wohl an Euch sein, das Eurige auch einmal zu tun.«

»So«, sagte der Alte und warf einen blitzenden Blick auf die Dete. »Und wenn nun das Kind anfängt dir nachzuflennen und zu winseln, wie kleine Unvernünftige tun, was muß ich dann mit ihm anfangen?«

»Das ist dann Eure Sache«, warf die Dete zurück; »ich meine fast, es habe mir auch kein Mensch gesagt, wie ich es mit dem Kleinen anzufangen habe, als es mir auf den Händen lag, ein einziges Jährchen alt, und ich schon für mich und die Mutter genug zu tun hatte. Jetzt muß ich meinem Verdienst nach, und Ihr seid der Nächste am Kind; wenn Ihr's nicht haben könnt, so macht mit ihm, was Ihr wollt, dann habt Ihr's zu verantworten, wenn's verdirbt, und Ihr werdet wohl nicht nötig haben, noch etwas aufzuladen.«

Die Dete hatte kein recht gutes Gewissen bei der Sache, darum war sie so hitzig geworden und hatte mehr gesagt, als sie im Sinn gehabt hatte. Bei ihren letzten Worten war der Öhi aufgestanden; er schaute sie so an, daß sie einige Schritte zurückwich; dann streckte er den Arm aus und sagte befehlend: »Mach, daß du hinunterkommst, wo du heraufgekommen bist, und zeig dich nicht so bald wieder!« Das ließ sich die Dete nicht zweimal sagen. »So lebt wohl, und du auch, Heidi«, sagte sie schnell und lief den Berg hinunter in einem Trab bis ins Dörfli hinab, denn die innere Aufregung trieb sie vorwärts, wie eine wirksame Dampfkraft. Im Dörfli wurde sie diesmal noch viel mehr angerufen, denn es wunderte die Leute, wo das Kind sei; sie kannten ja alle die Dete genau und wußten, wem das Kind gehörte, und alles, was mit ihm vorgegangen war. Als es nun aus allen Türen und Fenstern tönte: »Wo ist das Kind? Dete, wo hast du das Kind gelassen?« rief sie immer unwilliger zurück: »Droben beim Alm-Öhi! Nun, beim Alm-Öhi, Ihr hört's ja!«

Sie wurde aber so maßleidig, weil die Frauen von allen Seiten ihr zuriefen: »Wie kannst du so etwas tun!« und: »Das arme Tröpfli!« und: »So ein kleines Hilfloses da droben lassen!« und dann wieder und wieder: »Das arme Tröpfli!« Die Dete lief, so schnell sie konnte, weiter und war froh, als sie nichts mehr hörte, denn es war ihr nicht wohl bei der Sache; ihre Mutter hatte ihr beim Sterben das Kind noch übergeben. Aber sie sagte sich zur Beruhigung, sie könne dann ja eher wieder etwas für das Kind tun, wenn sie nun viel Geld verdiene, und so war sie sehr froh, daß sie bald weit von allen Leuten, die ihr dreinredeten, weg- und zu einem schönen Verdienst kommen konnte. 30

Beim Großvater

Nachdem die Dete verschwunden war, hatte der Öhi sich wieder auf die Bank hingesetzt und blies nun große Wolken aus seiner Pfeife; dabei starrte er auf den Boden und sagte kein Wort. Derweilen schaute das Heidi vergnüglich um sich, entdeckte den Geißenstall, der an die Hütte angebaut war, und guckte hinein. Es war nichts drin. Das Kind setzte seine Untersuchungen fort und kam hinter die Hütte zu den alten Tannen. Da blies der Wind durch die Äste so stark, daß es sauste und brauste oben in den Wipfeln. Heidi blieb stehen und hörte zu. Als es ein wenig stiller wurde, ging das Kind um die kommende Ecke der Hütte herum und kam vorn wieder zum Großvater zurück. Als es diesen noch in derselben Stellung erblickte, wie es ihn verlassen hatte, stellte es sich vor ihn hin, legte die Hände auf den Rücken und betrachtete ihn. Der Großvater schaute auf. »Was willst du jetzt tun?« fragte er, als das Kind immer noch unbeweglich vor ihm stand.

»Ich will sehen, was du drinnen hast, in der Hütte«, sagte Heidi. »So komm!« und der Großvater stand auf und ging voran in die Hütte hinein. 31

»Nimm dort dein Bündel Kleider noch mit«, befahl er im Hereintreten.

»Das brauch' ich nicht mehr«, erklärte Heidi.

Der Alte kehrte sich um und schaute durchdringend auf das Kind, dessen schwarze Augen glühten in Erwartung der Dinge, die da drinnen sein konnten. »Es kann ihm nicht an Verstand fehlen«, sagte er halblaut. »Warum brauchst du's nicht mehr?« setzte er laut hinzu.

»Ich will am liebsten gehen wie die Geißen, die haben ganz leichte Beinchen.«

»So, das kannst du, aber hol das Zeug«, befahl der Großvater, »es kommt in den Kasten.« Heidi gehorchte. Jetzt machte der Alte die Tür auf und Heidi trat hinter ihm her in einen ziemlich großen Raum ein, es war der Umfang der ganzen Hütte. Da stand ein Tisch und ein Stuhl daran; in einer Ecke war des Großvaters Schlaflager, in einer anderen hing der große Kessel über dem Herd; auf der anderen Seite war eine große Tür in der Wand, die machte der Großvater auf, es war der Schrank. Da hingen seine Kleider drin und auf einem Gestell lagen ein paar Hemden, Strümpfe und Tücher und auf einem anderen einige Teller und Tassen und Gläser und auf dem obersten ein rundes Brot und geräuchertes Fleisch und Käse, denn in dem Kasten war alles enthalten, was der Alm-Öhi besaß und zu seinem Lebensunterhalt gebrauchte. Wie er nun den Schrank aufgemacht hatte, kam das Heidi schnell heran und stieß sein Zeug hinein, so weit hinter des Großvaters Kleider als möglich, damit es nicht so leicht wiederzufinden sei. Nun sah es sich aufmerksam um in dem Raum und sagte dann: »Wo muß ich schlafen, Großvater?«

»Wo du willst«, gab dieser zur Antwort.

Das war dem Heidi eben recht. Nun fuhr es in alle Winkel hinein und schaute jedes Plätzchen aus, wo am schönsten zu schlafen wäre. In der Ecke vorüber des Großvaters Lagerstätte war eine kleine Leiter aufgerichtet; Heidi kletterte hinauf und langte auf dem Heuboden an. Da lag ein frischer, duftender Heuhaufen oben, und durch eine runde Luke sah man weit ins Tal hinab.

»Hier will ich schlafen«, rief Heidi hinunter, »hier ist's schön! Komm und sieh einmal, wie schön es hier ist, Großvater!«

»Weiß schon«, tönte es von unten herauf.

»Ich mache jetzt das Bett!« rief das Kind wieder, indem es oben geschäftig hin- und herfuhr; »aber du mußt heraufkommen und mir ein Leintuch mitbringen, denn auf ein Bett kommt auch ein Leintuch, und darauf liegt man.«

»So, so«, sagte unten der Großvater, und nach einer Weile ging er an den Schrank und kramte ein wenig darin herum; dann zog er unter seinen

Hemden ein langes, grobes Tuch hervor, das mußte so etwas sein wie ein Leintuch. Er kam damit die Leiter herauf. Da war auf dem Heuboden ein ganz artiges Bettlein zugerichtet; oben, wo der Kopf liegen mußte, war das Heu hoch aufgeschichtet, und das Gesicht kam so zu liegen, daß es gerade auf das offene, runde Loch traf.

»Das ist recht gemacht«, sagte der Großvater, »jetzt wird das Tuch kommen, aber wart noch« – damit nahm er einen guten Wisch Heu von dem Haufen und machte das Lager doppelt so dick, damit der harte Boden nicht durchgefühlt werden konnte – »so, jetzt komm her damit.« Heidi hatte das Leintuch schnell zuhanden genommen, konnte es aber fast nicht tragen, so schwer war's; aber das war sehr gut, denn durch das feste Zeug konnten die spitzen Heuhalme nicht durchstechen. Jetzt breiteten die beiden miteinander das Tuch über das Heu, und wo es zu breit und zu lang war, stopfte Heidi die Enden eilfertig unter das Lager. Nun sah es recht gut und reinlich aus, und Heidi stellte sich davor und betrachtete es nachdenklich. 34

»Wir haben noch etwas vergessen, Großvater«, sagte es dann.

»Was denn?« fragte er.

»Eine Decke; denn wenn man ins Bett geht, kriecht man zwischen das Leintuch und die Decke hinein.«

»So, meinst du? Wenn ich aber keine habe?« sagte der Alte.

»O dann ist's gleich, Großvater«, beruhigte Heidi; »dann nimmt man wieder Heu zur Decke«, und eilfertig wollte es gleich wieder an den Heustock gehen, aber der Großvater wehrte es ihm.

»Wart einen Augenblick«, sagte er, stieg die Leiter hinab und ging an sein Lager hin. Dann kam er wieder und legte einen großen, schweren, leinenen Sack auf den Boden.

»Ist das nicht besser als Heu?« fragte er. Heidi zog aus Leibeskräften an dem Sacke hin und her, um ihn auseinanderzulegen, aber die kleinen Hände konnten das schwere Zeug nicht bewältigen. Der Großvater half, und wie es nun ausgebreitet auf dem Bette lag, da sah alles sehr gut und haltbar aus, und Heidi stand staunend vor seinem neuen Lager und sagte: »Das ist eine prächtige Decke und das ganze Bett! Jetzt wollt' ich, es wäre schon Nacht, so könnte ich hineinliegen.«

»Ich meine, wir könnten erst einmal etwas essen«, sagte der Großvater, »oder was meinst du?« Heidi hatte über dem Eifer des Bettens alles andere vergessen; nun ihm aber der Gedanke ans Essen kam, stieg ein großer Hunger in ihm auf, denn es hatte auch heute noch gar nichts bekommen, als früh am Morgen sein Stück Brot und ein paar Schlucke dünnen Kaffees, und nachher hatte es die lange Reise gemacht. So sagte Heidi ganz zustimmend: »Ja, ich mein' es auch.« 35

»So geh hinunter, wenn wir denn einig sind«, sagte der Alte und folgte dem Kind auf dem Fuß nach. Dann ging er zum Kessel hin, schob den großen weg und drehte den kleinen heran, der an der Kette hing, setzte sich auf den hölzernen Dreifuß mit dem runden Sitz davor hin und blies ein helles Feuer an. Im Kessel fing es an zu sieden, und unten hielt der Alte an einer langen Eisengabel ein großes Stück Käse über das Feuer und drehte es hin und her, bis es auf allen Seiten goldgelb war. Heidi hatte mit gespannter Aufmerksamkeit zugesehen; jetzt mußte ihm etwas Neues in den Sinn gekommen sein; auf einmal sprang es weg und an den Schrank und von da hin und her. Jetzt kam der Großvater mit einem Topf und dem Käsebraten an der Gabel zum Tisch heran; da lag schon das runde Brot darauf und zwei Teller und zwei Messer, alles schön geordnet, denn das Heidi hatte alles im Schrank gut wahrgenommen und wußte, daß man das alles nun gleich zum Essen brauchen werde.

»So, das ist recht, daß du selbst etwas ausdenkst«, sagte der Großvater und legte den Braten auf das Brot als Unterlage; »aber es fehlt noch etwas auf dem Tisch.«

Heidi sah, wie einladend es aus dem Topf hervordampfte, und sprang schnell wieder an den Schrank. Da stand aber nur ein einziges Schüsselchen. Heidi war nicht lang in Verlegenheit, dort hinten standen zwei Gläser; augenblicklich kam das Kind zurück und stellte Schüsselchen und Glas auf den Tisch.

»Recht so; du weißt dir zu helfen; aber wo willst du sitzen?« Auf dem einzigen Stuhl saß der Großvater selbst. Heidi schoß pfeilschnell zum Herd hin, brachte den kleinen Dreifuß zurück und setzte sich drauf.

»Einen Sitz hast du wenigstens, das ist wahr, nur ein wenig weit unten«, sagte der Großvater; »aber von meinem Stuhl wärst auch zu kurz, auf den Tisch zu langen; jetzt mußt aber einmal etwas haben, so komm!« Damit stand er auf, füllte das Schüsselchen mit Milch, stellte es auf den Stuhl und rückte den ganz nah an den Dreifuß hin, so daß das Heidi nun einen Tisch vor sich hatte. Der Großvater legte ein großes Stück Brot und ein Stück von dem goldenen Käse darauf und sagte: »Jetzt iß!« Er selbst setzte sich nun auf die Ecke des Tisches und begann sein Mittagsmahl. Heidi ergriff sein Schüsselchen und trank und trank ohne Aufenthalt, denn der ganze Durst seiner langen Reise war ihm wieder aufgestiegen. Jetzt tat es einen langen Atemzug – denn im Eifer des Trinkens hatte es lange den Atem nicht holen können – und stellte sein Schüsselchen hin.

»Gefällt dir die Milch?« fragte der Großvater.

»Ich habe noch gar nie so gute Milch getrunken«, antwortete Heidi.

»So mußt du mehr haben«, und der Großvater füllte das Schüsselchen noch einmal bis oben hin und stellte es vor das Kind, das vergnüglich in sein Brot biß, nachdem es von dem weichen Käse darauf gestrichen, denn der war, so gebraten, weich wie Butter, und das schmeckte ganz kräftig zusammen, und zwischendurch trank es seine Milch und sah sehr vergnüglich aus. Als nun das Essen zu Ende war, ging der Großvater in den Geißenstall hinaus und hatte da allerhand in Ordnung zu bringen, und Heidi sah ihm aufmerksam zu, wie er erst mit dem Besen säuberte, dann frische Streu legte, daß die Tierchen darauf schlafen konnten; wie er dann nach dem Schöpfchen ging nebenan und hier runde Stöcke zurechtschnitt und an einem Brett herumhackte und Löcher hineinbohrte und dann die runden Stöcke hineinsteckte und aufstellte; da war es auf einmal ein Stuhl, wie der vom Großvater, nur viel höher, und Heidi staunte das Werk an, sprachlos vor Verwunderung.

»Was ist das, Heidi?« fragte der Großvater.

»Das ist mein Stuhl, weil er so hoch ist; auf einmal war er fertig«, sagte das Kind, noch in tiefem Erstaunen und Bewunderung.

»Es weiß, was es sieht, es hat die Augen am rechten Ort«, bemerkte der Großvater vor sich hin, als er nun um die Hütte herumging und hier einen Nagel einschlug und dort einen und dann an der Tür etwas zu befestigen hatte und so mit Hammer und Nägeln und Holzstücken von einem Ort zum anderen wanderte und immer etwas ausbesserte oder wegschlug, je nach dem Bedürfnis. Heidi ging Schritt für Schritt hinter ihm her und schaute ihm unverwandt mit der größten Aufmerksamkeit zu, und alles, was da vorging, war ihm sehr kurzweilig anzusehen.

So kam der Abend heran. Es fing stärker an zu rauschen in den alten Tannen, ein mächtiger Wind fuhr daher und sauste und brauste durch die dichten Wipfel. Das tönte dem Heidi so schön in die Ohren und ins Herz hinein, daß es ganz fröhlich darüber wurde und hüpfte und sprang unter den Tannen umher, als hätte es eine unerhörte Freude erlebt. Der Großvater stand unter der Schopftür und schaute dem Kind zu. Jetzt ertönte ein schriller Pfiff. Heidi hielt an in seinen Sprüngen, der Großvater trat heraus. Von oben herunter kam es gesprungen, Geiß um Geiß, wie eine Jagd, und mitten drin der Peter. Mit einem Freudenruf schoß Heidi mitten in den Rudel hinein und begrüßte die alten Freunde von heute morgen einen um den anderen. Bei der Hütte angekommen, stand alles still, und aus der Herde heraus kamen zwei schöne, schlanke Geißen, eine weiße und eine braune, auf den Großvater zu und leckten seine Hände, denn er hielt ein wenig Salz darin, wie er jeden Abend zum Empfang seiner zwei Tierlein tat. Der Peter verschwand mit seiner Schar. Heidi streichelte zärtlich die eine und dann die andere von den Geißen und sprang um sie herum, um sie von der anderen Seite auch zu streicheln, und war ganz Glück und Freude über die Tierchen. »Sind sie unser, Großvater? Sind sie beide unser? Kommen sie in den Stall? Bleiben sie immer bei uns?« so fragte Heidi hintereinander in seinem Vergnügen, und der Großvater konnte kaum sein stetiges »Ja, ja!« zwischen die eine und die andere Frage hineinbringen. Als die Geißen ihr Salz aufgeleckt hatten, sagte der Alte: »Geh und hol dein Schüsselchen heraus und das Brot.«

Heidi gehorchte und kam gleich wieder. Nun melkte der Großvater gleich von der Weißen das Schüsselchen voll und schnitt ein Stück Brot ab und sagte: »Nun iß und dann geh hinauf und schlaf! Die Base Dete hat noch ein Bündelchen abgelegt für dich, da seien Hemdlein und so etwas darin, das liegt unten im Kasten, wenn du's brauchst; ich muß nun mit den Geißen hinein, so schlaf wohl!«

»Gut' Nacht, Großvater! Gut' Nacht – wie heißen sie, Großvater, wie heißen sie?« rief das Kind und lief dem verschwindenden Alten und den Geißen nach.

»Die weiße heißt Schwänli und die braune Bärli«, gab der Großvater zurück.

»Gut' Nacht, Schwänli, gut' Nacht, Bärli!« rief nun Heidi noch mit
Macht, denn eben verschwanden beide in den Stall hinein. Nun setzte sich Heidi noch auf die Bank und aß sein Brot und trank seine Milch; aber der starke Wind wehte es fast von seinem Sitz herunter; so machte es schnell fertig, ging dann hinein und stieg zu seinem Bett hinauf, in dem es auch gleich nachher so fest und herrlich schlief, als nur einer im schönsten Fürstenbett schlafen konnte. Nicht lange nachher, noch eh' es völlig dunkel war, legte auch der Großvater sich auf sein Lager, denn am Morgen war er immer schon mit der Sonne wieder draußen, und die kam sehr früh über die Berge hereingestiegen in dieser Sommerszeit. In der Nacht kam der Wind so gewaltig, daß bei seinen Stößen die ganze Hütte erzitterte und es in allen Balken krachte; durch den Schornstein heulte und ächzte es wie Jammerstimmen, und in den alten Tannen draußen tobte es mit solcher Wut, daß hier und da ein Ast niederkrachte.

Mitten in der Nacht stand der Großvater auf und sagte halblaut vor sich hin: »Es wird sich wohl fürchten.« Er stieg die Leiter hinauf und trat an Heidis Lager heran. Der Mond draußen stand einmal helleuchtend am Himmel, dann fuhren wieder die jagenden Wolken darüber hin und alles wurde dunkel. Jetzt kam der Mondschein eben leuchtend durch die runde Öffnung herein und fiel gerade auf Heidis Lager. Es hatte sich feuerrote Backen erschlafen unter seiner schweren Decke, und ruhig und friedlich lag es auf seinem runden Ärmchen und träumte von etwas Erfreulichem, denn sein Gesichtchen sah ganz wohlgemut aus. Der Großvater schaute so lange auf das friedlich schlafende Kind, bis der Mond wieder hinter die Wolken trat und es dunkel wurde, dann kehrte er auf sein Lager zurück. 42

Auf der Weide

Heidi erwachte am frühen Morgen an einem lauten Pfiff, und als es die Augen aufschlug, kam ein goldener Schein durch das runde Loch hereingeflossen auf sein Lager und auf das Heu daneben, daß alles golden leuchtete ringsherum. Heidi schaute erstaunt um sich und wußte durchaus nicht, wo es war. Aber nun hörte es draußen des Großvaters tiefe Stimme, und jetzt kam ihm alles in den Sinn: woher es gekommen war, und daß es nun auf der Alm beim Großvater sei, nicht mehr bei der alten Ursel, die fast nichts mehr hörte und meistens fror, so daß sie immer am Küchenfenster oder am Stubenofen gesessen hatte, wo dann auch Heidi hatte verweilen müssen oder doch ganz in der Nähe, damit die Alte sehen konnte, wo es war, weil sie es nicht hören konnte. Da war es dem Heidi manchmal zu eng drinnen, und es wäre lieber hinausgelaufen. So war es sehr froh, als es in der neuen Behausung erwachte und sich erinnerte, wie viel Neues es gestern gesehen hatte und was es heute wieder alles sehen könnte, vor allem das Schwänli und das Bärli. Heidi sprang eilig aus seinem Bett und hatte in wenig Minuten alles wieder angelegt, was es gestern getragen hatte, denn es war sehr wenig. Nun stieg es die Leiter hinunter und sprang vor die Hütte hinaus. Da stand schon der Geißenpeter mit seiner Schar, und der Großvater brachte eben Schwänli und Bärli aus dem Stall herbei, daß sie sich der Gesellschaft anschlössen. Heidi lief ihm entgegen, um ihm und den Geißen guten Tag zu sagen. 43

»Willst mit auf die Weide?« fragte der Großvater. Das war dem Heidi
eben recht, es hüpfte hoch auf vor Freuden.

»Aber erst waschen und sauber sein, sonst lacht einen die Sonne aus,
wenn sie so schön glänzt da droben und sieht, daß du schwarz bist; sieh,
dort ist's für dich gerichtet.« Der Großvater zeigte auf einen großen Zuber
voll Wasser, der vor der Tür in der Sonne stand. Heidi sprang hin und
patschte und rieb, bis es ganz glänzend war. Unterdessen ging der
Großvater in die Hütte hinein und rief dem Peter zu: »Komm hierher,
Geißengeneral, und bring deinen Habersack mit.« Verwundert folgte
Peter dem Ruf und streckte sein Säcklein hin, in dem er sein mageres
Mittagessen bei sich trug.

»Mach auf«, befahl der Alte und steckte nun ein großes Stück Brot
und ein ebenso großes Stück Käse hinein. Der Peter machte vor Erstaunen
seine runden Augen so weit auf als nur möglich, denn die beiden Stücke
waren wohl die Hälfte so groß wie die zwei, die er als eignes Mittagsmahl
drinnen hatte.

»So, nun kommt noch das Schüsselchen hinein«, fuhr der Öhi fort,
»denn das Kind kann nicht trinken wie du, nur so von der Geiß weg, es
kennt das nicht. Du melkst ihm zwei Schüsselchen voll zu Mittag, denn
das Kind geht mit dir und bleibt bei dir, bis du wieder herunterkommst;
gib acht, daß es nicht über die Felsen hinunterfällt, hörst du?« –

Nun kam Heidi hereingelaufen. »Kann mich die Sonne jetzt nicht
auslachen, Großvater?« fragte es angelegentlich. Es hatte sich mit dem
groben Tuch, das der Großvater neben dem Wasserzuber aufgehängt
hatte, Gesicht, Hals und Arme in seinem Schrecken vor der Sonne so
erstaunlich gerieben, daß es krebsrot vor dem Großvater stand. Er lachte
ein wenig.

»Nein, nun hat sie nichts zu lachen«, bestätigte er. »Aber weißt was?
Am Abend, wenn du heimkommst, da gehst du noch ganz hinein in den
Zuber, wie ein Fisch; denn wenn man geht wie die Geißen, da bekommt
man schwarze Füße. Jetzt könnt ihr ausziehen.«

Nun ging es lustig die Alm hinan. Der Wind hatte in der Nacht das
letzte Wölkchen weggeblasen; dunkelblau schaute der Himmel von allen
Seiten hernieder, und mitten drauf stand die leuchtende Sonne und
schimmerte auf die grüne Alp, und alle die blauen und gelben Blümchen
darauf machten ihre Kelche auf und schauten ihr fröhlich entgegen.
Heidi sprang hierhin und dorthin und jauchzte vor Freude, denn da
waren ganze Trüppchen feiner, roter Himmelsschlüsselchen bei einander,

und dort schimmerte es ganz blau von den schönen Enzianen, und überall lachten und nickten die zartblätterigen, goldenen Cystusröschen in der Sonne. Vor Entzücken über all die flimmernden winkenden Blümchen vergaß Heidi sogar die Geißen und auch den Peter. Es sprang ganze Strecken voran und dann auf die Seite, denn dort funkelte es rot und da gelb und lockte Heidi auf alle Seiten. Und überall brach Heidi ganze Scharen von den Blumen und packte sie in sein Schürzchen ein, denn es wollte sie alle mit heimnehmen und ins Heu stecken in seiner Schlafkammer, daß es dort werde wie hier draußen. – So hatte der Peter heut' nach allen Seiten zu gucken, und seine kugelrunden Augen, die nicht besonders schnell hin- und hergingen, hatten mehr Arbeit, als der Peter gut bewältigen konnte, denn die Geißen machten es wie das Heidi: sie liefen auch dahin und dorthin, und er mußte überallhin pfeifen und rufen und seine Rute schwingen, um wieder alle die verlaufenen zusammenzutreiben.

»Wo bist du schon wieder, Heidi?« rief er jetzt mit ziemlich grimmiger Stimme.

46

»Da«, tönte es von irgendwoher zurück. Sehen konnte Peter niemand, denn Heidi saß am Boden hinter einem Hügelchen, das dicht mit duftenden Prünellen besät war; da war die ganze Luft umher so mit Wohlgeruch erfüllt, daß Heidi noch nie so Liebliches eingeatmet hatte. Es setzte sich in die Blumen hinein und zog den Duft in vollen Zügen ein.

»Komm nach!« rief der Peter wieder. »Du mußt nicht über die Felsen hinunterfallen, der Öhi hat's verboten.«

»Wo sind die Felsen?« fragte Heidi zurück, bewegte sich aber nicht von der Stelle, denn der süße Duft strömte mit jedem Windhauch dem Kinde lieblicher entgegen.

»Dort oben, ganz oben, wir haben noch weit, drum komm jetzt! Und oben am höchsten sitzt der alte Raubvogel und krächzt.«

Das half. Augenblicklich sprang Heidi in die Höhe und rannte mit seiner Schürze voller Blumen dem Peter zu.

»Jetzt hast genug«, sagte dieser, als sie wieder zusammen weiter kletterten; »sonst bleibst du immer stecken, und wenn du alle nimmst, hat's morgen keine mehr.« Der letzte Grund leuchtete Heidi ein, und dann 47 hatte es die Schürze schon so angefüllt, daß da wenig Platz mehr gewesen wäre, und morgen mußten auch noch da sein. So zog es nun mit dem Peter weiter, und die Geißen gingen nun auch geregelter, denn sie rochen die guten Kräuter von dem hohen Weideplatz schon von fern und strebten nun ohne Aufenthalt dahin. Der Weideplatz, wo Peter gewöhnlich Halt machte mit seinen Geißen und sein Quartier für den Tag aufschlug, lag am Fuße der hohen Felsen, die, erst noch von Gebüsch und Tannen bedeckt, zuletzt ganz kahl und schroff zum Himmel hinaufragen. An der einen Seite der Alp ziehen sich Felsenklüfte weit hinunter und der Großvater hatte recht, davor zu warnen. Als nun dieser Punkt der Höhe erreicht war, nahm Peter seinen Sack ab und legte ihn sorgfältig in eine kleine Vertiefung des Bodens hinein, denn der Wind kam manchmal in starken Stößen dahergefahren, und den kannte Peter und wollte seine kostbare Habe nicht den Berg hinunterrollen sehen; dann streckte er sich lang und breit auf den sonnigen Weideboden hin, denn er mußte sich nun von der Anstrengung des Steigens erholen.

Heidi hatte unterdessen sein Schürzchen losgemacht und schön fest zusammengerollt mit den Blumen darin zum Proviantsack in die Vertiefung hineingelegt, und nun setzte es sich neben den ausgestreckten Peter hin und schaute um sich. Das Tal lag weit unten im vollen Morgenglanz; vor sich sah Heidi ein großes, weites Schneefeld sich erheben, hoch in den dunkelblauen Himmel hinauf, und links davon stand eine ungeheure Felsenmasse, und zu jeder Seite derselben ragte ein hoher Felsenturm kahl und zackig in die Bläue hinauf und schaute von dort oben ganz ernsthaft auf das Heidi nieder. Das Kind saß mäuschenstill da und schaute ringsum, und weit umher war eine große, tiefe Stille; nur ganz sanft und leise ging der Wind über die zarten, blauen Glockenblümchen und die goldnen strahlenden Cystusröschen, die überall herumstanden auf ihren dünnen Stengelchen und leise und fröhlich hin- und hernickten. Der Peter war entschlafen nach seiner Anstrengung, und die Geißen kletterten oben an den Büschen umher. Dem Heidi war es so schön zumute, wie in seinem Leben noch nie. Es trank das goldene Sonnenlicht, die frischen Lüfte, den zarten Blumenduft in sich ein und begehrte gar nichts mehr, als so da zu bleiben immerzu. So verging eine gute Zeit und Heidi hatte so oft und so lange zu den hohen Bergstöcken drüben aufgeschaut, daß es nun war, als hätten sie alle auch Gesichter bekommen und schauten ganz bekannt zu ihm hernieder, so wie gute Freunde.

Jetzt hörte Heidi über sich ein lautes, scharfes Geschrei und Krächzen ertönen, und wie es aufschaute, kreiste über ihm ein so großer Vogel, wie es nie in seinem Leben gesehen hatte, mit weit ausgebreiteten Schwingen in der Luft umher, und in großen Bogen kehrte er immer wieder zurück und krächzte laut und durchdringend über Heidis Kopf.

»Peter! Peter! erwache!« rief Heidi laut. »Sieh, der Raubvogel ist da, sieh! sieh!«

Peter erhob sich auf den Ruf und schaute mit Heidi dem Vogel nach, der sich nun höher und höher hinaufschwang ins Himmelblau und endlich über grauen Felsen verschwand. ⁵⁰

»Wo ist er jetzt hin?« fragte Heidi, das mit gespannter Aufmerksamkeit den Vogel verfolgt hatte.

»Heim ins Nest«, war Peters Antwort.

»Ist er dort oben daheim? O wie schön so hoch oben! Warum schreit er so?« fragte Heidi weiter.

»Weil er muß«, erklärte Peter.

»Wir wollen doch dort hinaufklettern und sehen, wo er daheim ist«, schlug Heidi vor.

»O! o! o!« brach der Peter aus, jeden Ausruf mit verstärkter Mißbilligung hervorstoßend; »wenn keine Geiß mehr dorthin kann und der Öhi gesagt hat, du dürfest nicht über die Felsen hinunterfallen.«

Jetzt begann der Peter mit einemmal ein so gewaltiges Pfeifen und Rufen anzustimmen, daß Heidi gar nicht wußte, was begegnen sollte; aber die Geißen mußten die Töne verstehen, denn eine nach der anderen kam heruntergesprungen, und nun war die ganze Schar auf der grünen Halde versammelt, die einen fortnagend an den würzigen Halmen, die anderen hin- und herrennend und die dritten ein wenig gegeneinander stoßend mit ihren Hörnern zum Zeitvertreib. Heidi war aufgesprungen und rannte mitten unter den Geißen umher, denn das war ihm ein neuer, ⁵¹ unbeschreiblich vergnüglicher Anblick, wie die Tierlein durcheinander sprangen und sich lustig machten, und Heidi sprang von einem zum anderen und machte mit jedem ganz persönliche Bekanntschaft, denn jedes war eine ganz besondere Erscheinung für sich und hatte seine eigenen Manieren. Unterdessen hatte Peter den Sack herbeigeholt und alle vier Stücke, die drin waren, schön auf den Boden hingelegt in ein Viereck, die großen Stücke auf Heidis Seite und die kleinen auf die seinige hin, denn er wußte genau, wie er sie erhalten hatte. Dann nahm er das Schüsselchen und melkte schöne, frische Milch hinein vom Schwänli und stellte das Schüsselchen mitten ins Viereck. Dann rief er Heidi herbei, mußte aber länger rufen, als nach den Geißen, denn das Kind war so in Eifer und Freude über die mannigfaltigen Sprünge und Erlustigungen seiner neuen Spielkameraden, daß es nichts sah und nichts hörte außer diesen. Aber Peter wußte sich verständlich zu machen, er rief, daß es bis in die Felsen hinaufdröhnte, und nun erschien Heidi und die gedeckte Tafel sah so einladend aus, daß es um sie herumhüpfte vor Wohlgefallen.

»Hör auf zu hopsen, es ist Zeit zum Essen«, sagte Peter, »jetzt sitz und fang an.«

Heidi setzte sich hin. »Ist die Milch mein?« fragte es, nochmals das schöne Viereck und den Hauptpunkt in der Mitte mit Wohlgefallen betrachtend.

»Ja«, erwiderte Peter, »und die zwei großen Stücke zum Essen sind auch dein, und wenn du ausgetrunken hast, bekommst du noch ein Schüsselchen vom Schwänli und dann komm' ich.«

»Und von wem bekommst du die Milch?« wollte Heidi wissen.

»Von meiner Geiß, von der Schnecke. Fang einmal zu essen an«, mahnte Peter wieder. Heidi fing bei seiner Milch an, und so wie es sein leeres Schüsselchen hinstellte, stand Peter auf und holte ein zweites herbei. Dazu brach Heidi ein Stück von seinem Brot ab, und das ganze übrige Stück, das immer noch größer war, als Peters eigenes Stück gewesen, das nun schon samt Zubehör fast zu Ende war, reichte es diesem hinüber mit dem ganzen großen Brocken Käse und sagte: »Das kannst du haben, ich habe nun genug.«

Peter schaute das Heidi mit sprachloser Verwunderung an, denn noch nie in seinem Leben hätte er so sagen und etwas weggeben können. Er zögerte noch ein wenig, denn er konnte nicht recht glauben, daß es dem Heidi Ernst sei; aber dieses hielt erst fest seine Stücke hin, und da Peter nicht zugriff, legte sie es ihm aufs Knie. Nun sah er, daß es ernst gemeint sei; er erfaßte sein Geschenk, nickte in Dank und Zustimmung und hielt nun ein so reichliches Mittagsmahl, wie noch nie in seinem Leben als Geißbub. Heidi schaute derweilen nach den Geißen aus. »Wie heißen sie alle, Peter?« fragte es.

Das wußte dieser nun ganz genau und konnte es um so besser in seinem Kopf behalten, da er daneben wenig darin aufzubewahren hatte. Er fing also an und nannte ohne Anstoß eine nach der anderen, immer je mit dem Finger die betreffende bezeichnend. Heidi hörte mit gespannter Aufmerksamkeit der Unterweisung zu, und es währte gar nicht lange, so konnte es sie alle von einander unterscheiden und jede bei ihrem Namen nennen, denn es hatte eine jede ihre Besonderheiten, die einem gleich im Sinne bleiben mußten; man mußte nur allem genau zusehen, und das tat Heidi. Da war der große Türk mit den starken Hörnern, der wollte mit diesen immer gegen alle anderen stoßen, und die meisten liefen da-

von, wenn er kam, und wollten nichts von dem groben Kameraden wissen.
Nur der kecke Distelfink, das schlanke, behende Geißchen, wich ihm
nicht aus, sondern rannte von sich aus manchmal drei-, viermal hintereinander so rasch und tüchtig gegen ihn an, daß der große Türk öfters
ganz erstaunt da stand und nicht mehr angriff, denn der Distelfink stand
ganz kriegslustig vor ihm und hatte scharfe Hörnchen. Da war das kleine,
weiße Schneehöppli, das immer so eindringlich und flehentlich meckerte,
daß Heidi schon mehrmals zu ihm hingelaufen war und es tröstend beim
Kopf genommen hatte. Auch jetzt sprang das Kind wieder hin, denn die
junge, jammernde Stimme hatte eben wieder flehentlich gerufen. Heidi
legte seinen Arm um den Hals des Geißleins und fragte ganz teilnehmend:
»Was hast du, Schneehöppli? Warum rufst du so um Hilfe?« Das Geißlein
schmiegte sich nahe und vertrauensvoll an Heidi an und war jetzt ganz
still. Peter rief von seinem Sitz aus, mit einigen Unterbrechungen, denn
er hatte immer noch zu beißen und zu schlucken: »Es tut so, weil die
Alte nicht mehr mitkommt, sie haben sie verkauft nach Maienfeld vorge-
stern, nun kommt sie nicht mehr auf die Alm.«
»Wer ist die Alte?« fragte Heidi zurück.
»Pah, seine Mutter«, war die Antwort.
»Wo ist die Großmutter?« rief Heidi wieder.
»Hat keine.«
»Und der Großvater?«
»Hat keinen.«
»Du armes Schneehöppli du«, sagte Heidi und drückte das Tierlein
zärtlich an sich. »Aber jammere jetzt nur nicht mehr so; siehst du, ich
komme nun jeden Tag mit dir, dann bist du nicht mehr so verlassen,
und wenn dir etwas fehlt, kannst du nur zu mir kommen.«
Das Schneehöppli rieb ganz vergnügt seinen Kopf an Heidis Schulter
und meckerte nicht mehr kläglich. Unterdessen hatte Peter sein Mittagsmahl beendet und kam nun auch wieder zu seiner Herde und zu Heidi
heran, das schon wieder allerlei Betrachtungen angestellt hatte.
Weitaus die zwei schönsten und saubersten Geißen der ganzen Schar
waren Schwänli und Bärli, die sich auch mit einer gewissen Vornehmheit
betrugen, meistens ihre eigenen Wege gingen und besonders dem zudring-
lichen Türk abweisend und verächtlich begegneten. –
Die Tierchen hatten nun wieder begonnen, nach den Büschen hinauf-
zuklettern, und jedes hatte seine eigene Weise dabei, die einen leichtfertig
über alles weg hüpfend, die anderen bedächtlich die guten Kräutlein su-

chend unterwegs, der Türk hier und da seine Angriffe probierend. Schwänli und Bärli kletterten hübsch und leicht hinan und fanden oben sogleich die schönsten Büsche, stellten sich geschickt daran auf und nagten sie zierlich ab. Heidi stand mit den Händen auf dem Rücken und schaute dem allen mit der größten Aufmerksamkeit zu.

»Peter«, bemerkte es jetzt dem wieder auf dem Boden Liegenden, »die schönsten von allen sind das Schwänli und das Bärli.«

»Weiß schon«, war die Antwort. »Der Alm-Öhi putzt und wäscht sie und gibt ihnen Salz und hat den schönsten Stall.«

Aber auf einmal sprang Peter auf und setzte in großen Sprüngen den Geißen nach, und das Heidi lief hinterdrein; da mußte etwas begegnet sein, es konnte da nicht zurückbleiben. Der Peter sprang durch den Geißenrudel durch der Seite der Alm zu, wo die Felsen schroff und kahl weit hinabstiegen und ein unbesonnenes Geißlein, wenn es dorthin ging, leicht hinunterstürzen und alle Beine brechen konnte. Er hatte gesehen, wie der vorwitzige Distelfink nach jener Seite hin gehüpft war, und kam noch gerade recht, denn eben sprang das Geißlein dem Rande des Abgrundes zu. Peter wollte es eben packen, da stürzte er auf den Boden und konnte nur noch im Sturze ein Bein des Tierleins erwischen und es daran festhalten. Der Distelfink meckerte voller Zorn und Überraschung, daß er so am Bein festgehalten und am Fortsetzen seines fröhlichen Streifzuges gehindert war, und strebte eigensinnig vorwärts. Der Peter schrie nach Heidi, daß es ihm beistehe, denn er konnte nicht aufstehen und riß dem Distelfink fast das Bein aus. Heidi war schon da und erkannte gleich die schlimme Lage der beiden. Es riß schnell einige wohlduftende Kräuter aus dem Boden und hielt sie dem Distelfink unter die Nase und sagte begütigend: »Komm, komm, Distelfink, du mußt auch vernünftig sein! Sieh, da kannst du hinabfallen und ein Bein brechen, das tut dir furchtbar weh.«

Das Geißlein hatte sich schnell umgewandt und dem Heidi vergnüglich die Kräuter aus der Hand gefressen. Derweilen war der Peter auf seine Füße gekommen und hatte den Distelfink an der Schnur erfaßt, an welcher sein Glöckchen um den Hals gebunden war, und Heidi erfaßte diese von der anderen Seite und so führten die beiden den Ausreißer zu der friedlich weidenden Herde zurück. Als ihn aber Peter hier in Sicherheit hatte, erhob er seine Rute und wollte ihn zur Strafe tüchtig durchprügeln, und der Distelfink wich scheu zurück, denn er merkte, was begegnen sollte. Aber Heidi schrie laut auf: »Nein, Peter, nein, du mußt ihn nicht schlagen, sieh, wie er sich fürchtet!«

»Er verdient's«, schnurrte Peter und wollte zuschlagen. Aber Heidi fiel ihm in den Arm und rief ganz entrüstet: »Du darfst ihm nichts tun, es tut ihm weh, laß ihn los!«

Peter schaute erstaunt auf das gebietende Heidi, dessen schwarze Augen ihn so anfunkelten, daß er unwillkürlich seine Rute niederhielt. »So kann er gehen, wenn du mir morgen wieder von deinem Käse gibst«, sagte dann der Peter nachgebend, denn eine Entschädigung wollte er haben für den Schrecken.

»Allen kannst du haben, das ganze Stück morgen und alle Tage, ich brauche ihn gar nicht«, sagte Heidi zustimmend, »und Brot gebe ich dir auch ganz viel, wie heute; aber dann darfst du den Distelfink nie, gar nie schlagen und auch das Schneehöppli nie und gar keine Geiß.«

»Es ist mir gleich«, bemerkte Peter, und das war bei ihm so viel als 57 eine Zusage. Jetzt ließ er den Schuldigen los, und der fröhliche Distelfink sprang in hohen Sprüngen auf und davon in die Herde hinein. –

So war unvermerkt der Tag vergangen, und schon war die Sonne im Begriff, weit drüben hinter den Bergen hinabzugehen. Heidi saß wieder am Boden und schaute ganz still auf die Blauglöckchen und die Cystusröschen, die im goldenen Abendschein leuchteten, und alles Gras wurde wie golden angehaucht und die Felsen droben fingen an zu schimmern und zu funkeln, und auf einmal sprang Heidi auf und schrie: »Peter! Peter! es brennt! es brennt! alle Berge brennen und der große Schnee drüben brennt und der Himmel. O sieh! sieh! der hohe Felsenberg ist ganz glühend! O der schöne, feurige Schnee! Peter, sieh auf, sieh, das Feuer ist auch beim Raubvogel! sieh doch die Felsen! sieh die Tannen! alles, alles ist im Feuer!« 58

»Es war immer so«, sagte jetzt der Peter gemütlich und schälte an seiner Rute fort, »aber es ist kein Feuer.«

»Was ist es denn?« rief Heidi und sprang hierhin und dorthin, daß es überall hin sehe, denn es konnte gar nicht genug bekommen, so schön war's auf allen Seiten. »Was ist es, Peter, was ist es?« rief Heidi wieder.

»Es kommt von selbst so«, erklärte Peter.

»O sieh, sieh«, rief Heidi in großer Aufregung, »auf einmal werden sie rosenrot! Sieh den mit dem Schnee und den mit den hohen, spitzigen Felsen! Wie heißen sie, Peter?«

»Berge heißen nicht«, erwiderte dieser.

»O wie schön, sieh den rosenroten Schnee! O, und an den Felsen oben sind viele, viele Rosen! O, nun werden sie grau! O! O! Nun ist alles ausgelöscht! Nun ist alles aus, Peter!« Und Heidi setzte sich auf den Boden und sah so verstört aus, als ginge wirklich alles zu Ende.

»Es ist morgen wieder so«, erklärte Peter. »Steh auf, nun müssen wir heim.«

Die Geißen wurden herbeigepfiffen und -gerufen und die Heimfahrt angetreten.

»Ist's alle Tage wieder so, alle Tage, wenn wir auf der Weide sind?« fragte Heidi, begierig nach einer bejahenden Versicherung horchend, als es nun neben dem Peter die Alm hinunterstieg.

»Meistens«, gab dieser zur Antwort.

»Aber gewiß morgen wieder?« wollte es noch wissen.

»Ja, ja, morgen schon!« versicherte Peter.

Nun war Heidi wieder froh und es hatte so viele Eindrücke in sich aufgenommen und so viele Dinge gingen ihm im Sinn herum, daß es nun ganz stillschwieg, bis es bei der Almhütte ankam und den Großvater unter den Tannen sitzen sah, wo er auch eine Bank angebracht hatte und am Abend seine Geißen erwartete, die von dieser Seite herunterkamen. Heidi sprang gleich auf ihn zu und Schwänli und Bärli hinter ihm drein, denn die Geißen kannten ihren Herrn und ihren Stall. Der Peter rief dem Heidi nach: »Komm dann morgen wieder! Gute Nacht!« Denn es war ihm sehr daran gelegen, daß das Heidi wiederkomme.

Da rannte das Heidi schnell wieder zurück und gab dem Peter die Hand und versicherte ihm, daß es wieder mitkomme, und dann sprang es mitten in die davonziehende Herde hinein und faßte noch einmal das Schneehöppli um den Hals und sagte vertraulich: »Schlaf wohl, Schneehöppli, und denk dran, daß ich morgen wiederkomme und daß du nie mehr so jämmerlich meckern mußt.«

Das Schneehöppli schaute ganz freundlich und dankbar zu Heidi auf und sprang dann fröhlich der Herde nach.

Heidi kam unter die Tannen zurück.

»O Großvater, das war so schön!« rief es, noch bevor es bei ihm war. »Das Feuer und die Rosen am Felsen und die blauen und gelben Blumen, und sieh, was ich hier bringe!« Und damit schüttete Heidi seinen ganzen Blumenreichtum aus dem gefalteten Schürzchen vor den Großvater hin. Aber wie sahen die armen Blümchen aus! Heidi erkannte sie nicht mehr. Es war alles wie Heu, und kein einziges Kelchlein stand mehr offen.

»O Großvater, was haben sie?« rief Heidi ganz erschrocken aus. »So waren sie nicht, warum sehen sie so aus?«

»Die wollen draußen stehen in der Sonne und nicht ins Schürzchen hinein«, sagte der Großvater.

»Dann will ich gar keine mehr mitnehmen. Aber, Großvater, warum hat der Raubvogel so gekrächzt?« fragte Heidi nun angelegentlich.

»Jetzt gehst du ins Wasser und ich in den Stall und hole Milch, und nachher kommen wir hinein zusammen in die Hütte und essen zu Nacht, dann sag' ich dir's.«

So wurde getan, und wie nun später Heidi auf seinem hohen Stuhl saß vor seinem Milchschüsselchen und der Großvater neben ihm, da kam das Kind gleich wieder mit seiner Frage: »Warum krächzt der Raubvogel so und schreit immer so herunter, Großvater?«

»Der höhnt die Leute aus dort unten, daß sie so viele zusammensitzen in den Dörfern und einander bös machen. Da höhnt er hinunter: Würdet ihr auseinandergehen und jedes seinen Weg und auf eine Höhe steigen, wie ich, so wär's euch wohler!« Der Großvater sagte diese Worte fast wild, so daß dem Heidi das Gekrächz des Raubvogels dadurch noch eindrücklicher wurde in der Erinnerung.

»Warum haben die Berge keinen Namen, Großvater?« fragte Heidi wieder.

»Die haben Namen«, erwiderte dieser, »und wenn du mir einen so beschreiben kannst, daß ich ihn kenne, so sage ich dir, wie er heißt.«

Nun beschrieb Heidi den Felsenberg mit den zwei hohen Türmen genau so, wie es ihn gesehen hatte, und der Großvater sagte wohlgefällig: »Recht so, den kenn' ich, der heißt Falknis. Hast du noch einen gesehen?«

Nun beschrieb Heidi den Berg mit dem großen Schneefeld, auf dem der ganze Schnee im Feuer gestanden hatte und dann rosenrot geworden war und dann auf einmal ganz bleich und erloschen dastand.

»Den erkenn' ich auch«, sagte der Großvater, »das ist die Schesaplana; so hat es dir gefallen auf der Weide?«

Nun erzählte Heidi alles vom ganzen Tage, wie schön es gewesen, und besonders von dem Feuer am Abend, und nun sollte der Großvater auch sagen, woher es gekommen war, denn der Peter hätte nichts davon ge-wußt.

»Siehst du«, erklärte der Großvater, »das macht die Sonne, wenn sie den Bergen gute Nacht sagt, dann wirft sie ihnen noch ihre schönsten

Strahlen zu, daß sie sie nicht vergessen, bis sie am Morgen wieder kommt.«

Das gefiel dem Heidi und es konnte fast nicht erwarten, daß wieder ein Tag komme, da es hinauf konnte auf die Weide und wieder sehen, wie die Sonne den Bergen gute Nacht sagte. Aber erst mußte es nun schlafen gehen, und es schlief auch die ganze Nacht herrlich auf seinem Heulager und träumte von lauter schimmernden Bergen und roten Rosen darauf und mitten drin das Schneehöppli in fröhlichen Sprüngen.

Bei der Großmutter

Am andern Morgen kam wieder die helle Sonne, und dann kam der Peter und die Geißen, und wieder zogen sie alle miteinander nach der Weide hinauf, und so ging es Tag für Tag, und Heidi wurde bei diesem Weideleben ganz gebräunt und so kräftig und gesund, daß ihm gar nie etwas fehlte, und so froh und glücklich lebte Heidi von einem Tag zum anderen, wie nur die lustigen Vögelein leben auf allen Bäumen im grünen Wald. Wie es nun Herbst wurde und der Wind lauter zu sausen anfing über die Berge hin, dann sagte etwa der Großvater: »Heut' bleibst du da, Heidi; ein Kleines, wie du bist, kann der Wind mit einem Ruck über alle Felsen ins Tal hinabwehen.«

Wenn aber das am Morgen der Peter vernahm, sah er sehr unglücklich aus, denn er sah lauter Mißgeschick vor sich: einmal wußte er vor Langeweile nun gar nicht mehr was anfangen, wenn Heidi nicht bei ihm war; dann kam er um sein reichliches Mittagsmahl, und dann waren die Geißen so störrig an diesen Tagen, daß er die doppelte Mühe mit ihnen hatte; denn die waren nun auch so an Heidis Gesellschaft gewöhnt, daß sie nicht vorwärts wollten, wenn es nicht dabei war, und auf alle Seiten rannten. Heidi wurde niemals unglücklich, denn es sah immer irgend etwas Erfreuliches vor sich. Am liebsten ging es schon mit Hirt und Geißen auf die Weide zu den Blumen und zum Raubvogel hinauf, wo so mannigfaltige Dinge zu erleben waren mit all den verschieden gearteten Geißen; aber auch das Hämmern und Sägen und Zimmern des Großvaters war sehr unterhaltend für Heidi; und traf es sich, daß er gerade die schönen runden Geißkäschen zubereitete, wenn es daheimbleiben mußte, so war das ein ganz besonderes Vergnügen, dieser merkwürdigen Tätigkeit zuzuschauen, wobei der Großvater beide Arme bloß machte und damit in dem großen Kessel herumrührte. Aber vor allem anziehend war für das Heidi an solchen Windtagen das Wogen und Rauschen in den drei alten Tannen hinter der Hütte. Da mußte es immer von Zeit zu Zeit hinlaufen von allem anderen weg, was es auch sein mochte, denn so schön und wunderbar war gar nichts, wie dieses tiefe, geheimnisvolle Tosen in den Wipfeln da droben; da stand Heidi unten und lauschte hinauf und konnte niemals genug bekommen, zu sehen und zu hören, wie das wehte und wogte und rauschte in den Bäumen mit großer Macht. Jetzt gab die Sonne nicht mehr heiß wie im Sommer, und Heidi suchte seine Strümpfe und Schuhe hervor und auch den Rock, denn nun wurde es immer frischer, und wenn das Heidi unter den Tannen stand, wurde es durchblasen wie ein dünnes Blättlein, aber es lief doch immer wieder hin und konnte nicht in der Hütte bleiben, wenn es das Windeswehen vernahm.

65

Dann wurde es kalt, und der Peter hauchte in die Hände, wenn er früh am Morgen heraufkam, aber nicht lange; denn auf einmal fiel über Nacht ein tiefer Schnee, und am Morgen war die ganze Alm schneeweiß und kein einziges grünes Blättlein mehr zu sehen ringsum und um. Da kam der Geißenpeter nicht mehr mit seiner Herde, und Heidi schaute ganz verwundert durch das kleine Fenster, denn nun fing es wieder zu schneien an, und die dicken Flocken fielen fort und fort, bis der Schnee so hoch wurde, daß er bis ans Fenster hinaufreichte, und dann noch höher, daß man das Fenster gar nicht mehr aufmachen konnte und man ganz verpackt war in dem Häuschen. Das kam dem Heidi so lustig vor, daß es immer von einem Fenster zum anderen rannte, um zu sehen, wie es denn noch werden wollte und ob der Schnee noch die ganze Hütte zudecken wollte, daß man müßte ein Licht anzünden am hellen Tag. Es kam aber nicht so weit, und am anderen Tag ging der Großvater hinaus - denn nun schneite es nicht mehr- und schaufelte ums ganze Haus herum und warf große, große Schneehaufen auf einander, daß es war wie hier ein Berg und dort ein Berg und dort ein Berg um die Hütte herum; aber nun waren die Fenster wieder frei und auch die Tür, und das war gut, denn als am Nachmittag Heidi und der Großvater am Feuer saßen, jedes auf seinem Dreifuß - denn der Großvater hatte längst auch einen für das Kind gezimmert -, da polterte auf einmal etwas heran und schlug immerzu gegen die Holzschwelle und machte endlich die Tür auf. Es war der Geißenpeter; er hatte aber nicht aus Unart so gegen die Tür gepoltert, sondern um seinen Schnee von den Schuhen abzuschlagen, die hoch

66

hinauf davon bedeckt waren; eigentlich der ganze Peter war von Schnee bedeckt, denn er hatte sich durch die hohen Schichten so durchkämpfen müssen, daß ganze Massen an ihm hängen geblieben und auf ihm festgefroren waren, denn es war sehr kalt. Aber er hatte nicht nachgegeben, denn er wollte zu Heidi hinauf, er hatte es jetzt acht Tage lang nicht gesehen.

»Guten Abend«, sagte er im Eintreten, stellte sich gleich so nah als möglich ans Feuer heran und sagte weiter nichts mehr; aber sein ganzes Gesicht lachte vor Vergnügen, daß er da war. Heidi schaute ihn sehr verwundert an, denn nun er so nah am Feuer war, fing es überall an ihm zu tauen an, so daß der ganze Peter anzusehen war wie ein gelinder Wasserfall.

»Nun, General, wie steht's?« sagte jetzt der Großvater. »Nun bist du ohne Armee und mußt am Griffel nagen.«

»Warum muß er am Griffel nagen, Großvater?« fragte Heidi sogleich mit Wißbegierde.

»Im Winter muß er in die Schule gehen«, erklärte der Großvater; »da lernt man lesen und schreiben, und das geht manchmal schwer, da hilft's ein wenig nach, wenn man am Griffel nagt; ist's nicht wahr, General?«

»Ja, 's ist wahr«, bestätigte Peter.

Jetzt war Heidis Teilnahme an der Sache wach geworden und es hatte sehr viele Fragen über die Schule und alles, was da begegnete und zu hören und zu sehen war, an den Peter zu richten, und da immer viel Zeit verfloß über einer Unterhaltung, an der Peter teilnehmen mußte, so konnte er derweilen schön trocknen von oben bis unten. Es war immer eine große Anstrengung für ihn, seine Vorstellungen in die Worte zu bringen, die bedeuteten, was er meinte; aber diesmal hatte er's besonders streng, denn kaum hatte er eine Antwort zustande gebracht, so hatte ihm Heidi schon wieder zwei oder drei unerwartete Fragen zugeworfen und meistens solche, die einen ganzen Satz als Antwort erforderten.

Der Großvater hatte sich ganz still verhalten während dieser Unterhaltung, aber es hatte ihm öfter ganz lustig um die Mundwinkel gezuckt, was ein Zeichen war, daß er zuhörte.

»So, General, nun warst du im Feuer und brauchst Stärkung, komm, halt mit!« Damit stand der Großvater auf und holte das Abendessen aus dem Schrank hervor, und Heidi rückte die Stühle zum Tisch. Unterdessen war auch eine Bank an die Wand gezimmert worden vom Großvater; nun er nicht mehr allein war, hatte er da und dort allerlei Sitze zu zweien eingerichtet, denn Heidi hatte die Art, daß es sich überall nah zum Großvater hielt, wo er ging und stand und saß. So hatten sie alle drei gut Platz zum Sitzen und der Peter tat seine runden Augen ganz weit auf, als er sah, welch ein mächtiges Stück von dem schönen getrockneten Fleisch der Alm-Öhi ihm auf seine dicke Brotschnitte legte. So gut hatte es der Peter lange nicht gehabt. Als nun das vergnügte Mahl zu Ende war, fing es an zu dunkeln, und Peter schickte sich zur Heimkehr an. Als er nun »Gute Nacht« und »Dank Euch Gott« gesagt hatte und schon unter der Tür war, kehrte er sich noch einmal um und sagte: »Am Sonntag komm' ich wieder, heut' über acht Tag', und du solltest auch einmal zur Großmutter kommen, hat sie gesagt.« 68

Das war ein ganz neuer Gedanke für Heidi, daß es zu jemandem gehen sollte, aber er faßte auf der Stelle Boden bei ihm, und gleich am folgenden Morgen war sein erstes, daß es erklärte: »Großvater, jetzt muß ich gewiß zu der Großmutter hinunter, sie erwartet mich.«

»Es hat zu viel Schnee«, erwiderte der Großvater abwehrend. Aber das Vorhaben saß fest in Heidis Sinn, denn die Großmutter hatte es ja sagen lassen; so mußte es sein. So verging kein Tag mehr, an dem das Kind nicht fünf- und sechsmal sagte: »Großvater, jetzt muß ich gewiß gehen, die Großmutter wartet ja immer auf mich.«

Am vierten Tag, als es draußen knisterte und knarrte vor Kälte bei jedem Schritt und die ganze große Schneedecke ringsum hart gefroren war, aber eine schöne Sonne ins Fenster guckte, gerade auf Heidis hohen Stuhl hin, wo es am Mittagsmahl saß, da begann es wieder sein Sprüchlein: »Heut' muß ich aber gewiß zur Großmutter gehen, es währt ihr sonst zu lange.« Da stand der Großvater auf vom Mittagstisch, stieg auf den Heuboden hinauf, brachte den dicken Sack herunter, der Heidis Bettdecke war, und sagte: »So komm!« In großer Freude hüpfte das Kind ihm nach in die glitzernde Schneewelt hinaus. In den alten Tannen war es nun ganz still und auf allen Ästen lag der weiße Schnee und in dem Sonnenschein schimmerte und funkelte es überall von den Bäumen in solcher Pracht, daß Heidi hoch aufsprang vor Entzücken und ein Mal übers andere ausrief: »Komm heraus, Großvater, komm heraus! Es ist lauter Silber und Gold an den Tannen!« Denn der Großvater war in den Schopf hineingegangen und kam nun heraus mit einem breiten Stoßschlitten: da war vorn eine Stange angebracht, und von dem flachen Sitz konnte man die Füße nach vorn hinunter halten und gegen den Schneeboden stemmen und der Fahrt die Weisung geben. Hier setzte 69 sich der Großvater hin, nachdem er erst die Tannen ringsum mit Heidi hatte beschauen müssen, nahm das Kind auf seinen Schoß, wickelte es um und um in den Sack ein, damit es hübsch warm bleibe, und drückte es fest mit dem linken Arm an sich, denn das war nötig bei der kommenden Fahrt. Dann umfaßte er mit der rechten Hand die Stange und gab einen Ruck mit beiden Füßen. Da schoß der Schlitten davon die Alm hinab mit einer solchen Schnelligkeit, daß das Heidi meinte, es fliege in der Luft wie ein Vogel, und laut aufjauchzte. Auf einmal stand der Schlitten still, gerade bei der Hütte vom Geißenpeter. Der Großvater stellte das Kind auf den Boden, wickelte es aus seiner Decke heraus und sagte:»So, nun geh hinein, und wenn es anfängt dunkel zu werden, dann komm wieder heraus und mach dich auf den Weg.« Dann kehrte er um mit seinem Schlitten und zog ihn den Berg hinauf.

Heidi machte die Tür auf und kam in einen kleinen Raum hinein, da sah es schwarz aus, und ein Herd war da und einige Schüsselchen auf einem Gestell, das war die kleine Küche; dann kam gleich wieder eine Tür, die machte Heidi wieder auf und kam in eine enge Stube hinein, denn das Ganze war nicht eine Sennhütte, wie beim Großvater, wo ein einziger, großer Raum war und oben ein Heuboden, sondern es war ein kleines, uraltes Häuschen, wo alles eng war und schmal und dürftig. Als Heidi in das Stübchen trat, stand es gleich vor dem Tisch, daran saß eine Frau und flickte an Peters Wams, denn dieses erkannte Heidi sogleich. In der Ecke saß ein altes, gekrümmtes Mütterchen und spann. Heidi wußte gleich, woran es war; es ging geradaus auf das Spinnrad zu und sagte:»Guten Tag, Großmutter, jetzt komme ich zu dir; hast du gedacht, es währe lang, bis ich komme?«

Die Großmutter erhob den Kopf und suchte die Hand, die gegen sie ausgestreckt war, und als sie diese erfaßt hatte, befühlte sie dieselbe erst eine Weile nachdenklich in der ihrigen, dann sagte sie:»Bist du das Kind droben beim Alm-Öhi, bist du das Heidi?«

»Ja, ja«, bestätigte das Kind, »jetzt gerade bin ich mit dem Großvater im Schlitten heruntergefahren.«

»Wie ist das möglich! Du hast ja eine so warme Hand! Sag, Brigitte, ist der Alm-Öhi selber mit dem Kind heruntergekommen?«

Peters Mutter, die Brigitte, die am Tisch geflickt hatte, war aufgestanden und betrachtete nun mit Neugierde das Kind von oben bis unten; dann sagte sie:»Ich weiß nicht, Mutter, ob der Öhi selber heruntergekommen ist mit ihm; es ist nicht glaublich, das Kind wird's nicht recht wissen.«

Aber das Heidi sah die Frau sehr bestimmt an und gar nicht, als sei es im ungewissen, und sagte: »Ich weiß ganz gut, wer mich in die Bettdecke gewickelt hat und mit mir heruntergeschlittelt ist; das ist der Großvater.«

»Es muß doch etwas daran sein, was der Peter so gesagt hat den Sommer durch vom Alm-Öhi, wenn wir dachten, er wisse es nicht recht«, sagte die Großmutter; »wer hätte freilich auch glauben können, daß so etwas möglich sei; ich dachte, das Kind lebte keine drei Wochen da oben. Wie sieht es auch aus, Brigitte!« Diese hatte das Kind unterdessen so von allen Seiten angesehen, daß sie nun wohl berichten konnte, wie es aussah.

»Es ist so fein gegliedert, wie die Adelheid war«, gab sie zur Antwort; »aber es hat die schwarzen Augen und das krause Haar, wie es der Tobias hatte und auch der Alte droben; ich glaube, es sieht den zweien gleich.«

Unterdessen war Heidi nicht müßig geblieben; es hatte ringsum geguckt und alles genau betrachtet, was da zu sehen war. Jetzt sagte es: »Sieh, Großmutter, dort schlägt es einen Laden immer hin und her, und der Großvater würde auf der Stelle einen Nagel einschlagen, daß er wieder fest hält, sonst schlägt er auch einmal eine Scheibe ein; sieh, sieh, wie er tut!«

»Ach, du gutes Kind«, sagte die Großmutter, »sehen kann ich es nicht, aber hören kann ich es wohl und noch viel mehr, nicht nur den Laden; da kracht und klappert es überall, wenn der Wind kommt, und er kann überall hereinblasen; es hält nichts mehr zusammen, und in der Nacht, wenn sie beide schlafen, ist es mir manchmal so angst und bang, es falle alles über uns zusammen und schlage uns alle drei tot; ach, und da ist kein Mensch, der etwas ausbessern könnte an der Hütte, der Peter versteht's nicht.«

»Aber warum kannst du denn nicht sehen, wie der Laden tut, Großmutter? Sieh jetzt wieder, dort, gerade dort.« Und Heidi zeigte die Stelle deutlich mit dem Finger.

»Ach Kind, ich kann ja gar nichts sehen, gar nichts, nicht nur den Laden nicht«, klagte die Großmutter.

»Aber wenn ich hinausgehe und den Laden ganz aufmache, daß es recht hell wird, kannst du dann sehen, Großmutter?«

»Nein, nein, auch dann nicht, es kann mir niemand mehr hell machen.«

»Aber wenn du hinausgehst in den ganz weißen Schnee, dann wird es dir gewiß hell; komm nur mit mir, Großmutter, ich will dir's zeigen.« Heidi nahm die Großmutter bei der Hand und wollte sie fortziehen, denn es fing an, ihm ganz ängstlich zumute zu werden, daß es ihr nirgends hell wurde.

»Laß mich nur sitzen, du gutes Kind; es bleibt doch dunkel bei mir, auch im Schnee und in der Helle, sie dringt nicht mehr in meine Augen.«

»Aber dann doch im Sommer, Großmutter«, sagte Heidi, immer ängstlicher nach einem guten Ausweg suchend; »weißt, wenn dann wieder die Sonne ganz heiß herunterbrennt und dann ›gute Nacht‹ sagt und die Berge alle feuerrot schimmern und alle gelben Blümlein glitzern, dann wird es dir wieder schön hell?«

»Ach Kind, ich kann sie nie mehr sehen, die feurigen Berge und die goldenen Blümlein droben, es wird mir nie mehr hell auf Erden, nie mehr.«

Jetzt brach Heidi in lautes Weinen aus. Voller Jammer schluchzte es fortwährend: »Wer kann dir denn wieder hell machen? Kann es niemand? Kann es gar niemand?«

Die Großmutter suchte nun das Kind zu trösten, aber es gelang ihr nicht so bald. Heidi weinte fast nie; wenn es aber einmal anfing, dann konnte es auch fast nicht mehr aus der Betrübnis herauskommen. Die Großmutter hatte schon allerhand probiert, um das Kind zu beschwichtigen, denn es ging ihr zu Herzen, daß es so jämmerlich schluchzen mußte. Jetzt sagte sie: »Komm, du gutes Heidi, komm hier heran, ich will dir etwas sagen. Siehst du, wenn man nichts sehen kann, dann hört man so gern ein freundliches Wort, und ich höre es gern, wenn du redest; komm, setz dich da nahe zu mir und erzähl mir etwas, was du machst da droben und was der Großvater macht, ich habe ihn früher gut gekannt; aber jetzt hab' ich seit manchem Jahr nichts mehr gehört von ihm, als durch den Peter, aber der sagt nicht viel.«

Jetzt kam dem Heidi ein neuer Gedanke; es wischte rasch seine Tränen weg und sagte tröstlich: »Wart nur, Großmutter, ich will alles dem Großvater sagen, er macht dir schon wieder hell und macht, daß die Hütte nicht zusammenfällt, er kann alles wieder in Ordnung machen.«

Die Großmutter schwieg stille, und nun fing Heidi an, ihr mit großer Lebendigkeit zu erzählen von seinem Leben mit dem Großvater und von den Tagen auf der Weide und von dem jetzigen Winterleben mit dem Großvater, was er alles aus Holz machen könne, Bänke und Stühle und schöne Krippen, wo man für das Schwänli und Bärli das Heu hineinlegen könnte, und einen neuen großen Wassertrog zum Baden im Sommer, und ein neues Milchschüsselchen und Löffel, und Heidi wurde immer eifriger im Beschreiben all der schönen Sachen, die so auf einmal aus einem Stück Holz herauskommen, und wie es dann neben dem Großvater stehe und ihm zuschaue und wie es das alles auch einmal machen wolle. Die Großmutter hörte mit großer Aufmerksamkeit zu, und von Zeit zu Zeit sagte sie dazwischen: »Hörst du's auch, Brigitte? Hörst du, was es vom Öhi sagt?«

Mit einem Mal wurde die Erzählung unterbrochen durch ein großes Gepolter an der Tür, und herein stampfte der Peter, blieb aber sogleich stille stehen und sperrte seine runden Augen ganz erstaunlich weit auf, als er das Heidi erblickte, und schnitt die allerfreundlichste Grimasse, als es ihm sogleich zurief: »Guten Abend, Peter!«

»Ist denn das möglich, daß der schon aus der Schule kommt«, rief die Großmutter ganz verwundert aus; »so geschwind ist mir seit manchem Jahr kein Nachmittag vergangen! Guten Abend, Peterli, wie geht es mit dem Lesen?«

»Gleich«, gab der Peter zur Antwort.

»So, so«, sagte die Großmutter ein wenig seufzend, »ich habe gedacht, es gäbe vielleicht eine Änderung auf die Zeit, wenn du dann zwölf Jahre alt wirst gegen den Hornung hin.«

»Warum muß es eine Änderung geben, Großmutter?« fragte Heidi gleich mit Interesse.

»Ich meine nur, daß er es etwa noch hätte lernen können«, sagte die Großmutter, »das Lesen mein' ich. Ich habe dort oben auf dem Gestell ein altes Gebetbuch, da sind schöne Lieder drin, die habe ich so lange nicht mehr gehört, und im Gedächtnis habe ich sie auch nicht mehr; da habe ich gehofft, wenn der Peterli nun lesen lerne, so könne er mir etwa ein gutes Lied lesen; aber er kann es nicht lernen, es ist ihm zu schwer.«

»Ich denke, ich muß Licht machen, es wird ja schon ganz dunkel«, sagte jetzt Peters Mutter, die immer emsig am Wams fortgeflickt hatte; »der Nachmittag ist mir auch vergangen, ohne daß ich's merkte.«

Nun sprang Heidi von seinem Stühlchen auf, streckte eilig seine Hand aus und sagte: »Gut' Nacht, Großmutter, ich muß auf der Stelle heim, wenn es dunkel wird«, und hintereinander bot es dem Peter und seiner Mutter die Hand und ging der Tür zu. Aber die Großmutter rief besorgt: »Wart, wart, Heidi; so allein mußt du nicht fort, der Peter muß mit dir, hörst du? Und gib acht auf das Kind, Peterli, daß es nicht umfällt, und steh nicht still mit ihm, daß es nicht friert, hörst du? Hat es auch ein dickes Halstuch an?«

38

»Ich habe gar kein Halstuch an«, rief Heidi zurück, »aber ich will schon nicht frieren«; damit war es zur Tür hinaus und huschte so behend weiter, daß der Peter kaum nachkam. Aber die Großmutter rief jammernd: »Lauf ihm nach, Brigitte, lauf, das Kind muß ja erfrieren, so bei der Nacht, nimm mein Halstuch mit, lauf schnell!« Die Brigitte gehorchte. Die Kinder hatten aber kaum ein paar Schritte den Berg hinan getan, so sahen sie von oben herunter den Großvater kommen, und mit wenigen rüstigen Schritten stand er vor ihnen.

78   »Recht so, Heidi, Wort gehalten!« sagte er, packte das Kind wieder fest in seine Decke ein, nahm es auf seinen Arm und stieg den Berg hinauf. Eben hatte die Brigitte noch gesehen, wie der Alte das Kind wohlverpackt auf seinen Arm genommen und den Rückweg angetreten hatte. Sie trat mit dem Peter wieder in die Hütte ein und erzählte der Großmutter mit Verwunderung, was sie gesehen hatte. Auch diese mußte sich sehr verwundern und ein Mal über das andere sagen: »Gott Lob und Dank, daß er so ist mit dem Kind, Gott Lob und Dank! Wenn er es nur auch wieder zu mir läßt, das Kind hat mir so wohl gemacht! Was hat es für ein gutes Herz und wie kann es so kurzweilig erzählen!« Und immer wieder freute sich die Großmutter, und bis sie ins Bett ging, sagte sie immer wieder: »Wenn es nur auch wiederkommt! Jetzt habe

79   ich doch noch etwas auf der Welt, auf das ich mich freuen kann!« Und die Brigitte stimmte jedesmal ein, wenn die Großmutter wieder dasselbe sagte, und auch der Peter nickte jedesmal zustimmend mit dem Kopf und zog seinen Mund weit auseinander vor Vergnüglichkeit und sagte: »Hab's schon gewußt.«

Unterdessen redete das Heidi in seinem Sack drinnen immerzu an den Großvater heran; da die Stimme aber nicht durch den achtfachen Umschlag dringen konnte und er daher kein Wort verstand, sagte er: »Wart ein wenig, bis wir daheim sind, dann sag's.«

Sobald er nun, oben angekommen, in seine Hütte eingetreten war und Heidi aus seiner Hülle herausgeschält hatte, sagte es: »Großvater, morgen müssen wir den Hammer und die großen Nägel mitnehmen und den Laden festschlagen bei der Großmutter und sonst noch viele Nägel einschlagen, denn es kracht und klappert alles bei ihr.«

»Müssen wir? So, das müssen wir? Wer hat dir das gesagt?« fragte der Großvater.

»Das hat mir kein Mensch gesagt, ich weiß es sonst«, entgegnete Heidi, »denn es hält alles nicht mehr fest und es ist der Großmutter angst und bang, wenn sie nicht schlafen kann und es so tut, und sie denkt: ›jetzt fällt alles ein und gerade auf unsere Köpfe‹; und der Großmutter kann man gar nicht mehr hell machen, sie weiß gar nicht, wie man es könnte, aber du kannst es schon, Großvater; denk nur, wie traurig es ist, wenn sie immer im Dunkeln ist und es ihr dann noch angst und bang ist und es kann ihr kein Mensch helfen, als du! Morgen wollen wir gehen und ihr helfen; gelt, Großvater, wir wollen?«

Heidi hatte sich an den Großvater angeklammert und schaute mit zweifellosem Vertrauen zu ihm auf. Der Alte schaute eine kleine Weile auf das Kind nieder, dann sagte er:»Ja, Heidi, wir wollen machen, daß es nicht mehr so klappert bei der Großmutter, das können wir; morgen tun wir's.«

Nun hüpfte das Kind vor Freude im ganzen Hüttenraum herum und rief ein Mal ums andere:»Morgen tun wir's! Morgen tun wir's!«

Der Großvater hielt Wort. Am folgenden Nachmittag wurde dieselbe Schlittenfahrt ausgeführt. Wie am vorhergehenden Tag stellte der Alte das Kind vor der Tür der Geißenpeter-Hütte nieder und sagte:»Nun geh hinein, und wenn's Nacht wird, komm wieder.« Dann legte er den Sack auf den Schlitten und ging um das Häuschen herum.

Kaum hatte Heidi die Tür aufgemacht und war in die Stube hineingesprungen, so rief schon die Großmutter aus der Ecke:»Da kommt das Kind! Das ist das Kind!« und ließ vor Freuden den Faden los und das Rädchen stehen und streckte beide Hände nach dem Kinde aus. Heidi lief zu ihr, rückte gleich das niedere Stühlchen ganz nahe an sie heran, setzte sich darauf und hatte der Großmutter schon wieder eine große Menge von Dingen zu erzählen und von ihr zu erfragen. Aber auf einmal ertönten so gewaltige Schläge an das Haus, daß die Großmutter vor Schrecken so zusammenfuhr, daß sie fast das Spinnrad umwarf, und zitternd ausrief:»Ach du mein Gott, jetzt kommt's, es fällt alles zusammen!« Aber Heidi hielt sie fest um den Arm und sagte tröstend:»Nein, nein, Großmutter, erschrick du nur nicht, das ist der Großvater mit dem Hammer, jetzt macht er alles fest, daß es dir nicht mehr angst und bang wird.«

»Ach, ist auch das möglich! Ist auch so etwas möglich! So hat uns doch der liebe Gott nicht ganz vergessen!« rief die Großmutter aus. »Hast du's gehört, Brigitte, was es ist, hörst du's? Wahrhaftig, es ist ein Hammer! Geh hinaus, Brigitte, und wenn es der Alm-Öhi ist, so sag ihm, er soll doch dann auch einen Augenblick hereinkommen, daß ich ihm auch danken kann.«

Die Brigitte ging hinaus. Eben schlug der Alm-Öhi mit großer Gewalt neue Kloben in die Mauer; Brigitte trat an ihn heran und sagte: »Ich wünsche Euch guten Abend, Öhi, und die Mutter auch, und wir haben Euch zu danken, daß Ihr uns einen solchen Dienst tut, und die Mutter möchte Euch noch gern eigens danken drinnen; sicher, es hätte uns das nicht gerad' einer getan, wir wollen Euch auch dran denken, denn sicher –«

»Macht's kurz«, unterbrach sie der Alte hier; »was Ihr vom Alm-Öhi haltet, weiß ich schon. Geht nur wieder hinein; wo's fehlt, find' ich selber.«

Brigitte gehorchte sogleich, denn der Öhi hatte eine Art, der man sich nicht leicht widersetzte. Er klopfte und hämmerte um das ganze Häuschen herum, stieg dann das schmale Treppchen hinauf bis unter das Dach, hämmerte weiter und weiter, bis er auch den letzten Nagel eingeschlagen, den er mitgebracht hatte. Unterdessen war auch schon die Dunkelheit hereingebrochen, und kaum war er heruntergestiegen und hatte seinen Schlitten hinter dem Geißenstall hervorgezogen, als auch schon Heidi aus der Tür trat und vom Großvater wie gestern verpackt auf den Arm genommen und der Schlitten nachgezogen wurde, denn allein da drauf sitzend, wäre die ganze Umhüllung vom Heidi abgefallen, und es wäre fast oder ganz erfroren. Das wußte der Großvater wohl und hielt das Kind ganz warm in seinem Arm.

So ging der Winter dahin. In das freudlose Leben der blinden Großmutter war nach langen Jahren eine Freude gefallen und ihre Tage waren nicht mehr lang und dunkel, einer wie der andere, denn nun hatte sie immer etwas in Aussicht, nach dem sie verlangen konnte. Vom frühen Morgen an lauschte sie auch schon auf den trippelnden Schritt, und ging dann die Tür auf und das Kind kam wirklich dahergesprungen, dann rief sie jedesmal in lauter Freude: »Gottlob! da kommt's wieder!« Und Heidi setzte sich zu ihr und plauderte und erzählte so lustig von allem, was es wußte, daß es der Großmutter ganz wohl machte und ihr die Stunden dahingingen, sie merkte es nicht, und kein einziges Mal fragte sie mehr so wie früher: »Brigitte, ist der Tag noch nicht um?«, sondern jedesmal, wenn Heidi die Tür hinter sich schloß, sagte sie: »Wie war

doch der Nachmittag so kurz; ist es nicht wahr, Brigitte?« Und diese sagte: »Doch sicher, es ist mir, wir haben erst die Teller vom Essen weggestellt.« Und die Großmutter sagte wieder: »Wenn mir nur der Herr

Gott das Kind erhält und dem Alm-Öhi den guten Willen! Sieht es auch gesund aus, Brigitte?« Und jedesmal erwiderte diese: »Es sieht aus wie ein Erdbeerapfel.«

Heidi hatte auch eine große Anhänglichkeit an die alte Großmutter, und wenn es ihm wieder in den Sinn kam, daß ihr gar niemand, auch der Großvater nicht mehr hell machen konnte, überkam es immer wieder eine große Betrübnis; aber die Großmutter sagte ihm immer wieder, daß sie am wenigsten davon leide, wenn es bei ihr sei, und Heidi kam auch an jedem schönen Wintertag heruntergefahren auf seinem Schlitten. Der Großvater hatte, ohne weitere Worte, so fortgefahren, hatte jedesmal den Hammer und allerlei andere Sachen mit aufgeladen und manchen Nachmittag durch an dem Geißenpeter-Häuschen herumgeklopft. Das hatte aber auch seine gute Wirkung; es krachte und klapperte nicht mehr die ganzen Nächte durch, und die Großmutter sagte, so habe sie manchen Winter lang nicht mehr schlafen können, das wolle sie auch dem Öhi nie vergessen.

Es kommt ein Besuch und dann noch einer, der mehr

Folgen hat

Schnell war der Winter und noch schneller der fröhliche Sommer darauf vergangen, und ein neuer Winter neigte sich schon wieder dem Ende zu. Heidi war glücklich und froh wie die Vöglein des Himmels und freute sich jeden Tag mehr auf die herannahenden Frühlingstage, da der warme Föhn durch die Tannen brausen und den Schnee wegfegen würde und dann die helle Sonne die blauen und gelben Blümlein hervorlocken und die Tage der Weide kommen würden, die für Heidi das Schönste mit sich brachten, was es auf Erden geben konnte. Heidi stand nun in seinem achten Jahre; es hatte vom Großvater allerlei Kunstgriffe erlernt: mit den Geißen wußte es so gut umzugehen als nur einer, und Schwänli und Bärli liefen ihm nach wie treue Hündlein und meckerten gleich laut vor Freude, wenn sie nur seine Stimme hörten. In diesem Winter hatte Peter schon zweimal vom Schullehrer im Dörfli den Bericht gebracht, der Alm-Öhi solle das Kind, das bei ihm sei, nun in die Schule schicken, es habe schon mehr als das Alter und hätte schon im letzten Winter kommen sollen. Der Öhi hatte beide Male dem Schullehrer sagen lassen, wenn er etwas mit ihm wolle, so sei er daheim, das Kind schicke er nicht in die Schule. Diesen Bericht hatte der Peter richtig überbracht.

Als die Märzsonne den Schnee an den Abhängen geschmolzen hatte und überall die weißen Schneeglöckchen hervorguckten im Tal und auf der Alm die Tannen ihre Schneelast abgeschüttelt hatten und die Äste wieder lustig wehten, da rannte Heidi vor Wonne immer hin und her von der Haustür zum Geißenstall und von da unter die Tannen und dann wieder hinein zum Großvater, um ihm zu berichten, wie viel größer das Stück grüner Boden unter den Bäumen wieder geworden sei, und gleich nachher kam es wieder, nachzusehen, denn es konnte nicht erwarten, daß alles wieder grün und der ganze schöne Sommer mit Grün und Blumen wieder auf die Alm gezogen kam.

Als Heidi so am sonnigen Märzmorgen hin- und herrannte und jetzt wohl zum zehntenmal über die Türschwelle sprang, wäre es vor Schrecken fast rückwärts wieder hineingefallen, denn auf einmal stand es vor einem schwarzen alten Herrn, der es ganz ernsthaft anblickte. Als er aber seinen Schrecken sah, sagte er freundlich: »Du mußt nicht erschrecken vor mir, die Kinder sind mir lieb. Gib mir die Hand! du wirst das Heidi sein; wo ist der Großvater?«

»Er sitzt am Tisch und schnitzt runde Löffel von Holz«, erklärte Heidi und machte nun die Tür wieder auf.

Es war der alte Herr Pfarrer aus dem Dörfli, der den Öhi vor Jahren gut gekannt hatte, als er noch unten wohnte und sein Nachbar war. Er trat in die Hütte ein, ging auf den Alten zu, der sich über sein Schnitzwerk hinbeugte, und sagte: »Guten Morgen, Nachbar.«

Verwundert schaute dieser in die Höhe, stand dann auf und entgegnete: »Guten Morgen dem Herrn Pfarrer.« Dann stellte er seinen Stuhl vor den Herrn hin und fuhr fort: »Wenn der Herr Pfarrer einen Holzsitz nicht scheut, hier ist einer.«

Der Herr Pfarrer setzte sich. »Ich habe Euch lange nicht gesehen, Nachbar«, sagte er dann.

»Ich den Herrn Pfarrer auch nicht«, war die Antwort.

»Ich komme heut', um etwas mit Euch zu besprechen«, fing der Herr Pfarrer wieder an; »ich denke, Ihr könnt schon wissen, was meine Angelegenheit ist, worüber ich mich mit Euch verständigen und hören will, was Ihr im Sinne habt.«

Der Herr Pfarrer schwieg und schaute auf Heidi, das an der Tür stand und die neue Erscheinung aufmerksam betrachtete.

»Heidi, geh zu den Geißen«, sagte der Großvater. »Kannst ein wenig Salz mitnehmen und bei ihnen bleiben, bis ich auch komme.«

Heidi verschwand sofort.

»Das Kind hätte schon vor dem Jahr und noch sicherer diesen Winter die Schule besuchen sollen«, sagte nun der Herr Pfarrer; »der Lehrer hat Euch mahnen lassen, Ihr habt keine Antwort darauf gegeben; was habt Ihr mit dem Kind im Sinn, Nachbar?«

»Ich habe im Sinn, es nicht in die Schule zu schicken«, war die Antwort.

Verwundert schaute der Herr Pfarrer auf den Alten, der mit gekreuzten Armen auf seiner Bank saß und gar nicht nachgiebig aussah.

»Was wollt Ihr aus dem Kinde machen?« fragte jetzt der Herr Pfarrer.

»Nichts, es wächst und gedeiht mit den Geißen und den Vögeln; bei denen ist es ihm wohl und es lernt nichts Böses von ihnen.«

»Aber das Kind ist keine Geiß und kein Vogel, es ist ein Menschenkind. Wenn es nichts Böses lernt von diesen seinen Kameraden, so lernt es auch sonst nichts von ihnen; es soll aber etwas lernen, und die Zeit dazu ist da. Ich bin gekommen, es Euch zeitig zu sagen, Nachbar, damit Ihr Euch besinnen und einrichten könnt den Sommer durch. Dies war der letzte Winter, den das Kind so ohne allen Unterricht zugebracht hat; nächsten Winter kommt es zur Schule, und zwar jeden Tag.«

»Ich tu's nicht, Herr Pfarrer«, sagte der Alte unentwegt.

»Meint Ihr denn wirklich, es gebe kein Mittel, Euch zur Vernunft zu bringen, wenn Ihr so eigensinnig bei Eurem unvernünftigen Tun beharren wollt?« sagte der Herr Pfarrer jetzt ein wenig eifrig. »Ihr seid weit in der Welt herumgekommen und habt viel gesehen und vieles lernen können, ich hätte Euch mehr Einsicht zugetraut, Nachbar.«

»So«, sagte jetzt der Alte und seine Stimme verriet, daß es auch in seinem Innern nicht mehr so ganz ruhig war; »und meint denn der Herr Pfarrer, ich werde wirklich im nächsten Winter am eisigen Morgen durch Sturm und Schnee ein zartgliedriges Kind den Berg hinunterschicken, zwei Stunden weit, und zur Nacht wieder heraufkommen lassen, wenn's manchmal tobt und tut, daß unsereiner fast in Wind und Schnee ersticken müßte, und dann ein Kind wie dieses? Und vielleicht kann sich der Herr Pfarrer auch noch der Mutter erinnern, der Adelheid; sie war mondsüchtig und hatte Zufälle, soll das Kind auch so etwas holen mit der Anstrengung? Es soll mir einer kommen und mich zwingen wollen! Ich gehe vor alle Gerichte mit ihm, und dann wollen wir sehen, wer mich zwingt!«

»Ihr habt ganz recht, Nachbar«, sagte der Herr Pfarrer mit Freundlichkeit; »es wäre nicht möglich, das Kind von hier aus zur Schule zuschicken. Aber ich kann sehen, das Kind ist Euch lieb; tut um seinetwillen etwas, das Ihr schon lange hättet tun sollen, kommt wieder ins Dörfli herunter und lebt wieder mit den Menschen. Was ist das für ein Leben hier oben, allein und verbittert gegen Gott und Menschen! Wenn Euch einmal etwas zustoßen würde hier oben, wer würde Euch beistehen? Ich kann auch gar nicht begreifen, daß Ihr den Winter durch nicht halb erfriert in Eurer Hütte, und wie das zarte Kind es nur aushalten kann!«

»Das Kind hat junges Blut und eine gute Decke, das möchte ich dem Herrn Pfarrer sagen, und dann noch eins: ich weiß, wo es Holz gibt, und auch, wann die gute Zeit ist, es zu holen; der Herr Pfarrer darf in meinen Schopf hineinsehen, es ist etwas drin, in meiner Hütte geht das Feuer nie aus den Winter durch. Was der Herr Pfarrer mit dem Herunterkommen meint, ist nicht für mich; die Menschen da unten verachten mich und ich sie auch, wir bleiben voneinander, so ist's beiden wohl.«

»Nein, nein, es ist Euch nicht wohl; ich weiß, was Euch fehlt«, sagte der Herr Pfarrer mit herzlichem Ton. »Mit der Verachtung der Menschen dort unten ist es so schlimm nicht. Glaubt mir, Nachbar: sucht Frieden mit Eurem Gott zu machen, bittet um seine Verzeihung, wo Ihr sie nötig habt, und dann kommt und seht, wie anders Euch die Menschen ansehen und wie wohl es Euch noch werden kann.«

Der Herr Pfarrer war aufgestanden, er hielt dem Alten die Hand hin und sagte nochmals mit Herzlichkeit: »Ich zähle darauf, Nachbar, im nächsten Winter seid Ihr wieder unten bei uns und wir sind die alten, guten Nachbarn. Es würde mir großen Kummer machen, wenn ein Zwang gegen Euch müßte angewandt werden; gebt mir jetzt die Hand darauf, daß Ihr herunterkommt und wieder unter uns leben wollt, ausgesöhnt mit Gott und den Menschen.«

Der Alm-Öhi gab dem Herrn Pfarrer die Hand und sagte fest und bestimmt: »Der Herr Pfarrer meint es recht mit mir; aber was er erwartet, das tu' ich nicht, ich sag' es sicher und ohne Wandel: das Kind schick' ich nicht, und herunter komm' ich nicht.«

»So helf' Euch Gott!« sagte der Herr Pfarrer und ging traurig zur Tür hinaus und den Berg hinunter.

Der Alm-Öhi war verstimmt. Als Heidi am Nachmittag sagte: »Jetzt wollen wir zur Großmutter«, erwiderte er kurz: »Heut' nicht.« Den ganzen Tag sprach er nicht mehr, und am folgenden Morgen, als Heidi fragte:

»Gehen wir heut' zur Großmutter?« war er noch gleich kurz von Worten wie im Ton und sagte nur: »Wollen sehen.« Aber noch bevor die Schüsselchen vom Mittagessen weggestellt waren, trat schon wieder ein Besuch zur Tür herein, es war die Base Dete. Sie hatte einen schönen Hut auf dem Kopf mit einer Feder darauf und ein Kleid, das alles mitfegte, was am Boden lag, und in der Sennhütte lag da allerlei, das nicht an ein Kleid gehörte. Der Öhi schaute sie an von oben bis unten und sagte kein Wort. Aber die Base Dete hatte im Sinn, ein sehr freundliches Gespräch zu führen, denn sie fing an zu rühmen und sagte, das Heidi sehe so gut aus, sie habe es fast nicht mehr gekannt und man könne schon sehen, daß es ihm nicht schlecht gegangen sei beim Großvater. Sie habe aber gewiß auch immer darauf gedacht, es ihm wieder abzunehmen, denn sie habe ja schon begreifen können, daß ihm das Kleine im Weg sein müsse, aber in jenem Augenblick habe sie es ja nirgends sonst hintun können; seitdem aber habe sie Tag und Nacht nachgesonnen, wo sie das Kind etwa unterbringen könnte, und deswegen komme sie auch heute, denn auf einmal habe sie etwas vernommen, da könne das Heidi zu einem solchen Glück kommen, daß sie es gar nicht habe glauben wollen. Dann sei sie aber auf der Stelle der Sache nachgegangen, und nun könne sie sagen, es sei alles so gut wie in Richtigkeit, das Heidi komme zu einem Glück, wie unter Hunderttausenden nicht eines. Furchtbar reiche Verwandte von ihrer Herrschaft, die fast im schönsten Haus in ganz Frankfurt wohnen, die haben ein einziges Töchterlein, das müsse immer im Rollstuhl sitzen, denn es sei auf einer Seite lahm und sonst nicht gesund, und so sei es fast immer allein und müsse auch allen Unterricht allein nehmen bei einem Lehrer, und das sei ihm so langweilig, und auch sonst hätte es gern eine Gespielin im Haus, und da haben sie so davon geredet bei ihrer Herrschaft, und wenn man nur so ein Kind finden könnte, wie die Dame beschrieb, die in dem Haus die Wirtschaft führte, denn ihre Herrschaft habe viel Mitgefühl und möchte dem kranken Töchterlein eine gute Gespielin gönnen. Die Wirtschaftsdame hatte nun gesagt, sie wolle so ein recht unverdorbenes, so ein eigenartiges, das nicht sei wie alle, die man so alle Tage sehe. Da habe sie selbst denn auf der Stelle an das Heidi gedacht und sei gleich hingelaufen und habe der Dame alles so beschrieben vom Heidi und so von seinem Charakter, und die Dame habe sogleich zugesagt. Nun könne gar kein Mensch wissen, was dem Heidi alles an Glück und Wohlfahrt bevorstehe, denn wenn es dann einmal dort sei und die Leute es gern mögen und es etwa mit dem eigenen Töchterchen

etwas geben sollte – man könne ja nie wissen, es sei doch so schwäch-
lich –, und wenn eben die Leute doch nicht ohne ein Kind bleiben wollten,
so könnte ja das unerhörteste Glück –

»Bist du bald fertig?« unterbrach hier der Öhi, der bis dahin kein Wort
dazwischengeredet hatte.

»Pah«, gab die Dete zurück und warf den Kopf auf, »Ihr tut gerade,
wie wenn ich Euch das ordinärste Zeug gesagt hätte, und ist doch durchs
ganze Prättigau auf und ab nicht einer, der nicht Gott im Himmel
dankte, wenn ich ihm die Nachricht brächte, die ich Euch gebracht habe.«

»Bring sie, wem du willst, ich will nichts davon«, sagte der Öhi trocken.

Aber jetzt fuhr die Dete auf wie eine Rakete und rief: »Ja, wenn Ihr es
so meint, dann so will ich Euch denn schon auch sagen, wie ich es meine:
das Kind ist jetzt acht Jahre alt und kann nichts und weiß nichts, und
Ihr wollt es nichts lernen lassen; Ihr wollt es in keine Schule und in keine
Kirche schicken, das haben sie mir gesagt unten im Dörfli, und es ist
meiner einzigen Schwester Kind; ich hab' es zu verantworten, wie's mit
ihm geht, und wenn ein Kind ein Glück erlangen kann, wie jetzt das
Heidi, so kann ihm nur einer davor sein, dem es um alle Leute gleich ist
und der keinem etwas Gutes wünscht. Aber ich gebe nicht nach, das sag'
ich Euch, und die Leute habe ich alle für mich, es ist kein einziger unten
im Dörfli, der nicht mir hilft und gegen Euch ist, und wenn Ihr's etwa
wollt vor Gericht kommen lassen, so besinnt Euch wohl, Öhi; es gibt
noch Sachen, die Euch dann könnten aufgewärmt werden, die Ihr nicht
gern hörtet, denn wenn man's einmal mit dem Gericht zu tun hat, so
wird noch manches aufgespürt, an das keiner mehr denkt.«

»Schweig!« donnerte der Öhi heraus, und seine Augen flammten wie
Feuer. »Nimm's und verdirb's! Komm mir nie mehr vor Augen mit ihm,
ich will's nie sehen mit dem Federhut auf dem Kopf und Worten im
Mund, wie dich heut'!«

Der Öhi ging mit großen Schritten zur Tür hinaus.

»Du hast den Großvater bös gemacht«, sagte Heidi und blitzte mit
seinen schwarzen Augen die Base wenig freundlich an.

»Er wird schon wieder gut, komm jetzt«, drängte die Base; »wo sind
deine Kleider?«

»Ich komme nicht«, sagte Heidi.

»Was sagst du?« fuhr die Base auf; dann änderte sie den Ton ein wenig
und fuhr halb freundlich, halb ärgerlich weiter: »Komm, komm, du verstehst's nicht besser, du wirst es so gut haben, wie du gar nicht weißt.«

Dann ging sie an den Schrank, nahm Heidis Sachen hervor und packte sie zusammen: »So, komm jetzt, nimm dort dein Hütchen, es sieht nicht schön aus, aber es ist gleich für einmal, setz es auf und mach, daß wir fortkommen.«

»Ich komme nicht«, wiederholte Heidi.

»Sei doch nicht so dumm und störrig, wie eine Geiß; denen hast du's abgesehen. Begreif doch nur, jetzt ist der Großvater bös, du hast's ja gehört, daß er gesagt hat, wir sollen ihm nicht mehr vor Augen kommen, er will es nun haben, daß du mit mir gehst, und jetzt mußt du ihn nicht noch böser machen. Du weißt gar nicht, wie schön es ist in Frankfurt und was du alles sehen wirst, und gefällt es dir dann nicht, so kannst du wieder heimgehen; bis dahin ist der Großvater dann wieder gut.«

»Kann ich gerad' wieder umkehren und heimkommen heut' Abend?« fragte Heidi.

»Ach was, komm jetzt! Ich sag' dir's ja, du kannst wieder heim, wann du willst. Heut' gehen wir bis nach Maienfeld hinunter und morgen früh sitzen wir in der Eisenbahn, mit der bist du nachher im Augenblick wieder daheim, das geht wie geflogen.«

Die Base Dete hatte das Bündelchen Kleider auf den Arm und Heidi an die Hand genommen; so gingen sie den Berg hinunter.

Da es noch nicht Weidezeit war, ging der Peter noch zur Schule ins Dörfli hinunter, oder sollte doch dahin gehen; aber er machte hier und da einen Tag Ferien, denn er dachte, es nütze nichts, dahin zu gehen, das Lesen brauche man auch nicht, und ein wenig herumfahren und große Ruten suchen, nütze etwas, denn diese könne man brauchen. So kam er eben in der Nähe seiner Hütte von der Seite her mit sichtlichem Erfolg seiner heutigen Bestrebungen, denn er trug ein ungeheures Bündel langer, dicker Haselruten auf der Achsel. Er stand still und starrte die zwei Entgegenkommenden an, bis sie bei ihm ankamen; dann sagte er: »Wo willst du hin?«

»Ich muß nur geschwind nach Frankfurt mit der Base«, antwortete Heidi, »aber ich will zuerst noch zur Großmutter hinein, sie wartet auf mich.«

»Nein, nein, keine Rede, es ist schon viel zu spät«, sagte die Base eilig und hielt das fortstrebende Heidi fest bei der Hand; »du kannst dann gehen, wenn du wieder heimkommst, komm jetzt!« Damit zog die Base das Heidi fest weiter und ließ es nicht mehr los, denn sie fürchtete, es könne drinnen dem Kinde wieder in den Sinn kommen, es wolle nicht fort, und die Großmutter könne ihm helfen wollen. Der Peter sprang in die Hütte hinein und schlug mit seinem ganzen Bündel Ruten so furchtbar auf den Tisch los, daß alles erzitterte und die Großmutter vor Schrecken vom Spinnrad aufsprang und laut aufjammerte. Der Peter hatte sich Luft machen müssen.

»Was ist's denn? was ist's denn?« rief angstvoll die Großmutter, und die Mutter, die am Tisch gesessen hatte und fast aufgeflogen war bei dem Knall, sagte in angeborener Langmut: »Was hast, Peterli; warum tust so wüst?«

»Weil sie das Heidi mitgenommen hat«, erklärte Peter.

»Wer? Wer? Wohin, Peterli, wohin?« fragte die Großmutter jetzt mit neuer Angst; sie mußte aber schnell erraten haben, was vorging, die Tochter hatte ihr ja vor kurzem berichtet, sie habe die Dete gesehen zum Alm-Öhi hinaufgehen. Ganz zitternd vor Eile, machte die Großmutter das Fenster auf und rief flehentlich hinaus: »Dete, Dete, nimm uns das

Kind nicht weg! Nimm uns das Heidi nicht!«

Die beiden Laufenden hörten die Stimme, und die Dete mochte wohl ahnen, was sie rief, denn sie faßte das Kind noch fester und lief, was sie konnte. Heidi widerstrebte und sagte: »Die Großmutter hat gerufen, ich will zu ihr.«

Aber das wollte die Base gerade nicht und beschwichtigte das Kind, es solle nur schnell kommen jetzt, daß sie nicht noch zu spät kämen, sondern daß sie morgen weiter reisen könnten, es könnte ja dann sehen, wie es ihm gefallen werde in Frankfurt, daß es gar nie mehr fort wolle dort; und wenn es doch heim wolle, so könne es ja gleich gehen und

dann erst noch der Großmutter etwas mit heimbringen, was sie freue. Das war eine Aussicht für Heidi, die ihm gefiel. Es fing an zu laufen ohne Widerstreben.

»Was kann ich der Großmutter heimbringen?« fragte es nach einer Weile.

»Etwas Gutes«, sagte die Base, »so schöne, weiche Weißbrötchen, da wird sie Freud' haben daran, sie kann ja doch das harte, schwarze Brot fast nicht mehr essen.«

»Ja, sie gibt es immer wieder dem Peter und sagt: ›Es ist mir zu hart‹; das habe ich selbst gesehen«, bestätigte das Heidi. »So wollen wir geschwind gehen, Base Dete; dann kommen wir vielleicht heut' noch nach Frankfurt, daß ich bald wieder da bin mit den Brötchen.«

Heidi fing nun so zu rennen an, daß die Base mit ihrem Bündel auf dem Arm fast nicht mehr nachkam. Aber sie war sehr froh, daß es so rasch ging, denn nun kamen sie gleich zu den ersten Häusern vom Dörfli, und da konnte es wieder allerhand Reden und Fragen geben, die das Heidi wieder auf andere Gedanken bringen konnten. So lief sie stracks durch, und das Kind zog dabei noch so stark an ihrer Hand, daß alle Leute es sehen konnten, wie sie um des Kindes willen so pressieren mußte. So rief sie auf alle die Fragen und Anrufungen, die ihr aus allen Fenstern und Türen entgegentönten, nur immer zurück: »Ihr seht's ja, ich kann jetzt nicht stillstehen, das Kind pressiert und wir haben noch weit.«

»Nimmst's mit?« – »Läuft's dem Alm-Öhi fort?« – »Es ist nur ein Wunder, daß es noch am Leben ist!« – »Und dazu noch so rotbackig!« So tönte es von allen Seiten, und die Dete war froh, daß sie ohne Verzug durchkam und keinen Bescheid geben mußte und auch Heidi kein Wort sagte, sondern nur immer vorwärts strebte in großem Eifer. –

Von dem Tage an machte der Alm-Öhi, wenn er herunterkam und durchs Dörfli ging, ein böseres Gesicht als je zuvor. Er grüßte keinen Menschen und sah mit seinem Käsereff auf dem Rücken, mit dem ungeheuren Stock in der Hand und den zusammengezogenen dicken Brauen so drohend aus, daß die Frauen zu den kleinen Kindern sagten: »Gib acht! Geh dem Alm-Öhi aus dem Weg, er könnte dir noch etwas tun!«

Der Alte verkehrte mit keinem Menschen im Dörfli, er ging nur durch und weit ins Tal hinab, wo er seine Käse verhandelte und seine Vorräte an Brot und Fleisch einnahm. Wenn er so vorbeigegangen war im Dörfli, dann standen hinter ihm die Leute alle in Trüppchen zusammen, und jeder wußte etwas Besonderes, was er am Alm-Öhi gesehen hatte, wie er immer wilder aussehe und daß er jetzt keinem Menschen mehr auch nur einen Gruß abnehme, und alle kamen darin überein, daß es ein großes Glück sei, daß das Kind habe entweichen können, und man habe auch wohl gesehen, wie es fortgedrängt habe, so, als fürchte es, der Alte sei schon hinter ihm drein, um es zurückzuholen. Nur die blinde Großmutter hielt unverrückt zum Alm-Öhi, und wer zu ihr heraufkam, um bei ihr spinnen zu lassen, oder das Gesponnene zu holen, dem erzählte sie es immer wieder, wie gut und sorgfältig der Alm-Öhi mit dem Kind gewesen sei und was er an ihr und der Tochter getan habe, wie manchen Nachmittag er an ihrem Häuschen herumgeflickt, das ohne seine Hilfe gewiß schon zusammengefallen wäre. So kamen denn auch diese Berichte ins

Dörfli herunter; aber die meisten, die sie vernahmen, sagten dann, die Großmutter sei vielleicht zu alt zum Begreifen, sie werde es wohl nicht recht verstanden haben, sie werde wohl auch nicht mehr gut hören, weil sie nichts mehr sehe.

Der Alm-Öhi zeigte sich jetzt nicht mehr bei den Geißenpeters; es war gut, daß er die Hütte so fest zusammengenagelt hatte, denn sie blieb für lange Zeit ganz unberührt. Jetzt begann die blinde Großmutter ihre Tage wieder mit Seufzen, und nicht einer verstrich, an dem sie nicht klagend sagte: »Ach, mit dem Kind ist alles Gute und alle Freude von uns genommen, und die Tage sind so leer! Wenn ich nur noch einmal das Heidi hören könnte, eh' ich sterben muß!«

Ein neues Kapitel und lauter neue Dinge

Im Hause des Herrn Sesemann in Frankfurt lag das kranke Töchterlein, Klara, in dem bequemen Rollstuhl, in welchem es den ganzen Tag sich aufhielt und von einem Zimmer ins andere gestoßen wurde. Jetzt saß es im sogenannten Studierzimmer, das neben der großen Eßstube lag und wo vielerlei Gerätschaften herumstanden und lagen, die das Zimmer wohnlich machten und zeigten, daß man hier gewöhnlich sich aufhielt. An dem großen, schönen Bücherschrank mit den Glastüren konnte man sehen, woher das Zimmer seinen Namen hatte, und daß es wohl der Raum war, wo dem lahmen Töchterchen der tägliche Unterricht erteilt wurde.

Klara hatte ein blasses, schmales Gesichtchen, aus dem zwei milde, blaue Augen herausschauten, die in diesem Augenblick auf die große Wanduhr gerichtet waren, die heute besonders langsam zu gehen schien, denn Klara, die sonst kaum ungeduldig wurde, sagte jetzt mit ziemlicher Ungeduld in der Stimme: »Ist es denn immer noch nicht Zeit, Fräulein Rottenmeier?«

Die letztere saß sehr aufrecht an einem kleinen Arbeitstisch und stickte. Sie hatte eine geheimnisvolle Hülle um sich, einen großen Kragen oder Halbmantel, welcher der Persönlichkeit einen feierlichen Anstrich verlieh, der noch erhöht wurde durch eine Art von hochgebauter Kuppel, die sie auf dem Kopf trug. Fräulein Rottenmeier war schon seit mehreren Jahren, seitdem die Dame des Hauses gestorben war, im Hause Sesemann, führte die Wirtschaft und hatte die Oberaufsicht über das ganze Dienstpersonal.

Herr Sesemann war meistens auf Reisen, überließ daher dem Fräulein Rottenmeier das ganze Haus, nur mit der Bedingung, daß sein Töchterlein in allem eine Stimme haben solle und nichts gegen dessen Wunsch geschehen dürfe.

Während oben Klara zum zweitenmal mit Zeichen der Ungeduld Fräulein Rottenmeier befragte, ob die Zeit noch nicht da sei, da die Erwarteten erscheinen konnten, stand unten vor der Haustür die Dete mit Heidi an der Hand und fragte den Kutscher Johann, der eben vom Wagen gestiegen war, ob sie wohl Fräulein Rottenmeier so spät noch stören dürfe. 103

»Das ist nicht meine Sache«, brummte der Kutscher; »klingeln Sie den Sebastian herunter, drinnen im Korridor.«

Dete tat, wie ihr geheißen war, und der Bediente des Hauses kam die Treppe herunter mit großen, runden Knöpfen auf seinem Aufwärterrock und fast ebenso großen runden Augen im Kopfe.

»Ich wollte fragen, ob ich um diese Zeit Fräulein Rottenmeier noch stören dürfe«, brachte die Dete wieder an.

»Das ist nicht meine Sache«, gab der Bediente zurück; »klingeln Sie die Jungfer Tinette herunter an der anderen Klingel«, und ohne weitere Auskunft verschwand der Sebastian.

Dete klingelte wieder. Jetzt erschien auf der Treppe die Jungfer Tinette mit einem blendend weißen Deckelchen auf der Mitte des Kopfes und einer spöttischen Miene auf dem Gesicht.

»Was ist?« fragte sie auf der Treppe, ohne herunterzukommen. Dete wiederholte ihr Gesuch. Jungfer Tinette verschwand, kam aber bald wieder und rief von der Treppe herunter: »Sie sind erwartet!«

Jetzt stieg Dete mit Heidi die Treppe hinauf und trat, der Jungfer Tinette folgend, in das Studierzimmer ein. Hier blieb Dete höflich an der Tür stehen, Heidi immer fest an der Hand haltend, denn sie war gar nicht sicher, was dem Kinde etwa begegnen konnte auf diesem so fremden Boden.

Fräulein Rottenmeier erhob sich langsam von ihrem Sitz und kam näher, um die angekommene Gespielin der Tochter des Hauses zu betrachten. Der Anblick schien sie nicht zu befriedigen. Heidi hatte sein 104 einfaches Baumwollröckchen an und sein altes, zerdrücktes Strohhütchen auf dem Kopf. Das Kind guckte sehr harmlos darunter hervor und betrachtete mit unverhehlter Verwunderung den Turmbau auf dem Kopf der Dame.

»Wie heißest du?« fragte Fräulein Rottenmeier, nachdem auch sie einige Minuten lang forschend das Kind angesehen hatte, das kein Auge von ihr verwandte.

»Heidi«, antwortete es deutlich und mit klangvoller Stimme.

»Wie? wie? das soll doch wohl kein christlicher Name sein? So bist du doch nicht getauft worden. Welchen Namen hast du in der Taufe erhalten?« fragte Fräulein Rottenmeier weiter.

»Das weiß ich jetzt nicht mehr«, entgegnete Heidi.

»Ist das eine Antwort!« bemerkte die Dame mit Kopfschütteln. »Jungfer Dete, ist das Kind einfältig oder schnippisch?«

»Mit Erlaubnis und wenn es die Dame gestattet, so will ich gern reden für das Kind, denn es ist sehr unerfahren«, sagte die Dete, nachdem sie dem Heidi heimlich einen kleinen Stoß gegeben hatte für die unpassende Antwort. »Es ist aber nicht einfältig und auch nicht schnippisch, davon weiß es gar nichts; es meint alles so, wie es redet. Aber es ist heut' zum erstenmal in einem Herrenhaus und kennt die gute Manier nicht; aber es ist willig und nicht ungelehrig, wenn die Dame wollte gütige Nachsicht haben. Es ist Adelheid getauft worden, wie seine Mutter, meine Schwester selig.«

»Nun wohl, dies ist doch ein Name, den man sagen kann« bemerkte Fräulein Rottenmeier. »Aber, Jungfer Dete, ich muß Ihnen doch sagen, daß mir das Kind für sein Alter sonderbar vorkommt. Ich habe Ihnen mitgeteilt, die Gespielin für Fräulein Klara müßte in ihrem Alter sein, um denselben Unterricht mit ihr zu verfolgen und überhaupt ihre Beschäftigungen zu teilen. Fräulein Klara hat das zwölfte Jahr zurückgelegt; wie alt ist das Kind?«

»Mit Erlaubnis der Dame«, fing die Dete wieder beredt an, »es war mir eben selber nicht mehr so ganz gegenwärtig, wie alt es sei; es ist wirklich ein wenig jünger, viel trifft es nicht an, ich kann's so ganz genau nicht sagen, es wird so um das zehnte Jahr, oder so noch etwas dazu sein, nehm' ich an.«

»Jetzt bin ich acht, der Großvater hat's gesagt«, erklärte Heidi. Die Base stieß es wieder an, aber Heidi hatte keine Ahnung, warum, und wurde keineswegs verlegen.

»Was, erst acht Jahre alt?« rief Fräulein Rottenmeier mit einiger Entrüstung aus. »Vier Jahre zu wenig! Was soll das geben! Und was hast du denn gelernt? was hast du für Bücher gehabt bei deinem Unterricht?«

»Keine«, sagte Heidi.

»Wie? Was? Wie hast du denn lesen gelernt?« fragte die Dame weiter.

»Das hab' ich nicht gelernt und der Peter auch nicht«, berichtete Heidi.

»Barmherzigkeit! du kannst nicht lesen? du kannst wirklich nicht lesen!« rief Fräulein Rottenmeier im höchsten Schrecken aus. »Ist es die Möglichkeit, nicht lesen! Was hast du denn aber gelernt?«

»Nichts«, sagte Heidi der Wahrheit gemäß.

»Jungfer Dete«, sagte Fräulein Rottenmeier nach einigen Minuten, in denen sie nach Fassung rang, »es ist alles nicht nach Abrede, wiekonnten 106 Sie mir dieses Wesen zuführen?« Aber die Dete ließ sich nicht so bald einschüchtern; sie antwortete herzhaft: »Mit Erlaubnis der Dame, das Kind ist gerade, was ich dachte, daß sie haben wolle; die Dame hat mir beschrieben, wie es sein müsse, so ganz apart und nicht wie die anderen, und so mußte ich das kleine nehmen, denn die größeren sind bei uns dann nicht mehr so apart, und ich dachte, dieses passe wie gemacht auf die Beschreibung. Jetzt muß ich aber gehen, denn meine Herrschaft erwartet mich; ich will, wenn's meine Herrschaft erlaubt, bald wieder kommen und nachsehen, wie es geht mit ihm.« Mit einem Knix war die Dete zur Tür hinaus und die Treppe hinunter mit schnellen Schritten. Fräulein Rottenmeier stand einen Augenblick noch da, dann lief sie der Dete nach; es war ihr wohl in den Sinn gekommen, daß sie noch eine Menge von Dingen mit der Base besprechen wollte, wenn das Kind wirklich dableiben sollte, und da war es doch nun einmal und, wie sie bemerkte, hatte die Base fest im Sinn, es da zu lassen.

Heidi stand noch auf demselben Platz an der Tür, wo es von Anfang an gestanden hatte. Bis dahin hatte Klara von ihrem Sessel aus schweigend allem zugesehen. Jetzt winkte sie Heidi: »Komm hierher!«

Heidi trat an den Rollstuhl heran.

»Willst du lieber Heidi heißen oder Adelheid?« fragte Klara.

»Ich heiße nur Heidi und sonst nichts«, war Heidis Antwort.

»So will ich dich immer so nennen«, sagte Klara; »der Name gefällt mir für dich, ich habe ihn aber nie gehört, ich habe aber auch nie ein Kind gesehen, das so aussieht wie du. Hast du immer nur so kurzes, krauses Haar gehabt?«

»Ja, ich denk's«, gab Heidi zur Antwort. 108

»Bist du gern nach Frankfurt gekommen?« fragte Klara weiter.

»Nein, aber morgen geh' ich dann wieder heim und bringe der Großmutter weiße Brötchen!« erklärte Heidi.

»Du bist aber ein kurioses Kind!« fuhr jetzt Klara auf. »Man hat dich
ja expreß nach Frankfurt kommen lassen, daß du bei mir bleibest und
die Stunden mit mir nehmest, und siehst du, es wird nun ganz lustig,
weil du gar nicht lesen kannst, nun kommt etwas ganz Neues in den
Stunden vor. Sonst ist es manchmal so schrecklich langweilig und der
Morgen will gar nicht zu Ende kommen. Denn siehst du, alle Morgen
um zehn Uhr kommt der Herr Kandidat, und dann fangen die Stunden
an und dauern bis um zwei Uhr, das ist so lange. Der Herr Kandidat
nimmt auch manchmal das Buch ganz nahe ans Gesicht heran, so, als
wäre er auf einmal ganz kurzsichtig geworden, aber er gähnt nur furchtbar
hinter dem Buch, und Fräulein Rottenmeier nimmt auch von Zeit zu
Zeit ihr großes Taschentuch hervor und hält es vor das ganze Gesicht
hin, so, als sei sie ganz ergriffen von etwas, das wir lesen; aber ich weiß
recht gut, daß sie nur ganz schrecklich gähnt dahinter, und dann sollte
ich auch so stark gähnen und muß es immer hinunterschlucken, denn
wenn ich nur ein einziges Mal herausgähne, so holt Fräulein Rottenmeier
gleich den Fischtran und sagt, ich sei wieder schwach, und Fischtran
nehmen ist das Allerschrecklichste, da will ich noch lieber Gähnen
schlucken. Aber nun wird's viel kurzweiliger, da kann ich dann zuhören,
wie du lesen lernst.«

Heidi schüttelte ganz bedenklich mit dem Kopf, als es vom Lesenlernen
hörte.

»Doch, doch, Heidi, natürlich mußt du lesen lernen, alle Menschen
müssen, und der Herr Kandidat ist sehr gut, er wird niemals böse, und
er erklärt dir dann schon alles. Aber siehst du, wenn er etwas erklärt,
dann verstehst du nichts davon; dann mußt du nur warten und gar nichts
sagen, sonst erklärt er dir noch viel mehr und du verstehst es noch weniger. Aber dann nachher, wenn du etwas gelernt hast, und es weißt, dann
verstehst du schon, was er gemeint hat.«

Jetzt kam Fräulein Rottenmeier wieder ins Zimmer zurück; sie hatte
Dete nicht mehr zurückrufen können und war sichtlich aufgeregt davon,
denn sie hatte dieser eigentlich gar nicht einläßlich sagen können, was
alles nicht nach Abrede sei bei dem Kinde, und da sie nicht wußte, was
nun zu tun sei, um ihren Schritt rückgängig zu machen, war sie um so
aufgeregter, denn sie selbst hatte die ganze Sache angestiftet. Sie lief nun

vom Studierzimmer ins Eßzimmer hinüber, und von da wieder zurück, und kehrte dann unmittelbar wieder um und fuhr hier den Sebastian an, der seine runden Augen eben nachdenklich über den gedeckten Tisch gleiten ließ, um zu sehen, ob sein Werk keinen Mangel habe.

»Denk' Er morgen Seine großen Gedanken fertig und mach' Er, daß man heut' noch zu Tische komme.«

Mit diesen Worten fuhr Fräulein Rottenmeier an Sebastian vorbei und rief nach der Tinette mit so wenig einladendem Ton, daß die Jungfer Tinette mit noch viel kleineren Schritten herantrippelte als sonst gewöhnlich – und sich mit so spöttischem Gesicht hinstellte, daß selbst Fräulein Rottenmeier nicht wagte, sie anzufahren; um so mehr schlug ihr die Aufregung nach innen.

»Das Zimmer der Angekommenen ist in Ordnung zu bringen, Tinette«, sagte die Dame mit schwer errungener Ruhe; »es liegt alles bereit, nehmen Sie noch den Staub von den Möbeln weg.«

»Es ist der Mühe wert«, spöttelte Tinette und ging.

Unterdessen hatte Sebastian die Doppeltüren zum Studierzimmer mit ziemlichem Knall aufgeschlagen, denn er war sehr ergrimmt, aber sich in Antworten Luft zu machen durfte er nicht wagen Fräulein Rottenmeier gegenüber; dann trat er ganz gelassen ins Studierzimmer, um den Rollstuhl hinüberzustoßen. Während er den Griff hinten am Stuhl, der sich verschoben hatte, zurechtdrehte, stellte sich Heidi vor ihn hin und schaute ihn unverwandt an, was er bemerkte. Auf einmal fuhr er auf. »Na, was ist denn da Besonderes dran?« schnurrte er Heidi an in einer Weise, wie er es wohl nicht getan, hätte er Fräulein Rottenmeier gesehen, die eben wieder auf der Schwelle stand und gerade hereintrat, als Heidi entgegnete: »Du siehst dem Geißenpeter gleich.«

Entsetzt schlug die Dame ihre Hände zusammen. »Ist es die Möglichkeit!« stöhnte sie halblaut. »Nun duzt sie mir den Bedienten! Dem Wesen fehlen alle Urbegriffe!«

Der Stuhl kam herangerollt und Klara wurde von Sebastian hinausgeschoben und auf ihren Sessel an den Tisch gesetzt.

Fräulein Rottenmeier setzte sich neben sie und winkte Heidi, es sollte den Platz ihr gegenüber einnehmen. Sonst kam niemand zu Tische, und es war viel Platz da; die drei saßen auch weit auseinander, so daß Sebastian mit seiner Schüssel zum Anbieten guten Raum fand. Neben Heidis Teller lag ein schönes, weißes Brötchen; das Kind schaute mit erfreuten Blicken darauf. Die Ähnlichkeit, die Heidi entdeckt hatte, mußte sein

ganzes Vertrauen für den Sebastian erweckt haben, denn es saß mäuschenstill und rührte sich nicht, bis er mit der großen Schüssel zu ihm
herantrat und ihm die gebratenen Fischchen hinhielt, dann zeigte es auf
das Brötchen und fragte: »Kann ich das haben?« Sebastian nickte und
warf dabei einen Seitenblick auf Fräulein Rottenmeier, denn es wunderte
ihn, was die Frage für einen Eindruck auf sie mache. Augenblicklich ergriff
Heidi sein Brötchen und steckte es in die Tasche. Sebastian machte eine
Grimasse, denn das Lachen kam ihn an; er wußte aber wohl, daß ihm
das nicht erlaubt war. Stumm und unbeweglich blieb er immer noch vor
Heidi stehen, denn reden durfte er nicht, und weggehen durfte er wieder
nicht, bis man sich bedient hatte. Heidi schaute ihm eine Zeit lang verwundert zu, dann fragte es: »Soll ich auch von dem essen?« Sebastian
nickte wieder. »So gib mir«, sagte es und schaute ruhig auf seinen Teller.
Sebastians Grimasse wurde sehr bedenklich, und die Schüssel in seinen
Händen fing an gefährlich zu zittern.

»Er kann die Schüssel auf den Tisch setzen und nachher wiederkommen«, sagte jetzt Fräulein Rottenmeier mit strengem Gesicht. Sebastian
verschwand sogleich. »Dir, Adelheid, muß ich überall die ersten Begriffe
beibringen, das sehe ich«, fuhr Fräulein Rottenmeier mit tiefem Seufzer
fort. »Vor allem will ich dir zeigen, wie man sich am Tische bedient«,
und nun machte die Dame deutlich und eingehend alles vor, was Heidi
zu tun hatte. »Dann«, fuhr sie weiter, »muß ich dir hauptsächlich bemerken, daß du am Tisch nicht mit Sebastian zu sprechen hast, auch sonst
nur dann, wenn du einen Auftrag oder eine notwendige Frage an ihn zu
richten hast; dann aber nennst du ihn nie mehr anders, als *Sie* oder *Er*,
hörst du? daß ich dich niemals mehr ihn anders nennen höre. Auch Tinette nennst du *Sie*, Jungfer Tinette. Mich nennst du so, wie du mich
von allen nennen hörst; wie du Klara nennen sollst, wird sie selbst bestim-
men.«

»Natürlich Klara«, sagte diese. Nun folgte aber noch eine Menge von
Verhaltungsmaßregeln, über Aufstehen und Zubettegehen, über Hereintreten und Hinausgehen, über Ordnunghalten, Türenschließen, und über
alledem fielen dem Heidi die Augen zu, denn es war heute vor fünf Uhr
aufgestanden und hatte eine lange Reise gemacht. Es lehnte sich an den
Sesselrücken und schlief ein. Als dann nach längerer Zeit Fräulein Rottenmeier zu Ende gekommen war mit ihrer Unterweisung, sagte sie: »Nun
denke daran, Adelheid! Hast du alles recht begriffen?«

»Heidi schläft schon lange«, sagte Klara mit ganz belustigtem Gesicht, denn das Abendessen war für sie seit langer Zeit nie so kurzweilig verflossen.

»Es ist doch völlig unerhört, was man mit diesem Kind erlebt!« rief Fräulein Rottenmeier in großem Ärger und klingelte so heftig, daß Tinette und Sebastian miteinander herbeigestürzt kamen; aber trotz allen Lärms erwachte Heidi nicht, und man hatte die größte Mühe, es so weit zu erwecken, daß es nach seinem Schlafgemach gebracht werden konnte; erst durch das Studierzimmer, dann durch Klaras Schlafstube, dann durch die Stube von Fräulein Rottenmeier zu dem Eckzimmer, das nun für Heidi eingerichtet war.

114

Fräulein Rottenmeier hat einen unruhigen Tag

Als Heidi am ersten Morgen in Frankfurt seine Augen aufschlug, konnte es durchaus nicht begreifen, was es erblickte. Es rieb ganz gewaltig seine Augen, guckte dann wieder auf und sah dasselbe. Es saß auf einem hohen, weißen Bett und vor sich sah es einen großen, weiten Raum, und wo die Helle herkam, hingen lange, lange weiße Vorhänge, und dabei standen zwei Sessel mit großen Blumen darauf, und dann kam ein Sofa an der Wand mit denselben Blumen und ein runder Tisch davor, und in der Ecke stand ein Waschtisch mit Sachen darauf, wie Heidi sie noch gar nie gesehen hatte. Aber nun kam ihm auf einmal in den Sinn, daß es in Frankfurt sei, und der ganze gestrige Tag kam ihm in Erinnerung und zuletzt noch ganz klar die Unterweisungen der Dame, so weit es sie gehört hatte. Heidi sprang nun von seinem Bett herunter und machte sich fertig. Dann ging es an ein Fenster und dann an das andere; es mußte den Himmel sehen und die Erde draußen, es fühlte sich wie im Käfig hinter den großen Vorhängen. Es konnte diese nicht wegschieben; so kroch es dahinter, um an ein Fenster zu kommen. Aber dieses war so hoch, daß Heidi nur gerade mit dem Kopf so weit hinaufreichte, daß es durchsehen konnte. Aber Heidi fand nicht, was es suchte. Es lief von einem Fenster zum anderen und dann wieder zum ersten zurück; aber immer war dasselbe vor seinen Augen, Mauern und Fenster und wieder Mauern und dann wieder Fenster. Es wurde Heidi ganz bange. Noch war es früh am Morgen, denn Heidi war gewöhnt, früh aufzustehen auf der Alm und dann sogleich hinauszulaufen vor die Tür und zu sehen, wie's draußen

115

sei, ob der Himmel blau und die Sonne schon droben sei, ob die Tannen rauschen und die kleinen Blumen schon die Augen offen haben. Wie das Vögelein, das zum erstenmal in seinem schönglänzenden Gefängnis sitzt, hin- und herschießt und bei allen Stäben probiert, ob es nicht zwischen durchschlüpfen und in die Freiheit hinausfliegen könne, so lief Heidi immer von dem einen Fenster zum anderen, um zu probieren, ob es nicht aufgemacht werden könne, denn dann mußte man doch etwas anderes sehen als Mauern und Fenster, da mußte doch unten der Erdboden, das grüne Gras und der letzte, schmelzende Schnee an den Abhängen zum Vorschein kommen, und Heidi sehnte sich, das zu sehen. Aber die Fenster blieben fest verschlossen, wie sehr auch das Kind drehte und zog und von unten suchte, die kleinen Finger unter die Rahmen einzutreiben, damit es Kraft hätte, sie aufzudrücken; es blieb alles eisenfest aufeinander sitzen. Nach langer Zeit, als Heidi einsah, daß alle Anstrengungen nichts halfen, gab es seinen Plan auf und überdachte nun, wie es wäre, wenn es vor das Haus hinausginge und hintenherum, bis es auf den Grasboden käme, denn es erinnerte sich, daß es gestern Abend vorn am Haus nur über Steine gekommen war. Jetzt klopfte es an seiner Tür und unmittelbar darauf steckte Tinette den Kopf herein und sagte kurz: »Frühstück bereit!«

116

Heidi verstand keineswegs eine Einladung unter diesen Worten; auf dem spöttischen Gesicht der Tinette stand viel mehr eine Warnung, ihr nicht zu nah zu kommen, als eine freundliche Einladung geschrieben, und das las Heidi deutlich von dem Gesicht und richtete sich danach. Es nahm den kleinen Schemel unter dem Tisch empor, stellte ihn in eine Ecke, setzte sich darauf und wartete so ganz still ab, was nun kommen würde. Nach einiger Zeit kam etwas mit ziemlichem Geräusch, es war Fräulein Rottenmeier, die schon wieder in Aufregung geraten war und in Heidis Stube hineinrief:»Was ist mit dir, Adelheid? Begreifst du nicht, was ein Frühstück ist? Komm herüber!«

Das verstand nun Heidi und folgte sogleich nach. Im Eßzimmer saß Klara schon lang an ihrem Platz und begrüßte Heidi freundlich, machte auch ein viel vergnügteres Gesicht, als sonst gewöhnlich, denn sie sah voraus, daß heute wieder allerlei Neues geschehen würde. Das Frühstück

117

ging nun ohne Störung vor sich; Heidi aß ganz anständig sein Butterbrot, und wie alles zu Ende war, wurde Klara wieder ins Studierzimmer hinübergerollt und Heidi wurde von Fräulein Rottenmeier angewiesen, nachzufolgen und bei Klara zu bleiben, bis der Herr Kandidat kommen würde, um die Unterrichtsstunden zu beginnen. Als die beiden Kinder allein waren, sagte Heidi sogleich: »Wie kann man hinaussehen hier und ganz hinunter auf den Boden?«

»Man macht ein Fenster auf und guckt hinaus«, antwortete Klara belustigt.

»Man kann diese Fenster nicht aufmachen«, versetzte Heidi traurig.

»Doch, doch«, versicherte Klara, »nur du noch nicht, und ich kann dir auch nicht helfen; aber wenn du einmal den Sebastian siehst, so macht er dir schon eines auf.«

Das war eine große Erleichterung für Heidi, zu wissen, daß man doch die Fenster öffnen und hinausschauen könne, denn noch war es ganz unter dem Druck des Gefangenseins von seinem Zimmer her. Klara fing nun an, Heidi zu fragen, wie es bei ihm zuhause sei, und Heidi erzählte mit Freuden von der Alm und den Geißen und der Weide und allem, was ihm lieb war.

Unterdessen war der Herr Kandidat angekommen; aber Fräulein Rottenmeier führte ihn nicht, wie gewöhnlich, ins Studierzimmer, denn sie mußte sich erst aussprechen und geleitete ihn zu diesem Zweck ins Eßzimmer, wo sie sich vor ihn hinsetzte und ihm in großer Aufregung ihre bedrängte Lage schilderte und wie sie in diese hineingekommen war.

Sie hatte nämlich vor einiger Zeit Herrn Sesemann nach Paris geschrieben, wo er eben verweilte, seine Tochter habe längst gewünscht, es möchte eine Gespielin für sie ins Haus aufgenommen werden, und auch sie selbst glaube, daß eine solche in den Unterrichtsstunden ein Sporn, in der übrigen Zeit eine anregende Gesellschaft für Klara sein würde. Eigentlich war die Sache für Fräulein Rottenmeier selbst sehr wünschbar, denn sie wollte gern, daß jemand da sei, der ihr die Unterhaltung der kranken Klara abnehme, wenn es ihr zu viel war, was öfters geschah. Herr Sesemann hatte geantwortet, er erfülle gern den Wunsch seiner Tochter, doch mit der Bedingung, daß eine solche Gespielin in allem ganz gehalten werde wie jene, er wolle keine Kinderquälerei in seinem Hause – »was freilich eine sehr unnütze Bemerkung von dem Herrn war«, setzte Fräulein Rottenmeier hinzu, »denn wer wollte Kinder quälen!« Nun aber erzählte sie weiter, wie ganz erschrecklich sie hineingefallen sei mit dem Kinde, und führte alle Beispiele von seinem völlig begriffslosen Dasein an, die es bis jetzt geliefert hatte, daß nicht nur der Unterricht des Herrn Kandidaten buchstäblich beim Abc anfangen müsse, sondern daß auch sie auf jedem Punkte der menschlichen Erziehung mit dem Uranfang zu beginnen hätte. Aus dieser unheilvollen Lage sehe sie nur

ein Rettungsmittel: wenn der Herr Kandidat erklären werde, zwei so verschiedene Wesen könnten nicht miteinander unterrichtet werden, ohne großen Schaden des vorgerückteren Teiles; das wäre für Herrn Sesemann ein triftiger Grund, die Sache rückgängig zu machen, und so würde er zugeben, daß das Kind gleich wieder dahin zurückgeschickt würde, woher es gekommen war; ohne seine Zustimmung aber dürfte sie das nicht unternehmen, nun der Hausherr wisse, daß das Kind angekommen sei. Aber der Herr Kandidat war behutsam und niemals einseitig im Urteilen. Er tröstete Fräulein Rottenmeier mit vielen Worten und der Ansicht, wenn die junge Tochter auf der einen Seite so zurück sei, so möchte sie auf der anderen um so geförderter sein, was bei einem geregelten Unterricht bald ins Gleichgewicht kommen werde. Als Fräulein Rottenmeier sah, daß der Herr Kandidat sie nicht unterstützen, sondern seinen Abc-Unterricht übernehmen wollte, machte sie ihm die Tür zum Studierzimmer auf, und nachdem er hereingetreten war, schloß sie schnell hinter ihm zu und blieb auf der anderen Seite, denn vor dem Abc hatte sie einen Schrecken. Sie ging jetzt mit großen Schritten im Zimmer auf und nieder, denn sie hatte zu überlegen, wie die Dienstboten Adelheid
zu benennen hätten. Herr Sesemann hatte ja geschrieben, sie müßte wie seine Tochter gehalten werden, und dieses Wort mußte sich hauptsächlich auf das Verhältnis zu den Dienstboten beziehen, dachte Fräulein Rottenmeier. Sie konnte aber nicht lange ungestört überlegen, denn auf einmal ertönte drinnen im Studierzimmer ein erschreckliches Gekrache fallender Gegenstände und dann ein Hilferuf nach Sebastian. Sie stürzte hinein. Da lag auf dem Boden alles übereinander, die sämtlichen Studien-Hilfsmittel, Bücher, Hefte, Tintenfaß und obendarauf der Tischteppich, unter dem ein schwarzes Tintenbächlein hervorfloß, die ganze Stube entlang.
Heidi war verschwunden.

»Da haben wir's!« rief Fräulein Rottenmeier händeringend aus. »Teppich, Bücher, Arbeitskorb, alles in der Tinte! das ist noch nie geschehen! das ist das Unglückswesen, da ist kein Zweifel!«

Der Herr Kandidat stand sehr erschrocken da und schaute auf die Verwüstung, die allerdings nur *eine* Seite hatte und eine recht bestürzende. Klara dagegen verfolgte mit vergnügtem Gesicht die ungewöhnlichen Ereignisse und deren Wirkungen und sagte nun erklärend: »Ja, Heidi hat's gemacht, aber nicht mit Absicht, es muß gewiß nicht gestraft werden, es war nur so schrecklich eilig, fortzukommen und riß den Teppich mit und so fiel alles hintereinander auf den Boden. Es fuhren viele Wagen hintereinander vorbei, darum ist es so fortgeschossen; es hat vielleicht noch nie eine Kutsche gesehen.«

»Da, ist's nicht, wie ich sagte, Herr Kandidat? Nicht *einen* Urbegriff hat das Wesen! Keine Ahnung davon, was eine Unterrichtsstunde ist, daß man dabei zuzuhören und stillzusitzen hat. Aber wo ist das unheilbringende Ding hin? Wenn es fortgelaufen wäre! Was würde mir Herr Sesemann –«

Fräulein Rottenmeier lief hinaus und die Treppe hinunter. Hier, unter der geöffneten Haustür, stand Heidi und guckte ganz verblüfft die Straße auf und ab.

»Was ist denn? Was fällt dir denn ein? Wie kannst du so davonlaufen!« fuhr Fräulein Rottenmeier das Kind an.

»Ich habe die Tannen rauschen gehört, aber ich weiß nicht, wo sie stehen, und höre sie nicht mehr«, antwortete Heidi und schaute enttäuscht nach der Seite hin, wo das Rollen der Wagen verhallt war, das in Heidis Ohren dem Tosen des Föhns in den Tannen ähnlich geklungen hatte, so daß es in höchster Freude dem Ton nachgerannt war.

»Tannen! Sind wir im Wald? Was sind das für Einfälle! Komm herauf und sieh, was du angerichtet hast!« Damit stieg Fräulein Rottenmeier wieder die Treppe hinan; Heidi folgte ihr und stand nun sehr verwundert vor der großen Verheerung, denn es hatte nicht gemerkt, was es alles mitriß, vor Freude und Eile, die Tannen zu hören.

»Das hast du ein Mal getan, ein zweites Mal tust du's nicht wieder«, sagte Fräulein Rottenmeier, auf den Boden zeigend; »zum Lernen sitzt man still auf seinem Sessel und gibt acht. Kannst du das nicht selbst fertig bringen, so muß ich dich an deinen Stuhl festbinden. Kannst du das verstehen?«

»Ja«, entgegnete Heidi, »aber ich will schon festsitzen.« Denn jetzt hatte es begriffen, daß es eine Regel ist, in einer Unterrichtsstunde stillzusitzen.

Jetzt mußten Sebastian und Tinette hereinkommen, um die Ordnung wiederherzustellen. Der Herr Kandidat entfernte sich, denn der weitere Unterricht mußte nun aufgegeben werden. Zum Gähnen war heute gar keine Zeit gewesen.

Am Nachmittag mußte Klara immer eine Zeit lang ruhen und Heidi hatte alsdann seine Beschäftigung selbst zu wählen; so hatte Fräulein Rottenmeier ihm am Morgen erklärt. Als nun nach Tisch Klara sich in ihrem Sessel zur Ruhe gelegt hatte, ging Fräulein Rottenmeier nach ihrem

Zimmer, und Heidi sah, daß nun die Zeit da war, da es seine Beschäftigung selbst wählen konnte. Das war dem Heidi sehr erwünscht, denn es hatte schon immer im Sinn, etwas zu unter nehmen; es mußte aber Hilfe dazu haben und stellte sich darum vor das Eßzimmer mitten auf den Korridor, damit die Persönlichkeit, die es zu beraten gedachte, ihm nicht entgehen könne. Richtig, nach kurzer Zeit kam Sebastian die Treppe herauf mit dem großen Teebrett auf den Armen, denn er brachte das Silberzeug aus der Küche herauf, um es im Schrank des Eßzimmers zu verwahren. Als er auf der letzten Stufe der Treppe angekommen war, trat Heidi vor ihn hin und sagte mit großer Deutlichkeit:»Sie oder Er!«

Sebastian riß die Augen so weit auf, als es nur möglich war, und sagte ziemlich barsch:»Was soll das heißen, Mamsell?«

»Ich möchte nur gern etwas fragen, aber es ist gewiß nichts Böses wie heute Morgen«, fügte Heidi beschwichtigend hinzu, denn es merkte, daß Sebastian ein wenig erbittert war, und dachte, es komme noch von der Tinte am Boden her.

»So, und warum muß es denn heißen Sie oder Er, das möcht' ich zuerst wissen«, gab Sebastian im gleichen barschen Ton zurück.

»Ja, so muß ich jetzt immer sagen«, versicherte Heidi;»Fräulein Rottenmeier hat es befohlen.«

Jetzt lachte Sebastian so laut auf, daß Heidi ihn ganz verwundert ansehen mußte, denn es hatte nichts Lustiges bemerkt; aber Sebastian hatte auf einmal begriffen, was Fräulein Rottenmeier befohlen hatte, und sagte nun sehr erlustigt:»Schon recht, so fahre die Mamsell nur zu.«

»Ich heiße gar nicht Mamsell«, sagte nun Heidi seinerseits ein wenig geärgert;»ich heiße Heidi.«

»Ist schon recht; die gleiche Dame hat aber befohlen, daß ich Mamsell sage«, erklärte Sebastian.

»Hat sie? Ja, dann muß ich schon so heißen«, sagte Heidi mit Ergebung, denn es hatte wohl gemerkt, daß alles so geschehen mußte, wie Fräulein Rottenmeier befahl.

»Jetzt habe ich schon drei Namen«, setzte es mit einem Seufzer hinzu.

»Was wollte die kleine Mamsell denn fragen?«fragte Sebastian jetzt, indem er, ins Eßzimmer eingetreten, sein Silberzeug im Schrank zurechtlegte.

»Wie kann man ein Fenster aufmachen, Sebastian?«

»So, gerade so«, und er machte den großen Fensterflügel auf.

Heidi trat heran, aber es war zu klein, um etwas sehen zu können; es langte nur bis zum Gesims hinauf.

»Da, so kann das Mamsellchen einmal hinausgucken und sehen, was unten ist«, sagte Sebastian, indem er einen hohen hölzernen Schemel herbeigeholt hatte und hinstellte. Hoch erfreut stieg Heidi hinauf und konnte endlich den ersehnten Blick durch das Fenster tun. Aber mit dem Ausdruck der größten Enttäuschung zog es sogleich den Kopf wieder zurück.

125

»Man sieht nur die steinerne Straße hier, sonst gar nichts«, sagte das Kind bedauerlich; »aber wenn man um das ganze Haus herumgeht, was sieht man dann auf der anderen Seite, Sebastian?«

»Gerade dasselbe«, gab dieser zur Antwort.

»Aber wohin kann man denn gehen, daß man weit, weit hinuntersehen kann über das ganze Tal hinab?«

»Da muß man auf einen hohen Turm hinaufsteigen, einen Kirchturm, so einen, wie der dort ist mit der goldenen Kugel oben drauf. Da guckt man von oben herunter und sieht weit über alles weg.«

Jetzt stieg Heidi eilig von seinem Schemel herunter, rannte zur Tür hinaus, die Treppe hinunter und trat auf die Straße hinaus. Aber die Sache ging nicht, wie Heidi sich vorgestellt hatte. Als es aus dem Fenster den Turm gesehen hatte, kam es ihm vor, es könne nur über die Straße gehen, so müßte er gleich vor ihm stehen. Nun ging Heidi die ganze Straße hinunter, aber es kam nicht an den Turm, konnte ihn auch nirgends 126 mehr entdecken und kam nun in eine andere Straße hinein und weiter und weiter, aber immer noch sah es den Turm nicht. Es gingen viele Leute an ihm vorbei, aber die waren alle so eilig, daß Heidi dachte, sie hätten nicht Zeit, ihm Bescheid zu geben. Jetzt sah es an der nächsten Straßenecke einen Jungen stehen, der eine kleine Drehorgel auf dem Rücken und ein ganz kurioses Tier auf dem Arme trug. Heidi lief zu ihm hin und fragte: »Wo ist der Turm mit der goldenen Kugel zuoberst?«

»Weiß nicht«, war die Antwort.

»Wen kann ich denn fragen, wo er sei?« fragte Heidi weiter.

»Weiß nicht.«

»Weißt du keine andere Kirche mit einem hohen Turm?«

»Freilich weiß ich eine.«

»So komm und zeige mir sie.«

»Zeig du zuerst, was du mir dafür gibst.« Der Junge hielt seine Hand hin. Heidi suchte in seiner Tasche herum. Jetzt zog es ein Bildchen hervor, darauf ein schönes Kränzchen von roten Rosen gemalt war; erst sah es noch eine kleine Weile darauf hin, denn es reute Heidi ein wenig. Erst heute Morgen hatte Klara es ihm geschenkt; aber hinuntersehen ins Tal, über die grünen Abhänge! »Da«, sagte Heidi und hielt das Bildchen hin, »willst du das?«

Der Junge zog die Hand zurück und schüttelte den Kopf.

»Was willst du denn?« fragte Heidi und steckte vergnügt sein Bildchen wieder ein.

»Geld.«

»Ich habe keins, aber Klara hat, sie gibt mir dann schon; wie viel willst du?«

»Zwanzig Pfennige.«

»So komm jetzt.«

Nun wanderten die beiden eine lange Straße hin, und auf dem Wege fragte Heidi den Begleiter, was er auf dem Rücken trage, und er erklärte ihm, es sei eine schöne Orgel unter dem Tuch, die mache eine prachtvolle Musik, wenn er daran drehe. Auf einmal standen sie vor einer alten Kirche mit hohem Turm; der Junge stand still und sagte: »Da.«

»Aber wie komm' ich da hinein?« fragte Heidi, als es die festverschlossenen Türen sah.

»Weiß nicht«, war wieder die Antwort.

»Glaubst du, man könne hier klingeln, so wie man dem Sebastian tut?«

»Weiß nicht.«

Heidi hatte eine Klingel entdeckt an der Mauer und zog jetzt aus allen Kräften daran.

»Wenn ich dann hinaufgehe, so mußt du warten hier unten, ich weiß jetzt den Weg nicht mehr zurück, du mußt mir ihn dann zeigen.«

»Was gibst du mir dann?«

»Was muß ich dir dann wieder geben?«

»Wieder zwanzig Pfennige.«

Jetzt wurde das alte Schloß inwendig umgedreht und die knarrende Tür geöffnet; ein alter Mann trat heraus und schaute erst verwundert, dann ziemlich er zürnt auf die Kinder und fuhr sie an: »Was untersteht ihr euch, mich da herunterzuklingeln? Könnt ihr nicht lesen, was über der Klingel steht: ›Für solche, die den Turm besteigen wollen‹?«

Der Junge wies mit dem Zeigefinger auf Heidi und sagte kein Wort.

Heidi antwortete: »Eben auf den Turm wollt' ich.«

»Was hast du droben zu tun?« fragte der Türmer; »hat dich jemand geschickt?«

»Nein«, entgegnete Heidi, »ich möchte nur hinaufgehen, daß ich hinuntersehen kann.«

»Macht, daß ihr heimkommt, und probiert den Spaß nicht wieder, oder ihr kommt nicht gut weg zum zweitenmal!« Damit kehrte sich der Türmer um und wollte die Tür zumachen.

Aber Heidi hielt ihn ein wenig am Rockschoß und sagte bittend: »Nur ein einziges Mal!«

Er sah sich um, und Heidis Augen schauten so flehentlich zu ihm auf, daß es ihn ganz umstimmte; er nahm das Kind bei der Hand und sagte freundlich: »Wenn dir so viel daran gelegen ist, so komm mit mir!«

Der Junge setzte sich auf die steinernen Stufen vor der Tür nieder und zeigte, daß er nicht mit wollte.

Heidi stieg an der Hand des Türmers viele, viele Treppen hinauf; dann wurden diese immer schmäler, und endlich ging es noch ein ganz enges Treppchen hinauf, und nun waren sie oben. Der Türmer hob Heidi vom Boden auf und hielt es an das offene Fenster.

»Da, jetzt guck hinunter«, sagte er.

Heidi sah auf ein Meer von Dächern, Türmen und Schornsteinen nieder; es zog bald seinen Kopf zurück und sagte niedergeschlagen: »Es ist gar nicht, wie ich gemeint habe.«

»Siehst du wohl? Was versteht so ein Kleines von Aussicht! So, komm nun wieder herunter und läute nie mehr an einem Turm!«

Der Türmer stellte Heidi wieder auf den Boden und stieg ihm voran die schmalen Stufen hinab. Wo diese breiter wurden, kam links die Tür, die in des Türmers Stübchen führte, und nebenan ging der Boden bis unter das schräge Dach hin. Dort hinten stand ein großer Korb und davor saß eine dicke graue Katze und knurrte, denn in dem Korb wohnte ihre Familie und sie wollte jeden Vorübergehenden davor warnen, sich in ihre Familienangelegenheiten zu mischen. Heidi stand still und schaute verwundert hinüber, eine so mächtige Katze hatte es noch nie gesehen; in dem alten Turm wohnten aber ganze Herden von Mäusen, so holte sich die Katze ohne Mühe jeden Tag ein halbes Dutzend Mäusebraten. Der Türmer sah Heidis Bewunderung und sagte: »Komm, sie tut dir nichts, wenn ich dabei bin; du kannst die Jungen ansehen.«

Heidi trat an den Korb heran und brach in ein großes Entzücken aus.

»O, die netten Tierlein! die schönen Kätzchen!« rief es ein Mal ums andere und sprang hin und her um den Korb herum, um auch recht alle komischen Gebärden und Sprünge zu sehen, welche die sieben oder acht

jungen Kätzchen vollführten, die in dem Korb rastlos übereinanderhin
krabbelten, sprangen, fielen.

»Willst du eins haben?« fragte der Türmer, der Heidis Freudensprüngen vergnügt zuschaute.

»Selbst für mich? für immer?« fragte Heidi gespannt und konnte das große Glück fast nicht glauben.

»Ja, gewiß, du kannst auch noch mehr haben, du kannst sie alle zusammen haben, wenn du Platz hast«, sagte der Mann, dem es gerade recht war, seine kleinen Katzen los zu werden, ohne daß er ihnen ein Leid antun mußte.

Heidi war im höchsten Glück. In dem großen Hause hatten ja die Kätzchen so viel Platz, und wie mußte Klara erstaunt und erfreut sein, wenn die niedlichen Tierchen ankamen!

»Aber wie kann ich sie mitnehmen?« fragte nun Heidi und wollte schnell einige fangen mit seinen Händen, aber die dicke Katze sprang ihm auf den Arm und fauchte es so grimmig an, daß es sehr erschrocken zurückfuhr.

»Ich will sie dir bringen, sag nur, wohin«, sagte der Türmer, der die alte Katze nun streichelte, um sie wieder gut zu machen, denn sie war seine Freundin und hatte schon viele Jahre mit ihm auf dem Turm gelebt.

»Zum Herrn Sesemann in dem großen Haus, wo an der Haustür ein goldener Hundskopf ist mit einem dicken Ring im Maul«, erklärte Heidi.

Es hätte nicht einmal so viel gebraucht für den Türmer, der schon seit langen Jahren auf dem Turm saß und jedes Haus weithin kannte, und dazu war der Sebastian noch ein alter Bekannter von ihm.

»Ich weiß schon«, bemerkte er; »aber wem muß ich die Dinger bringen,
wem muß ich nachfragen, du gehörst doch nicht Herrn Sesemann?«»Nein, aber die Klara, sie hat eine so große Freude, wenn die Kätzchen kommen!«

Der Türmer wollte nun weitergehen, aber Heidi konnte sich von dem unterhaltenden Schauspiel fast nicht trennen.

»Wenn ich nur schon eins oder zwei mitnehmen könnte! Eins für mich und eins für Klara, kann ich nicht?«

»So wart ein wenig«, sagte der Türmer, trug dann die alte Katze behutsam in sein Stübchen hinein und stellte sie an das Eßschüsselchen hin, schloß die Tür vor ihr zu und kam zurück: »So, nun nimm zwei!«

Heidis Augen leuchteten vor Wonne. Es las ein weißes und dann ein gelb und weiß gestreiftes aus und steckte eins in die rechte und eins in die linke Tasche. Nun ging's die Treppe hinunter.

Der Junge saß noch auf den Stufen draußen, und als nun der Türmer hinter Heidi die Tür zugeschlossen hatte, sagte das Kind: »Welchen Weg müssen wir nun zu Herrn Sesemanns Haus?«

»Weiß nicht«, war die Antwort.

Heidi fing nun an zu beschreiben, was es wußte, die Haustür und die Fenster und die Treppen, aber der Junge schüttelte zu allem den Kopf, es war ihm alles unbekannt.

»Siehst du«, fuhr dann Heidi im Beschreiben fort, »aus einem Fenster sieht man ein großes, großes, graues Haus und das Dach geht so« – Heidi zeichnete hier mit dem Zeigefinger große Zacken in die Luft hinaus.

Jetzt sprang der Junge auf, er mochte ähnliche Merkmale haben, seine Wege zu finden. Er lief nun in einem Zug drauf los und Heidi hinter ihm drein, und in kurzer Zeit standen sie richtig vor der Haustür mit dem großen Messing-Tierkopf. Heidi zog die Glocke. Bald erschien Sebastian, und wie er Heidi erblickte, rief er drängend: »Schnell! Schnell!«

Heidi sprang eilig herein, und Sebastian schlug die Tür zu; den Jungen, der verblüfft draußen stand, hatte er gar nicht bemerkt.

»Schnell, Mamsellchen«, drängte Sebastian weiter, »gleich ins Eßzimmer hinein, sie sitzen schon am Tisch. Fräulein Rottenmeier sieht aus wie eine geladene Kanone; was stellt aber auch die kleine Mamsell an, so fortzulaufen?«

Heidi war ins Zimmer getreten. Fräulein Rottenmeier blickte nicht auf; Klara sagte auch nichts, es war eine etwas unheimliche Stille. Sebastian rückte Heidi den Sessel zurecht. Jetzt, wie es auf seinem Stuhl saß, begann Fräulein Rottenmeier mit strengem Gesicht und einem ganz feierlich-ernsten Ton: »Adelheid, ich werde nachher mit dir sprechen, jetzt nur so viel: du hast dich sehr ungezogen, wirklich strafbar benommen, daß du das Haus verlässest, ohne zu fragen, ohne daß jemand ein Wort davon wußte, und herumstreichst bis zum späten Abend; es ist eine völlig beispiellose Aufführung.«

»Miau«, tönte es wie als Antwort zurück.

Aber jetzt stieg der Zorn der Dame: »Wie, Adelheid«, rief sie in immer höheren Tönen, »du unterstehst dich noch, nach aller Ungezogenheit einen schlechten Spaß zu machen? Hüte dich wohl, sag' ich dir!«

»Ich mache«, fing Heidi an – »Miau! Miau!«

Sebastian warf fast seine Schüssel auf den Tisch und stürzte hinaus.

»Es ist genug«, wollte Fräulein Rottenmeier rufen; aber vor Aufregung tönte ihre Stimme gar nicht mehr. »Steh auf und verlaß das Zimmer.«

Heidi stand erschrocken von seinem Sessel auf und wollte noch einmal erklären: »Ich mache gewiß« – »Miau! Miau! Miau!«

»Aber Heidi«, sagte jetzt Klara, »wenn du doch siehst, daß du Fräulein Rottenmeier so böse machst, warum machst du immer wieder ›miau‹?«

»Ich mache nicht, die Kätzlein machen«, konnte Heidi endlich ungestört hervorbringen.

»Wie? Was? Katzen? junge Katzen?« schrie Fräulein Rottenmeier auf. »Sebastian! Tinette! Sucht die greulichen Tiere! schafft sie fort!« Damit stürzte die Dame ins Studierzimmer hinein und riegelte die Türen zu, um sicherer zu sein, denn junge Katzen waren für Fräulein Rottenmeier das Schrecklichste in der Schöpfung. Sebastian stand draußen vor der Tür und mußte erst fertig lachen, eh' er wieder eintreten konnte. Er hatte, als er Heidi bediente, einen kleinen Katzenkopf aus dessen Tasche herausgucken gesehen und sah dem Spektakel entgegen, und wie er nun ausbrach, konnte er sich nicht mehr halten, kaum noch seine Schüssel auf den Tisch setzen. Endlich trat er denn wieder gefaßt ins Zimmer herein, nachdem die Hilferufe der geängsteten Dame schon längere Zeit verklungen waren. Jetzt sah es ganz still und friedlich aus drinnen; Klara hielt die Kätzchen auf ihrem Schoß, Heidi kniete neben ihr und beide spielten mit großer Wonne mit den zwei winzigen, graziösen Tierchen.

»Sebastian«, sagte Klara zu dem Eintretenden, »Sie müssen uns helfen; Sie müssen ein Nest finden für die Kätzchen, wo Fräulein Rottenmeier sie nicht sieht, denn sie fürchtet sich vor ihnen und will sie fort haben; aber wir wollen die niedlichen Tierchen behalten und sie immer hervorholen, sobald wir allein sind. Wo kann man sie hintun?«

»Das will ich schon besorgen, Fräulein Klara«, entgegnete Sebastian bereitwillig; »ich mache ein schönes Bettchen in einem Korb und stelle den an einen Ort, wo mir die furchtsame Dame nicht dahinterkommt, verlassen Sie sich auf mich.« Sebastian ging gleich an die Arbeit und kicherte beständig vor sich hin, denn er dachte: »Das wird noch was absetzen!« und der Sebastian sah es nicht ungern, wenn Fräulein Rottenmeier ein wenig in Aufregung geriet.

Nach längerer Zeit erst, als der Augenblick des Schlafengehens nahte, machte Fräulein Rottenmeier ein ganz klein wenig die Tür auf und rief durch das Spältchen heraus: »Sind die abscheulichen Tiere fortgeschafft?«

»Ja wohl! Ja wohl!« gab Sebastian zurück, der sich im Zimmer zu schaffen gemacht hatte in Erwartung dieser Frage. Schnell und leise faßte er die beiden Kätzchen auf Klaras Schoß und verschwand damit.

Die besondere Strafrede, die Fräulein Rottenmeier Heidi noch zu halten gedachte, verschob sie auf den folgenden Tag, denn heute fühlte sie sich zu erschöpft nach all' den vorhergegangenen Gemütsbewegungen von Ärger, Zorn und Schrecken, die ihr Heidi ganz unwissentlich nacheinander verursacht hatte. Sie zog sich schweigend zurück, und Klara und Heidi folgten vergnügt nach, denn sie wußten ihre Kätzchen in einem guten Bett.

138

Im Hause Sesemann geht's unruhig zu

Als Sebastian am folgenden Morgen dem Herrn Kandidaten die Haustür geöffnet und ihn zum Studierzimmer geführt hatte, zog schon wieder jemand die Hausglocke an, aber mit solcher Gewalt, daß Sebastian die Treppe völlig hinunterschoß, denn er dachte: »So schellt nur der Herr Sesemann selbst, er muß unerwartet nachhause gekommen sein.« Er riß die Tür auf – ein zerlumpter Junge mit einer Drehorgel auf dem Rücken stand vor ihm.

»Was soll das heißen?« fuhr ihn Sebastian an. »Ich will dich lehren, Glocken herunterzureißen! Was hast du hier zu tun?«

»Ich muß zur Klara«, war die Antwort.

»Du ungewaschener Straßenkäfer du; kannst du nicht sagen ›Fräulein Klara‹, wie unsereins tut? Was hast du bei Fräulein Klara zu tun?« fragte Sebastian barsch.

»Sie ist mir vierzig Pfennige schuldig«, erklärte der Junge.

»Du bist, denk' ich, nicht recht im Kopf! Wie weißt du überhaupt, daß ein Fräulein Klara hier ist?«

»Gestern habe ich ihr den Weg gezeigt, macht zwanzig, und dann wieder zurück den Weg gezeigt, macht vierzig.«

139

»Da siehst du, was für Zeug du zusammenflunkerst; Fräulein Klara geht niemals aus, kann gar nicht gehen, mach, daß du dahin kommst, wo du hin gehörst, bevor ich dir dazu verhelfe!«

Aber der Junge ließ sich nicht einschüchtern; er blieb unbeweglich stehen und sagte trocken: »Ich habe sie doch gesehen auf der Straße, ich kann sie beschreiben: sie hat kurzes, krauses Haar, das ist schwarz, und die Augen sind schwarz und der Rock ist braun, und sie kann nicht reden wie wir.«

»Oho«, dachte jetzt Sebastian und kicherte in sich hinein, »das ist die kleine Mamsell, die hat wieder etwas angestellt.« Dann sagte er, den Jungen hereinziehend: »'s ist schon recht, komm mir nur nach und warte vor der Tür, bis ich wieder herauskomme. Wenn ich dich dann einlasse, kannst du gleich etwas spielen; das Fräulein hört es gern.«

Oben klopfte er am Studierzimmer und wurde hereingerufen.

»Es ist ein Junge da, der durchaus an Fräulein Klara selbst etwas zu bestellen hat«, berichtete Sebastian.

Klara war sehr erfreut über das außergewöhnliche Ereignis.

»Er soll nur gleich hereinkommen«, sagte sie, »nicht wahr, Herr Kandidat, wenn er doch mit mir selbst sprechen muß.«

Der Junge war schon eingetreten, und nach Anweisung fing er sofort seine Orgel zu drehen an. Fräulein Rottenmeier hatte, um dem Abc auszuweichen, sich im Eßzimmer allerlei zu schaffen gemacht. Auf einmal horchte sie auf. – Kamen die Töne von der Straße her? Aber so nahe? Wie konnte vom Studierzimmer her eine Drehorgel ertönen? Und dennoch – wahrhaftig – sie stürzte durch das lange Eßzimmer und riß die Tür auf. Da – unglaublich – da stand mitten im Studierzimmer ein zerlumpter Orgelspieler und drehte sein Instrument mit größter Emsigkeit. Der Herr Kandidat schien immerfort etwas sagen zu wollen, aber es wurde nichts vernommen. Klara und Heidi hörten mit ganz erfreuten Gesichtern der Musik zu.

»Aufhören! Sofort aufhören!« rief Fräulein Rottenmeier ins Zimmer hinein. Ihre Stimme wurde übertönt von der Musik. Jetzt lief sie auf den Jungen zu – aber auf einmal hatte sie etwas zwischen den Füßen, sie sah auf den Boden: ein grausiges, schwarzes Tier kroch ihr zwischen den Füßen durch – eine Schildkröte. Jetzt tat Fräulein Rottenmeier einen Sprung in die Höhe, wie sie seit vielen Jahren keinen getan hatte, dann schrie sie aus Leibeskräften: »Sebastian! Sebastian!«

Plötzlich hielt der Orgelspieler inne, denn diesmal hatte die Stimme die Musik übertönt. Sebastian stand draußen vor der halboffenen Tür und krümmte sich vor Lachen, denn er hatte zugesehen, wie der Sprung vor sich ging. Endlich kam er herein. Fräulein Rottenmeier war auf einen Stuhl niedergesunken.

»Fort mit allem, Mensch und Tier! Schaffen Sie sie weg, Sebastian, sofort!« rief sie ihm entgegen. Sebastian gehorchte bereitwillig, zog den Jungen hinaus, der schnell seine Schildkröte erfaßt hatte, drückte ihm draußen etwas in die Hand und sagte: »Vierzig für Fräulein Klara, und vierzig fürs Spielen, das hast du gut gemacht«; damit schloß er hinter ihm die Haustür. Im Studierzimmer war es wieder ruhig geworden; die Studien wurden wieder fortgesetzt, und Fräulein Rottenmeier hatte sich nun auch festgesetzt in dem Zimmer, um durch ihre Gegenwart ähnliche Greuel zu verhüten. Den Vorfall wollte sie nach den Unterrichtsstunden untersuchen und den Schuldigen so bestrafen, daß er daran denken würde.

Schon wieder klopfte es an die Tür, und herein trat abermals Sebastian mit der Nachricht, es sei ein großer Korb gebracht worden, der sogleich an Fräulein Klara selbst abzugeben sei.

»An mich?« fragte Klara erstaunt und äußerst neugierig, was das sein möchte; »zeigen Sie doch gleich einmal her, wie er aussieht.«

Sebastian brachte einen bedeckten Korb herein und entfernte sich dann eilig wieder.

»Ich denke, erst wird der Unterricht beendet, dann der Korb ausgepackt«, bemerkte Fräulein Rottenmeier.

Klara konnte sich nicht vorstellen, was man ihr gebracht hatte; sie schaute sehr verlangend nach dem Korb.

»Herr Kandidat«, sagte sie, sich selbst in ihrem Deklinieren unterbrechend, »könnte ich nicht nur einmal schnell hineinsehen, um zu wissen, was drin ist, und dann gleich wieder fortfahren?«»In einer Hinsicht könnte man dafür, in einer anderen dawider sein«, entgegnete der Herr Kandidat; »*dafür* spräche der Grund, daß, wenn nun Ihre ganze Aufmerksamkeit auf diesen Gegenstand gerichtet ist –«; die Rede konnte nicht beendigt werden. Der Deckel des Korbes saß nur lose darauf, und nun sprangen mit einemmal ein, zwei drei und wieder zwei und immer noch mehr junge Kätzchen darunter hervor und ins Zimmer hinaus, und mit einer so unbegreiflichen Schnelligkeit fuhren sie überall herum, daß es war, als wäre das ganze Zimmer voll solcher Tierchen. Sie sprangen über die Stiefel des Herrn Kandidaten, bissen an seinen Beinkleidern, kletterten am Kleid von Fräulein Rottenmeier empor, krabbelten um ihre Füße herum, sprangen an Klaras Sessel hinauf, kratzten, krabbelten, miauten; es war ein arges Gewirre. Klara rief immerfort voller Entzücken: »O die niedlichen Tierchen! die lustigen Sprünge! sieh! sieh! Heidi, hier, dort, sieh dieses!« Heidi schoß ihnen vor Freude in alle Winkel nach. Der Herr Kandidat stand sehr verlegen am Tisch und zog bald den einen, bald den andern Fuß in die Höhe, um ihn dem unheimlichen Gekrabbel zu entziehen. Fräulein Rottenmeier saß erst sprachlos vor Entsetzen in ihrem

Sessel, dann fing sie an aus Leibeskräften zu schreien: »Tinette! Tinette! Sebastian! Sebastian!« denn vom Sessel aufzustehen konnte sie unmöglich wagen, da konnten ja mit einemmal alle die kleinen Scheusale an ihr emporspringen.

Endlich kamen Sebastian und Tinette auf die wiederholten Hilferufe herbei, und jener packte gleich eins nach dem andern der kleinen Geschöpfe in den Korb hinein und trug sie auf den Estrich zu dem Katzenlager, das er für die zweie von gestern bereitet hatte.

Auch am heutigen Tage hatte kein Gähnen während der Unterrichtsstunden stattgefunden. Am späten Abend, als Fräulein Rottenmeier sich von den Aufregungen des Morgens wieder hinlänglich erholt hatte, berief sie Sebastian und Tinette ins Studierzimmer herauf, um hier eine gründliche Untersuchung über die strafwürdigen Vorgänge anzustellen. Nun kam es denn heraus, daß Heidi auf seinem gestrigen Ausflug die sämtlichen Ereignisse vorbereitet und herbeigeführt hatte. Fräulein Rottenmeier saß weiß vor Entrüstung da und konnte erst keine Worte für ihre Empfindungen finden. Sie winkte mit der Hand, daß Sebastian und Tinette sich entfernen sollten. Jetzt wandte sie sich an Heidi, das neben Klaras Sessel stand und nicht recht begriff, was es verbrochen hatte.

»Adelheid«, begann sie mit strengem Ton, »ich weiß nur *eine* Strafe, die dir empfindlich sein könnte, denn du bist eine Barbarin; aber wir wollen sehen, ob du unten im dunkeln Keller bei Molchen und Ratten nicht zahm wirst, daß du dir keine solchen Dinge mehr einfallen lässest.«

Heidi hörte still und verwundert sein Urteil an, denn in einem schreckhaften Keller war es noch nie gewesen; der anstoßende Raum in der Almhütte, den der Großvater Keller nannte, wo immer die fertigen Käse lagen und die frische Milch stand, war eher ein anmutiger und einladender Ort, und Ratten und Molche hatte es noch keine gesehen.

Aber Klara erhob einen lauten Jammer: »Nein, nein, Fräulein Rottenmeier, man muß warten, bis der Papa da ist; er hat ja geschrieben, er komme nun bald, und dann will ich ihm alles erzählen, und er sagt dann schon, was mit Heidi geschehen soll.«

Gegen diesen Oberrichter durfte Fräulein Rottenmeier nichts einwenden, um so weniger, da er wirklich in Bälde zu erwarten war. Sie stand auf und sagte etwas grimmig: »Gut, Klara, aber auch ich werde ein Wort mit Herrn Sesemann sprechen.« Damit verließ sie das Zimmer.

Es verflossen nun ein paar ungestörte Tage, aber Fräulein Rottenmeier kam nicht mehr aus der Aufregung heraus, stündlich trat ihr die Täuschung vor Augen, die sie in Heidis Persönlichkeit erlebt hatte, und es war ihr, als sei seit seiner Erscheinung im Hause Sesemann alles aus den Fugen gekommen und komme nicht wieder hinein. Klara war sehr vergnügt; sie langweilte sich nie mehr, denn in den Unterrichtsstunden machte Heidi die kurzweiligsten Sachen; die Buchstaben machte es immer alle durcheinander und konnte sie nie kennen lernen, und wenn der Herr Kandidat mitten im Erklären und Beschreiben ihrer Formen war, um sie ihm anschaulicher zu machen und als Vergleichung etwa von einem Hörnchen oder einem Schnabel sprach dabei, rief es auf einmal in aller Freude aus: »Es ist eine Geiß!« oder: »Es ist ein Raubvogel!« Denn die Beschreibungen weckten in seinem Gehirn allerlei Vorstellungen, nur keine Buchstaben. In den späteren Nachmittagsstunden saß Heidi wieder bei Klara und erzählte ihr immer wieder von der Alm und dem Leben dort, so viel und so lange, bis das Verlangen darnach in ihm so brennend wurde, daß es immer zum Schluß versicherte: »Nun muß ich gewiß wieder heim! Morgen muß ich gewiß gehen!« Aber Klara beschwichtigte immer wieder diese Anfälle und bewies Heidi, daß es doch sicher dableiben müsse, bis der Papa komme; dann werde man schon sehen, wie es weiter gehe. Wenn Heidi alsdann immer wieder nachgab und gleich wieder zufrieden war, so half ihm eine fröhliche Aussicht dazu, die es im stillen hatte, daß mit jedem Tage, den es noch da blieb, sein Häuflein Brötchen für die Großmutter wieder um zwei größer würde, denn mittags und abends lag immer ein schönes Weißbrötchen bei seinem Teller; das steckte es gleich ein, denn es hätte das Brötchen nicht essen können beim Gedanken, daß die Großmutter nie eines habe und das harte, schwarze Brot fast nicht mehr essen konnte. Nach Tisch saß Heidi jeden Tag ein paar Stunden lang ganz allein in seinem Zimmer und regte sich nicht, denn daß es in Frankfurt verboten war, nur so hinauszulaufen, wie es auf der Alm getan, das hatte es nun begriffen und tat es nie mehr. Mit Sebastian drüben im Eßzimmer ein Gespräch führen durfte es auch nicht, das hatte Fräulein Rottenmeier auch verboten, und mit Tinette eine Unterhaltung zu probieren, daran kam ihm kein Sinn; es ging ihr immer scheu aus dem Wege, denn sie redete nur in höhnischem Ton mit ihm und spöttelte es fortwährend an, und Heidi verstand ihre Art ganz gut, und daß sie es nur immer ausspottete. So saß Heidi täglich da und hatte alle Zeit, sich auszudenken, wie nun die Alm wieder grün war und wie die gelben Blümchen im Sonnenschein glitzerten und wie alles leuchtete rings um die Sonne, der Schnee und die Berge und das ganze, weite Tal, und Heidi konnte es manchmal fast nicht mehr aushalten vor Verlangen, wieder dort zu sein. Die Base hatte ja auch gesagt, es könne wieder heimgehen, wann es wolle. So kam es, daß Heidi eines Tages es nicht mehr aushielt; es packte in aller Eile seine Brötchen in das große rote Halstuch zusammen, setzte sein Strohhütchen auf und zog aus. Aber schon unter der Haustür traf es auf ein großes Reisehindernis, auf Fräulein Rottenmeier selbst, die eben von einem Ausgang zurückkehrte. Sie stand still und schaute in starrem Erstaunen Heidi von oben bis unten an, und ihr Blick blieb vorzüglich auf dem gefüllten roten Halstuch haften. Jetzt brach sie los.

»Was ist das für ein Aufzug? Was heißt das überhaupt? Habe ich dir nicht streng verboten, je wieder herumzustreichen? Nun probierst du's 148 doch wieder und dazu noch völlig aussehend wie eine Landstreicherin.«

»Ich wollte nicht herumstreichen, ich wollte nur heimgehen«, entgegnete Heidi erschrocken.

»Wie? Was? Heimgehen? Heimgehen wolltest du?« Fräulein Rottenmeier schlug die Hände zusammen vor Aufregung. »Fortlaufen! Wenn das Herr Sesemann wüßte! Fortlaufen aus seinem Hause! Mach nicht, daß er das je erfährt! Und was ist dir denn nicht recht in seinem Hause? Wirst du nicht viel besser behandelt, als du verdienst? Fehlt es dir an irgendetwas? Hast du je in deinem ganzen Leben eine Wohnung, oder einen Tisch, oder eine Bedienung gehabt, wie du hier hast? sag!«

»Nein«, entgegnete Heidi.

»Das weiß ich wohl!« fuhr die Dame eifrig fort. »Nichts fehlt dir, gar nichts, du bist ein ganz unglaublich undankbares Kind, und vor lauter
Wohlsein weißt du nicht, was du noch alles anstellen willst!«

Aber jetzt kam dem Heidi alles oben auf, was in ihm war, und brach hervor: »Ich will ja nur heim, und wenn ich so lang nicht komme, so muß das Schneehöppli immer klagen und die Großmutter erwartet mich, und der Distelfink bekommt die Rute, wenn der Geißenpeter keinen Käse bekommt, und hier kann man gar nie sehen, wie die Sonne gute Nacht sagt zu den Bergen; und wenn der Raubvogel in Frankfurt obenüber fliegen würde, so würde er noch viel lauter krächzen, daß so viele Menschen bei einander sitzen und einander bös machen und nicht auf den Felsen gehen, wo es einem wohl ist.«

»Barmherzigkeit, das Kind ist übergeschnappt!« rief Fräulein Rottenmeier aus und stürzte mit Schrecken die Treppe hinauf, wo sie sehr unsanft gegen den Sebastian rannte, der eben hinunter wollte. »Holen Sie auf der Stelle das unglückliche Wesen herauf!« rief sie ihm zu, indem sie sich den Kopf rieb, denn sie war hart angestoßen.

»Ja, ja, schon recht, danke schön«, gab Sebastian zurück und rieb sich den seinen, denn er war noch härter angefahren.

Heidi stand mit flammenden Augen noch auf derselben Stelle fest und zitterte vor innerer Erregung am ganzen Körper.

»Na, schon wieder was angestellt?« fragte Sebastian lustig; als er aber Heidi, das sich nicht rührte, recht ansah, klopfte er ihm freundlich auf die Schulter und sagte tröstend: »Pah! pah! das muß sich das Mamsellchen nicht so zu Herzen nehmen, nur lustig, das ist die Hauptsache! Sie hat mir eben jetzt auch fast ein Loch in den Kopf gerannt; aber nur nicht einschüchtern lassen! Na? immer noch auf demselben Fleck? Wir müssen hinauf, sie hat's befohlen.«

Heidi ging nun die Treppe hinauf, aber langsam und leise und gar nicht wie sonst seine Art war. Das tat dem Sebastian leid zu sehen; er ging hinter dem Heidi her und sprach ermutigende Worte zu ihm: »Nur nicht abgeben! Nur nicht traurig werden! Nur immer tapfer darauf zu! Wir haben ja ein ganz vernünftiges Mamsellchen, hat noch gar nie geweint, seit es bei uns ist; sonst weinen sie ja zwölfmal im Tag in dem Alter, das kennt man. Die Kätzchen sind auch lustig droben, die springen auf dem ganzen Estrich herum und tun wie närrisch. Nachher gehen wir mal zusammen hinauf und schauen ihnen zu, wenn die Dame drinnen weg ist, ja?«

Heidi nickte ein wenig mit dem Kopf, aber so freudlos, daß es dem Sebastian recht zu Herzen ging und er ganz teilnehmend dem Heidi nachschaute, wie es nach seinem Zimmer hinschlich.

Am Abendessen heute sagte Fräulein Rottenmeier kein Wort, aber fortwährend warf sie sonderbar wachsame Blicke zu Heidi hinüber, so als erwartete sie, es könnte plötzlich etwas Unerhörtes unternehmen; aber Heidi saß mäuschenstill am Tisch und rührte sich nicht, es aß nicht und trank nicht; nur sein Brötchen hatte es schnell in die Tasche gesteckt.

Am folgenden Morgen, als der Herr Kandidat die Treppe heraufkam, winkte ihn Fräulein Rottenmeier geheimnisvoll ins Eßzimmer herein, und hier teilte sie ihm in großer Aufregung ihre Besorgnis mit, die Luftveränderung, die neue Lebensart und die ungewohnten Eindrücke hätten das Kind um den Verstand gebracht, und sie erzählte ihm von Heidis Fluchtversuch und wiederholte ihm von seinen sonderbaren Reden, was sie noch wußte. Aber der Herr Kandidat besänftigte und beruhigte

Fräulein Rottenmeier, indem er sie versicherte, daß er die Wahrnehmung gemacht habe, die Adelheid sei zwar einerseits allerdings eher exzentrisch, aber anderseits doch wieder bei richtigem Verstand, so daß sich nach und nach bei einer allseitig erwogenen Behandlung das nötige Gleichgewicht einstellen könne, was er im Auge habe; er finde den Umstand wichtiger, daß er durchaus nicht über das Abc hinauskomme mit ihr, indem sie die Buchstaben nicht zu fassen imstande sei.

Fräulein Rottenmeier fühlte sich beruhigter und entließ den Herrn Kandidaten zu seiner Arbeit. Am späteren Nachmittag stieg ihr die Erinnerung an Heidis Aufzug bei seiner vorgehabten Abreise auf, und sie beschloß, die Gewandung des Kindes durch verschiedene Kleidungsstücke der Klara in den nötigen Stand zu setzen, bevor Herr Sesemann erscheinen würde. Sie teilte ihre Gedanken darüber an Klara mit, und da diese mit allem einverstanden war und dem Heidi eine Menge Kleider und Tücher und Hüte schenken wollte, verfügte sich die Dame in Heidis Zimmer, um seinen Kleiderschrank zu besehen und zu untersuchen, was da von dem Vorhandenen bleiben und was entfernt werden solle. Aber in wenig Minuten kam sie wieder zurück mit Gebärden des Abscheus. »Was muß ich entdecken, Adelheid!« rief sie aus. »Es ist nie dagewesen! In deinem Kleiderschrank, einem Schrank für Kleider, Adelheid, im Fuß dieses Schrankes, was finde ich? Einen Haufen kleiner Brote! Brot, sage ich, Klara, im Kleiderschrank! Und einen solchen Haufen aufspeichern!« – »Tinette«, rief sie jetzt ins Eßzimmer hinaus, »schaffen Sie mir das alte Brot fort aus dem Schrank der Adelheid und den zerdrückten Strohhut auf dem Tisch!«

»Nein! Nein!« schrie Heidi auf; »ich muß den Hut haben, und die Brötchen sind für die Großmutter«, und Heidi wollte der Tinette nachstürzen, aber es wurde von Fräulein Rottenmeier festgehalten.

»Du bleibst hier und der Kram wird hingebracht, wo er hingehört«, sagte sie bestimmt und hielt das Kind zurück. Aber nun warf sich Heidi an Klaras Sessel nieder und fing ganz verzweiflungsvoll zu weinen an, immer lauter und schmerzlicher, und schluchzte ein Mal ums andere in seinem Jammer auf: »Nun hat die Großmutter keine Brötchen mehr. Sie waren für die Großmutter, nun sind sie alle fort und die Großmutter bekommt keine!« und Heidi weinte auf, als wollte ihm das Herz zerspringen. Fräulein Rottenmeier lief hinaus. Klara wurde es angst und bange bei dem Jammer. »Heidi, Heidi, weine nur nicht so«, sagte sie bittend, »hör mich nur! Jammere nur nicht so, sieh, ich verspreche dir, ich gebe dir gerade so viel Brötchen für die Großmutter, oder noch mehr, wenn du einmal heimgehst, und dann sind diese frisch und weich, und die deinen wären ja ganz hart geworden und waren es schon. Komm, Heidi, weine nur nicht mehr so!«

Heidi konnte noch lange nicht aus seinem Schluchzen herauskommen; aber es verstand Klaras Trost und hielt sich daran, sonst hätte es gar nicht mehr zu weinen aufhören können. Es mußte auch noch mehrere Male seiner Hoffnung gewiß werden und Klara, durch die letzten Anfälle von Schluchzen unterbrochen, fragen: »Gibst du mir so viele, viele, wie ich hatte, für die Großmutter?«

153

Und Klara versicherte immer wieder: »Gewiß, ganz gewiß, noch mehr, sei nur wieder froh!«

Noch zum Abendtisch kam Heidi mit den rot verweinten Augen, und als es sein Brötchen erblickte, mußte es gleich noch einmal aufschluchzen. Aber es bezwang sich jetzt mit Gewalt, denn es verstand, daß es sich am Tisch ruhig verhalten mußte. Sebastian machte heute jedesmal die merkwürdigsten Gebärden, wenn er in Heidis Nähe kam; er deutete bald auf seinen, bald auf Heidis Kopf, dann nickte er wieder und kniff die Augen zu, so als wollte er sagen: »Nur getrost! Ich hab's schon gemerkt und besorgt.«

Als Heidi später in sein Zimmer kam und in sein Bett steigen wollte, lag sein zerdrücktes Strohhütchen unter der Decke versteckt. Mit Entzücken zog es den alten Hut hervor, zerdrückte ihn vor lauter Freude noch ein wenig mehr und versteckte ihn dann, in ein Taschentüchlein eingewickelt, in die allerhinterste Ecke seines Schrankes. Das Hütchen hatte der Sebastian unter die Decke gesteckt; er war zu gleicher Zeit mit Tinette im Eßzimmer gewesen, als diese gerufen wurde, und hatte Heidis Jammerruf vernommen. Dann war er Tinette nachgegangen, und als sie aus Heidis Zimmer heraustrat mit ihrer Brotlast und dem Hütchen oben darauf, hatte er schnell dieses weggenommen und ihr zugerufen: »Das will ich schon forttun.« Darauf hatte er es in aller Freude für Heidi gerettet, was er ihm beim Abendessen zur Erheiterung andeuten wollte.

154

Der Hausherr hört allerlei in seinem Hause, das er noch nicht gehört hat

Einige Tage nach diesen Ereignissen war im Hause Sesemann große Lebendigkeit und ein eifriges Treppauf- und Treppabrennen, denn eben war der Hausherr von seiner Reise zurückgekehrt und aus dem bepackten Wagen wurde von Sebastian und Tinette eine Last nach der anderen hinaufgetragen, denn Herr Sesemann brachte immer eine Menge schöner Sachen mit nachhause.

Er selbst war vor allem in das Zimmer seiner Tochter eingetreten, um sie zu begrüßen. Heidi saß bei ihr, denn es war die Zeit des späten Nachmittags, da die beiden immer zusammen waren. Klara begrüßte ihren Vater mit großer Zärtlichkeit, denn sie liebte ihn sehr, und der gute Papa grüßte sein Klärchen nicht weniger liebevoll. Dann streckte er seine Hand dem Heidi entgegen, das sich leise in eine Ecke zurückgezogen hatte, und sagte freundlich: »Und das ist unsre kleine Schweizerin; komm her, gib mir mal eine Hand! So ist's recht! Nun sag mir mal, seid ihr auch gute Freunde zusammen, Klara und du? Nicht zanken und böse werden, und dann weinen und dann versöhnen, und dann wieder von vorn anfangen, nun?«

»Nein, Klara ist immer gut mit mir«, entgegnete Heidi.

»Und Heidi hat auch noch gar nie versucht, zu zanken, Papa«, warf Klara schnell ein.

»So ist's gut, das hör' ich gern«, sagte der Papa, indem er aufstand. »Nun mußt du aber erlauben, Klärchen, daß ich etwas genieße; heute habe ich noch nichts bekommen. Nachher komm' ich wieder zu dir und du sollst sehen, was ich mitgebracht habe!«

Herr Sesemann trat ins Eßzimmer ein, wo Fräulein Rottenmeier den Tisch überschaute, der für sein Mittagsmahl gerüstet war. Nachdem Herr Sesemann sich niedergelassen und die Dame ihm gegenüber Platz genommen hatte und aussah wie ein lebendiges Mißgeschick, wandte sich der Hausherr zu ihr: »Aber Fräulein Rottenmeier, was muß ich denken? Sie haben zu meinem Empfang ein wahrhaft erschreckendes Gesicht aufgesetzt. Wo fehlt es denn? Klärchen ist ganz munter.«

»Herr Sesemann«, begann die Dame mit gewichtigem Ernst, »Klara ist mit betroffen, wir sind fürchterlich getäuscht worden.«

»Wie so?« fragte Herr Sesemann und trank in aller Ruhe einen Schluck Wein.

»Wir hatten ja beschlossen, wie Sie wissen, Herr Sesemann, eine Gespielin für Klara ins Haus zu nehmen, und da ich ja weiß, wie sehr Sie darauf halten, daß nur Gutes und Edles Ihre Tochter umgebe, hatte ich meinen Sinn auf ein junges Schweizermädchen gerichtet, indem ich hoffte, eines jener Wesen bei uns eintreten zu sehen, von denen ich schon so oft gelesen, welche, der reinen Bergluft entsprossen, so zu sagen, ohne die Erde zu berühren, durch das Leben gehen.«

»Ich glaube zwar«, bemerkte hier Herr Sesemann, »daß auch die Schweizerkinder den Erdboden berühren, wenn sie vorwärts kommen wollen; sonst wären ihnen wohl Flügel gewachsen statt der Füße.«

»Ach, Herr Sesemann, Sie verstehen mich wohl«, fuhr das Fräulein fort; »ich meinte eine jener so bekannten, in den hohen, reinen Bergregionen lebenden Gestalten, die nur wie ein idealer Hauch an uns vorüberziehen.«

»Was sollte aber meine Klara mit einem idealen Hauch anfangen, Fräulein Rottenmeier?«

»Nein, Herr Sesemann, ich scherze nicht, die Sache ist mir ernster, als Sie denken; ich bin schrecklich, wirklich ganz schrecklich getäuscht worden.«

»Aber worin liegt denn das Schreckliche? So gar erschrecklich sieht mir das Kind nicht aus«, bemerkte ruhig Herr Sesemann.

»Sie sollten nur *eines* wissen, Herr Sesemann, nur das *eine*, mit was für Menschen und Tieren dieses Wesen Ihr Haus in Ihrer Abwesenheit bevölkert hat; davon könnte der Herr Kandidat erzählen.«

»Mit Tieren? Wie muß ich das verstehen, Fräulein Rottenmeier?«

»Es ist eben nicht zu verstehen; die ganze Aufführung dieses Wesens wäre nicht zu verstehen, wenn nicht aus dem *einen* Punkte, daß es Anfälle von völliger Verstandesgestörtheit hat.«

Bis hierher hatte Herr Sesemann die Sache nicht für wichtig gehalten; aber Gestörtheit des Verstandes? eine solche konnte ja für seine Tochter die bedenklichsten Folgen haben. Herr Sesemann schaute Fräulein Rottenmeier sehr genau an, so, als wollte er sich erst versichern, ob nicht etwa bei ihr eine derartige Störung zu bemerken sei. In diesem Augenblick wurde die Tür aufgetan und der Herr Kandidat angemeldet.

»Ah, da kommt unser Herr Kandidat, der wird uns Aufschluß geben!« rief ihm Herr Sesemann entgegen. »Kommen Sie, kommen Sie, setzen

Sie sich zu mir!« Herr Sesemann streckte dem Eintretenden die Hand entgegen. »Der Herr Kandidat trinkt eine Tasse schwarzen Kaffee mit mir, Fräulein Rottenmeier! Setzen Sie sich, setzen Sie sich, – keine Komplimente! Und nun sagen Sie mir, Herr Kandidat, was ist mit dem Kinde, das als Gespielin meiner Tochter ins Haus gekommen ist und das Sie unterrichten. Was hat es für eine Bewandtnis mit den Tieren, die es ins Haus gebracht, und wie steht es mit seinem Verstand?«

Der Herr Kandidat mußte erst seine Freude über Herrn Sesemanns glückliche Rückkehr aussprechen und ihn willkommen heißen, weswegen er ja gekommen war; aber Herr Sesemann drängte ihn, daß er ihm Aufschluß gebe über die fraglichen Punkte. So begann denn der Herr Kandidat: »Wenn ich mich über das Wesen dieses jungen Mädchens aussprechen soll, Herr Sesemann, so möchte ich vor allem darauf aufmerksam machen, daß, wenn auch auf der einen Seite sich ein Mangel der Entwicklung, welcher durch eine mehr oder weniger vernachlässigte Erziehung, oder besser gesagt, etwas verspäteten Unterricht verursacht und durch die mehr oder weniger, jedoch durchaus nicht in jeder Beziehung zu verurteilende, im Gegenteil ihre guten Seiten unstreitig dartuende Abgeschiedenheit eines längeren Alpenaufenthalts, welcher, wenn er nicht eine gewisse Dauer überschreitet, ja ohne Zweifel seine gute Seite –«

»Mein lieber Herr Kandidat«, unterbrach hier Herr Sesemann, »Sie geben sich wirklich zu viel Mühe; sagen Sie mir, hat auch Ihnen das Kind einen Schrecken beigebracht durch eingeschleppte Tiere, und was halten Sie überhaupt von diesem Umgang für mein Töchterchen?«

»Ich möchte dem jungen Mädchen in keiner Art zu nahe treten«, begann der Herr Kandidat wieder, »denn wenn es auch auf der einen Seite in einer Art von gesellschaftlicher Unerfahrenheit, welche mit dem mehr oder weniger unkultivierten Leben, in welchem das junge Mädchen bis zu dem Augenblick seiner Versetzung nach Frankfurt sich bewegte, welche Versetzung allerdings in die Entwicklung dieses, ich möchte sagen noch völlig, wenigstens teilweise unentwickelten, aber anderseits mit nicht zu verachtenden Anlagen begabten und wenn allseitig umsichtig geleitet –«

»Entschuldigen Sie, Herr Kandidat, bitte, lassen Sie sich nicht stören, ich werde – ich muß schnell einmal nach meiner Tochter sehen.« Damit lief Herr Sesemann zur Tür hinaus und kam nicht wieder. Drüben im Studierzimmer setzte er sich zu seinem Töchterchen hin; Heidi war aufgestanden. Herr Sesemann wandte sich nach dem Kinde um: »Hör mal, Kleine, hol mir doch schnell – wart einmal – hol mir mal« – (Herr Sese-

81

mann wußte nicht recht, was er bedurfte, Heidi sollte aber ein wenig ausgeschickt werden) – »hol mir doch mal ein Glas Wasser.«

»Frisches?« fragte Heidi.

»Ja wohl! Ja wohl! Recht frisches!« gab Herr Sesemann zurück. Heidi verschwand.

»Nun, mein liebes Klärchen«, sagte der Papa, indem er ganz nah an sein Töchterchen heranrückte und dessen Hand in die seinige legte, »sag du mir klar und faßlich: was für Tiere hat diese deine Gespielin ins Haus gebracht und warum muß Fräulein Rottenmeier denken, sie sei zeitweise nicht ganz recht im Kopf; kannst du mir das sagen?«

Das konnte Klara, denn die erschrockene Dame hatte auch ihr von Heidis sich verwirrenden Reden gesprochen, die aber für Klara alle einen Sinn hatten. Sie erzählte erst dem Vater die Geschichten von der Schildkröte und den jungen Katzen und erklärte ihm dann Heidis Reden, welche die Dame so erschreckt hatten. Jetzt lachte Herr Sesemann herzlich. »So willst du nicht, daß ich das Kind nachhaus' schicke, Klärchen, du bist seiner nicht müde?« fragte der Vater.

»Nein, nein, Papa, tu nur das nicht!« rief Klara abwehrend aus. »Seit Heidi da ist, begegnet immer etwas, jeden Tag und es ist so kurzweilig, ganz anders als vorher, da begegnete nie etwas, und Heidi erzählt mir auch so viel.«

»Schon gut, schon gut, Klärchen, da kommt ja auch deine Freundin schon wieder. Na, schönes, frisches Wasser geholt?« fragte Herr Sesemann, da ihm Heidi nun ein Glas Wasser hinstreckte.

»Ja, frisch vom Brunnen«, antwortete Heidi.

»Du bist doch nicht selbst zum Brunnen gelaufen, Heidi?« sagte Klara.

»Doch gewiß, es ist ganz frisch, aber ich mußte weit gehen, denn am ersten Brunnen waren so viele Leute. Da ging ich die Straße ganz hinab, aber beim zweiten waren wieder so viele Leute; da ging ich in die andere Straße hinein und dort nahm ich Wasser, und der Herr mit den weißen Haaren läßt Herrn Sesemann freundlich grüßen.«

»Na, die Expedition ist gut«, lachte Herr Sesemann, »und wer ist denn der Herr?«

»Er kam beim Brunnen vorbei und dann stand er still und sagte: ›Weil du doch ein Glas hast, so gib mir auch einmal zu trinken; wem bringst du dein Glas Wasser?‹ Und ich sagte: ›Herrn Sesemann.‹ Da lachte er sehr stark, und dann sagte er den Gruß und auch noch, Herr Sesemann solle sich's schmecken lassen.«

»So, und wer läßt mir denn wohl den guten Wunsch sagen? Wie sah der Herr denn weiter aus?« fragte Herr Sesemann.

»Er lacht freundlich und hat eine dicke goldene Kette und ein goldenes Ding hängt daran mit einem großen roten Stein und auf seinem Stock ist ein Roßkopf.«

»Das ist der Herr Doktor« – »Das ist mein alter Doktor«, sagten Klara und ihr Vater wie aus einem Munde, und Herr Sesemann lachte noch ein wenig in sich hinein im Gedanken an seinen Freund und dessen Betrachtungen über diese neue Weise, seinen Wasserbedarf sich zuführen zu lassen.

Noch an demselben Abend erklärte Herr Sesemann, als er allein mit Fräulein Rottenmeier im Eßzimmer saß, um allerlei häusliche Angelegenheiten mit ihr zu besprechen, die Gespielin seiner Tochter werde im Hause bleiben; er finde, das Kind sei in einem normalen Zustand und seine Gesellschaft sei seiner Tochter sehr lieb und angenehmer, als jede andere. »Ich wünsche daher«, setzte Herr Sesemann sehr bestimmt hinzu, »daß dieses Kind jederzeit durchaus freundlich behandelt und seine Eigentümlichkeiten nicht als Vergehen betrachtet werden. Sollten Sie übrigens mit dem Kinde nicht allein fertig werden, Fräulein Rottenmeier, so ist ja eine gute Hilfe für Sie in Aussicht, da in nächster Zeit meine Mutter zu ihrem längeren Aufenthalt in mein Haus kommt, und meine Mutter wird mit jedem Menschen fertig, wie er sich auch anstelle, das wissen Sie ja wohl, Fräulein Rottenmeier?«

»Ja wohl, das weiß ich, Herr Sesemann«, entgegnete die Dame, aber nicht mit dem Ausdruck der Erleichterung im Hinblick auf die angezeigte Hilfe. –

Herr Sesemann hatte diesmal nur eine kurze Zeit Ruhe zuhause, schon nach vierzehn Tagen riefen ihn seine Geschäfte wieder nach Paris, und er tröstete sein Töchterchen, das mit der nahen Abreise nichteinverstanden war, mit der Aussicht auf die baldige Ankunft der Großmama, die schon nach einigen Tagen erwartet werden konnte.

Kaum war auch Herr Sesemann abgereist, als schon der Brief anlangte, der die Abreise der Frau Sesemann aus Holstein, wo sie auf einem alten Gute wohnte, anzeigte und die bestimmte Zeit ihrer Ankunft auf den folgenden Tag meldete, damit der Wagen nach dem Bahnhof geschickt würde, um sie abzuholen.

Klara war voller Freude über die Nachricht und erzählte noch an demselben Abend dem Heidi so viel und so lange von der Großmama, daß Heidi auch anfing, von der »Großmama« zu reden, worauf Fräulein Rottenmeier Heidi mit Mißbilligung anblickte, was aber das Kind auf nichts Besonderes bezog, denn es fühlte sich unter fortdauernder Mißbilligung der Dame. Als es sich dann später entfernte, um in sein Schlafzimmer zu gehen, berief Fräulein Rottenmeier es erst in das ihrige herein und erklärte ihm hier, es habe niemals den Namen »Großmama« anzuwenden, sondern wenn Frau Sesemann nun da sei, habe es sie stets »gnädige Frau« anzureden. »Verstehst du das?« fragte die Dame, als Heidi sie etwas zweifelhaft ansah; sie gab ihm aber einen so abschließenden Blick zurück, daß Heidi sich keine Erklärung mehr erbat, obschon es den Titel nicht verstanden hatte.

Eine Großmama

Am folgenden Abend waren große Erwartungen und lebhafte Vorbereitungen im Hause Sesemann sichtbar, man konnte deutlich bemerken, daß die erwartete Dame ein bedeutendes Wort im Hause mitzusprechen hatte und daß jedermann großen Respekt vor ihr empfand. Tinette hatte ein ganz neues, weißes Deckelchen auf den Kopf gesetzt, und Sebastian raffte eine Menge von Schemeln zusammen und stellte sie an alle passenden Stellen hin, damit die Dame gleich einen Schemel unter den Füßen finde, wohin sie sich auch setzen möge. Fräulein Rottenmeier ging zur Musterung der Dinge sehr aufrecht durch die Zimmer, so wie um anzudeuten, daß, wenn auch eine zweite Herrschermacht herannahe, die ihrige dennoch nicht am Erlöschen sei.

Jetzt rollte der Wagen vor das Haus, und Sebastian und Tinette stürzten die Treppe hinunter; langsam und würdevoll folgte Fräulein Rottenmeier nach, denn sie wußte, daß auch sie zum Empfang der Frau Sesemann zu erscheinen hatte. Heidi war beordert worden, sich in sein Zimmer zurückzuziehen und da zu warten, bis es gerufen würde, denn die Großmutter würde zuerst bei Klara eintreten und diese wohl allein sehen wollen. Heidi setzte sich in einen Winkel und repetierte seine Anrede. Es währte gar nicht lange, so steckte die Tinette den Kopf ein klein wenig unter Heidis Zimmertür und sagte kurz angebunden wie immer: »Hinübergehen ins Studierzimmer!«

Heidi hatte Fräulein Rottenmeier nicht fragen dürfen, wie es mit der Anrede sei, aber es dachte, die Dame habe sich nur versprochen, denn es hatte bis jetzt immer erst den Titel nennen gehört und nachher den Namen; so hatte es sich nun die Sache zurechtgelegt. Wie es die Tür zum Studierzimmer aufmachte, rief ihm die Großmutter mit freundlicher Stimme entgegen: »Ah, da kommt ja das Kind! Komm mal her zu mir und laß dich recht ansehen.«

Heidi trat heran, und mit seiner klaren Stimme sagte es sehr deutlich: »Guten Tag, Frau Gnädige.«

»Warum nicht gar!« lachte die Großmama. »Sagt man so bei euch? Hast du das daheim auf der Alp gehört?«

»Nein, bei uns heißt niemand so«, erklärte Heidi ernsthaft.

»So, bei uns auch nicht«, lachte die Großmama wieder und klopfte Heidi freundlich auf die Wange. »Das ist nichts! In der Kinderstube bin ich die Großmama; so sollst du mich nennen, das kannst du wohl behalten, wie?«

»Ja, das kann ich gut«, versicherte Heidi, »vorher hab' ich schon immer so gesagt.«

»So, so, verstehe schon!« sagte die Großmama und nickte ganz lustig mit dem Kopfe. Dann schaute sie Heidi genau an und nickte von Zeit zu Zeit wieder mit dem Kopf, und Heidi guckte ihr auch ganz ernsthaft in die Augen, denn da kam etwas so Herzliches heraus, daß es dem Heidi ganz wohl machte, und die ganze Großmama gefiel dem Heidi so, daß es sie unverwandt anschauen mußte. Sie hatte so schöne weiße Haare und um den Kopf ging eine schöne Spitzenkrause, und zwei breite Bänder flatterten von der Haube weg und bewegten sich immer irgendwie, so als ob stets ein leichter Wind um die Großmama wehe, was das Heidi ganz besonders anmutete.

»Und wie heißt du, Kind?« fragte jetzt die Großmama.

»Ich heiße nur Heidi; aber weil ich soll Adelheid heißen, so will ich schon achtgeben –«; Heidi stockte, denn es fühlte sich ein wenig schuldig, da es noch immer keine Antwort gab, wenn Fräulein Rottenmeier unversehens rief: »Adelheid!« indem es ihm noch immer nicht recht gegenwärtig war, daß dies sein Name sei, und Fräulein Rottenmeier war eben ins Zimmer getreten.

»Frau Sesemann wird unstreitig billigen«, fiel hier die eben Eingetretene ein, »daß ich einen Namen wählen mußte, den man doch aussprechen kann, ohne sich selbst genieren zu müssen, schon um der Dienstboten willen.«

»Werteste Rottenmeier«, entgegnete Frau Sesemann, »wenn ein Mensch einmal ›Heidi‹ heißt und an den Namen gewöhnt ist, so nenn' ich ihn so, und dabei bleibt's!«

Es war Fräulein Rottenmeier sehr genierlich, daß die alte Dame sie beständig nur bei ihrem Namen nannte, ohne weitere Titulatur; aber da war nichts zu machen; die Großmama hatte einmal ihre eigenen Wege, und diese ging sie, da half kein Mittel dagegen. Auch ihre fünf Sinne hatte die Großmama noch ganz scharf und gesund, und sie bemerkte, was im Hause vorging, sobald sie es betreten hatte.

Als am Tage nach ihrer Ankunft Klara sich zur gewohnten Zeit nach Tisch niederlegte, setzte die Großmama sich neben sie auf einen Lehnstuhl und schloß ihre Augen für einige Minuten; dann stand sie schon wieder auf- denn sie war gleich wieder munter – und trat ins Eßzimmer hinaus; da war niemand. »Die schläft«, sagte sie vor sich hin, ging dann nach dem Zimmer der Dame Rottenmeier und klopfte kräftig an die Tür. Nach einiger Zeit erschien diese und fuhr erschrocken ein wenig zurück bei dem unerwarteten Besuch.

»Wo hält sich das Kind auf um diese Zeit, und was tut es? das wollte ich wissen«, sagte Frau Sesemann.

»In seinem Zimmer sitzt es, wo es sich nützlich beschäftigen könnte, wenn es den leisesten Tätigkeitstrieb hätte; aber Frau Sesemann sollte nur wissen, was für verkehrtes Zeug sich dieses Wesen oft ausdenkt und wirklich ausführt, Dinge, die ich in gebildeter Gesellschaft kaum erzählen könnte.«

»Das würde ich gerade auch tun, wenn ich so da drinnen säße, wie 168 dieses Kind, das kann ich Ihnen sagen, und Sie könnten zusehen, wie Sie mein Zeug in gebildeter Gesellschaft erzählen wollten! Jetzt holen Sie mir das Kind heraus und bringen Sie mir's in meine Stube, ich will ihm einige hübsche Bücher geben, die ich mitgebracht habe.«

»Das ist ja gerade das Unglück, das ist es ja eben!« rief Fräulein Rottenmeier aus und schlug die Hände zusammen. »Was sollte das Kind mit Büchern tun? In all dieser Zeit hat es noch nicht einmal das Abc erlernt; es ist völlig unmöglich, diesem Wesen auch nur *einen* Begriff beizubringen, davon kann der Herr Kandidat reden! Wenn dieser treffliche Mensch nicht die Geduld eines himmlischen Engels besäße, er hätte diesen Unterricht längst aufgegeben.«

»So, das ist merkwürdig, das Kind sieht nicht aus wie eines, das das Abc nicht erlernen kann«, sagte Frau Sesemann. »Jetzt holen Sie mir's herüber, es kann vorläufig die Bilder in den Büchern ansehen.«

Fräulein Rottenmeier wollte noch einiges bemerken, aber Frau Sesemann hatte sich schon umgewandt und ging rasch ihrem Zimmer zu. Sie mußte sich sehr verwundern über die Nachricht von Heidis Beschränktheit und gedachte, die Sache zu untersuchen, jedoch nicht mit dem Herrn Kandidaten, den sie zwar um seines guten Charakters willen sehr schätzte; sie grüßte ihn auch immer, wenn sie mit ihm zusammentraf, überaus freundlich, lief dann aber sehr schnell auf eine andere Seite, um nicht in ein Gespräch mit ihm verwickelt zu werden, denn seine Ausdrucksweise war ihr ein wenig beschwerlich.

Heidi erschien im Zimmer der Großmama und machte die Augen weit auf, als es die prächtigen bunten Bilder in den großen Büchern sah, welche die Großmama mitgebracht hatte. Auf einmal schrie Heidi laut auf, als die Großmama wieder ein Blatt umgewandt hatte; mit glühendem Blick schaute es auf die Figuren, dann stürzten ihm plötzlich die hellen Tränen aus den Augen, und es fing gewaltig zu schluchzen an. Die Großmama schaute das Bild an. Es war eine schöne, grüne Weide, wo allerlei Tierlein herumweideten und an den grünen Gebüschen nagten. In der Mitte stand der Hirt, auf einen langen Stab gestützt, der schaute den fröhlichen Tierchen zu. Alles war wie in Goldschimmer gemalt, denn hinten am Horizont war eben die Sonne im Untergehen.

Die Großmama nahm Heidi bei der Hand. »Komm, komm, Kind«, sagte sie in freundlichster Weise, »nicht weinen, nicht weinen. Das hat dich wohl an etwas erinnert; aber sieh, da ist auch eine schöne Geschichte dazu, die erzähl' ich heut' Abend. Und da sind noch so viele schöne Geschichten in dem Buch, die kann man alle lesen und wiedererzählen. Komm, nun müssen wir etwas besprechen zusammen, trockne schön deine Tränen, so, und nun stell dich hier vor mich hin, daß ich dich recht ansehen kann; so ist's recht, nun sind wir wieder fröhlich.«

Aber noch verging einige Zeit, bevor Heidi zu schluchzen aufhören konnte. Die Großmama ließ ihm auch eine gute Weile zur Erholung, nur sagte sie von Zeit zu Zeit ermunternd: »So, nun ist's gut, nun sind wir wieder froh zusammen.«

Als sie endlich das Kind beruhigt sah, sagte sie: »Nun mußt du mir was erzählen, Kind! Wie geht es denn beim Herrn Kandidaten in den Unterrichtsstunden, lernst du auch gut und kannst du was?«

»O nein«, antwortete Heidi seufzend; »aber ich wußte schon, daß man es nicht lernen kann.«

»Was kann man denn nicht lernen, Heidi, was meinst du?«»Lesen 170 kann man nicht lernen, es ist zu schwer.«

»Das wäre! Und woher weißt du denn diese Neuigkeit?«

»Der Peter hat es mir gesagt und er weiß es schon, der muß immer wieder probieren, aber er kann es nie lernen, es ist zu schwer.«

»So, das ist mir ein eigener Peter, der! Aber sieh, Heidi, man muß nicht alles nur so hinnehmen, was einem ein Peter sagt, man muß selbst probieren. Gewiß hast du nicht recht mit all deinen Gedanken dem Herrn Kandidaten zugehört und seine Buchstaben angesehen.«

»Es nützt nichts«, versicherte Heidi mit dem Ton der vollen Ergebung in das Unabänderliche.

»Heidi«, sagte nun die Großmama, »jetzt will ich dir etwas sagen: du hast noch nie lesen gelernt, weil du deinem Peter geglaubt hast; nun aber sollst du *mir* glauben, und ich sage dir fest und sicher, daß du in kurzer Zeit lesen lernen kannst, wie eine große Menge von Kindern, die geartet sind wie du und nicht wie der Peter. Und nun mußt du wissen, was nachher kommt, wenn du dann lesen kannst – du hast den Hirten gesehen auf der schönen, grünen Weide –; sobald du nun lesen kannst, bekommst du das Buch, da kannst du seine ganze Geschichte vernehmen, ganz so, als ob sie dir jemand erzählte, alles, was er macht mit seinen Schafen und Ziegen und was ihm für merkwürdige Dinge begegnen. Das möchtest du schon wissen, Heidi, nicht?«

Heidi hatte mit gespannter Aufmerksamkeit zugehört, und mit leuchtenden Augen sagte es jetzt, tief Atem holend: »O, wenn ich nur schon lesen könnte!«

»Jetzt wird's kommen, und gar nicht lange wird's währen, das kann ich schon sehen, Heidi, und nun müssen wir mal nach der Klara sehen; komm, die schönen Bücher nehmen wir mit.« Damit nahm die Großmama Heidi bei der Hand und ging mit ihm nach dem Studierzimmer. – 172

Seit dem Tage, da Heidi hatte heimgehen wollen und Fräulein Rottenmeier es auf der Treppe ausgescholten und ihm gesagt hatte, wie schlecht und undankbar es sich erweise durch sein Fortlaufenwollen und wie gut es sei, daß Herr Sesemann nichts davon wisse, war mit dem Kinde eine Veränderung vorgegangen. Es hatte begriffen, daß es nicht heimgehen könne, wenn es wolle, wie ihm die Base gesagt hatte, sondern daß es in Frankfurt zu bleiben habe, lange, lange, vielleicht für immer. Es hatte auch verstanden, daß Herr Sesemann es sehr undankbar von ihm finden würde, wenn es heimgehen wollte, und es dachte sich aus, daß die Großmama und Klara auch so denken würden. So durfte es keinem Menschen sagen, daß es heimgehen möchte, denn daß die Großmama, die so freundlich mit ihm war, auch böse würde, wie Fräulein Rottenmeier geworden war, das wollte Heidi nicht verursachen. Aber in seinem Herzen wurde die Last, die darinnen lag, immer schwerer; es konnte nicht mehr essen, und jeden Tag wurde es ein wenig bleicher. Am Abend konnte es oft lange, lange nicht einschlafen, denn sobald es allein war und alles still ringsumher, kam ihm alles so lebendig vor die Augen, die Alm und der Sonnenschein darauf und die Blumen; und schlief es endlich doch ein, so sah es im Traum die roten Felsenspitzen am Falknis und das feurige Schneefeld an der Schesaplana, und erwachte dann Heidi am Morgen und wollte voller Freude hinausspringen aus der Hütte – da war es auf einmal in seinem großen Bett in Frankfurt, so weit, weit weg, und konnte nicht mehr heim. Dann drückte Heidi oft seinen Kopf in das Kissen und weinte lang, ganz leise, daß niemand es höre.

Heidis freudloser Zustand entging der Großmama nicht. Sie ließ einige Tage vorübergehen und sah zu, ob die Sache sich ändere und das Kind sein niedergeschlagenes Wesen verlieren würde. Als es aber gleich blieb und die Großmama manchmal am frühen Morgen schon sehen konnte, daß Heidi geweint hatte, da nahm sie eines Tages das Kind wieder in ihre Stube, stellte es vor sich hin und sagte mit großer Freundlichkeit: »Jetzt sag mir, was dir fehlt, Heidi; hast du einen Kummer?«

Aber gerade dieser freundlichen Großmama wollte Heidi nicht sich so undankbar zeigen, daß sie vielleicht nachher gar nicht mehr so freundlich wäre; so sagte Heidi traurig: »Man kann es nicht sagen.«

»Nicht? Kann man es etwa der Klara sagen?« fragte die Großmama.

»O nein, keinem Menschen«, versicherte Heidi und sah dabei so unglücklich aus, daß es die Großmama erbarmte.

»Komm, Kind«, sagte sie, »ich will dir was sagen: Wenn man einen Kummer hat, den man keinem Menschen sagen kann, so klagt man ihn dem lieben Gott im Himmel und bittet ihn, daß er helfe, denn er kann allem Leid abhelfen, das uns drückt. Das verstehst du, nicht wahr? Du betest doch jeden Abend zum lieben Gott im Himmel und dankst ihm für alles Gute und bittest ihn, daß er dich vor allem Bösen behüte?«

»O nein, das tu' ich nie«, antwortete das Kind.

»Hast du denn gar nie gebetet, Heidi, weißt du nicht, was das ist?«

»Nur mit der ersten Großmutter habe ich gebetet, aber es ist schon lang, und jetzt habe ich es vergessen.«

»Siehst du, Heidi, darum mußt du so traurig sein, weil du jetzt gar niemanden kennst, der dir helfen kann. Denk einmal nach, wie wohl das tun muß, wenn einen im Herzen etwas immerfort drückt und quält und man kann so jeden Augenblick zum lieben Gott hingehen und ihm alles sagen und ihn bitten, daß er helfe, wo uns sonst gar niemand helfen kann! Und er kann überall helfen und uns geben, was uns wieder froh macht.«

Durch Heidis Augen fuhr ein Freudenstrahl: »Darf man ihm alles, alles sagen?«

»Alles, Heidi, alles.«

Das Kind zog seine Hand aus den Händen der Großmama und sagte eilig: »Kann ich gehen?«

»Gewiß! gewiß!« gab diese zur Antwort, und Heidi lief davon und hinüber in sein Zimmer, und hier setzte es sich auf seinen Schemel nieder und faltete seine Hände und sagte dem lieben Gott alles, was in seinem Herzen war und es so traurig machte, und bat ihn dringend und herzlich, daß er ihm helfe und es wieder heimkommen lasse zum Großvater. –

Es mochte etwas mehr als eine Woche verflossen sein seit diesem Tage, als der Herr Kandidat begehrte, der Frau Sesemann seine Aufwartung zu machen, indem er eine Besprechung über einen merkwürdigen Gegenstand mit der Dame abzuhalten gedachte. Er wurde auf ihre Stube berufen, und hier, wie er eintrat, streckte ihm Frau Sesemann sogleich freundlich die Hand entgegen: »Mein lieber Herr Kandidat, seien Sie mir willkommen! setzen Sie sich her zu mir, hier« – sie rückte ihm den Stuhl zurecht. »So, nun sagen Sie mir, was bringt Sie zu mir; doch nichts Schlimmes, keine Klagen?«

»Im Gegenteil, gnädige Frau«, begann der Herr Kandidat; »es ist etwas vorgefallen, das ich nicht mehr erwarten konnte und keiner, der einen Blick in alles Vorhergegangene hätte werfen können, denn nach allen Voraussetzungen mußte angenommen werden, daß es eine völlige Unmöglichkeit sein müsse, was dennoch jetzt wirklich geschehen ist und in der wunderbarsten Weise stattgefunden hat, gleichsam im Gegensatz zu allem folgerichtig zu Erwartenden –«

»Sollte das Kind Heidi etwa lesen gelernt haben, Herr Kandidat?« setzte hier Frau Sesemann ein.

In sprachlosem Erstaunen schaute der überraschte Herr die Dame an. »Es ist ja wirklich völlig wunderbar«, sagte er endlich, »nicht nur, daß das junge Mädchen nach all meinen gründlichen Erklärungen und ungewöhnlichen Bemühungen das Abc nicht erlernt hat, sondern auch und besonders, daß es jetzt in kürzester Zeit, nachdem ich mich entschlossen hatte, das Unerreichbare aus den Augen zu lassen und ohne alle weitergreifenden Erläuterungen nur noch so zu sagen die nackten Buchstaben vor die Augen des jungen Mädchens zu bringen, so zu sagen über Nacht das Lesen erfaßt hat, und dann sogleich mit einer Korrektheit die Worte liest, wie mir bei Anfängern noch selten vorgekommen ist. Fast ebenso wunderbar ist mir die Wahrnehmung, daß die gnädige Frau gerade diese fernliegende Tatsache als Möglichkeit vermutete.«

»Es geschehen viele wunderbare Dinge im Menschenleben«, bestätigte Frau Sesemann und lächelte vergnüglich; »es können auch einmal zwei Dinge glücklich zusammentreffen, wie ein neuer Lerneifer und eine neue Lehrmethode, und beide können nichts schaden, Herr Kandidat. Jetzt wollen wir uns freuen, daß das Kind so weit ist, und auf guten Fortgang hoffen.«

Damit begleitete sie den Herrn Kandidaten zur Tür hinaus und ging rasch nach dem Studierzimmer, um sich selbst der erfreulichen Nachricht zu versichern. Richtig saß hier Heidi neben Klara und las dieser eine Geschichte vor, sichtlich selbst mit dem größten Erstaunen und mit einem wachsenden Eifer in die neue Welt eindringend, die ihm aufgegangen war, nun ihm mit einemmal aus den schwarzen Buchstaben Menschen und Dinge entgegentraten und Leben gewannen und zu herzbewegenden Geschichten wurden. Noch am selben Abend, als man sich zu Tische setzte, fand Heidi auf seinem Teller das große Buch liegen mit den schönen Bildern, und als es fragend nach der Großmama blickte, sagte diese freundlich nickend: »Ja, ja, nun gehört es dir.«

»Für immer? Auch wenn ich heimgehe?« fragte Heidi ganz rot vor Freude.

»Gewiß, für immer!« versicherte die Großmama; »morgen fangen wir an zu lesen.«

»Aber du gehst nicht heim, noch viele Jahre nicht, Heidi«, warf Klara hier ein; »wenn nun die Großmama wieder fortgeht, dann mußt du erst recht bei mir bleiben.«

Noch vor dem Schlafengehen mußte Heidi in seinem Zimmer sein schönes Buch ansehen, und von dem Tage an war es sein Liebstes, über seinem Buch zu sitzen und immer wieder die Geschichten zu lesen, zu denen die schönen bunten Bilder gehörten. Sagte am Abend die Großmama: »Nun liest uns Heidi vor«, so war das Kind sehr beglückt, denn das Lesen ging ihm nun ganz leicht, und wenn es die Geschichten laut vorlas, so kamen sie ihm noch viel schöner und verständlicher vor, und die Großmama erklärte dann noch so vieles und erzählte immer noch mehr dazu. Am liebsten beschaute Heidi immer wieder seine grüne Weide und den Hirten mitten unter der Herde, wie er so vergnüglich, auf seinen langen Stab gelehnt, dastand, denn da war er noch bei der schönen Herde des Vaters und ging nur den lustigen Schäfchen und Ziegen nach, weil es ihn freute. Aber dann kam das Bild, wo er, vom Vaterhaus weggelaufen, nun in der Fremde war und die Schweinchen hüten mußte und ganz mager geworden war bei den Trebern, die er allein noch zu essen bekam. Und auf dem Bilde schien auch die Sonne nicht mehr so golden, da war das Land grau und nebelig. Aber dann kam noch ein Bild zu der Geschichte: da kam der alte Vater mit ausgebreiteten Armen aus dem Hause heraus und lief dem heimkehrenden reuigen Sohn entgegen, um ihn zu empfangen, der ganz furchtsam und abgemagert in einem zerrissenen Wams daherkam. Das war Heidis Lieblingsgeschichte, die es immer wieder las, laut und leise, und es konnte nie genug der Erklärungen bekommen, welche die Großmama den Kindern dazu machte. Da waren aber noch so viele schöne Geschichten in dem Buch, und bei dem Lesen derselben und dem Bilderbesehen gingen die Tage sehr schnell dahin, und schon nahte die Zeit heran, welche die Großmama zu ihrer Abreise bestimmt hatte.

178

179

Heidi nimmt auf einer Seite zu und auf der anderen ab

Die Großmama hatte während der ganzen Zeit ihres Aufenthalts jeden Nachmittag, wenn Klara sich hinlegte und Fräulein Rottenmeier, wahrscheinlich der Ruhe bedürftig, geheimnisvoll verschwand, sich einen Augenblick neben Klara hingesetzt; aber schon nach fünf Minuten war sie wieder auf den Füßen und hatte dann immer Heidi auf ihre Stube berufen, sich mit ihm besprochen und es auf allerlei Weise beschäftigt und unterhalten. Die Großmama hatte hübsche kleine Puppen und zeigte dem Heidi, wie man ihnen Kleider und Schürzchen macht, und ganz unvermerkt hatte Heidi das Nähen erlernt und machte den kleinen

Frauenzimmern die schönsten Röcke und Mäntelchen, denn die Großmama hatte immer Zeugstücke von den prächtigsten Farben. Nun Heidi lesen konnte, durfte es auch immer wieder der Großmama seine Geschichten vorlesen; das machte ihm die größte Freude, denn je mehr es seine Geschichten las, desto lieber wurden sie ihm, denn Heidi lebte alles ganz mit durch, was die Leute alle zu erleben hatten, und so hatte es zu ihnen allen ein sehr nahes Verhältnis und freute sich immer wieder, bei ihnen zu sein. Aber so recht froh sah Heidi nie aus, und seine lustigen Augen waren nie mehr zu sehen.

Es war die letzte Woche, welche die Großmama in Frankfurt zubringen wollte. Sie hatte eben nach Heidi gerufen, daß es auf ihre Stube komme; es war die Zeit, da Klara schlief. Als Heidi eintrat mit seinem großen Buch unter dem Arm, winkte ihm die Großmama, daß es ganz nahe zu ihr herankomme, legte das Buch weg und sagte: »Nun komm, Kind, und sag mir, warum bist du nicht fröhlich? Hast du immer noch denselben Kummer im Herzen?«

»Ja«, nickte Heidi.

»Hast du ihn dem lieben Gott geklagt?«

»Ja.«

»Und betest du nun alle Tage, daß alles gut werde und er dich froh mache?«

»O nein, ich bete jetzt gar nie mehr.«

»Was sagst du mir, Heidi? Was muß ich hören? Warum betest du denn nicht mehr?«

»Es nützt nichts, der liebe Gott hat nicht zugehört, und ich glaube es auch wohl«, fuhr Heidi in einiger Aufregung weiter, »wenn nun am Abend so viele, viele Leute in Frankfurt alle miteinander beten, so kann der liebe Gott ja nicht auf alle achtgeben, und mich hat er gewiß gar nicht gehört.«

»So, wie weißt du denn das so sicher, Heidi?«

»Ich habe alle Tage das gleiche gebetet, manche Woche lang, und der liebe Gott es nie getan.«

»Ja, so geht's nicht zu, Heidi! das mußt du nicht meinen! Siehst du, der liebe Gott ist für uns alle ein guter Vater, der immer weiß, was gut für uns ist, wenn wir es gar nicht wissen. Wenn wir aber nun etwas von ihm haben wollen, das nicht gut für uns ist, so gibt er uns das nicht, sondern etwas viel Besseres, wenn wir fortfahren, so recht herzlich zu ihm zu beten, aber nicht gleich weglaufen und alles Vertrauen zu ihm verlieren. Siehst du, was du nun von ihm erbitten wolltest, das war in diesem Augenblick nicht gut für dich; der liebe Gott hat dich schon gehört, er kann alle Menschen auf einmal anhören und übersehen, siehst du, dafür ist er der liebe Gott und nicht ein Mensch, wie du und ich. Und weil er nun wohl wußte, was für dich gut ist, dachte er bei sich: Ja, das Heidi soll schon einmal haben, wofür es bittet, aber erst dann, wenn es ihm gut ist, und so wie es darüber recht froh werden kann. Denn wenn ich jetzt tue, was es will, und es merkt nachher, daß es doch besser gewesen wäre, ich hätte ihm seinen Willen nicht getan, dann weint es nachher und sagt: ›Hätte mir doch der liebe Gott nur nicht gegeben, wofür ich bat, es ist gar nicht so gut, wie ich gemeint habe.‹ Und während nun der liebe Gott auf dich niedersah, ob du ihm auch recht vertrautest und täglich zu ihm kommest und betest und immer zu ihm aufsehest, wenn dir etwas fehlt, da bist du weggelaufen ohne alles Vertrauen, hast nie mehr gebetet und hast den lieben Gott ganz vergessen. Aber siehst du, wenn einer es so macht und der liebe Gott hört seine Stimme gar nie mehr unter den Betenden, so vergißt er ihn auch und läßt ihn gehen, wohin er will. Wenn es ihm dabei aber schlecht geht und er jammert: ›Mir hilft aber auch gar niemand!‹ dann hat keiner Mitleiden mit ihm, sondern jeder sagt zu ihm: ›Du bist ja selbst vom lieben Gott weggelaufen, der dir helfen konnte!‹ Willst du's so haben, Heidi, oder willst du gleich wieder zum lieben Gott gehen und ihn um Verzeihung bitten, daß du so von ihm weggelaufen bist, und dann alle Tage zu ihm beten und ihm vertrauen, daß er alles gut für dich machen werde, so daß du auch wieder ein frohes Herz bekommen kannst?«

Heidi hatte sehr aufmerksam zugehört; jedes Wort der Großmama fiel in sein Herz, denn zu ihr hatte das Kind ein unbedingtes Vertrauen.

»Ich will jetzt gleich auf der Stelle gehen und den lieben Gott um Verzeihung bitten, und ich will ihn nie mehr vergessen«, sagte Heidi reumütig.

»So ist's recht, Kind, er wird dir auch helfen zur rechten Zeit, sei nur getrost!« ermunterte die Großmama, und Heidi lief sofort in sein Zimmer hinüber und betete ernstlich und reuig zum lieben Gott und bat ihn, daß er es doch nicht vergessen und auch wieder zu ihm niederschauen möge. –

Der Tag der Abreise war gekommen, es war für Klara und Heidi ein trauriger Tag; aber die Großmama wußte es so einzurichten, daß sie gar nicht zum Bewußtsein kamen, daß es eigentlich ein trauriger Tag sei, sondern es war eher wie ein Festtag, bis die gute Großmama im Wagen davonfuhr. Da trat eine Leere und Stille im Hause ein, als wäre alles vorüber, und so lange noch der Tag währte, saßen Klara und Heidi wie verloren da und wußten gar nicht, wie es nun weiter kommen sollte.

Am folgenden Tag, als die Unterrichtsstunden vorbei und die Zeit da war, da die Kinder gewöhnlich zusammensaßen, trat Heidi mit seinem Buch unter dem Arm herein und sagte: »Ich will dir nun immer, immer vorlesen; willst du, Klara?«

Der Klara war der Vorschlag recht für einmal, und Heidi machte sich mit Eifer an seine Tätigkeit. Aber es ging nicht lange, so hörte schon wieder alles auf, denn kaum hatte Heidi eine Geschichte zu lesen begonnen, die von einer sterbenden Großmutter handelte, als es auf einmal laut aufschrie: »O, nun ist die Großmutter tot!« und in ein jammervolles Weinen ausbrach, denn alles, was es las, war dem Heidi volle Gegenwart und es glaubte nicht anders, als nun sei die Großmutter auf der Alm gestorben, und es klagte in immer lauterem Weinen: »Nun ist die Groß- mutter tot, und ich kann nie mehr zu ihr gehen, und sie hat nicht ein einziges Brötchen mehr bekommen!«

Klara suchte immerfort dem Heidi zu erklären, daß es ja nicht die Großmutter auf der Alm sei, sondern eine ganz andere, von der diese Geschichte handle; aber auch, als sie endlich dazu gekommen war, dem aufgeregten Heidi diese Verwechslung klar zu machen, konnte es sich doch nicht beruhigen und weinte immer noch untröstlich weiter, denn der Gedanke war ihm nun im Herzen erwacht, die Großmutter könne ja sterben, während es so weit weg sei, und der Großvater auch noch, und wenn es dann nach langer Zeit wieder heimkomme, so sei alles still und tot auf der Alm und es stehe ganz allein da und könne niemals mehr die sehen, die ihm lieb waren. Währenddessen war Fräulein Rottenmeier ins Zimmer getreten und hatte noch Klaras Bemühungen, Heidi über seinen Irrtum aufzuklären, mitangehört. Als das Kind aber immer noch nicht aufhören konnte, zu schluchzen, trat sie mit sichtlichen Zeichen der Ungeduld zu den Kindern heran und sagte mit bestimmtem Ton: »Adelheid, nun ist des grundlosen Geschreis genug! Ich will dir eines sagen: wenn du noch ein einziges Mal beim Lesen deiner Geschichten solchen Ausbrüchen den Lauf lässest, so nehme ich das Buch aus deinen Händen und für immer!«

Das machte Eindruck. Heidi wurde ganz weiß vor Schrecken, das Buch war sein höchster Schatz. Es trocknete in größter Eile seine Tränen und schluckte und würgte sein Schluchzen mit Gewalt hinunter, so daß kein

Tönchen mehr laut wurde. Das Mittel hatte geholfen, Heidi weinte nie mehr, was es auch lesen mochte; aber manchmal hatte es solche Anstrengungen zu machen, um sich zu überwinden und nicht aufzuschreien, daß Klara öfter ganz erstaunt sagte: »Heidi, du machst so schreckliche Grimassen, wie ich noch nie gesehen habe.« Aber die Grimassen machten keinen Lärm und fielen der Dame Rottenmeier nicht auf, und wenn Heidi seinen Anfall von verzweiflungsvoller Traurigkeit niedergerungen hatte, kam alles wieder ins Geleise für einige Zeit und war tonlos vorübergegangen. Aber seinen Appetit verlor Heidi so sehr und sah so mager und bleich aus, daß der Sebastian fast nicht ertragen konnte, das so mit anzusehen und Zeuge sein zu müssen, wie Heidi bei Tisch die schönsten Gerichte an sich vorübergehen ließ und nichts essen wollte. Er flüsterte ihm auch öfter ermunternd zu, wenn er ihm eine Schüssel hinhielt: »Nehmen von dem, Mamsellchen, 's ist vortrefflich. Nicht so! Einen rechten Löffel voll, noch einen!« und dergleichen väterlicher Räte mehr; aber es half nichts: Heidi aß fast gar nicht mehr, und wenn es sich am Abend auf sein Kissen legte, so hatte es augenblicklich alles vor Augen, was daheim war, und nur ganz leise weinte es dann vor Sehnsucht in sein Kissen hin ein, so daß es gar niemand hören konnte.

So ging eine lange Zeit dahin. Heidi wußte gar nie, ob es Sommer oder Winter sei, denn die Mauern und Fenster, die es aus allen Fenstern des Hauses Sesemann erblickte, sahen immer gleich aus, und hinaus kam es nur, wenn es Klara besonders gut ging und eine Ausfahrt im Wagen mit ihr gemacht werden konnte, die aber immer sehr kurz war, denn Klara konnte nicht vertragen, lang zu fahren. So kam man kaum aus den Mauern und Steinstraßen heraus, sondern kehrte gewöhnlich vorher wieder um und fuhr immerfort durch große, schöne Straßen, wo Häuser und Menschen in Fülle zu sehen waren, aber nicht Gras und Blumen, keine Tannen und keine Berge, und Heidis Verlangen nach dem Anblick der schönen gewohnten Dinge steigerte sich mit jedem Tage mehr, so daß es jetzt nur den Namen eines dieser Erinnerung weckenden Worte zu lesen brauchte, so war schon ein Ausbruch des Schmerzes nahe, und Heidi hatte mit aller Gewalt dagegen zu ringen. So waren Herbst und Winter vergangen, und schon blendete die Sonne wieder so stark auf die weißen Mauern am Hause gegenüber, daß Heidi ahnte, nun sei die Zeit nahe, da der Peter wieder zur Alm führe mit den Geißen, da die goldenen Cystusröschen glitzerten droben im Sonnenschein und allabendlich ringsum alle Berge im Feuer ständen. Heidi setzte sich in seinem einsamen

Zimmer in einen Winkel und hielt sich mit beiden Händen die Augen zu, daß es den Sonnenschein drüben an der Mauer nicht sehe; und so saß es regungslos, sein brennendes Heimweh lautlos niederkämpfend,

bis Klara wieder nach ihm rief.

Im Hause Sesemann spukt's

Seit einigen Tagen wanderte Fräulein Rottenmeier meistens schweigend und in sich gekehrt im Haus herum. Wenn sie um die Zeit der Dämmerung von einem Zimmer ins andere, oder über den langen Korridor ging, schaute sie öfters um sich, gegen die Ecken hin und auch schnell einmal hinter sich, so, als denke sie, es könnte jemand leise hinter ihr herkommen und sie unversehens am Rock zupfen. So allein ging sie aber nur noch in den bewohnten Räumen herum. Hatte sie auf dem oberen Boden, wo die feierlich aufgerüsteten Gastzimmer lagen, oder gar in den unteren Räumen etwas zu besorgen, wo der große geheimnisvolle Saal war, in dem jeder Tritt einen weithin schallenden Widerhall gab und die alten Ratsherren mit den großen, weißen Kragen so ernsthaft und unverwandt auf einen niederschauten, da rief sie nun regelmäßig die Tinette herbei und sagte ihr, sie habe mitzukommen, im Fall etwas von dort herauf- oder von oben herunterzutragen wäre. Tinette ihrerseits machte es pünktlich ebenso; hatte sie oben oder unten irgendein Geschäft abzutun, so rief sie den Sebastian herbei und sagte ihm, er habe sie zu begleiten, es möchte etwas herbeizubringen sein, das sie nicht allein tragen könnte.

Wunderbarerweise tat auch Sebastian accurat dasselbe; wurde er in die abgelegenen Räume geschickt, so holte er den Johann herauf und wies ihn an, ihn zu begleiten, im Fall er nicht herbeischaffen könnte, was erforderlich sei. Und jedes folgte immer ganz willig dem Ruf, obschon eigentlich nie etwas herbeizutragen war, so daß jedes gut hätte allein gehen können; aber es war so, als denke der Herbeigerufene immer bei sich, er könne den anderen auch bald für denselben Dienst nötig haben. Während sich solches oben zutrug, stand unten die langjährige Köchin tiefsinnig bei ihren Töpfen und schüttelte den Kopf und seufzte: »Daß ich das noch erleben mußte!«

Es ging im Hause Sesemann seit einiger Zeit etwas ganz Seltsames und Unheimliches vor. Jeden Morgen, wenn die Dienerschaft herunterkam, stand die Haustür weit offen; aber weit und breit war niemand zu sehen, der mit dieser Erscheinung im Zusammenhang stehen konnte. In den ersten Tagen, da dies geschehen war, wurden gleich mit Schrecken alle Zimmer und Räume des Hauses durchsucht, um zu sehen, was alles gestohlen sei, denn man dachte, ein Dieb habe sich im Hause verstecken können und sei in der Nacht mit dem Gestohlenen entflohen; aber da war gar nichts fortgekommen, es fehlte im ganzen Hause nicht ein einziges Ding. Abends wurde nicht nur die Tür doppelt zugeriegelt, sondern es wurde noch der hölzerne Balken vorgeschoben – es half nichts: am Morgen stand die Tür weit offen; und so früh nun auch die ganze Dienerschaft in ihrer Aufregung am Morgen herunterkommen mochte: die Tür stand offen, wenn auch ringsum alles noch im tiefen Schlaf lag und Fenster und Türen an allen anderen Häusern noch fest verrammelt waren. Endlich faßten sich der Johann und der Sebastian ein Herz und machten sich auf die dringenden Zureden der Dame Rottenmeier bereit, die Nacht unten in dem Zimmer, das an den großen Saal stieß, zuzubringen und zu erwarten, was geschehe. Fräulein Rottenmeier suchte mehrere Waffen des Herrn Sesemann hervor und übergab dem Sebastian eine große Liqueurflasche, damit Stärkung vorausgehen und gute Wehr nachfolgen könne, wo sie nötig sei.

Die beiden setzten sich an dem festgesetzten Abend hin und fingen gleich an, sich Stärkung zuzutrinken, was sie erst sehr gesprächig und dann ziemlich schläfrig machte, worauf sie beide sich an die Sesselrücken lehnten und verstummten. Als die alte Turmuhr drüben zwölf schlug, ermannte sich Sebastian und rief seinen Kameraden an; der war aber nicht leicht zu erwecken; so oft ihn Sebastian anrief, legte er seinen Kopf von einer Seite der Sessellehne auf die andere und schlief weiter. Sebastian lauschte nunmehr gespannt, er war nun wieder ganz munter geworden. Es war alles mäuschenstill, auch von der Straße war kein Laut mehr zu hören. Sebastian entschlief nicht wieder, denn jetzt wurde es ihm sehr unheimlich in der großen Stille und er rief den Johann nur noch mit gedämpfter Stimme an und rüttelte ihn von Zeit zu Zeit ein wenig. Endlich, als es droben schon ein Uhr geschlagen hatte, war der Johann wach geworden und wieder zum klaren Bewußtsein gekommen, warum er auf dem Stuhl sitze und nicht in seinem Bett liege. Jetzt fuhr er auf einmal sehr tapfer empor und rief: »Nun, Sebastian, wir müssen doch einmal hinaus und sehen, wie's steht; du wirst dich ja nicht fürchten. Nur mir nach.«

Johann machte die leicht angelehnte Zimmertür weit auf und trat hinaus. Im gleichen Augenblick blies aus der offenen Haustür ein scharfer Luftzug her und löschte das Licht aus, das der Johann in der Hand hielt. Dieser stürzte zurück, warf den hinter ihm stehenden Sebastian beinah' rücklings ins Zimmer hinein, riß ihn dann mit, schlug die Tür zu und drehte in fieberhafter Eile den Schlüssel um, so lang er nur umging. Dann riß er seine Streichhölzer hervor und zündete sein Licht wieder an. Sebastian wußte gar nicht recht, was vorgefallen war, denn hinter dem breiten Johann stehend, hatte er den Luftzug nicht so deutlich empfunden. Wie er aber jenen nun bei Licht besah, tat er einen Schreckensruf, denn der Johann war kreideweiß und zitterte wie Espenlaub. »Was ist's denn? Was war denn draußen?« fragte der Sebastian teilnehmend.

»Sperrangelweit offen die Tür«, keuchte Johann, »und auf der Treppe eine weiße Gestalt, siehst du, Sebastian, nur so die Treppe hinauf – husch und verschwunden.«

Dem Sebastian gruselte es den ganzen Rücken hinauf. Jetzt setzten sich die beiden ganz nah zusammen und regten sich nicht mehr, bis daß der helle Morgen da war und es auf der Straße anfing, lebendig zu werden. Dann traten sie zusammen hinaus, machten die weit offenstehende Haustür zu und stiegen dann hinauf, um Fräulein Rottenmeier Bericht zu erstatten über das Erlebte. Die Dame war auch schon zu sprechen, denn die Erwartung der zu vernehmenden Dinge hatte sie nicht mehr schlafen lassen. Sobald sie nun vernommen hatte, was vorgefallen war, setzte sie sich hin und schrieb einen Brief an Herrn Sesemann, wie er noch keinen erhalten hatte; er möge sich nur sogleich, ohne Verzug, aufmachen und nachhause zurückkehren, denn da geschähen unerhörte Dinge. Dann wurde ihm das Vorgefallene mitgeteilt, sowie auch die Nachricht, daß fortgesetzt die Tür jeden Morgen offen stehe; daß also keiner im Hause seines Lebens mehr sicher sei bei dergestalt allnächtlich offenstehender Hauspforte, und daß man überhaupt nicht absehen könne, was für dunkle Folgen dieser unheimliche Vorgang noch nach sich ziehen könne. Herr Sesemann antwortete umgehend, es sei ihm unmöglich, so plötzlich alles liegen zu lassen und nachhause zu kommen. Die Gespenstergeschichte sei ihm sehr befremdend, er hoffe auch, sie sei vorübergehend; sollte es indessen keine Ruhe geben, so möge Fräulein Rottenmeier an Frau Sesemann schreiben und sie fragen, ob sie nicht nach Frankfurt zuhilfe kommen wollte; gewiß würde seine Mutter in kürzester Zeit mit den Gespenstern fertig, und diese trauten sich nachher sicher so bald nicht wieder, sein Haus zu beunruhigen. Fräulein Rottenmeier war nicht zufrieden mit dem Ton dieses Briefes; die Sache war ihr zu wenig ernst aufgefaßt. Sie schrieb unverzüglich an Frau Sesemann, aber von dieser Seite her tönte es nicht eben befriedigender, und die Antwort enthielt einige ganz anzügliche Bemerkungen. Frau Sesemann schrieb, sie gedenke nicht extra von Holstein nach Frankfurt hinunterzureisen, weil die Rottenmeier Gespenster sehe. Übrigens sei niemals ein Gespenst gesehen worden im Hause Sesemann, und wenn jetzt eines darin herumfahre, so könne es nur ein lebendiges sein, mit dem die Rottenmeier sich sollte verständigen können; wo nicht, so solle sie die Nachtwächter zuhilfe rufen.

Aber Fräulein Rottenmeier war entschlossen, ihre Tage nicht mehr in Schrecken zuzubringen, und sie wußte sich zu helfen. Bis dahin hatte sie den beiden Kindern nichts von der Geistererscheinung gesagt, denn sie befürchtete, die Kinder würden vor Furcht Tag und Nacht keinen Augenblick mehr allein bleiben wollen, und das konnte sehr unbequeme Folgen für sie haben. Jetzt ging sie stracks ins Studierzimmer hinüber, wo die beiden zusammensaßen, und erzählte mit gedämpfter Stimme von den nächtlichen Erscheinungen eines Unbekannten. Sofort schrie Klara auf, sie bleibe keinen Augenblick mehr allein, der Papa müsse nachhause kommen und Fräulein Rottenmeier müsse zum Schlafen in ihr Zimmer hinüberziehen, und Heidi dürfe auch nicht mehr allein sein, sonst könne das Gespenst einmal zu ihm kommen und ihm etwas tun; sie wollten alle in *einem* Zimmer schlafen und die ganze Nacht das Licht brennen lassen, und Tinette müßte nebenan schlafen und der Sebastian und der Johann müßten auch herunterkommen und auf dem Korridor schlafen, daß sie gleich schreien und das Gespenst erschrecken könnten, wenn es etwa die Treppe heraufkommen wollte. Klara war sehr aufgeregt und Fräulein Rottenmeier hatte nun die größte Mühe, sie etwas zu beschwichtigen. Sie versprach ihr, sogleich an den Papa zu schreiben und auch ihr Bett in Klaras Zimmer stellen und sie nie mehr allein lassen zu wollen. Alle konnten sie nicht in demselben Raume schlafen, aber wenn Adelheid sich auch fürchten sollte, so müßte Tinette ihr Nachtlager bei ihr aufschlagen. Aber Heidi fürchtete sich mehr vor der Tinette als vor Gespenstern, von denen das Kind noch gar nie etwas gehört hatte, und es erklärte gleich, es fürchte das Gespenst nicht und wolle schon allein in seinem Zimmer bleiben. Hierauf eilte Fräulein Rottenmeier an ihren Schreibtisch und schrieb an Herrn Sesemann, die unheimlichen Vorgänge im Hause, die allnächtlich sich wiederholten, hätten die zarte Konstitution seiner

Tochter dergestalt erschüttert, daß die schlimmsten Folgen zu besorgen seien; man habe Beispiele von plötzlich eintretenden epileptischen Zufällen, oder Veitstanz in solchen Verhältnissen, und seine Tochter sei allem ausgesetzt, wenn dieser Zustand des Schreckens im Hause nicht gehoben werde.

Das half. Zwei Tage darauf stand Herr Sesemann vor seiner Tür und schellte dergestalt an seiner Hausglocke, daß alles zusammenlief und einer den anderen anstarrte, denn man glaubte nicht anders, als nun lasse der Geist frecherweise noch vor Nacht seine boshaften Stücke aus. Sebastian guckte ganz behutsam durch einen halbgeöffneten Laden von oben herunter; in dem Augenblick schellte es noch einmal so nachdrücklich, daß jeder unwillkürlich eine Menschenhand hinter dem tüchtigen Ruck vermutete. Sebastian hatte die Hand erkannt, stürzte durchs Zimmer, kopfüber die Treppe hinunter, kam aber unten wieder auf die Füße und riß die Haustür auf. Herr Sesemann grüßte kurz und stieg ohne weiteres nach dem Zimmer seiner Tochter hinauf. Klara empfing den Papa mit einem lauten Freudenruf, und als er sie so munter und völlig unverändert sah, glättete sich seine Stirn, die er vorher sehr zusammengezogen hatte, und immer mehr, als er nun von ihr selbst hörte, sie sei so wohl wie immer und sie sei so froh, daß er gekommen sei, daß es ihr jetzt ganz recht sei, daß ein Geist im Haus herumfahre, weil er doch daran schuld sei, daß der Papa heimkommen mußte.

»Und wie führt sich das Gespenst weiter auf, Fräulein Rottenmeier?« fragte nun Herr Sesemann mit einem lustigen Ausdruck in den Mundwinkeln.

»Nein, Herr Sesemann«, entgegnete die Dame ernst, »es ist kein Scherz. Ich zweifle nicht daran, daß morgen Herr Sesemann nicht mehr lachen wird; denn was in dem Hause vorgeht, deutet auf Fürchterliches, das hier in vergangener Zeit muß vorgegangen und verheimlicht worden sein.«

»So, davon weiß ich nichts«, bemerkte Herr Sesemann, »muß aber bitten, meine völlig ehrenwerten Ahnen nicht verdächtigen zu wollen. Und nun rufen Sie mir den Sebastian ins Eßzimmer, ich will allein mit ihm reden.«

Herr Sesemann ging hinüber und Sebastian erschien. Es war Herrn Sesemann nicht entgangen, daß Sebastian und Fräulein Rottenmeier sich nicht eben mit Zuneigung betrachteten; so hatte er seine Gedanken.

»Komm Er her, Bursche«, winkte er dem Eintretenden entgegen, »und sag Er mir nun ganz ehrlich: hat Er nicht etwa selbst ein wenig Gespenst 197 gespielt, so um Fräulein Rottenmeier etwas Kurzweil zu machen, he?«

»Nein, meiner Treu, das muß der gnädige Herr nicht glauben; es ist mir selbst nicht ganz gemütlich bei der Sache«, entgegnete Sebastian mit unverkennbarer Ehrlichkeit.

»Nun, wenn es so steht, so will ich morgen Ihm und dem tapferen Johann zeigen, wie Gespenster beim Licht aussehen. Schäme Er sich, Sebastian, ein junger, kräftiger Bursch, wie Er ist, vor Gespenstern davonzulaufen! Nun geh Er unverzüglich zu meinem alten Freund, Doktor Classen: meine Empfehlung und er möchte unfehlbar heut' Abend neun Uhr bei mir erscheinen; ich sei extra von Paris hergereist, um ihn zu konsultieren. Er müsse die Nacht bei mir wachen, so schlimm sei's; er solle sich richten! Verstanden, Sebastian?«

»Ja wohl, ja wohl! der gnädige Herr kann sicher sein, daß ich's gut mache.« Damit entfernte sich Sebastian, und Herr Sesemann kehrte zu seinem Töchterchen zurück, um ihr alle Furcht vor einer Erscheinung zu benehmen, die er noch heute ins nötige Licht stellen wollte.

Punkt neun Uhr, als die Kinder zur Ruhe gegangen und auch Fräulein Rottenmeier sich zurückgezogen hatte, erschien der Doktor, der unter seinen grauen Haaren noch ein recht frisches Gesicht und zwei lebhaft und freundlich blickende Augen zeigte. Er sah etwas ängstlich aus, brach aber gleich nach seiner Begrüßung in ein helles Lachen aus und sagte, seinem Freunde auf die Schulter klopfend: »Nun, nun, für einen, bei dem man wachen soll, siehst du noch leidlich aus, Alter.«

»Nur Geduld, Alter«, gab Herr Sesemann zurück; »derjenige, für den du wachen mußt, wird schon schlimmer aussehen, wenn wir ihn erst abgefangen haben.« 198

»Also doch ein Kranker im Haus und dazu einer, der eingefangen werden muß?«

»Weit schlimmer, Doktor, weit schlimmer. Ein Gespenst im Hause, bei mir spukt's!«

Der Doktor lachte laut auf.

»Schöne Teilnahme das, Doktor!« fuhr Herr Sesemann fort; »schade, daß meine Freundin Rottenmeier sie nicht genießen kann. Sie ist fest überzeugt, daß ein alter Sesemann hier herumrumort und Schauertaten abbüßt.«

»Wie hat sie ihn aber nur kennen gelernt?« fragte der Doktor noch immer sehr erheitert.

Herr Sesemann erzählte nun seinem Freunde den ganzen Vorgang und wie noch jetzt allnächtlich die Haustür geöffnet werde, nach der Angabe der sämtlichen Hausbewohner, und fügte hinzu, um für alle Fälle vorbereitet zu sein, habe er zwei gutgeladene Revolver in das Wachtlokal legen lassen; denn entweder sei die Sache ein sehr unerwünschter Scherz, den sich vielleicht irgendein Bekannter der Dienerschaft mache, um die Leute des Hauses in Abwesenheit des Hausherrn zu erschrecken – dann könnte ein kleiner Schrecken, wie ein guter Schuß ins Leere, ihm nicht unheilsam sein –; oder auch es handle sich um Diebe, die auf diese Weise erst den Gedanken an Gespenster aufkommen lassen wollten, um nachher um so sicherer zu sein, daß niemand sich herauswage – in diesem Falle könnte eine gute Waffe auch nicht schaden.

Während dieser Erklärungen waren die Herren die Treppe hinuntergestiegen und traten in dasselbe Zimmer ein, wo Johann und Sebastian auch gewacht hatten. Auf dem Tische standen einige Flaschen schönen Weines, denn eine kleine Stärkung von Zeit zu Zeit konnte nicht unerwünscht sein, wenn die Nacht da zugebracht werden mußte. Daneben lagen die beiden Revolver, und zwei, ein helles Licht verbreitende Armleuchter standen mitten auf dem Tisch, denn so im Halbdunkel wollte Herr Sesemann das Gespenst denn doch nicht erwarten.

Nun wurde die Tür ans Schloß gelehnt, denn zu viel Licht durfte nicht in den Korridor hinausfließen, es konnte das Gespenst verscheuchen. Jetzt setzten sich die Herren gemütlich in ihre Lehnstühle und fingen an, sich allerlei zu erzählen, nahmen auch hier und da dazwischen einen guten Schluck, und so schlug es zwölf Uhr, eh' sie sich's versahen.

»Das Gespenst hat uns gewittert und kommt wohl heut' gar nicht«, sagte der Doktor jetzt.

»Nur Geduld, es soll erst um ein Uhr kommen«, entgegnete der Freund.

Das Gespräch wurde wieder aufgenommen. Es schlug ein Uhr. Ringsum war es völlig still, auch auf den Straßen war aller Lärm verklungen. Auf einmal hob der Doktor den Finger empor.

»Bst, Sesemann, hörst du nichts?«

Sie lauschten beide. Leise, aber ganz deutlich hörten sie, wie der Balken zurückgeschoben, dann der Schlüssel zweimal im Schloß umgedreht, jetzt die Tür geöffnet wurde. Herr Sesemann fuhr mit der Hand nach seinem Revolver.

»Du fürchtest dich doch nicht?« sagte der Doktor und stand auf.

»Behutsam ist besser«, flüsterte Herr Sesemann, erfaßte mit der Linken den Armleuchter mit drei Kerzen, mit der Rechten den Revolver und folgte dem Doktor, der, gleichermaßen mit Leuchter und Schießgewehr bewaffnet, voranging. Sie traten auf den Korridor hinaus.

Durch die weitgeöffnete Tür floß ein bleicher Mondschein herein und beleuchtete eine weiße Gestalt, die regungslos auf der Schwelle stand.

»Wer da?« donnerte jetzt der Doktor heraus, daß es durch den ganzen Korridor hallte, und beide Herren traten nun mit Lichtern und Waffen auf die Gestalt heran. Sie kehrte sich um und tat einen leisen Schrei. Mit bloßen Füßen im weißen Nachtkleidchen stand Heidi da, schaute mit verwirrten Blicken in die hellen Flammen und auf die Waffen und zitterte und bebte wie ein Blättlein im Winde von oben bis unten. Die Herren schauten einander in großem Erstaunen an.

»Ich glaube wahrhaftig, Sesemann, es ist deine kleine Wasserträgerin«, sagte der Doktor.

»Kind, was soll das heißen?« fragte nun Herr Sesemann. »Was wolltest du tun? Warum bist du hier herunter gekommen?«

Schneeweiß vor Schrecken stand Heidi vor ihm und sagte fast tonlos: »Ich weiß nicht.«

Jetzt trat der Doktor vor: »Sesemann, der Fall gehört in mein Gebiet; geh, setz dich einstweilen in deinen Lehnstuhl drinnen, ich will vor allem das Kind hinbringen, wo es hingehört.«

Damit legte er seinen Revolver auf den Boden, nahm das zitternde Kind ganz väterlich bei der Hand und ging mit ihm der Treppe zu.

»Nicht fürchten, nicht fürchten«, sagte er freundlich im Hinaufsteigen, »nur ganz ruhig sein, da ist gar nichts Schlimmes dabei, nur getrost sein.«

In Heidis Zimmer eingetreten, stellte der Doktor seinen Leuchter auf den Tisch, nahm Heidi auf den Arm, legte es in sein Bett hinein und deckte es sorgfältig zu. Dann setzte er sich auf den Sessel am Bett und wartete, bis Heidi ein wenig beruhigt war und nicht mehr an allen Gliedern bebte. Dann nahm er das Kind bei der Hand und sagte begütigend: »So, nun ist alles in Ordnung, nun sag mir auch noch, wo wolltest du denn hin?«

»Ich wollte gewiß nirgends hin«, versicherte Heidi; »ich bin auch gar nicht selbst hinuntergegangen, ich war nur auf einmal da.«

»So, so, und hast du etwa geträumt in der Nacht, weißt du, so, daß du deutlich etwas sahst und hörtest?«

»Ja, jede Nacht träumt es mir und immer gleich. Dann mein' ich, ich
sei beim Großvater, und draußen hör' ich's in den Tannen sausenund
denke: jetzt glitzern so schön die Sterne am Himmel, und ich laufe geschwind und mache die Tür auf an der Hütte und da ist's so schön! Aber
wenn ich erwache, bin ich immer noch in Frankfurt.« Heidi fing schon
an zu kämpfen und zu schlucken an dem Gewicht, das den Hals hinauf-
stieg.

»Hm, und tut dir denn auch nichts weh, nirgends? Nicht im Kopf oder
im Rücken?«

»O nein, nur hier drückt es so wie ein großer Stein immerfort.«

»Hm, etwa so, wie wenn man etwas gegessen hat und wollte es nachher
lieber wieder zurückgeben?«

»Nein, so nicht, aber so schwer, wie wenn man stark weinen sollte.«

»So, so, und weinst du denn so recht heraus?«

»O nein, das darf man nicht, Fräulein Rottenmeier hat es verboten.«

»Dann schluckst du's herunter zum andern, nicht wahr, so? Richtig!
Nun, du bist doch recht gern in Frankfurt, nicht?«

»O ja«, war die leise Antwort; sie klang aber so, als bedeute sie eher
das Gegenteil.

»Hm, und wo hast du mit deinem Großvater gelebt?«

»Immer auf der Alm.«

»So, da ist's doch nicht so besonders kurzweilig, eher ein wenig langweilig, nicht?«

»O nein, da ist's so schön, so schön!« Heidi konnte nicht weiter; die
Erinnerung, die eben durchgemachte Aufregung, das langverhaltene
Weinen überwältigten die Kräfte des Kindes; gewaltsam stürzten ihm die
Tränen aus den Augen und es brach in ein lautes, heftiges Schluchzen
aus.

Der Doktor stand auf; er legte freundlich Heidis Kopf auf das Kissen
nieder und sagte: »So, noch ein klein wenig weinen, das kann nichts
schaden, und dann schlafen, ganz fröhlich einschlafen; morgen wird alles
gut.« Dann verließ er das Zimmer.

Wieder unten in die Wachtstube eingetreten, ließ er sich dem harren-
den Freunde gegenüber in den Lehnstuhl nieder und erklärte dem mit
gespannter Erwartung Lauschenden: »Sesemann, dein kleiner Schützling
ist erstens mondsüchtig; völlig unbewußt hat er dir allnächtlich als Gespenst die Haustür aufgemacht und deiner ganzen Mannschaft die Fieber
des Schreckens ins Gebein gejagt. Zweitens wird das Kind vom Heimweh

verzehrt, so daß es schon jetzt fast zum Geripplein abgemagert ist und es noch völlig werden würde; also schnelle Hilfe! Für das erste Übel und 205 die in hohem Grade stattfindende Nervenaufregung gibt es nur *ein* Heilmittel, nämlich, daß du sofort das Kind in die heimatliche Bergluft zurückversetzest; für das zweite gibt's ebenfalls nur *eine* Medizin, nämlich ganz dieselbe. Demnach reist das Kind morgen ab, das ist mein Rezept.«

Herr Sesemann war aufgestanden. In größter Aufregung lief er das Zimmer auf und ab; jetzt brach er aus: »Mondsüchtig! Krank! Heimweh! abgemagert in meinem Hause! das alles in meinem Hause! und niemand sieht zu und weiß etwas davon! Und du, Doktor, du meinst, das Kind, das frisch und gesund in mein Haus gekommen ist, schicke ich elend und abgemagert seinem Großvater zurück? Nein, Doktor, das kannst du nicht verlangen, das tu' ich nicht, das werde ich nie tun. Jetzt nimm das Kind in die Hand, mach Kuren mit ihm, mach, was du willst, aber mach es mir heil und gesund, dann will ich es heimschicken, wenn es will; aber erst hilf du!«

»Sesemann«, entgegnete der Doktor ernsthaft, »bedenke, was du tust! Dieser Zustand ist keine Krankheit, die man mit Pulvern und Pillen heilt. Das Kind hat keine zähe Natur, indessen, wenn du es jetzt gleich wieder in die kräftige Bergluft hinaufschickst, an die es gewöhnt ist, so kann es wieder völlig gesunden; wenn nicht – du willst nicht, daß das Kind dem Großvater unheilbar, oder gar nicht mehr zurückkomme?«

Herr Sesemann war erschrocken stehen geblieben: »Ja, wenn du so redest, Doktor, dann ist nur *ein* Weg, dann muß sofort gehandelt werden.« Mit diesen Worten nahm Herr Sesemann den Arm seines Freundes und wanderte mit ihm hin und her, um die Sache noch weiter zu besprechen. Dann brach der Doktor auf, um nachhause zu gehen, denn es war unter- 206 dessen viel Zeit vergangen, und durch die Haustür, die diesmal vom Herrn des Hauses aufgeschlossen wurde, drang schon der helle Morgen-schimmer herein.

207

Am Sommerabend die Alm hinan

Herr Sesemann stieg in großer Erregtheit die Treppe hinauf und wanderte mit festem Schritt zum Schlafgemach der Dame Rottenmeier. Hier klopfte er so ungewöhnlich kräftig an die Tür, daß die Bewohnerin mit einem Schreckensruf aus dem Schlaf auffuhr. Sie hörte die Stimme des

Hausherrn draußen: »Bitte sich zu beeilen und im Eßzimmer zu erscheinen, es muß sofort eine Abreise vorbereitet werden.«

Fräulein Rottenmeier schaute auf ihre Uhr, es war halb fünf des Morgens; zu solcher Stunde war sie in ihrem Leben noch nie aufgestanden. Was konnte nur vorgefallen sein? Vor Neugierde und angstvoller Erwartung nahm sie alles verkehrt in die Hand und kam durchaus nicht vorwärts, denn was sie einmal auf den Leib gebracht hatte, suchte sie nachher rastlos im Zimmer herum.

Unterdessen ging Herr Sesemann den Korridor entlang und zog mit aller Kraft an jedem Glockenzug, der je für die verschiedenen Glieder der Dienerschaft angebracht war, so daß in jedem der betreffenden Zimmer eine Schreckensgestalt aus dem Bett sprang und verkehrt in die Kleider fuhr, denn einer wie der andere dachte sogleich, das Gespenst habe irgendwie den Hausherrn gepackt und dies sei sein Hilferuf. So kamen sie nach und nach, einer schauerlicher aussehend als der andere, herunter und stellten sich mit Erstaunen vor den Hausherrn hin, denn dieser ging frisch und munter im Eßzimmer auf und ab und sah keineswegs aus, als habe ihn ein Gespenst erschreckt. Johann wurde sofort hingeschickt, Pferde und Wagen in Ordnung zu bringen und sie nachher vorzuführen. Tinette erhielt den Auftrag, sogleich Heidi aufzuwecken und es in den Stand zu stellen, eine Reise anzutreten. Sebastian erhielt den Auftrag, nach dem Hause zu eilen, wo Heidis Base im Dienst stand, und diese herbeizuholen. Fräulein Rottenmeier war unterdessen zurechtgekommen mit ihrem Anzug, und alles saß, wie es mußte, nur die Haube saß verkehrt auf dem Kopf, so daß es von weitem aussah, als sitze ihr das Gesicht auf dem Rücken. Herr Sesemann schrieb den rätselhaften Anblick dem frühen Schlafbrechen zu und ging unverweilt an die Geschäftsverhandlungen. Er erklärte der Dame, sie habe ohne Zögern einen Koffer zur Stelle zu schaffen, die sämtliche Habe des Schweizerkindes hineinzupacken – so nannte Herr Sesemann gewöhnlich das Heidi, dessen Name ihm etwas ungewohnt war –, dazu noch einen guten Teil von Klaras Zeug, damit das Kind was Rechtes mitbringe; es müsse aber alles schnell und ohne langes Besinnen vor sich gehen.

Fräulein Rottenmeier blieb vor Überraschung wie in den Boden eingewurzelt stehen und starrte Herrn Sesemann an. Sie hatte erwartet, er wolle ihr im Vertrauen die Mitteilung einer schauerlichen Geistergeschichte machen, die er in der Nacht erlebt und die sie eben jetzt bei dem hellen Morgenlicht nicht ungern gehört hätte; statt dessen diese völlig prosaischen und dazu noch sehr unbequemen Aufträge. So schnell konnte sie das Unerwartete nicht bewältigen. Sprachlos stand sie immer noch da und erwartete ein Weiteres.

Aber Herr Sesemann hatte keine Erklärungen im Sinn; er ließ die Dame stehen, wo sie stand, und ging nach dem Zimmer seiner Tochter.

Wie er vermutet hatte, war diese durch die ungewöhnliche Bewegung im Hause wach geworden und lauschte nach allen Seiten hin, was wohl vorgehe. Der Vater setzte sich nun an ihr Bett und erzählte ihr den ganzen Verlauf der Geistererscheinung und daß Heidi nach des Doktors Aus- spruch sehr angegriffen sei und wohl nach und nach seine nächtlichen Wanderungen ausdehnen, vielleicht gar das Dach besteigen würde, was dann mit den höchsten Gefahren verbunden wäre. Er habe also beschlos- sen, das Kind sofort heimzuschicken, denn solche Verantwortung könne er nicht auf sich nehmen, und Klara müsse sich dareinfinden, sie sehe ja ein, daß es nicht anders sein könne.

Klara war sehr schmerzlich überrascht von der Mitteilung und wollte erst allerlei Auswege finden, aber es half nichts, der Vater blieb fest bei seinem Entschluß, versprach aber, im nächsten Jahre mit Klara nach der Schweiz zu reisen, wenn sie nun recht vernünftig sei und keinen Jammer erhebe. So ergab sich Klara in das Unvermeidliche, begehrte aber zum Ersatz, daß der Koffer für Heidi in ihr Zimmer gebracht und da gepackt werde, damit sie hineinstecken könne, was ihr Freude mache, was der Papa sehr gern bewilligte, ja er ermunterte Klara noch, dem Kinde eine schöne Aussteuer zurechtzumachen. Unterdessen war die Base Dete an- gelangt und stand in großer Erwartung im Vorzimmer, denn daß sie um diese ungewöhnliche Zeit einberufen worden war, mußte etwas Außeror- dentliches bedeuten. Herr Sesemann trat zu ihr heraus und erklärte ihr, wie es mit Heidi stehe, und daß er wünsche, sie möchte das Kind sofort, gleich heute noch, nachhause bringen. Die Base sah sehr enttäuscht aus; diese Nachricht hatte sie nicht erwartet. Sie erinnerte sich auch noch recht wohl der Worte, die ihr der Öhi mit auf den Weg gegeben hatte, daß sie ihm nie mehr vor die Augen kommen solle, und so das Kind dem Alten einmal bringen und dann nehmen und dann wiederbringen, das schien ihr nicht ganz geraten zu sein. Sie besann sich also nicht lange, sondern sagte mit großer Beredsamkeit, heute wäre es ihr leider völlig unmöglich, die Reise anzutreten, und morgen könnte sie noch weniger daran denken, und die Tage darauf wäre es am allerunmöglichsten, um der darauffallenden Geschäfte willen, und nachher könnte sie dann gar nicht mehr. Herr Sesemann verstand die Sprache und entließ die Base ohne weiteres. Nun ließ er den Sebastian vortreten und erklärte ihm, er habe sich unverzüglich zur Reise zu rüsten; heute habe er mit dem Kinde bis nach Basel zu fahren, morgen bringe er es heim. Dann könne er sogleich wieder umkehren, zu berichten habe er nichts, ein Brief an den Großvater werde diesem alles erklären.

»Nun aber noch eine Hauptsache, Sebastian«, schloß Herr Sesemann, »und daß Er mir das pünktlich besorgt! Den Gasthof in Basel, den ich Ihm hier auf meine Karte geschrieben, kenne ich. Er weist meine Karte vor, dann wird Ihm ein gutes Zimmer angewiesen werden für das Kind; für sich selbst wird Er schon sorgen. Dann geht Er erst in des Kindes Zimmer hinein und verrammelt alle Fenster so vollständig, daß nur große Gewalt sie aufzubringen vermöchte. Ist das Kind zu Bett, so geht Er und schließt von außen die Tür ab, denn das Kind wandert herum in der Nacht und könnte Gefahr laufen in dem fremden Haus, wenn es etwa hinausginge und die Haustür aufmachen wollte; versteht Er das?«

»Ah! ah! ah! das war's? so war's?« stieß Sebastian jetzt in größter Verwunderung aus, denn es war ihm eben ein großes Licht aufgegangen über die Geistererscheinung.

»Ja, so war's! das war's! und Er ist ein Hasenfuß, und dem Johann kann Er sagen, er sei desgleichen und alle miteinander eine lächerliche Mannschaft.« Damit ging Herr Sesemann nach seiner Stube, setzte sich hin und schrieb einen Brief an den Alm-Öhi.

Sebastian war verdutzt mitten im Zimmer stehen geblieben und wiederholte jetzt zu öfteren Malen in seinem Innern: »Hätt' ich mich doch von dem Feigling von einem Johann nicht in die Wachtstube hineinreißen lassen, sondern wäre dem weißen Figürchen nachgegangen, was ich doch jetzt unzweifelhaft tun würde!« denn jetzt beleuchtete die helle Sonne jeden Winkel der hellgrauen Stube mit voller Klarheit.

Unterdessen stand Heidi völlig ahnungslos in seinem Sonntagsröckchen und wartete ab, was geschehen sollte, denn die Tinette hatte es nur aus dem Schlafe aufgerüttelt, die Kleider aus dem Schrank genommen und das Anziehen gefördert, ohne ein Wort zu sagen. Sie sprach niemals mit dem ungebildeten Heidi, denn das war ihr zu gering.

Herr Sesemann trat mit seinem Brief ins Eßzimmer ein, wo das Frühstück bereit stand, und rief: »Wo ist das Kind?«

Heidi wurde gerufen. Als es zu Herrn Sesemann herantrat, um ihm »guten Morgen« zu sagen, schaute er ihm fragend ins Gesicht: »Nun, was sagst du denn dazu, Kleine?«

Heidi blickte verwundert zu ihm auf.

»Du weißt am Ende noch gar nichts«, lachte Herr Sesemann. »Nun, heut' gehst du heim, jetzt gleich.«

»Heim?« wiederholte Heidi tonlos und wurde schneeweiß, und eine kleine Weile konnte es gar keinen Atem mehr holen, so stark wurde sein Herz von dem Eindruck gepackt.

»Nun, willst du etwa nichts wissen davon?« fragte Herr Sesemann lächelnd.

»O ja, ich will schon«, kam jetzt heraus, und nun war Heidi dunkelrot geworden.

»Gut, gut«, sagte Herr Sesemann ermunternd, indem er sich setzte und Heidi winkte, dasselbe zu tun. »Und nun tüchtig frühstücken und hernach in den Wagen und fort.«

Aber Heidi konnte keinen Bissen herunterbringen, wie es sich auch zwingen wollte aus Gehorsam; es war in einem Zustand von Aufregung, daß es gar nicht wußte, ob es wache oder träume, und ob es vielleicht wieder auf einmal erwachen und im Nachthemdchen an der Haustür stehen werde.

»Sebastian soll reichlich Proviant mitnehmen«, rief Herr Sesemann Fräulein Rottenmeier zu, die eben eintrat; »das Kind kann nicht essen, begreiflicherweise. – Geh hinüber zu Klara, bis der Wagen vorfährt«, setzte er freundlich, zu Heidi gewandt, hinzu.

Das war Heidis Wunsch: es sprang hinüber. Mitten in Klaras Zimmer war ein ungeheurer Koffer zu sehen, noch stand dessen Deckel weit offen.

»Komm, Heidi, komm«, rief ihm Klara entgegen; »sieh, was ich dir habe einpacken lassen, komm, freut's dich?«

Und sie nannte ihm eine ganze Menge von Dingen, Kleider und Schürzen, Tücher und Nähgerät, »und sieh hier, Heidi«, und Klara hob triumphierend einen Korb in die Höhe. Heidi guckte hinein und sprang hoch auf vor Freude, denn drinnen lagen wohl zwölf schöne, weiße, runde Brötchen, alle für die Großmutter. Die Kinder vergaßen in ihrem Jubel ganz, daß nun der Augenblick komme, da sie sich trennen mußten, und als mit einemmal der Ruf erschallte: »Der Wagen ist bereit!« – da war keine Zeit mehr zum Traurigwerden. Heidi lief in sein Zimmer, da mußte noch ein schönes Buch von der Großmama liegen, niemand

213

konnte es eingepackt haben, denn es lag unter dem Kopfkissen, weil Heidi Tag und Nacht sich nicht davon trennen konnte. Das wurde in den Korb auf die Brötchen gelegt. Dann machte es seinen Schrank auf; noch suchte es nach einem Gute, das man vielleicht auch nicht eingepackt hatte. Richtig – auch das alte rote Tuch lag noch da, Fräulein Rottenmeier hatte es zu gering erachtet, um mit eingepackt zu werden. Heidi wickelte es um einen anderen Gegenstand und legte es zuoberst auf den Korb, so daß das rote Paket sehr sichtbar zur Erscheinung kam. Dann setzte es sein schönes Hütchen auf und verließ sein Zimmer.

Die beiden Kinder mußten sich schnell Lebewohl sagen, denn Herr Sesemann stand schon da, um Heidi nach dem Wagen zu bringen. Fräulein Rottenmeier stand oben an der Treppe, um hier Heidi zu verabschieden. Als sie das seltsame rote Bündelchen erblickte, nahm sie es schnell aus dem Korb heraus und warf es auf den Boden.

»Nein, Adelheid«, sagte sie tadelnd, »so kannst du nicht reisen von diesem Hause aus; solches Zeug brauchst du überhaupt nicht mitzuschlep-
pen. Nun lebe wohl.«

Auf dieses Verbot hin durfte Heidi sein Bündelchen nicht wieder aufnehmen, aber es schaute mit einem flehentlichen Blick zu dem Hausherrn auf, so, als wollte man ihm seinen größten Schatz nehmen.

»Nein, nein«, sagte Herr Sesemann in sehr bestimmtem Tone, »das Kind soll mit heimtragen, was ihm Freude macht, und sollte es auch junge Katzen oder Schildkröten mit fortschleppen, so wollen wir uns darüber nicht aufregen, Fräulein Rottenmeier.«

Heidi hob eilig sein Bündelchen wieder vom Boden auf, und Dank und Freude leuchteten ihm aus den Augen. Unten am Wagen reichte Herr Sesemann dem Kinde die Hand und sagte ihm mit freundlichen Worten, sie würden seiner gedenken, er und seine Tochter Klara; er wünschte ihm alles Gute auf den Weg, und Heidi dankte recht schön für alle Guttaten, die ihm zuteil geworden waren, und zum Schluß sagte es: »Und den Herrn Doktor lasse ich tausendmal grüßen und ihm auch vielmals danken.« Denn es hatte sich wohl gemerkt, wie er gestern Abend gesagt hatte: »Und morgen wird alles gut.« Nun war es so gekommen, und Heidi dachte, er habe dazu geholfen.

Jetzt wurde das Kind in den Wagen gehoben und der Korb und die Proviantasche und der Sebastian kamen nach. Herr Sesemann rief noch einmal freundlich: »Glückliche Reise!« und der Wagen rollte davon.

Bald nachher saß Heidi in der Eisenbahn und hielt unbeweglich seinen Korb auf dem Schoße fest, denn es wollte ihn nicht einen Augenblick aus den Händen lassen, seine kostbaren Brötchen für die Großmutter waren ja darin, die mußte es sorglich hüten und von Zeit zu Zeit einmal wieder ansehen und sich freuen darüber. Heidi saß mäuschenstille während mehrerer Stunden, denn erst jetzt kam es recht zum Bewußtsein, 216 daß es auf dem Wege sei heim zum Großvater, auf die Alm, zur Großmutter, zum Geißenpeter, und nun kam ihm alles vor Augen, eins nach dem anderen, was es wiedersehen werde, und wie alles aussehen werde daheim, und dabei stiegen ihm wieder neue Gedanken auf, und auf einmal sagte es ängstlich: »Sebastian, ist auch sicher die Großmutter auf der Alm nicht gestorben?«

»Nein, nein«, beruhigte dieser, »wollen's nicht hoffen, wird schon noch am Leben sein.«

Dann fiel Heidi wieder in sein Sinnen zurück; nur hier und da guckte es einmal in seinen Korb hinein, denn alle die Brötchen der Großmutter auf den Tisch legen, war sein Hauptgedanke. Nach längerer Zeit sagte es 217 wieder: »Sebastian, wenn man nur auch ganz sicher wissen könnte, daß die Großmutter noch am Leben ist.«

»Ja wohl! Ja wohl!« entgegnete der Begleiter halb schlafend; »wird schon noch leben, wüßte auch gar nicht, warum nicht.«

Nach einiger Zeit drückte der Schlaf auch Heidis Augen zu, und nach der vergangenen unruhigen Nacht und dem frühen Aufstehen war es so schlafbedürftig, daß es erst wieder erwachte, als Sebastian es tüchtig am Arm schüttelte und ihm zurief: »Erwachen! Erwachen! Gleich aussteigen, in Basel angekommen!«

Am folgenden Morgen ging's weiter, viele Stunden lang. Heidi saß wieder mit seinem Korb auf dem Schoß, den es um keinen Preis dem Sebastian übergeben wollte; aber heute sagte es gar nichts mehr, denn nun wurde mit jeder Stunde die Erwartung gespannter. Dann auf einmal, als Heidi gar nicht daran dachte, ertönte laut der Ruf: »Maienfeld!« Es sprang von seinem Sitz auf, und dasselbe tat Sebastian, der auch überrascht worden war. Jetzt standen sie draußen, der Koffer mit ihnen, und der Bahnzug pfiff weiter ins Tal hinein. Sebastian sah ihm wehmütig nach, denn er wäre viel lieber so sicher und ohne Mühe weitergereist, als daß er nun eine Fußpartie unternehmen sollte, die dazu noch mit einer Bergbesteigung enden mußte, die sehr beschwerlich und dazu gefahrvoll sein konnte in diesem Lande, wo doch alles noch halb wild war, wie Sebastian annahm. Er schaute daher sehr vorsichtig um sich, wen er etwa beraten könnte über den sichersten Weg nach dem »Dörfli«. Unweit des kleinen Stationsgebäudes stand ein kleiner Leiterwagen mit einem mageren Rößlein davor; auf diesen wurden von einem breitschultrigen Manne ein paar große Säcke aufgeladen, die mit der Bahn hergebracht worden waren. Sebastian trat zu ihm heran und brachte seine Frage nach dem sichersten Weg zum Dörfli vor.

»Hier sind alle Wege sicher«, war die kurze Antwort.

Jetzt fragte Sebastian nach dem besten Wege, auf dem man gehen könne, ohne in die Abgründe zu stürzen, und auch wie man einen Koffer nach dem betreffenden Dörfli befördern könnte. Der Mann schaute nach dem Koffer hin und maß ihn ein wenig mit den Augen; dann erklärte er, wenn das Ding nicht zu schwer sei, so wolle er es auf seinen Wagen nehmen, da er selbst nach dem Dörfli fahre, und so gab noch ein Wort das andere, und endlich kamen die beiden überein, der Mann solle Kind und Koffer mit auf seinen Wagen nehmen, und nachher vom Dörfli aus könne das Kind am Abend mit irgendjemand auf die Alm geschickt werden.

»Ich kann allein gehen, ich weiß schon den Weg vom Dörfli auf die Alm«, sagte hier Heidi, das mit Aufmerksamkeit der Verhandlung zugehört hatte. Dem Sebastian fiel eine schwere Last vom Herzen, als er sich so auf einmal seiner Aussicht auf das Bergklettern entledigt sah. Er winkte nun Heidi geheimnisvoll auf die Seite und überreichte ihm hier eine schwere Rolle und einen Brief an den Großvater, und erklärte ihm, die Rolle sei ein Geschenk von Herrn Sesemann, die müsse aber zuunterst in den Korb gesteckt werden, noch unter die Brötchen, und darauf müsse genau achtgegeben werden, daß sie nicht verloren gehe, denn darüber würde Herr Sesemann ganz fürchterlich böse und sein Leben lang nie mehr gut werden; das sollte das Mamsellchen nur ja bedenken.

»Ich verliere sie schon nicht«, sagte Heidi zuversichtlich und steckte die Rolle samt dem Brief zu allerunterst in den Korb hinein. Nun wurde der Koffer aufgeladen, und nachher hob Sebastian Heidi samt seinem Korb auf den hohen Sitz empor, reichte ihm seine Hand hinauf zum Abschied und ermahnte es noch einmal mit allerlei Zeichen, auf den Inhalt des Korbes ein Auge zu haben; denn der Führer war noch in der Nähe, und Sebastian war vorsichtig, besonders jetzt, da er wußte, er hätte eigentlich selbst das Kind an Ort und Stelle bringen sollen. Der Führer schwang sich jetzt neben Heidi auf den Sitz hinauf, und der Wagen rollte den Bergen zu, während Sebastian, froh über seine Befreiung von der gefürchteten Bergreise, sich am Stationshäuschen niedersetzte, um den zurückgehenden Bahnzug abzuwarten.

Der Mann auf dem Wagen war der Bäcker vom Dörfli, welcher seine Mehlsäcke nachhause fuhr. Er hatte Heidi nie gesehen, aber wie jedermann im Dörfli wußte er von dem Kinde, das man dem Alm-Öhi gebracht hatte; auch hatte er Heidis Eltern gekannt und sich gleich vorgestellt, er werde es mit dem vielbesprochenen Kinde hier zu tun haben. Es wunderte ihn nun ein wenig, warum das Kind schon wieder heimkomme, und während der Fahrt fing er nun mit Heidi ein Gespräch an: »Du wirst das Kind sein, das oben beim Alm-Öhi war, beim Großvater?« 220

»Ja.«

»So ist es dir schlecht gegangen, daß du schon wieder von so weit her heimkommst?«

»Nein, das ist es mir nicht; kein Mensch kann es so gut haben, wie man es in Frankfurt hat.«

»Warum läufst du denn heim?«

»Nur weil es mir der Herr Sesemann erlaubt hat, sonst wär' ich nicht heimgelaufen.« 221

»Pah, warum bist du denn aber nicht lieber dort geblieben, wenn man dir's schon erlaubt hat, heimzugehen?«

»Weil ich tausendmal lieber heim will zum Großvater auf die Alm, als sonst alles auf der Welt.«

»Denkst vielleicht anders, wenn du hinaufkommst«, brummte der Bäcker; »nimmt mich aber doch wunder«, sagte er dann zu sich selbst, »es kann wissen, wie's ist.«

Nun fing er an zu pfeifen und sagte nichts mehr, und Heidi schaute um sich und fing an innerlich zu zittern vor Erregung, denn es erkannte die Bäume am Wege, und drüben standen die hohen Zacken des Falknis-Berges und schauten zu ihm herüber, so als grüßten sie es wie gute, alte Freunde; und Heidi grüßte wieder, und mit jedem Schritt vorwärts wurde Heidis Erwartung gespannter und es meinte, es müsse vom Wagen herunterspringen und aus allen Kräften laufen, bis es ganz oben wäre. Aber es blieb doch still sitzen und rührte sich nicht, aber alles zitterte an ihm.

Jetzt fuhren sie im Dörfli ein, eben schlug die Glocke fünf Uhr. Augenblicklich sammelte sich eine Gesellschaft von Kindern und Frauen um den Wagen herum, und ein paar Nachbarn traten auch noch herzu, denn der Koffer und das Kind auf des Bäckers Wagen hatten die Aufmerksamkeit aller Umwohnenden auf sich gezogen, und jeder wollte wissen, woher und wohin und wem beide zugehörten. Als der Bäcker Heidi heruntergehoben hatte, sagte es eilig: »Danke, der Großvater holt dann schon den Koffer«, und wollte davonrennen. Aber von allen Seiten wurde es festgehalten, und eine Menge von Stimmen fragten alle auf einmal, jede etwas Eigenes. Heidi drängte sich mit einer solchen Angst auf dem Gesichte durch die Leute, daß man ihm unwillkürlich Platz machte und es laufen ließ, und einer sagte zum anderen: »Du siehst ja, wie es sich fürchtet, es hat auch alle Ursache.« Und dann fingen sie noch an, sich zu erzählen, wie der Alm-Öhi seit einem Jahr noch viel ärger geworden sei, als vorher, und mit keinem Menschen mehr ein Wort rede und ein Gesicht mache, als wolle er am liebsten jeden umbringen, der ihm in den Weg komme, und wenn das Kind auf der ganzen Welt noch wüßte wohin, so liefe es nicht in das alte Drachennest hinauf. Aber hier fiel der Bäcker in das Gespräch ein und sagte, er werde wohl mehr wissen, als sie alle, und erzählte dann sehr geheimnisvoll, wie ein Herr das Kind bis nach Maienfeld gebracht und es ganz freundlich entlassen habe, und auch gleich ohne Markten ihm den geforderten Fahrpreis und dazu noch ein Trinkgeld gegeben habe, und überhaupt könne er sicher sagen, daß es dem Kind wohl genug gewesen sei, wo es war, und es selbst begehrt habe, zum Großvater zurückzugehen. Diese Nachricht brachte eine große Verwunderung hervor und wurde nun gleich im ganzen Dörfli so verbreitet, daß noch am gleichen Abend kein Haus daselbst war, in dem man nicht davon redete, daß das Heidi aus allem Wohlleben zum Großvater zurückbegehrt habe.

Heidi lief vom Dörfli bergan, so schnell es nur konnte; von Zeit zu Zeit mußte es aber plötzlich stillestehen, denn es hatte ganz den Atem verloren; sein Korb am Arm war doch ziemlich schwer, und dazu ging es nun immer steiler, je höher hinauf es ging. Heidi hatte nur noch einen Gedanken: »Wird auch die Großmutter noch auf ihrem Plätzchen sitzen am Spinnrad in der Ecke, ist sie auch nicht gestorben unterdessen?« Jetzt erblickte Heidi die Hütte oben in der Vertiefung an der Alm, sein Herz fing an zu klopfen, Heidi rannte noch mehr, immer mehr und immer lauter schlug ihm das Herz. – Jetzt war es oben – vor Zittern konnte es fast die Tür nicht aufmachen – doch jetzt – es sprang hinein bis mitten in die kleine Stube und stand da, völlig außer Atem, und brachte keinen Ton hervor.

»Ach du mein Gott«, tönte es aus der Ecke hervor, »so sprang unser Heidi herein, ach, wenn ich es noch ein Mal im Leben bei mir haben könnte! Wer ist hereingekommen?«

»Da bin ich ja, Großmutter, da bin ich ja«, rief Heidi jetzt und stürzte nach der Ecke und gleich auf seine Knie zu der Großmutter heran, faßte ihren Arm und ihre Hände, und legte sich an sie und konnte vor Freude gar nichts mehr sagen. Erst war die Großmutter so überrascht, daß auch sie kein Wort hervorbringen konnte; dann fuhr sie mit der Hand streichelnd über Heidis Kraushaare hin, und nun sagte sie ein Mal über das andere: »Ja, ja, das sind seine Haare und es ist ja seine Stimme, ach du lieber Gott, daß du mich das noch erleben lässest!« Und aus den blinden Augen fielen ein paar große Freudentränen auf Heidis Hand nieder. »Bist du's auch. Heidi, bist du auch sicher wieder da?«

»Ja, ja, sicher, Großmutter«, rief Heidi nun mit aller Zuversicht, »weine nur nicht, ich bin ganz gewiß wieder da und komme alle Tage zu dir und gehe nie wieder fort, und du mußt auch manchen Tag kein hartes Brot mehr essen, siehst du, Großmutter, siehst du?«

Und Heidi packte nun aus seinem Korb ein Brötchen nach dem andern aus, bis es alle zwölf auf dem Schoß der Großmutter aufgehäuft hatte.

»Ach Kind! Ach Kind! was bringst du denn für einen Segen mit!« rief die Großmutter aus, als es nicht enden wollte mit den Brötchen und immer noch eines folgte. »Aber der größte Segen bist du mir doch selber, Kind!« Dann griff sie wieder in Heidis krause Haare und strich über seine heißen Wangen, und sagte wieder: »Sag noch ein Wort, Kind, sag noch etwas, daß ich dich hören kann.«

Heidi erzählte nun der Großmutter, welche große Angst es habe ausstehen müssen, sie sei vielleicht gestorben unterdessen und habe nun gar nie die weißen Brötchen bekommen, und es könne nie, nie mehr zu ihr gehen.

Jetzt trat Peters Mutter herein und blieb einen Augenblick unbeweglich stehen vor Erstaunen. Dann rief sie: »Sicher, es ist das Heidi, wie kann auch das sein!«

Heidi stand auf und gab ihr die Hand, und die Brigitte konnte sich gar nicht genug verwundern darüber, wie Heidi aussehe, und ging um das Kind herum und sagte: »Großmutter, wenn du doch nur sehen könntest, was für ein schönes Röcklein das Heidi hat, und wie es aussieht; man kennt es fast nicht mehr. Und das Federnhütlein auf dem Tisch gehört dir auch noch? Setz es doch einmal auf, so kann ich sehen, wie du drin aussiehst.«

»Nein, ich will nicht«, erklärte Heidi, »du kannst es haben, ich brauche es nicht mehr, ich habe schon noch mein eigenes.« Damit machte Heidi sein rotes Bündelchen auf und nahm sein altes Hütchen daraus hervor, das auf der Reise zu den Knicken, die es schon vorher gehabt, noch einige bekommen hatte. Aber das kümmerte das Heidi wenig; es hatte ja nicht vergessen, wie der Großvater beim Abschied nachgerufen hatte, in einem Federnhut wolle er es niemals sehen; darum hatte Heidi sein Hütchen so sorgfältig aufgehoben, denn es dachte ja immer ans Heimgehen zum Großvater. Aber die Brigitte sagte, so einfältig müsse es nicht sein, es sei ja ein prächtiges Hütchen, das nehme sie nicht; man könnte es ja etwa dem Töchterlein vom Lehrer im Dörfli verkaufen und noch viel Geld bekommen, wenn es das Hütlein nicht tragen wolle. Aber Heidi blieb bei seinem Vorhaben und legte das Hütchen leise hinter die Großmutter in den Winkel, wo es ganz verborgen war. Dann zog Heidi auf einmal sein schönes Röcklein aus, und über das Unterröckchen, in dem es nun mit bloßen Armen dastand, band es das rote Halstuch, und nun faßte es die Hand der Großmutter und sagte: »Jetzt muß ich heim zum Großvater, aber morgen komm' ich wieder zu dir; gute Nacht, Großmutter.«

»Ja, komm auch wieder, Heidi, komm auch morgen wieder«, bat die Großmutter und drückte seine Hand zwischen den ihrigen und konnte das Kind fast nicht loslassen.

»Warum hast du denn dein schönes Röcklein ausgezogen?« fragte die Brigitte.

»Weil ich lieber so zum Großvater will, sonst kennt er mich vielleicht nicht mehr, du hast mich ja auch fast nicht gekannt darin.«

Die Brigitte ging noch mit Heidi vor die Tür hinaus, und hier sagte sie ein wenig geheimnisvoll zu ihm: »Den Rock hättest du schon anbehalten können, er hätte dich doch gekannt; aber sonst mußt du dich in Acht nehmen; der Peterli sagt, der Alm-Öhi sei jetzt immer bös und rede kein Wort mehr.«

Heidi sagte »gute Nacht« und stieg die Alm hinan mit seinem Korb am Arm. Die Abendsonne leuchtete ringsum auf die grüne Alm, und jetzt war auch drüben das große Schneefeld an der Schesaplana sichtbar geworden und strahlte herüber. Heidi mußte alle paar Schritte wieder stillestehen und sich umkehren, denn die hohen Berge hatte es im Rücken beim Hinaufsteigen. Jetzt fiel ein roter Schimmer vor seinen Füßen auf das Gras, es kehrte sich um, da – so hatte es die Herrlichkeit nicht mehr im Sinn gehabt und auch nie so im Traum gesehen – die Felshörner am Falknis flammten zum Himmel auf, das weite Schneefeld glühte und rosenrote Wolken zogen darüber hin; das Gras rings auf der Alm war golden, von allen Felsen flimmerte und leuchtete es nieder und unten schwamm weithin das ganze Tal in Duft und Gold. Heidi stand mitten in der Herrlichkeit, und vor Freude und Wonne liefen ihm die hellen Tränen die Wangen herunter, und es mußte die Hände falten und in den Himmel hinaufschauen und ganz laut dem lieben Gott danken, daß er es wieder heimgebracht hatte, und daß alles, alles noch so schön sei und noch viel schöner, als es gewußt hatte, und daß alles wieder ihm gehöre; und Heidi war so glücklich und so reich in all der großen Herrlichkeit, 227 daß es gar nicht Worte fand, dem lieben Gott genug zu danken. Erst als das Licht ringsum verglühte, konnte Heidi wieder von der Stelle weg; nun rannte es aber so den Berg hinan, daß es gar nicht lange dauerte, so erblickte es oben die Tannenwipfel über dem Dache und jetzt das Dach und die ganze Hütte, und auf der Bank an der Hütte saß der Großvater und rauchte sein Pfeifchen, und über die Hütte her wogten die alten Tannenwipfel und rauschten im Abendwind. Jetzt rannte das Heidi noch mehr, und bevor der Alm-Öhi nur recht sehen konnte, was da herankam, stürzte das Kind schon auf ihn hin, warf seinen Korb auf den Boden und umklammerte den Alten, und vor Aufregung des Wiedersehens konnte es nichts sagen, als nur immer ausrufen: »Großvater! Großvater! Großvater!«

Der Großvater sagte auch nichts. Seit vielen Jahren waren ihm zum erstenmal wieder die Augen naß geworden, und er mußte mit der Hand darüberfahren. Dann löste er Heidis Arme von seinem Hals, setzte das Kind auf seine Knie und betrachtete es einen Augenblick. »So bist du wieder heimgekommen, Heidi«, sagte er dann; »wie ist das? Besonders hoffärtig siehst du nicht aus, haben sie dich fortgeschickt?«

»O nein, Großvater«, fing Heidi nun mit Eifer an, »das mußt du nicht glauben, sie waren alle so gut, die Klara und die Großmama und der Herr Sesemann; aber siehst du, Großvater, ich konnte es fast gar nicht mehr aushalten, bis ich wieder bei dir daheim sein könnte, und ich habe manchmal gemeint, ich müsse ganz ersticken, so hat es mich gewürgt; aber ich habe gewiß nichts gesagt, weil es undankbar war. Aber dann auf einmal an einem Morgen rief mich der Herr Sesemann ganz früh – aber 228 ich glaube, der Herr Doktor war schuld daran – aber es steht vielleicht alles in dem Brief« – damit sprang Heidi auf den Boden und holte seinen Brief und seine Rolle aus dem Korb herbei und legte beide in die Hand des Großvaters.

»Das gehört dir«, sagte dieser und legte die Rolle neben sich auf die Bank. Dann nahm er den Brief und las ihn durch: ohne ein Wort zu sagen, steckte er dann das Blatt in die Tasche.

»Meinst, du könntest auch noch Milch trinken mit mir, Heidi?« fragte er nun, indem er das Kind bei der Hand nahm, um in die Hütte einzutreten. »Aber nimm dort dein Geld mit dir, da kannst du ein ganzes Bett daraus kaufen und Kleider für ein paar Jahre.«

»Ich brauch' es gewiß nicht, Großvater«, versicherte Heidi; »ein Bett hab' ich schon, und Kleider hat mir Klara so viele eingepackt, daß ich gewiß nie mehr andere brauche.«

»Nimm's, nimm's, und leg's in den Schrank, du wirst's schon einmal brauchen können.«

Heidi gehorchte und hüpfte nun dem Großvater nach in die Hütte hinein, wo es vor Freude über das Wiedersehen in alle Winkel sprang und die Leiter hinauf – aber da stand es plötzlich still und rief in Betroffenheit von oben herunter: »O, Großvater, ich habe kein Bett mehr!«

»Kommt schon wieder«, tönte es von unten herauf, »wußte ja nicht, daß du wieder heimkommst; jetzt komm zur Milch!«

Heidi kam herunter und setzte sich auf seinen hohen Stuhl am alten Platze, und nun erfaßte es sein Schüsselchen und trank mit einer Begierde, als wäre etwas so Köstliches noch nie in seinen Bereich gekommen, und als es mit einem tiefen Atemzug das Schüsselchen hinstellte, sagte es: »So gut wie unsere Milch ist doch gar nichts auf der Welt, Großvater.«

Jetzt ertönte draußen ein schriller Pfiff; wie der Blitz schoß Heidi zur Tür hinaus. Da kam die ganze Schar der Geißen hüpfend, springend, Sätze machend von der Höhe herunter, mitten drin der Peter. Als er Heidi ansichtig wurde, blieb er auf der Stelle völlig wie angewurzelt stehen und starrte es sprachlos an. Heidi rief: »Guten Abend, Peter!« und stürzte mitten in die Geißen hinein: »Schwänli! Bärli! kennt ihr mich noch?« und die Geißlein mußten seine Stimme gleich erkannt haben, denn sie rieben ihre Köpfe an Heidi und fingen an leidenschaftlich zu meckern vor Freude, und Heidi rief alle nacheinander beim Namen und alle rannten wie wild durcheinander und drängten sich zu ihm heran; der ungeduldige Distelfink sprang hoch auf und über zwei Geißen weg, um gleich in die Nähe zu kommen, und sogar das schüchterne Schneehöppli drängte mit einem ziemlich eigensinnigen Bohren den großen Türk auf die Seite, der nun ganz verwundert über die Frechheit dastand und seinen Bart in die Luft hob, um zu zeigen, daß er es sei.

Heidi war außer sich vor Freude, alle die alten Gefährten wieder zu haben; es umarmte das kleine, zärtliche Schneehöppli wieder und wieder und streichelte den stürmischen Distelfink und wurde vor großer Liebe und Zutraulichkeit der Geißen hin- und hergedrängt und geschoben, bis es nun ganz in Peters Nähe kam, der noch immer auf demselben Platze stand.

»Komm herunter, Peter, und sag mir einmal guten Abend!« rief ihm Heidi jetzt zu.

»Bist denn wieder da?« brachte er nun endlich in seinem Erstaunen heraus, und nun kam er herzu und nahm Heidis Hand, die dieses ihm schon lange hingehalten hatte, und nun fragte er, so wie er immer getan hatte bei der Heimkehr am Abend: »Kommst morgen wieder mit?«

»Nein, morgen nicht, aber übermorgen vielleicht, denn morgen muß ich zur Großmutter.«

»Es ist recht, daß du wieder da bist«, sagte der Peter und verzog sein Gesicht auf alle Seiten vor ungeheurem Vergnügen, dann schickte er sich zur Heimfahrt an; aber heute wurde es ihm so schwer wie noch nie mit seinen Geißen, denn als er sie endlich mit Locken und Drohen so weit gebracht hatte, daß sie sich um ihn sammelten, und Heidi, den einen Arm um Schwänlis und den andern um Bärlis Kopf gelegt, davonspazierte, da kehrten mit einemmale alle wieder um und liefen den dreien nach. Heidi mußte mit seinen zwei Geißen in den Stall eintreten und die Tür zumachen, sonst wäre der Peter niemals mit seiner Herde fortgekommen. Als das Kind dann in die Hütte zurückkam, da sah es sein Bett schon wieder aufgerichtet, prächtig hoch und duftend, denn das Heu war noch nicht lange hereingeholt, und darüber hatte der Großvater ganz sorgfältig die sauberen Leintücher gebreitet. Heidi legte sich mit großer Lust hinein und schlief so herrlich, wie es ein ganzes Jahr lang nicht geschlafen hatte. Während der Nacht verließ der Großvater wohl zehnmal sein Lager und stieg die Leiter hinauf und lauschte sorgsam, ob Heidi auch schlafe und nicht unruhig werde, und suchte am Loch nach, wo sonst der Mond hereinkam auf Heidis Lager, ob auch das Heu noch fest drinnen sitze, das er hineingestopft hatte, denn von nun an durfte der Mondschein nicht mehr hereinkommen. Aber Heidi schlief in einem Zuge fort und wanderte keinen Schritt herum, denn sein großes, brennendes Verlangen war gestillt worden: es hatte alle Berge und Felsen wieder im Abendglühen gesehen, es hatte die Tannen rauschen gehört, es war wieder daheim auf der Alm.

Am Sonntag, wenn's läutet

Heidi stand unter den wogenden Tannen und wartete auf den Großvater, der mitgehen und den Koffer vom Dörfli heraufholen wollte, während es bei der Großmutter wäre. Das Kind konnte es fast nicht erwarten, die Großmutter wiederzusehen und zu hören, wie ihr die Brötchen geschmeckt hatten, und doch wurde ihm wieder die Zeit nicht lang, denn es konnte ja nicht genug die heimatlichen Töne von dem Tannenrauschen über ihm und das Duften und Leuchten der grünen Weiden und der goldenen Blumen darauf eintrinken.

Jetzt trat der Großvater aus der Hütte, schaute noch einmal rings um sich und sagte dann mit zufriedenem Ton:»So, nun können wir gehen.«

Denn es war Sonnabend heut', und an dem Tage machte der Alm-Öhi alles sauber und in Ordnung in der Hütte, im Stall und ringsherum, das war seine Gewohnheit, und heut' hatte er den Morgen dazu genommen, um gleich nachmittags mit Heidi ausziehen zu können, und so sah nun alles ringsherum gut und zu seiner Zufriedenheit aus. Bei der Geißenpeter-Hütte trennten sie sich, und Heidi sprang hinein. Schon hatte die Großmutter seinen Schritt gehört und rief ihm liebevoll entgegen:»Kommst du, Kind? Kommst du wieder?«

Dann erfaßte sie Heidis Hand und hielt sie ganz fest, denn immer noch fürchtete sie, das Kind könnte ihr wieder entrissen werden. Und nun mußte die Großmutter erzählen, wie die Brötchen geschmeckt hätten, und sie sagte, sie habe sich so daran erlabt, daß sie meine, sie sei heute viel kräftiger als lang nicht mehr, und Peters Mutter fügte hinzu, die Großmutter habe vor lauter Sorge, sie werde zu bald fertig damit, nur ein einziges Brötchen essen wollen, gestern und heut' zusammen, und sie käme gewiß noch ziemlich zu Kräften, wenn sie so acht Tage lang hintereinander jeden Tage eines essen wollte. Heidi hörte der Brigitte mit Aufmerksamkeit zu und blieb jetzt noch eine Zeit lang nachdenklich. Nun hatte es seinen Weg gefunden.»Ich weiß schon, was ich mache, Großmutter«, sagte es in freudigem Eifer;»ich schreibe der Klara einen Brief und dann schickt sie mir gewiß noch einmal so viel Brötchen, wie da sind, oder zweimal, denn ich hatte schon einen großen Haufen ganz gleiche im Kasten, und als man mir sie weggenommen hatte, sagte Klara, sie gebe mir gerade so viele wieder, und das tut sie schon.«

»Ach Gott«, sagte die Brigitte, »das ist eine gute Meinung; aber denk, sie werden auch hart. Wenn man nur hier und da einen übrigen Batzen hätte, der Bäcker unten im Dörfli macht auch solche, aber ich vermag kaum das schwarze Brot zu bezahlen.«

Jetzt schoß ein heller Freudenstrahl über Heidis Gesicht: »O, ich habe furchtbar viel Geld, Großmutter«, rief es jubelnd aus und hüpfte vor Freuden in die Höhe, »jetzt weiß ich, was ich damit mache! Alle, alle Tage mußt du ein neues Brötchen haben und am Sonntage zwei, und der Peter kann sie heraufbringen vom Dörfli.«

»Nein, nein, Kind!« wehrte die Großmutter; »das kann nicht sein, das Geld hast du nicht dazu bekommen, du mußt es dem Großvater geben, er sagt dir dann schon, was du damit machen mußt.«

Aber Heidi ließ sich nicht stören in seiner Freude, es jauchzte und hüpfte in der Stube herum und rief ein Mal übers andere: »Jetzt kann die Großmutter jeden Tag ein Brötchen essen und wird wieder ganz kräftig, und – o, Großmutter«, rief es mit neuem Jubel, »wenn du dann so gesund wirst, so wird es dir gewiß auch wieder hell, es ist vielleicht nur, weil du so schwach bist.«

Die Großmutter schwieg still, sie wollte des Kindes Freude nicht trüben. Bei seinem Herumhüpfen fiel dem Heidi auf einmal das alte Liederbuch der Großmutter in die Augen, und es kam ihm ein neuer freudiger Gedanke: »Großmutter, jetzt kann ich auch ganz gut lesen; soll ich dir einmal ein Lied lesen aus deinem alten Buch?«

»O ja«, bat die Großmutter freudig überrascht; »kannst du das auch wirklich, Kind, kannst du das?«

Heidi war auf einen Stuhl geklettert und hatte das Buch mit einer dicken Staubwolke heruntergezogen, denn es hatte lange unberührt gelegen da oben; nun wischte es Heidi sauber ab, setzte sich damit auf seinen Schemel zur Großmutter hin und fragte, was es nun lesen solle.

»Was du willst, Kind, was du willst«, und mit gespannter Erwartung saß die Großmutter da und hatte ihr Spinnrad ein wenig von sich geschoben.

Heidi blätterte und las leise hier und da eine Linie: »Jetzt kommt etwas von der Sonne, das will ich dir lesen, Großmutter.« Und Heidi begann und wurde selbst immer eifriger und immer wärmer, während es las:

»Die güldne Sonne
Voll Freud' und Wonne
Bringt unsern Grenzen
Mit ihrem Glänzen
Ein herzerquickendes, liebliches Licht.

Mein Haupt und Glieder
Die lagen darnieder;
Aber nun steh' ich,
Bin munter und fröhlich,
Schaue den Himmel mit meinem Gesicht.

Mein Auge schauet,
Was Gott gebauet
Zu seinen Ehren,
Und uns zu lehren,
Wie sein Vermögen sei mächtig und groß.

Und wo die Frommen
Dann sollen hinkommen,
Wenn sie mit Frieden
Von hinnen geschieden
Aus dieser Erde vergänglichem Schoß.

Alles vergehet,
Gott aber stehet
Ohn' alles Wanken,
Seine Gedanken,
Sein Wort und Wille hat ewigen Grund

Sein Heil und Gnaden
Die nehmen nicht Schaden,
Heilen im Herzen,
Die tödlichen Schmerzen,
Halten uns zeitlich und ewig gesund.

Kreuz und Elende –
Das nimmt ein Ende,

Nach Meeresbrausen
Und Windessausen
Leuchtet der Sonne erwünschtes Gesicht.

Freude die Fülle
Und selige Stille
Darf ich erwarten
Im himmlischen Garten,
Dahin sind meine Gedanken gericht'.«

238

Die Großmutter saß still da mit gefalteten Händen, und ein Ausdruck unbeschreiblicher Freude, so wie ihn Heidi nie an ihr gesehen hatte, lag auf ihrem Gesicht, obschon ihr die Tränen die Wangen herabliefen. Als Heidi schwieg, bat sie mit Verlangen: »O, noch einmal, Heidi, laß es mich noch einmal hören:

›Kreuz und Elende
Das nimmt ein Ende‹ –«

Und das Kind fing noch einmal an und las in eigener Freude und Verlangen:

»Kreuz und Elende –
Das nimmt ein Ende,
Nach Meeresbrausen
Und Windessausen
Leuchtet der Sonne erwünschtes Gesicht.

Freude die Fülle
Und selige Stille
Darf ich erwarten
Im himmlischen Garten,
Dahin sind meine Gedanken gericht'.«

»O Heidi, das macht hell! das macht so hell im Herzen! O wie hast du mir wohl gemacht, Heidi!«

Ein Mal ums andere sagte die Großmutter die Worte der Freude, und Heidi strahlte vor Glück und mußte sie nur immer ansehen, denn so hatte es die Großmutter nie gesehen. Sie hatte gar nicht mehr das alte trübselige Gesicht, sondern schaute so freudig und dankend auf, als sähe sie schon mit neuen, hellen Augen in den schönen himmlischen Garten hinein.

Jetzt klopfte es am Fenster, und Heidi sah den Großvater draußen, der ihm winkte, mit heimzukommen. Es folgte schnell, aber nicht ohne die Großmutter zu versichern, morgen komme es wieder, und auch wenn es mit Peter auf die Weide gehe, so komme es doch im halben Tag zurück; denn daß es der Großmutter wieder hell machen konnte und sie wieder fröhlich wurde, das war nun für Heidi das allergrößte Glück, das es kannte, noch viel größer, als auf der sonnigen Weide und bei den Blumen und Geißen zu sein. Die Brigitte lief dem Heidi unter die Tür nach mit Rock und Hut, daß es seine Habe mitnehme. Den Rock nahm es auf den Arm, denn der Großvater kenne es jetzt schon, dachte es bei sich; aber den Hut wies es hartnäckig zurück, die Brigitte sollte ihn nur behalten, es setze ihn nie, nie mehr auf den Kopf. Heidi war so erfüllt von seinen Erlebnissen, daß es gleich dem Großvater alles erzählen mußte, was ihm das Herz erfreute, daß man die weißen Brötchen auch unten im Dörfli für die Großmutter holen könne, wenn man nur Geld habe, und daß es der Großmutter auf einmal so hell und wohl geworden war, und wie Heidi das alles zu Ende geschildert hatte, kehrte es wieder zum ersten zurück und sagte ganz zuversichtlich: »Gelt, Großvater, wenn die Groß- mutter schon nicht will, so gibst du mir doch alles Geld in der Rolle, daß ich dem Peter jeden Tag ein Stück geben kann zu einem Brötchen und am Sonntag zwei?«

»Aber das Bett, Heidi?« sagte der Großvater; »ein rechtes Bett für dich wäre gut, und nachher bleibt schon noch für manches Brötchen.« Aber Heidi ließ dem Großvater keine Ruhe und bewies ihm, daß es auf seinem Heubett viel besser schlafe, als es jemals in seinem Kissenbett in Frankfurt geschlafen habe, und bat so eindringlich und unablässig, daß der Groß- vater zuletzt sagte: »Das Geld ist dein, mach, was dich freut; du kannst der Großmutter manches Jahr lang Brot holen dafür.«

Heidi jauchzte auf: »O juhe! Nun muß die Großmutter gar nie mehr hartes, schwarzes Brot essen, und o Großvater! nun ist doch alles so schön, wie noch gar nie, seit wir leben!« und Heidi hüpfte hoch auf an der Hand des Großvaters und jauchzte in die Luft hinauf, wie die fröhli- chen Vögel des Himmels. Aber auf einmal wurde es ganz ernsthaft und sagte: »O wenn nun der liebe Gott gleich auf der Stelle getan hätte, was ich so stark erbetete, dann wäre doch alles nicht so geworden, ich wäre nur gleich wieder heimgekommen und hätte der Großmutter nur wenige Brötchen gebracht, und hätte ihr nicht lesen können, was ihr wohl macht; aber der liebe Gott hatte schon alles ausgedacht, so viel schöner, als ich es wußte; die Großmama hat es mir gesagt, und nun ist alles so gekommen. O wie bin ich froh, daß der liebe Gott nicht nachgab, wie ich so bat und jammerte! Aber jetzt will ich immer so beten, wie die Großmama sagte, und dem lieben Gott immer danken, und wenn er etwas nicht tut, das ich erbeten will, dann will ich gleich denken: es geht gewiß wieder wie in Frankfurt, der liebe Gott denkt gewiß etwas viel Besseres aus. Aber wir wollen auch alle Tage beten, gelt Großvater, und wir wollen es nie mehr vergessen, damit der liebe Gott uns auch nicht vergißt.«

»Und wenn's einer doch täte?« murmelte der Großvater.

»O dem geht's nicht gut, denn der liebe Gott vergißt ihn dann auch und läßt ihn ganz laufen, und wenn es ihm einmal schlecht geht, und er jammert, so hat kein Mensch Mitleid mit ihm, sondern alle sagen nur: er ist ja zuerst vom lieben Gott weggelaufen, nun läßt ihn der liebe Gott auch gehen, der ihm helfen könnte.«

»Das ist wahr, Heidi, woher weißt du das?«

»Von der Großmama, sie hat mir alles erklärt.«

Der Großvater ging eine Weile schweigend weiter. Dann sagte er, seine Gedanken verfolgend, vor sich hin: »Und wenn's einmal so ist, dann ist's so; zurück kann keiner, und wen der Herrgott vergessen hat, den hat er vergessen.«

»O nein, Großvater, zurück kann einer, das weiß ich auch von der Großmama, und dann geht es so wie in der schönen Geschichte in meinem Buch, aber die weißt du nicht; jetzt sind wir aber gleich daheim, und dann wirst du schon erfahren, wie schön die Geschichte ist.«

Heidi strebte in seinem Eifer rascher und rascher die letzte Steigung hinan – und kaum waren sie oben angelangt, als es des Großvaters Hand losließ und in die Hütte hineinrannte. Der Großvater nahm den Korb von seinem Rücken, in den er die Hälfte der Sachen aus dem Koffer hineingestoßen hatte, denn den ganzen Koffer heraufzubringen wäre ihm zu schwer gewesen. Dann setzte er sich nachdenklich auf die Bank nieder. Heidi kam wieder herbeigerannt, sein großes Buch unter dem Arm: »O das ist recht, Großvater, daß du schon dasitzt«, und mit einem Satz war Heidi an seiner Seite und hatte schon seine Geschichte aufgeschlagen, denn die hatte es schon so oft und immer wieder gelesen, daß das Buch von selbst aufging an dieser Stelle. Jetzt las Heidi mit großer Teilnahme von dem Sohne, der es gut hatte daheim, wo draußen auf des Vaters Feldern die schönen Kühe und Schäflein weideten und er in einem schönen Mäntelchen, auf seinen Hirtenstab gestützt, bei ihnen auf der Weide stehen und dem Sonnenuntergang zusehen konnte, wie es alles auf dem Bilde zu sehen war. »Aber auf einmal wollte er sein Hab und Gut für sich haben und sein eigener Meister sein und forderte es dem Vater ab und lief fort damit und verpraßte alles. Und als er gar nichts mehr hatte, mußte er hingehen und Knecht sein bei einem Bauer, der hatte aber nicht so schöne Tiere, wie auf seines Vaters Feldern waren, sondern nur Schweinlein; diese mußte er hüten, und er hatte nur noch Fetzen auf sich und bekam nur von den Trebern, welche die Schweinchen aßen, ein klein wenig. Da dachte er daran, wie er es daheim beim Vater gehabt und wie gut der Vater mit ihm gewesen war und wie undankbar er gegen den Vater gehandelt hatte, und er mußte weinen vor Reue und Heimweh. Und er dachte: ›Ich will zu meinem Vater gehen und ihn um Verzeihung bitten und ihm sagen, ich bin nicht mehr wert, dein Sohn zu heißen, aber laß mich nur dein Tagelöhner bei dir sein.‹ Und wie er von ferne gegen das Haus seines Vaters kam, da sah ihn der Vater und kam herausgelaufen« – »was meinst du jetzt, Großvater?« unterbrach sich Heidi in seinem Vorlesen; »jetzt meinst du, der Vater sei noch böse und sage zu ihm: ›Ich habe dir's ja gesagt!‹? Jetzt hör nur, was kommt: Und sein Vater sah ihn und es jammerte ihn und lief und fiel ihm um den Hals und küßte ihn, und der Sohn sprach zu ihm: ›Vater, ich habe gesündigt gegen den Himmel und vor dir und bin nicht mehr wert dein Sohn zu heißen.‹ Aber der Vater sprach zu seinen Knechten: ›Bringt das beste Kleid her und zieht es ihm an und gebt ihm einen Ring an seine Hand und Schuhe an die Füße, und bringt das gemästete Kalb her und schlachtet es und laßt uns essen und fröhlich sein, denn dieser mein Sohn war tot und ist wieder lebendig geworden und er war verloren und ist wiedergefunden worden.‹ Und sie fingen an fröhlich zu sein.«

»Ist denn das nicht eine schöne Geschichte, Großvater?« fragte Heidi, als dieser immer noch schweigend dasaß und es doch erwartet hatte, er werde sich freuen und verwundern.

»Doch, Heidi, die Geschichte ist schön«, sagte der Großvater; aber sein Gesicht war so ernsthaft, daß Heidi ganz stille wurde und seine Bilder ansah. Leise schob es noch einmal sein Buch vor den Großvater hin und sagte: »Sieh, wie es ihm wohl ist«, und zeigte mit seinem Finger auf das

Bild des Heimgekehrten, wie er im frischen Kleid neben dem Vater steht und wieder zu ihm gehört als sein Sohn.

Ein paar Stunden später, als Heidi längst im tiefen Schlafe lag, stieg der Großvater die kleine Leiter hinauf; er stellte sein Lämpchen neben Heidis Lager hin, so daß das Licht auf das schlafende Kind fiel. Es lag da mit gefalteten Händen, denn zu beten hatte Heidi nicht vergessen. Auf seinem rosigen Gesichtchen lag ein Ausdruck des Friedens und seligen Vertrauens, der zu dem Großvater reden mußte, denn lange, lange stand er da und rührte sich nicht und wandte kein Auge von dem schlafenden Kinde ab. Jetzt faltete auch er die Hände, und halblaut sagte er mit gesenktem Haupte: »Vater, ich habe gesündigt gegen den Himmel und vor dir und bin nicht mehr wert, dein Sohn zu heißen!« Und ein paar große Tränen rollten dem Alten die Wangen herab. –

Wenige Stunden nachher in der ersten Frühe des Tages stand der Alm-Öhi vor seiner Hütte und schaute mit hellen Augen um sich. Der Sonntagmorgen flimmerte und leuchtete über Berg und Tal. Einzelne Frühglocken tönten aus den Tälern herauf, und oben in den Tannen sangen die Vögel ihre Morgenlieder.

Jetzt trat der Großvater in die Hütte zurück: »Komm, Heidi!« rief er auf den Boden hinauf. »Die Sonne ist da! Zieh ein gutes Röcklein an, wir wollen in die Kirche miteinander!«

Heidi machte nicht lange; das war ein ganz neuer Ruf vom Großvater, dem mußte es schnell folgen. In kurzer Zeit kam es heruntergesprungen in seinem schmucken Frankfurter Röckchen. Aber voller Erstaunen blieb Heidi vor seinem Großvater stehen und schaute ihn an. »O Großvater, so hab' ich dich nie gesehen«, brach es endlich aus, »und den Rock mit den silbernen Knöpfen hast du noch gar nicht getragen, o du bist so schön in deinem schönen Sonntagsrock.«

Der Alte blickte vergnüglich lächelnd auf das Kind und sagte: »Und du in dem deinen; jetzt komm!« Er nahm Heidis Hand in die seine, und so wanderten sie miteinander den Berg hinunter. Von allen Seiten tönten jetzt die hellen Glocken ihnen entgegen, immer voller und reicher, je weiter sie kamen, und Heidi lauschte mit Entzücken und sagte: »Hörst du's, Großvater? Es ist wie ein großes, großes Fest.«

Unten im Dörfli waren schon alle Leute in der Kirche und fingen eben zu singen an, als der Großvater mit Heidi eintrat und ganz hinten auf der letzten Bank sich niedersetzte. Aber mitten im Singen stieß der zunächst Sitzende seinen Nachbar mit dem Ellenbogen an und sagte: »Hast du das gesehen? der Alm-Öhi ist in der Kirche!«

Und der Angestoßene stieß den zweiten an und so fort, und in kürzester Zeit flüsterte es an allen Ecken: »Der Alm-Öhi! Der Alm-Öhi!« und die Frauen mußten fast alle einen Augenblick den Kopf umdrehen, und die meisten fielen ein wenig aus der Melodie, so daß der Vorsänger die größte Mühe hatte, den Gesang schön aufrecht zu erhalten. Aber als dann der Herr Pfarrer anfing zu predigen, ging die Zerstreutheit ganz vorüber, denn es war ein so warmes Loben und Danken in seinen Worten, daß alle Zuhörer davon ergriffen wurden, und es war, als sei ihnen allen eine große Freude widerfahren. Als der Gottesdienst zu Ende war, trat der Alm-Öhi mit dem Kinde an der Hand heraus und schritt dem Pfarrhaus zu, und alle, die mit ihm heraustraten und die schon draußen standen, schauten ihm nach, und die meisten gingen hinter ihm her, um zu sehen, ob er wirklich ins Pfarrhaus eintrete, was er tat. Dann sammelten sie sich in Gruppen zusammen und besprachen in großer Aufregung das Unerhörte, daß der Alm-Öhi in der Kirche erschienen war, und alle schauten mit Spannung nach der Pfarrhaustür, wie der Öhi wohl wieder herauskommen werde, ob in Zorn und Hader, oder im Frieden mit dem Herrn Pfarrer, denn man wußte ja gar nicht, was den Alten heruntergebracht hatte und wie es eigentlich gemeint sei. Aber doch warschon bei vielen eine neue Stimmung eingetreten, und einer sagte zum andern: »Es wird wohl mit dem Alm-Öhi nicht so bös sein, wie man tut; man kann ja nur sehen, wie sorglich er das Kleine an der Hand hält.« Und der andere sagte: »Das hab' ich ja immer gesagt, und zum Pfarrer hinein ginge er auch nicht, wenn er so bodenschlecht wäre, sonst müßte er sich ja fürchten; man übertreibt auch viel.« Und der Bäcker sagte: »Hab' ich das nicht zu allererst gesagt? Seit wann läuft denn ein kleines Kind, das zu essen und zu trinken hat, was es will, und sonst alles Gute, aus alle dem weg und heim zu einem Großvater, wenn der bös und wild ist und es sich zu fürchten hat vor ihm?« Und es kam eine ganz liebevolle Stimmung gegen den Alm-Öhi auf und nahm überhand, denn jetzt nahten sich auch die Frauen herzu, und diese hatten so manches von der Geißenpeterin und der Großmutter gehört, das den Alm-Öhi ganz anders darstellte, als die allgemeine Meinung war, und das ihnen jetzt auf einmal glaublich schien, daß es mehr und mehr so wurde, als warteten sie alle da, um einen alten Freund zu bewillkommnen, der ihnen lange gemangelt hatte.

Der Alm-Öhi war unterdessen an die Tür der Studierstube getreten und hatte angeklopft. Der Herr Pfarrer machte auf und trat dem Eintretenden entgegen, nicht überrascht, wie er wohl hätte sein können, sondern so, als habe er ihn erwartet; die ungewohnte Erscheinung in der Kirche mußte ihm nicht entgangen sein. Er ergriff die Hand des Alten und schüttelte sie wiederholt mit der größten Herzlichkeit, und der Alm-Öhi stand schweigend da und konnte erst kein Wort herausbringen, denn auf solchen herzlichen Empfang war er nicht vorbereitet. Jetzt faßte er sich und sagte: »Ich komme, um den Herrn Pfarrer zu bitten, daß er mir die Worte vergessen möchte, die ich zu ihm auf der Alm geredet habe, und daß er mir nicht nachtragen wolle, wenn ich widerspenstig war gegen seinen wohlmeinenden Rat. Der Herr Pfarrer hat ja in allem Recht gehabt und ich war im Unrecht, aber ich will jetzt seinem Rate folgen und auf den Winter wieder ein Quartier im Dörfli beziehen, denn die harte Jahreszeit ist nichts für das Kind dort oben, es ist zu zart, und wenn auch dann die Leute hier unten mich von der Seite ansehen, so wie einen, dem nicht zu trauen ist, so habe ich es nicht besser verdient, und der Herr Pfarrer wird es ja nicht tun.«

Die freundlichen Augen des Pfarrers glänzten vor Freude. Er nahm noch einmal des Alten Hand und drückte sie in der seinen und sagte mit Rührung: »Nachbar, Ihr seid in der rechten Kirche gewesen, noch eh' Ihr in die meinige herunterkamt; des freu' ich mich, und daß Ihr wieder zu uns kommen und mit uns leben wollt, soll Euch nicht gereuen, bei mir sollt Ihr als ein lieber Freund und Nachbar alle Zeit willkommen sein, und ich gedenke manches Winterabendstündchen fröhlich mit Euch zu verbringen, denn Eure Gesellschaft ist mir lieb und wert, und für das Kleine wollen wir auch gute Freunde finden.« Und der Herr Pfarrer legte sehr freundlich seine Hand auf Heidis Krauskopf und nahm es bei der Hand und führte es hinaus, indem er den Großvater fortbegleitete, und erst draußen vor der Haustür nahm er Abschied, und nun konnten alle die herumstehenden Leute sehen, wie der Herr Pfarrer dem Alm-Öhi die Hand immer noch einmal schüttelte, gerade als wäre das sein bester Freund, von dem er sich fast nicht trennen könnte. Kaum hatte dann auch die Tür sich hinter dem Herrn Pfarrer geschlossen, so drängte die ganze Versammlung dem Alm-Öhi entgegen, und jeder wollte der erste sein, und so viele Hände wurden miteinander dem Herankommenden entgegengestreckt, daß er gar nicht wußte, welche zuerst ergreifen, und einer rief ihm zu: »Das freut mich! das freut mich, Öhi, daß Ihr auch wieder einmal zu uns kommt!« und ein anderer: »Ich hätte auch schon lang gern wieder einmal ein Wort mit Euch geredet, Öhi!« Und so tönte und drängte es von allen Seiten, und wie nun der Öhi auf alle die freundlichen Begrüßungen erwiderte, er gedenke, sein altes Quartier im Dörfli wieder zu beziehen und den Winter mit den alten Bekannten zu verleben, da gab es erst einen rechten Lärm, und es war gerade so, wie wenn der Alm-Öhi die beliebteste Persönlichkeit im ganzen Dörfli wäre, die jeder mit Nachteil entbehrt hatte. Noch weit an die Alm hinauf wurden Großvater und Kind von den meisten begleitet, und beim Abschied wollte jeder die Versicherung haben, daß der Alm-Öhi bald einmal bei ihm vorspreche, wenn er wieder herunterkomme; und wie nun die Leute den Berg hinab zurückkehrten, blieb der Alte stehen und schaute ihnen lange nach, und auf seinem Gesichte lag ein so warmes Licht, als schiene bei ihm die Sonne von innen heraus. Heidi schaute unverwandt zu ihm auf und sagte ganz erfreut: »Großvater, heut' wirst du immer schöner, so warst du noch gar nie.«

»Meinst du?« lächelte der Großvater. »Ja, und siehst du, Heidi, mir geht's auch heut' über Verstehen und Verdienen gut, und mit Gott und Menschen im Frieden stehen, das macht einem so wohl! Der liebe Gott hat's gut mit mir gemeint, daß er dich auf die Alm schickte.«

Bei der Geißenpeter-Hütte angekommen, machte der Großvater gleich die Tür auf und trat ein. »Grüß Gott, Großmutter«, rief er hinein; »ich denke, wir müssen einmal wieder ans Flicken gehen, bevor der Herbstwind kommt.«

»Du mein Gott, das ist der Öhi!« rief die Großmutter voll freudiger Überraschung aus. »Daß ich das noch erlebe! daß ich Euch noch einmal danken kann für alles, das Ihr für uns getan habt, Öhi! Vergelt's Gott! Vergelt's Gott!«

Und mit zitternder Freude streckte die alte Großmutter ihre Hand aus, und als der Angeredete sie herzlich schüttelte, fuhr sie fort, indem sie die seinige festhielt: »Und eine Bitte hab' ich auch noch auf dem Herzen, Öhi: wenn ich Euch je etwas zuleid getan habe, so straft mich nicht damit, daß Ihr noch einmal das Heidi fortlaßt, bevor ich unten bei der Kirche liege. O Ihr wißt nicht, was mir das Kind ist!« und sie hielt es fest an sich, denn Heidi hatte sich schon an sie geschmiegt.

»Keine Sorge, Großmutter«, beruhigte der Öhi; »damit will ich weder Euch noch mich strafen. Jetzt bleiben wir alle beieinander und, will's Gott, noch lange so.«

Jetzt zog die Brigitte den Öhi ein wenig geheimnisvoll in eine Ecke hinein und zeigte ihm das schöne Federnhütchen, und erzählte ihm, wie es sich damit verhalte, und daß sie ja natürlich so etwas einem Kinde nicht abnehme.

252

Aber der Großvater sah ganz wohlgefällig auf sein Heidi hin und sagte: »Der Hut ist sein, und wenn es ihn nicht mehr auf den Kopf tun will, so hat es recht, und hat es ihn dir gegeben, so nimm ihn nur.«

Die Brigitte war höchlich erfreut über das unerwartete Urteil. »Er ist gewiß mehr als zehn Franken wert, seht nur!« und in ihrer Freude streckte sie das Hütchen hoch auf. »Was aber auch dieses Heidi für einen Segen von Frankfurt mit heimgebracht hat! Ich habe schon manchmal denken müssen, ob ich nicht den Peterli auch ein wenig nach Frankfurt schicken solle; was meint Ihr, Öhi?«

Dem Öhi schoß es ganz lustig aus den Augen. Er meinte, es könnte dem Peterli nichts schaden; aber er würde doch eine gute Gelegenheit dazu abwarten.

Jetzt fuhr der Besprochene eben zur Tür herein, nachdem er zuerst mit dem Kopf so fest dagegen gerannt war, daß alles erklirrte davon; er mußte pressiert sein. Atemlos und keuchend stand er nun mitten in der Stube still und streckte einen Brief aus. Das war auch ein Ereignis, das noch nie vorgekommen war, ein Brief mit einer Aufschrift an das Heidi, den man ihm auf der Post im Dörfli übergeben hatte. Jetzt setzten sich alle voller Erwartung um den Tisch herum, und Heidi machte seinen Brief auf und las ihn laut und ohne Anstoß vor. Der Brief war von der Klara Sesemann geschrieben. Sie erzählte Heidi, daß es seit seiner Abreise so langweilig geworden sei in ihrem Hause, daß sie es nicht lang hintereinander so aushalten könne und so lange den Vater gebeten habe, bis er die Reise ins Bad Ragaz schon auf den kommenden Herbst festgestellt habe, und die Großmama wolle auch mitkommen, denn sie wolle auch das Heidi und den Großvater besuchen auf der Alm. Und weiter ließ die 253 Großmama noch dem Heidi sagen, es habe recht getan, daß es der alten Großmutter die Brötchen habe mitbringen wollen, und damit sie diese nicht trocken essen müsse, komme gleich der Kaffee noch dazu, er sei schon auf der Reise, und wenn sie selbst nach der Alm komme, so müsse das Heidi sie auch zur Großmutter führen.

Da gab es nun eine solche Freude und Verwunderung über diese Nachrichten, und so viel zu reden und zu fragen, da die große Erwartung alle gleich betraf, daß selbst der Großvater nicht bemerkte, wie spät es schon war, und so vergnügt und fröhlich waren sie alle in der Aussicht auf die kommenden Tage und fast noch mehr in der Freude über das Zusammensein an dem heutigen, daß die Großmutter zuletzt sagte: »Das Schönste ist doch, wenn so ein alter Freund kommt und uns wieder die Hand gibt, so wie vor langer Zeit; das gibt so ein tröstliches Gefühl ins Herz, daß wir einmal alles wiederfinden, was uns lieb ist. Ihr kommt doch bald wieder, Öhi, und das Kind morgen schon?«

Das wurde der Großmutter in die Hand hinein versprochen; nun aber war es Zeit zum Aufbruch, und der Großvater wanderte mit Heidi die Alm hinan, und wie am Morgen die hellen Glocken von nah und fern sie heruntergerufen hatten, so begleitete nun aus dem Tale herauf das friedliche Geläut der Abendglocken sie bis hinauf zur sonnigen Almhütte, die ganz sonntäglich im Abendschimmer ihnen entgegenglänzte.

Wenn aber die Großmama kommt im Herbst, dann gibt es gewiß noch manche neue Freude und Überraschung für das Heidi wie für die Groß- mutter, und sicher kommt auch gleich ein richtiges Bett auf den Heubo- den hinauf, denn wo die Großmama hintritt, da kommen alle Dinge bald in die erwünschte Ordnung und Richtigkeit, nach außen wie nach innen.

Heidi kann brauchen, was es gelernt hat

Reisezurüstungen

Der freundliche Herr Doktor, der den Entscheid gegeben hatte, daß das Kind Heidi wieder in seine Heimat zurückgebracht werden sollte, ging eben durch die breite Straße dem Hause Sesemann zu. Es war ein sonniger Septembermorgen, so licht und lieblich, daß man hätte denken können, alle Menschen müßten sich darüber freuen. Aber der Herr Doktor schaute auf die weißen Steine zu seinen Füßen, so daß er den blauen Himmel über sich nicht einmal bemerken konnte. Es lag eine Traurigkeit auf seinem Gesichte, die man vorher nie da gesehen hatte, und seine Haare waren viel grauer geworden seit dem Frühjahr. Der Doktor hatte eine einzige Tochter gehabt, mit der er seit dem Tode seiner Frau sehr nahe zusammen gelebt hatte und die seine ganze Freude gewesen war. Vor einigen Monaten war ihm das blühende Mädchen durch den Tod entrissen worden. Seither sah man den Herrn Doktor nie mehr so recht fröhlich, wie er vorher fast immer gewesen war.

Auf den Zug an der Hausglocke öffnete Sebastian mit großer Zuvorkommenheit die Eingangstür und machte gleich alle Bewegungen eines ergebenen Dieners; denn der Herr Doktor war nicht nur der erste Freund des Hausherrn und dessen Töchterchens, durch seine Freundlichkeit hatte er sich, wie überall, die sämtlichen Hausbewohner zu guten Freunden gemacht.

»Alles beim alten, Sebastian?« fragte der Herr Doktor wie gewohnt mit freundlicher Stimme und ging die Treppe hinauf, gefolgt von Sebastian, der nicht aufhörte, allerlei Zeichen der Ergebenheit zu machen, obschon der Herr Doktor sie eigentlich nicht sehen konnte, denn er kehrte dem Nachfolgenden den Rücken.

»Gut, daß du kommst, Doktor!« rief Herr Sesemann dem Eintretenden entgegen. »Wir müssen durchaus noch einmal die Schweizerreise besprechen, ich muß von dir hören, ob du unter allen Umständen bei deinem Ausspruche bleibst, auch nachdem nun bei Klärchen entschieden ein besserer Zustand eingetreten ist.«

»Mein lieber Sesemann, wie kommst du mir denn vor?« entgegnete der Angekommene, indem er sich zu seinem Freunde hinsetzte. »Ich möchte wirklich wünschen, daß deine Mutter hier wäre; mit der wird alles gleich klar und einfach und kommt ins rechte Geleise. Mit dir aber ist ja kein Fertigwerden. Du lässest mich heute zum drittenmale zu dir kommen, damit ich dir immer noch einmal dasselbe sage.«

»Ja, du hast recht, die Sache muß dich ungeduldig machen; aber du mußt doch begreifen, lieber Freund« – und Herr Sesemann legte seine Hand wie bittend auf die Schulter seines Freundes –, »es wird mir gar zu schwer, dem Kinde zu versagen, was ich ihm so bestimmt versprochen hatte und worauf es sich nun monatelang Tag und Nacht gefreut hat. Auch diese letzte schlimme Zeit hat das Kind so geduldig ertragen immer in der Hoffnung, daß die Schweizerreise nahe und es seine Freundin Heidi auf der Alp besuchen könne; und nun soll ich dem guten Kinde, das ja sonst schon so vieles entbehren muß, die langgenährte Hoffnung mit einemmal wieder durchstreichen – das ist mir fast nicht möglich.«

»Sesemann, das muß sein«, sagte sehr bestimmt der Herr Doktor, und als sein Freund stillschweigend und niedergeschlagen da saß, fuhr er nach einer Weile fort: »Bedenke doch, wie die Sache steht: Klara hat seit Jahren keinen so schlimmen Sommer gehabt, wie dieser letzte war; von einer so großen Reise kann keine Rede sein, ohne daß wir die schlimmsten Folgen zu befürchten hätten. Dazu sind wir nun in den September eingetreten, da kann es ja noch schön sein oben auf der Alp, es kann aber auch schon sehr kühl werden. Die Tage sind nicht mehr lang, und oben bleiben und da die Nächte zubringen, kann Klara doch nun gar nicht; so hätte sie kaum ein paar Stunden oben zu verweilen. Der Weg von Bad Ragaz dort hinauf muß ja schon mehrere Stunden dauern, denn zur Alp hinauf muß sie entschieden im Sessel getragen werden. Kurz, Sesemann, es kann nicht sein! Aber ich will mit dir hineingehen und mit Klara reden, sie ist ja ein vernünftiges Mädchen, ich will ihr meinen Plan mitteilen. Im kommenden Mai soll sie erst nach Ragaz hinkommen; dort soll eine längere Badekur unternommen werden, so lange, bis es hübsch warm wird oben auf der Alp. Dann kann sie dort von Zeit zu Zeit hinaufgetragen werden, da wird sie diese Bergpartien, erfrischt und gestärkt, wie sie dann sein wird, ganz anders genießen, als es jetzt geschähe. Du begreifst auch, Sesemann, wenn wir noch eine leise Hoffnung für den Zustand deines Kindes aufrecht erhalten wollen, so haben wir die äußerste Schonung und die sorgfältigste Behandlung zu beobachten.«

Herr Sesemann, der bis dahin schweigend und mit dem Ausdrucke trauriger Ergebung zugehört hatte, fuhr jetzt auf einmal empor:

»Doktor!« rief er aus, »sag es mir ehrlich: Hast du wirklich noch Hoffnung auf eine Änderung dieses Zustandes?«

Der Herr Doktor zuckte die Achseln. »Wenig«, sagte er halblaut. »Aber komm, denk einmal einen Augenblick an mich, lieber Freund! Hast du nicht ein liebes Kind, das nach dir verlangt und sich auf deine Heimkehr freut, wenn du weg bist? Nie mußt du in ein verödetes Haus zurückkehren und dich allein an deinen Tisch hinsetzen. Und dein Kind hat's auch gut daheim. Muß es auch vieles entbehren, das andere genießen können, so ist es in manch anderem auch vor vielen bevorzugt. Nein, Sesemann, ihr seid nicht so sehr zu beklagen, ihr habt es doch recht gut, so zusammen zu sein; denk an mein einsames Haus!«

Herr Sesemann war aufgestanden und ging nun mit großen Schritten im Zimmer auf und ab, wie er immer zu tun pflegte, wenn ihn irgendeine Sache stark beschäftigte. Auf einmal stand er vor seinem Freunde still und klopfte ihm auf die Schulter.

»Doktor, ich habe einen Gedanken: Ich kann dich nicht so sehen, du bist ja gar nicht mehr der Alte. Du mußt ein wenig aus dir heraus, und weißt du, wie? Du sollst die Reise unternehmen und das Kind Heidi auf seiner Alp besuchen in unser aller Namen.«

Der Herr Doktor war sehr überrascht von dem Vorschlage und wollte sich dagegen wehren, aber Herr Sesemann ließ ihm keine Zeit. Er war so erfreut und erfüllt von seiner neuen Idee, daß er den Freund unter den Arm faßte und nach dem Zimmer seines Töchterchens hinüberzog. Der gute Herr Doktor war für die kranke Klara immer eine erfreuliche Erscheinung, denn er hatte sie von jeher mit einer großen Freundlichkeit behandelt und ihr jedesmal, wenn er kam, etwas Lustiges und Erheiterndes zu erzählen gewußt. Warum er das jetzt nicht mehr konnte, wußte sie wohl und hätte so gern ihn wieder froh gemacht. Sie streckte ihm gleich die Hand entgegen und er setzte sich zu ihr hin. Herr Sesemann rückte seinen Stuhl auch heran, und indem er Klara bei der Hand faßte, fing er an, von der Schweizerreise zu reden und wie er sich selbst darauf gefreut hatte. Über den Hauptpunkt aber, daß sie nun unmöglich mehr stattfinden könne, glitt er eilig hinweg, denn er fürchtete sich ein wenig vor den kommenden Tränen. Dann ging er schnell auf den neuen Gedanken über und machte Klara darauf aufmerksam, wie wohltätig es für ihren guten Freund wäre, wenn er diese Erholungsreise unternehmen würde.

Die Tränen waren wirklich aufgestiegen und schwammen in den blauen Augen, wie sehr sich auch Klara Mühe gab, sie niederzudrücken, denn sie wußte, wie ungern der Papa sie weinen sah. Aber es war auch hart, daß nun alles aus sein sollte, und den ganzen Sommer durch war die Aussicht auf die Reise zum Heidi ihre einzige Freude und ihr Trost gewesen in all den langen, einsamen Stunden, die sie durchlebt hatte. Aber Klara war nicht gewohnt, zu markten, sie wußte recht gut, daß der Papa ihr nur versagte, was zum Bösen führen würde und darum nicht sein durfte. Sie schluckte ihre Tränen hinunter und wandte sich nun der einzigen Hoffnung zu, die ihr blieb. Sie nahm die Hand ihres guten Freundes und streichelte sie und bat flehentlich:

»O bitte, Herr Doktor, nicht wahr, Sie gehen zum Heidi und dann kommen Sie mir alles zu erzählen, wie es ist dort oben und was das Heidi macht und der Großvater und der Peter und die Geißen, ich kenne sie alle so gut! Und dann nehmen Sie mit, was ich dem Heidi schicken will; ich habe schon alles ausgedacht und auch etwas für die Großmutter. Bitte, Herr Doktor, tun Sie's doch; ich will auch gewiß unterdessen Fischtran nehmen, so viel Sie nur wollen.«

Ob dieses Versprechen der Sache den Ausschlag gab, kann man nicht wissen, aber es ist anzunehmen, denn der Herr Doktor lächelte und sagte:

»Dann muß ich ja wohl gehen, Klärchen, so wirst du uns einmal rund und fest, wie wir dich haben wollen, Papa und ich. Und wann muß ich denn reisen, hast du das schon bestimmt?«

»Am liebsten gleich morgen früh, Herr Doktor«, entgegnete Klara.

»Ja, sie hat recht«, fiel hier der Vater ein; »die Sonne scheint, der Himmel ist blau, es ist keine Zeit zu verlieren, für jeden solchen Tag ist es schade, den du noch nicht auf der Alp genießen kannst.«

Der Herr Doktor mußte ein wenig lachen: »Nächstens wirst du mir vorwerfen, daß ich noch da bin, Sesemann; so muß ich wohl machen, daß ich fort komme.«

Aber Klara hielt den Aufstehenden fest; erst mußte sie ihm ja noch alle Aufträge an das Heidi übergeben und ihm noch so vieles anempfehlen, das er recht betrachten und ihr dann davon erzählen sollte. Die Sendung an das Heidi konnte ihm erst später zugeschickt werden, denn Fräulein Rottenmeier mußte erst alles verpacken helfen; sie war aber eben auf einer ihrer Wanderungen durch die Stadt begriffen, von denen sie nicht so schnell zurückkehrte.

Der Herr Doktor versprach, alles genau auszurichten, die Reise, wenn nicht am Morgen früh, so doch wo möglich noch im Laufe des folgenden

Tages anzutreten und dann bei seiner Heimkehr getreulich Bericht zu erstatten über alles, das er gesehen und erlebt haben würde.

Die Diener eines Hauses haben oft eine merkwürdige Gabe, die Dinge zu erfassen, die im Hause ihrer Herren vor sich gehen, lange bevor diese dazu kommen, ihnen Mitteilung davon zu machen. Sebastian und Tinette mußten diese Gabe in hohem Grade besitzen, denn eben, als der Herr Doktor, von Sebastian begleitet, die Treppe hinunterging, trat Tinette ins Zimmer der Klara ein, die nach dem Mädchen geschellt hatte.

»Holen Sie diese Schachtel voll ganz frischer, weicher Kuchen, wie wir sie zum Kaffee haben, Tinette«, sagte Klara und deutete auf die Schachtel hin, die schon lange bereit gestanden hatte. Tinette erfaßte das bezeichnete Ding an einer Ecke und ließ es verächtlich an ihrer Hand baumeln; unter der Tür sagte sie schnippisch:

»Es ist wohl der Mühe wert.«

Als der Sebastian unten mit gewohnter Höflichkeit die Tür aufgemacht hatte, sagte er mit einem Bückling:

»Wenn der Herr Doktor wollten so freundlich sein und dem Mamsellchen auch einen Gruß vom Sebastian bestellen.«

»Ah, sieh da, Sebastian«, sagte der Herr Doktor freundlich; »so wissen Sie denn auch schon, daß ich reise?«

Sebastian mußte ein wenig husten:

»Ich bin – ich habe – ich weiß selbst nicht mehr recht – ach ja, jetzt erinnere ich mich: Ich bin eben zufällig durch das Eßzimmer gegangen, da habe ich den Namen des Mamsellchens aussprechen gehört und wie es so geht, man hängt dann so einen Gedanken an den andern an und so – und in der Weise –«

»Ja wohl, ja wohl«, lächelte der Herr Doktor, »und je mehr Gedanken einer hat, je mehr wird er inne. Auf Wiedersehen, Sebastian, der Gruß wird bestellt.«

Jetzt wollte der Herr Doktor rasch durch die offene Haustür enteilen, aber er traf auf ein Hindernis: der starke Wind hatte Fräulein Rottenmeier verhindert, ihre Wanderung weiter fortzusetzen; eben war sie zurückgekehrt und wollte ihrerseits durch die offene Tür eintreten. Der Wind hatte ihr weites Tuch, in das sie sich gehüllt hatte, aber dergestalt aufgebläht, daß es gerade so anzusehen war, als habe sie die Segel aufgespannt. Der Herr Doktor wich augenblicklich zurück. Aber gegen diesen Mann hatte Fräulein Rottenmeier von jeher eine besondere Anerkennung und Zuvorkommenheit an den Tag gelegt. Auch sie wich mit ausgesuchter

Höflichkeit zurück und eine Weile standen die beiden mit rücksichtsvoller Gebärde da und machten einander gegenseitig Platz. Jetzt aber kam ein so starker Windstoß, daß Fräulein Rottenmeier auf einmal mit vollen Segeln gegen den Doktor heranflog. Er konnte eben noch ausweichen; die Dame aber wurde noch ein gutes Stück über ihn hinausgetrieben, so daß sie wieder zurückkehren mußte, um nun den Freund des Hauses mit Anstand zu begrüßen. Der gewalttätige Vorgang hatte sie ein wenig verstimmt, aber der Herr Doktor hatte eine Art und Weise, die ihr gekräuseltes Gemüt bald glättete und eine sanfte Stimmung darüber verbreitete. Er teilte ihr seinen Reiseplan mit und bat sie in der einnehmendsten Weise, ihm die Sendung an das Heidi so zu verpacken, wie nur sie zu packen verstehe. Dann empfahl sich der Herr Doktor.

Klara erwartete, daß sie erst einige Kämpfe mit Fräulein Rottenmeier zu bestehen haben würde, bevor diese ihre Zustimmung zum Absenden all der Gegenstände geben werde, die Klara für das Heidi bestimmt hatte. Aber diesmal hatte sie sich getäuscht: Fräulein Rottenmeier war ausnehmend gut gelaunt. Sogleich räumte sie alles weg, was auf dem großen Tische lag, um die Dinge alle, die Klara zusammengebracht hatte, darauf auszubreiten und dann vor ihren Augen die Sendung zu verpacken. Es war keine leichte Arbeit, denn die Gegenstände, die da zusammengerollt werden sollten, waren vielgestaltig. Erst kam der kleine dicke Mantel mit der Kapuze, den Klara für das Heidi ausgesonnen hatte, damit es im kommenden Winter die Großmutter besuchen konnte, wann es wollte, und nicht warten mußte, bis der Großvater kommen konnte und es dann in den Sack eingewickelt werden mußte, damit es nicht erfriere. Dann kam ein dickes, warmes Tuch für die alte Großmutter, damit sie sich darin einhülle und nicht frieren müsse, wenn der Wind wieder so schaurig um die Hütte klappern würde. Dann kam die große Schachtel mit den Kuchen;die war auch für die Großmutter bestimmt, daß sie zu ihrem Kaffee auch einmal etwas anderes als ein Brötchen zu essen habe. Jetzt folgte eine ungeheure Wurst; die hatte Klara ursprünglich für den Peter bestimmt, weil er doch nie etwas anderes als Käse und Brot bekam. Aber sie hatte sich jetzt anders besonnen, denn sie fürchtete, der Peter könnte vor Freuden die ganze Wurst auf einmal aufessen. Darum sollte die Mutter Brigitte diese bekommen und erst für sich und die Großmutter einen guten Teil davon nehmen und dem Peter den seinigen in verschiedenen Lieferungen abgeben. Jetzt kam noch ein Säckchen Tabak; der war für den Großvater, der ja so gern ein Pfeifchen rauchte, wenn er am

Abend vor der Hütte saß. Zuletzt kam noch eine Anzahl geheimnisvoller Säckchen, Päckchen und Schächtelchen, welche Klara mit besonderer Freude zusammengekramt hatte, denn da sollte das Heidi allerhand Überraschungen finden, die ihm große Freude machen würden. Endlich war das Werk beendet und ein stattlicher Ballen lag reisefertig an der Erde. Fräulein Rottenmeier schaute darauf nieder, in tiefsinnige Betrachtungen über die Kunst zu packen versunken. Klara ihrerseits warf Blicke froher Erwartung darauf hin, denn sie sah das Heidi vor sich, wie es vor Überraschung in die Höhe springen und aufjauchzen würde, wenn das ungeheure Paket bei ihm anlangte.

22

Jetzt trat Sebastian herein und hob mit einem starken Schwung den Ballen auf seine Schulter, um ihn unverzüglich nach dem Hause des Herrn Doktors zu spedieren.

23

Ein Gast auf der Alm

Das Frührot glühte über den Bergen und ein frischer Morgenwind rauschte durch die Tannen und wogte die alten Äste mächtig hin und her. Das Heidi schlug seine Augen auf, der Ton hatte es erweckt. Dieses Rauschen packte das Heidi immer im Innersten seines Wesens und zog es mit Gewalt hinaus unter die Tannen. Es schoß von seinem Lager auf und hatte kaum Zeit, sich fertig zu machen; das mußte aber doch sein, denn Heidi wußte nun recht gut, daß man immer sauber und ordentlich aussehen muß.

Jetzt kam es von dem Leiterchen herunter; des Großvaters Lager war schon leer; es sprang hinaus. Draußen vor der Tür stand der Großvater und schaute den Himmel an nach allen Seiten hin, wie er jeden Morgen tat, um zu sehen, wie der Tag werden wollte.

Es zogen rosige Wölkchen oben hin und mehr und mehr blaute der Himmel und drüben floß es wie lauter Gold über die Höhen und das Weideland, denn eben kam droben die Sonne über die hohen Felsen heraufgestiegen.

»O wie schön! O wie schön! Guten Tag, Großvater!« rief das Heidi heranspringend.

24

»So, sind deine Augen auch schon hell?« gab der Großvater zurück, dem Heidi die Hand zum Morgengruß hinhaltend.

Jetzt lief das Heidi unter die Tannen und hüpfte vor Freuden über das Tosen und Sausen da droben unter den wogenden Ästen herum und bei jedem neuen Windstoß und lauten Wipfelbrausen jauchzte es auf vor Wonne und sprang noch ein wenig höher.

Unterdessen war der Großvater zum Stall hingegangen und hatte dem Schwänli und Bärli die Milch abgenommen; dann hatte er beide schön geputzt und gewaschen zur Bergreise und brachte sie nun auf den Platz heraus. Als das Heidi seine Freunde erblickte, kam es herangesprungen und faßte sie beide um den Hals, begrüßte sie zärtlich, und sie meckerten fröhlich und zutraulich, und jede von den Geißen wollte dem Heidi mehr Zuneigung beweisen und drückte ihren Kopf noch immer näher an seine Schultern heran, so daß es zwischen den zweien fast zerdrückt wurde. Aber das Heidi hatte keine Furcht, und wenn das lebhafte Bärli gar zu arg bohrte und drängte mit seinem Kopfe, dann sagte das Heidi: »Nein, Bärli, du stoßest ja wie der große Türk«, und augenblicklich zog Bärli seinen Kopf zurück und stellte sich ganz anständig hin, und das Schwänli hatte auch schon seinen Kopf in die Höhe gereckt und machte eine vornehme Gebärde, so daß man deutlich sehen konnte, es dachte bei sich: »Das soll mir denn keiner nachsagen, daß ich mich benehme wie der Türk.« Denn das schneeweiße Schwänli war noch ein wenig vornehmer als das braune Bärli.

Jetzt hörte man von unten herauf die Pfiffe des Peter ertönen, und bald kamen sie heraufgesprungen, die lustigen Geißen alle, voran der flinke Distelfink in hohen Sprüngen. Gleich war das Heidi wieder mitten in dem Rudel drin und vor lauter stürmischen Begrüßungen wurde es hin- und hergeschoben und dann schob es sich wieder ein wenig; denn es wollte zu dem schüchternen Schneehöppli vordringen, das ja von den größeren immer wieder weggedrängt wurde, wenn es dem Heidi entgegenstrebte.

Nun kam der Peter heran und tat einen letzten, fürchterlichen Pfiff, der sollte die Geißen aufscheuchen und der Weide zujagen, denn er wollte Platz bekommen, um dem Heidi etwas zu sagen. Die Geißen sprangen ein wenig auseinander auf den Pfiff hin; so konnte der Peter vorrücken und sich nun vor das Heidi hinstellen.

»Du kannst einmal wieder mitkommen heut'«, war seine etwas störrige Anrede.

»Nein, das kann ich nicht, Peter«, entgegnete das Heidi. »Jeden Augenblick können sie jetzt von Frankfurt kommen und dann muß ich daheim sein.«

»Das hast du schon manchmal gesagt«, brummte der Peter.

»Es gilt aber immer noch und es gilt, bis sie kommen«, gab das Heidi zurück. »Oder meinst du etwa, ich müsse nicht daheim sein, wenn sie von Frankfurt zu mir kommen? Meinst du etwa so etwas, Peter?«

»Sie können zum Öhi kommen«, versetzte der Peter knurrend.

Jetzt ertönte von der Hütte her die kräftige Stimme des Großvaters: »Warum geht's nicht vorwärts mit der Armee? Fehlt's am Feldmarschall, oder an den Truppen?«

Augenblicklich machte der Peter Kehrum, schwang seine Rute in der Luft, daß sie sauste und alle Geißen, die den Ton wohl kannten, auf und davon rannten, der Peter hinter ihnen drein, alle miteinander in vollem Trab den Berg hinan. –

Seit das Heidi wieder daheim beim Großvater war, kam ihm hier und da etwas in den Sinn, woran es vorher nicht gedacht hatte. So machte es jetzt alle Morgen mit großer Anstrengung sein Bett zurecht und strich so lange daran herum, bis es ganz glatt aussah. Dann lief es in der Hütte hin und her, stellte jeden Stuhl an seinen Ort, und was etwa da und dort herumlag oder -hing, das kramte es alles in einen Schrank hinein. Dann holte es einen Lappen herbei, kletterte auf einen Stuhl hinauf und rieb so lange mit seinem Lappen auf dem Tische herum, bis dieser ganz blank war. Wenn dann der Großvater wieder hereinkam, schaute er wohlgefällig um sich und sagte etwa: »Bei uns ist's jetzt immer wie Sonntag, das Heidi ist nicht vergebens in der Fremde gewesen.«

Auch heute hatte das Heidi, nachdem der Peter fortgetrabt war und es mit dem Großvater gefrühstückt hatte, sich gleich an seine Geschäfte gemacht; aber es wurde fast nicht fertig damit. Draußen war es heut' Morgen gar so schön und alle Augenblicke geschah wieder etwas, was das Heidi in seiner Tätigkeit unterbrach. Jetzt kam durch das offene Fenster ein Sonnenstrahl so lustig hereingeschossen und es war geradezu, als rief er: »Komm heraus, Heidi, komm heraus!« Da konnte es nicht mehr drinnen bleiben, es rannte hinaus. Da lag der funkelnde Sonnenschein um die ganze Hütte herum und auf allen Bergen glänzte er und weit, weit das Tal hinunter, und der Boden dort am Abhang sah so goldig und trocken aus, es mußte ein wenig darauf niedersitzen und umherschauen. Dann kam ihm auf einmal in den Sinn, daß das Dreibeinstühlchen noch mitten in der Hütte stand und der Tisch noch nicht geputzt war vom Morgenessen. Nun sprang es schnell auf und lief in die Hütte zurück. Aber es währte gar nicht lange, so sauste es draußen so mächtig durch die Tannen, daß es dem Heidi in alle Glieder fuhr, es mußte schon wieder hinaus und ein wenig mithüpfen, wenn alle Zweige da droben hin und her wogten und rollten. Der Großvater hatte einstweilen hinten im Schopf allerlei Arbeit zu verrichten; er trat von Zeit zu Zeit unter die Tür hinaus und schaute lächelnd Heidis Sprüngen zu. Eben war er wieder zurückgetreten, als mit einemmal das Heidi laut aufschrie:

»Großvater, Großvater! Komm, komm!«

Er trat rasch wieder heraus, fast erschrocken, was mit dem Kinde sei. Da sah er, wie dieses dem Abhange zulief, laut schreiend: »Sie kommen, sie kommen! Und voran der Herr Doktor!«

Das Heidi stürzte seinem alten Freund entgegen. Dieser streckte grüßend seine Hand aus. Wie das Kind ihn erreicht hatte, umfaßte es zärtlich den ausgestreckten Arm und rief in voller Herzensfreude:

»Guten Tag, Herr Doktor! Und ich danke auch noch viel tausendmal!«

»Grüß Gott, Heidi! Und wofür dankst du denn schon?« fragte freundlich lächelnd der Herr Doktor.

»Daß ich wieder heim konnte zum Großvater«, erklärte ihm das Kind.

Dem Herrn Doktor ging's wie ein Sonnenschein über das Gesicht. Diesen Empfang auf der Alp hatte er nicht erwartet. Im Gefühl seiner Einsamkeit war er unter tiefsinnigen Gedanken den Berg hinaufgestiegen und hatte noch nicht einmal gesehen, wie schön es um ihn her war und daß es immer schöner wurde. Er hatte angenommen, das Kind Heidi werde ihn kaum mehr kennen; es hatte ihn so wenig gesehen und er kam sich vor wie einer, der kommt, den Leuten eine Enttäuschung zu bereiten, und den sie darum nicht ansehen mögen, weil er ja die erwarteten Freunde nicht mitbrachte. Statt dessen leuchtete dem Heidi die helle Freude aus den Augen, und voller Dank und Liebe hielt es immer noch den Arm seines guten Freundes fest.

Mit väterlicher Zärtlichkeit nahm der Herr Doktor das Kind bei der Hand. »Komm, Heidi«, sagte er in freundlichster Weise, »führe mich nun zu deinem Großvater und zeige mir, wo du daheim bist.«

Aber das Heidi blieb noch stehen und schaute verwundert den Berg hinunter.

»Wo sind denn Klara und die Großmama?« fragte es jetzt.

»Ja, nun muß ich dir's sagen, was dir leid tun wird wie mir auch«, erwiderte der Herr Doktor. »Sieh, Heidi, ich komme allein. Klara war recht
krank und konnte nicht mehr reisen, und so kam auch die Großmama
nicht mit. Aber dann im Frühjahr, wenn die Tage wieder warm und
schön lang werden, dann kommen sie ganz sicher.«

Das Heidi stand sehr betroffen da; es konnte gar nicht fassen, daß es
nun alles, was es so sicher vor sich gesehen hatte, auf einmal gar nicht
mehr sehen sollte. Regungslos stand es eine Weile wie verwirrt von dem
Unerwarteten. Schweigend stand der Herr Doktor vor ihm und ringsum
war alles still, nur hoch oben hörte man den Wind durch die Tannen
sausen. Da fiel es dem Heidi auf einmal wieder ein, warum es heruntergelaufen sei, und daß der Herr Doktor ja gekommen sei. Es schaute zu
ihm auf. Da lag etwas so Trauriges in den Augen, die zu ihm niederschauten, wie es noch gar nicht gesehen hatte; so war es nie gewesen, wenn
der Herr Doktor in Frankfurt es angeblickt hatte. Das ging dem Heidi
zu Herzen; es konnte nicht sehen, daß jemand traurig war, und nun gar
der gute Herr Doktor. Gewiß war er so, weil Klara und die Großmama
nicht hatten mitkommen können, es suchte schnell nach einem Trost
und fand ihn.

»O es währt gewiß nicht lange, bis es wieder Frühling wird, und dann
kommen sie ja bestimmt«, tröstete das Heidi; »bei uns währt es gar nie
lang, und dann können sie ja viel länger da bleiben, das will die Klara
gewiß noch lieber; und jetzt wollen wir zum Großvater hinauf.« Hand
in Hand mit dem guten Freunde stieg es nun zu der Hütte hinan. Es war
dem Heidi so sehr daran gelegen, den Herrn Doktor wieder froh zu machen, daß es ihn noch einmal zu überzeugen anfing, es währe so wenig
lang auf der Alm, bis die langen, warmen Sommertage wiederkommen,
daß man es kaum merke, und dabei wurde das Heidi selbst so überzeugt
von seinem Trost, daß es oben dem Großvater ganz fröhlich entgegenrief:

»Sie sind noch nicht da, aber es währt gar nicht lang, so kommen sie
auch.«

Für den Großvater war der Herr Doktor kein Fremder, das Kind hatte
ja so viel von ihm gesprochen. Der Alte streckte seinem Gast die Hand
entgegen und bewillkommte ihn mit Herzlichkeit. Dann setzten sich die
Männer auf die Bank an der Hütte, auch für das Heidi wurde da noch
ein Plätzchen gemacht und der Herr Doktor winkte ihm freundlich, daß
es neben ihm sitzen solle. Nun fing er an zu erzählen, wie Herr Sesemann
ihn ermuntert habe, die Reise zu machen, und wie er auch selbst gefun-

den, es möchte gut für ihn sein, da er sich seit langem nicht mehr recht frisch und rüstig fühle. Dem Heidi sagte er dann ins Ohr, es werde bald noch etwas den Berg heraufkommen, das aus Frankfurt mit hergereist sei und ihm eine viel größere Freude machen werde, als der alte Doktor. Das Heidi war sehr gespannt darauf, zu erfahren, was das sein könne. Der Großvater ermunterte den Herrn Doktor sehr, die schönen Herbsttage noch auf der Alm zuzubringen, oder wenigstens an jedem schönen Tage heraufzukommen, denn hier oben zu bleiben, dazu konnte ihn der Alm-Öhi nicht einladen, da war ja keine Gelegenheit, den Herrn zu logieren. Er riet aber seinem Gast, nicht bis nach Ragaz zurückzukehren, sondern unten im Dörfli ein Zimmer zu beziehen, das er im dortigen Wirtshaus in einer einfachen, aber ganz ordentlichen Art finden werde. So könnte der Herr Doktor jeden Morgen nach der Alm heraufkommen, was ihm wohltun müßte, meinte der Öhi, auch würde er dann gern den Herrn noch auf allerlei Punkte führen, weiter hinauf in die Berge, wo es ihm gefallen sollte. Diesem gefiel der ganze Vorschlag sehr wohl und es wurde festgesetzt, daß er ausgeführt werden sollte.

Unterdessen war die Sonne in den Mittag gekommen; der Wind hatte sich schon lange gelegt und die Tannen waren ganz still geworden. Die Luft war für die Höhe noch mild und lieblich und säuselte erfrischende Kühle um die sonnebeschienene Bank.

Jetzt stand der Alm-Öhi auf und ging in die Hütte hinein, kam aber gleich wieder und brachte den Tisch heraus, den er vor die Bank hinstellte.

»So, Heidi, nun hol herbei, was wir zum Essen brauchen«, sagte er. »Der Herr muß nun vorlieb nehmen; ist unsere Küche auch einfach, so ist das Eßzimmer doch anständig.«

»Das meine ich auch«, erwiderte der Herr Doktor, indem er auf das sonnebeleuchtete Tal hinunterschaute, »und die Einladung nehme ich an, hier oben muß es schmecken.«

Das Heidi lief nun hin und her wie ein Wiesel und brachte herbei, was es nur drinnen im Schranke finden konnte; denn daß es den Herrn Doktor bewirten durfte, war ihm eine ungeheure Freude. Der Großvater bereitete unterdessen das Mahl und trat nun heraus mit dem dampfenden Milchkrug und dem goldig glänzenden Käsebraten.

Dann schnitt er schöne, durchsichtige Schnitten von dem rosigen Fleisch herunter, das er hier oben an der reinen Luft getrocknet hatte. Dem Herrn Doktor schmeckte sein Mittagsmahl so gut, wie das ganze Jahr durch noch kein einziges Mal.

»Ja, ja, hierhin muß unsere Klara kommen«, sagte er jetzt; »da wird sie zu ganz neuen Kräften gelangen, und wenn sie eine Zeit lang ißt wie ich heute, so wird sie rund und fest werden, wie sie in ihrem Leben noch nie war.«

Jetzt kam von unten herauf einer angestiegen, der hatte einen großen Ballen auf dem Rücken. Wie er oben bei der Hütte ankam, warf er seine Last auf den Boden hin und sog ein paar gute Züge von der frischen Almluft ein.

»Ah, da kommt, was mit mir von Frankfurt hergereist ist«, sagte der Herr Doktor aufstehend, und das Heidi mit sich ziehend, trat er an den Ballen hin und fing an, ihn aufzulösen. Als die erste, schwere Hülle weg war, sagte er:

»So, Kind, nun fahr weiter fort und hol dir deine Schätze selbst heraus.«

Das Heidi tat so, und wie nun alles auseinander rollte, schaute es mit großen, verwunderten Augen auf die Dinge hin. Erst als der Herr Doktor wieder herzutrat und von der großen Schachtel den Deckel weghob, dem Heidi bedeutend: »Sieh, was die Großmutter zum Kaffee bekommt«, da schrie es auf vor Freuden: »O! O! Jetzt kann die Großmutter einmal schöne Kuchen essen!« und sprang rings um die Schachtel herum und wollte gleich alles zusammenpacken und zur Großmutter hinuntereilen. Aber der Großvater sagte, gegen Abend wollten sie dann miteinander den Herrn Doktor begleiten und die Sachen mitnehmen. Jetzt fand das Heidi auch das schöne Säckchen Tabak und brachte es schnell dem Großvater herüber. Das gefiel ihm sehr wohl; er füllte gleich sein Pfeifchen damit, und die beiden Männer sprachen nun, auf der Bank sitzend und große Rauchwolken von sich blasend, über allerhand Dinge, während das Heidi hin und her sprang von einem seiner Schätze zum andern. Auf einmal kam es wieder zu der Bank zurück, stellte sich vor den Gast hin, und sowie die erste Pause im Gespräch entstand, sagte es sehr bestimmt:

»Nein, es hat mir nichts mehr Freude gemacht, als der alte Herr Doktor.«

Die beiden Männer mußten ein wenig lachen und der Herr Doktor sagte, das hätte er nicht gedacht.

Als die Sonne bald hinter die Berge hinabsteigen wollte, stand der Gast auf, um seine Rückreise nach dem Dörfli anzutreten und dort Quartier zu nehmen. Der Großvater packte die Kuchenschachtel, die große Wurst und das Tuch unter seinen Arm, der Herr Doktor nahm das Heidi an die Hand und so wanderten sie den Berg hinunter bis zur Geißenpeter-

Hütte. Hier mußte das Heidi Abschied nehmen; es sollte drinnen bei der Großmutter warten, bis es wieder abgeholt würde vom Großvater, welcher seinen Gast nach dem Dörfli hinunter geleiten wollte. Als der Herr Doktor dem Heidi die Hand zum Abschied bot, fragte es: »Wollten Sie etwa gern morgen mit den Geißen auf die Weide hinaufgehen?« denn das war das Schönste, was es kannte.

»Es bleibt dabei, Heidi«, erwiderte er, »wir gehen zusammen.«

Nun gingen die Männer weiter und das Heidi trat bei der Großmutter ein. Erst schleppte es mit Anstrengung die Kuchenschachtel mit; dann mußte es wieder hinaus, um die Wurst zu holen – denn der Großvater hatte alles vor der Tür niedergelegt –; nachher mußte es erst noch einmal hinaus, das große Tuch zu holen. Es brachte alles so nahe an die Großmutter heran, als nur möglich, damit sie recht alles berühren könne und wisse, was es sei. Das Tuch legte es ihr auf die Knie.

»Es ist alles aus Frankfurt, von der Klara und der Großmama«, berichtete es der hocherstaunten Großmutter und der verwunderten Brigitte, der die Überraschung so in die Glieder gefahren war, daß sie unbeweglich zugeschaut hatte, wie das Heidi mit der größten Anstrengung die schweren Gegenstände hereingeschleppt und nun alles vor ihren Augen ausgebreitet hatte.

»Aber gelt, Großmutter, die Kuchen freuen dich furchtbar stark? Sieh nur, wie weich sie sind!« rief das Heidi immer wieder, und die Großmutter bestätigte: »Ja, ja, gewiß Heidi; was sind auch das für gute Leute!« Dann strich sie wieder mit der Hand über das warme, weiche Tuch und sagte: »Aber das ist etwas Herrliches für den kalten Winter! Das ist etwas so Prächtiges, daß ich nie geglaubt hätte, ich könnte in meinem Leben dazu kommen.«

Das Heidi aber mußte sich sehr verwundern, daß die Großmutter an dem grauen Tuch noch mehr Freude haben konnte, als an den Kuchen. Die Brigitte stand immer noch vor der Wurst, die auf dem Tische lag, und schaute sie fast mit Verehrung an. In ihrem ganzen Leben hatte sie nie eine solche Riesenwurst gesehen, und diese sollte sie nun selbst besitzen und einmal sogar anschneiden; das kam ihr unglaublich vor. Sie schüttelte den Kopf und sagte zaghaft: »Man wird doch noch den Öhi fragen müssen, wie das gemeint sei.«

Aber das Heidi sagte ganz ohne Zweifel:»Das ist zum Essen gemeint und gar nicht anders.«

Jetzt kam der Peter hereingestolpert: »Der Alm-Öhi kommt hinter mir drein, das Heidi soll –«; er konnte nicht mehr weiter. Seine Blicke waren auf den Tisch gefallen, wo die Wurst lag, und der Anblick hatte ihn so überwältigt, daß er kein Wort mehr fand. Aber das Heidi hatte schon gemerkt, was kommen sollte, und gab schnell der Großmutter die Hand. Der Alm-Öhi ging zwar jetzt nie mehr an der Hütte vorbei, ohne schnell hereinzutreten und die Großmutter zu begrüßen. Sie freute sich auch immer, wenn sie seinen Schritt hörte, denn er hatte jedes Mal ein ermunterndes Wort für sie. Aber heute war es spät geworden für das Heidi, das alle Morgen mit der Sonne draußen war. Der Großvater aber sagte: »Das Kind muß seinen Schlaf haben«, und dabei blieb er. So rief er durch die offene Tür der Großmutter nur eine gute Nacht zu und nahm das heranspringende Heidi bei der Hand, und unter dem flimmernden Sternenhimmel hin wanderten die beiden ihrer friedlichen Hütte zu.   38

Eine Vergeltung

Am andern Morgen in der Frühe stieg der Herr Doktor vom Dörfli den Berg hinan in der Gesellschaft des Peter und seiner Geißen. Der freundliche Herr versuchte ein paar Mal, mit dem Geißbuben ein Gespräch anzuknüpfen; aber es gelang ihm nicht, kaum daß er als Antwort auf einleitende Fragen unbestimmte, einsilbige Worte zu hören bekam. Der Peter ließ sich nicht so leicht in ein Gespräch ein. So wanderte die ganze, schweigende Gesellschaft bis hinauf zur Almhütte, wo schon erwartend das Heidi stand mit seinen beiden Geißen, alle drei munter und fröhlich wie der frühe Sonnenschein auf allen Höhen.

»Kommst mit?« fragte der Peter, denn als Frage oder als Aufforderung sprach er jeden Morgen diesen Gedanken aus.

»Freilich, natürlich, wenn der Herr Doktor mitkommt«, gab das Heidi zurück.

Der Peter sah den Herrn ein wenig von der Seite an.

Jetzt trat der Großvater hinzu, das Mittagsbrot-Säckchen an der Hand. Erst grüßte er den Herrn mit aller Ehrerbietung; dann trat er zum Peter hin und hing ihm das Säckchen um.

Es war schwerer als sonst, denn der Öhi hatte ein schönes Stück von   39
dem rötlichen Fleisch hineingelegt; er hatte gedacht, vielleicht gefalle es dem Herrn droben auf der Weide und er nehme dann gern sein Mittags-

mahl gleich dort mit den Kindern ein. Der Peter lächelte fast von einem Ohr bis zum andern, denn er ahnte, daß da drinnen etwas Ungewöhnliches versteckt sei.

Nun wurde die Bergfahrt angetreten. Das Heidi wurde ganz von seinen Geißen umringt, jede wollte zunächst bei ihm sein, und eine schob die andere immer ein wenig seitwärts. So wurde es eine Zeit lang mitten in dem Rudel mit fortgeschoben. Aber jetzt stand es still und sagte ermahnend: »Nun müßt ihr artig vorauslaufen, aber dann nicht immer wieder kommen und mich drängen und stoßen; ich muß jetzt ein wenig mit dem Herrn Doktor gehen.« Dann klopfte es dem Schneehöppli, das sich immer am nächsten zu ihm hielt, zärtlich auf den Rücken und ermahnte es noch besonders, nun recht folgsam zu sein. Dann arbeitete es sich aus dem Rudel heraus und ging nun neben dem Herrn Doktor her, der es gleich bei der Hand faßte und festhielt. Er mußte jetzt nicht mit Mühe nach einem Gespräch suchen wie vorher, denn das Heidi fing gleich an und hatte ihm so viel zu erzählen von den Geißen und ihren merkwürdigen Einfällen und von den Blumen oben und den Felsen und Vögeln, daß die Zeit unvermerkt dahinging und sie ganz unerwartet oben auf der Weide anlangten. Der Peter hatte im Hinaufgehen öfters seitwärts auf den Herrn Doktor Blicke geworfen, die diesem einen rechten Schrecken hätten beibringen können; er sah sie aber glücklicherweise nicht.

Oben angelangt, führte das Heidi seinen guten Freund gleich auf die schöne Stelle, wohin es immer ging und sich auf den Boden setzte und umherschaute, denn da gefiel es ihm am besten. Es tat, wie es gewohnt war, und der Herr Doktor ließ sich gleich auch neben das Heidi auf den sonnigen Weidboden nieder. Ringsum leuchtete der goldene Herbsttag über die Höhen und das weite, grüne Tal. Von den unteren Alpen tönten überall die Herdenglocken herauf, so lieblich und wohltuend, als ob sie weit und breit den Frieden einläuteten. Auf dem großen Schneefeld drüben blitzten funkelnd und flimmernd goldene Sonnenstrahlen hin und her, und der graue Falknis hob seine Felsentürme in alter Majestät hoch in den dunkelblauen Himmel hinauf. Der Morgenwind wehte leise und wonnig über die Alp und bewegte nur sachte die letzten blauen Glockenblümchen, die noch übrig geblieben waren von der großen Schar des Sommers und nun noch wohlig ihre Köpfchen im warmen Sonnenscheine wiegten. Obenhin flog der große Raubvogel in weiten Bogen umher, aber er krächzte heute nicht; mit ausgebreiteten Flügeln schwamm er ruhig durch die Bläue und ließ sich's wohl sein. Das Heidi guckte dahin und dorthin. Die lustig nickenden Blumen, der blaue Himmel, der fröhliche Sonnenschein, der vergnügte Vogel in den Lüften, alles war so schön, so schön! Heidis Augen funkelten vor Wonne. Nun schaute es nach seinem Freunde, ob er auch alles recht sehe, was so schön war. Der Herr Doktor hatte bis jetzt still und gedankenvoll um sich geblickt. Wie er nun den freudeglänzenden Augen des Kindes begegnete, sagte er:

»Ja, Heidi, es könnte schön sein hier; aber was meinst du? Wenn einer ein trauriges Herz hierher brächte, wie müßte er es wohl machen, daß er an all dem Schönen sich freuen könnte?«

»O, o!« rief das Heidi ganz fröhlich aus; »hier hat man gar nie ein trauriges Herz, nur in Frankfurt.«

Der Herr Doktor lächelte ein wenig; aber das ging schnell vorüber. Dann sagte er wieder: »Und wenn einer käme und alles Traurige aus Frankfurt mit hier herauf brächte, Heidi; weißt du da auch noch etwas, das ihm helfen könnte?«

»Man muß nur alles dem lieben Gott sagen, wenn man gar nicht mehr weiß, was machen«, sagte das Heidi ganz zuversichtlich.

»Ja, das ist schon ein guter Gedanke, Kind«, bemerkte der Herr Doktor. »Wenn es aber von ihm selbst kommt, was so ganz traurig und elend macht, was kann man da dem lieben Gott sagen?«

Das Heidi mußte nachdenken, was dann zu machen sei; es war aber ganz zuversichtlich, daß man für alle Traurigkeit eine Hilfe vom lieben Gott erhalten könne. Es suchte seine Antwort in seinen eigenen Erlebnissen.

»Dann muß man warten«, sagte es nach einer Weile mit Sicherheit, »und nur immer denken: jetzt weiß der liebe Gott schon etwas Freudiges, das dann nachher aus dem anderen kommt, man muß nur noch ein wenig still sein und nicht fortlaufen. Dann kommt auf einmal alles so, daß man ganz gut sehen kann, der liebe Gott hatte die ganze Zeit nur etwas Gutes im Sinn gehabt; aber weil man das vorher noch nicht so sehen kann, sondern immer nur das furchtbar Traurige, so denkt man, es bleibe dann immer so.«

»Das ist ein schöner Glaube, den mußt du festhalten, Heidi«, sagte der Herr Doktor. Eine Weile schaute er schweigend auf die mächtigen Felsenberge hinüber und in das sonnenleuchtende, grüne Tal hinab, dann sagte er wieder:

»Siehst du, Heidi, es könnte einer hier sitzen, der einen großen Schatten auf den Augen hätte, so daß er das Schöne gar nicht aufnehmen könnte, das ihn hier umgibt. Dann möchte doch wohl das Herz traurig werden hier, doppelt traurig, wo es so schön sein könnte. Kannst du das verstehen?«

Jetzt schoß dem Heidi etwas Schmerzliches in sein frohes Herz. Der große Schatten auf den Augen brachte ihm die Großmutter in Erinnerung, die ja nie mehr die helle Sonne und all das Schöne hier oben sehen konnte. Das war ein Leid in Heidis Herzen, das immer neu erwachte, sobald die Sache ihm wieder ins Bewußtsein kam. Es schwieg eine Weile ganz still, denn das Weh hatte es so mitten in die Freude hineingetroffen. Dann sagte es ernsthaft:

»Ja, das kann ich schon verstehen. Aber ich weiß etwas: dann muß man die Lieder der Großmutter sagen, die machen einem wieder ein wenig helle und manchmal so hell, daß man ganz fröhlich wird. Das hat die Großmutter gesagt.«

»Welche Lieder, Heidi?« fragte der Herr Doktor.

»Ich kann nur das von der Sonne und dem schönen Garten und noch von dem andern langen die Verse, die der Großmutter lieb sind, denn die muß ich immer dreimal lesen«, erwiderte das Heidi.

»So sag mir einmal diese Verse, die möchte ich auch hören«, und der Herr Doktor setzte sich zurecht, um aufmerksam zuzuhören.

Das Heidi legte seine Hände ineinander und besann sich noch ein Weilchen:

»Soll ich dort anfangen, wo die Großmutter sagt, daß einem wieder eine Zuversicht ins Herz kommt?«

Der Herr Doktor nickte bejahend.

Jetzt begann das Heidi:

Ihn, ihn laß tun und walten,
Er ist ein weiser Fürst
Und wird es so gestalten,
Daß du dich wundern wirst;
Wenn er, wie ihm gebühret,
Mit wunderbarem Rat
Das Werk hinausgeführet,
Das dich bekümmert hat.

Er wird zwar eine Weile
Mit seinem Trost verziehn
Und tun an seinem Teile,
Als hätt' in seinem Sinn
Er deiner sich begeben,
Als sollt'st du für und für
In Angst und Nöten schweben,
Als fragt' er nichts nach dir.

Wird's aber sich begeben,
Daß du ihm treu verbleibst,
So wird er dich erheben,
Da du's am mind'sten gläubst.
Er wird dein Herz erlösen
Von der so schweren Last,
Die du zu keinem Bösen
Bisher getragen hast.

Das Heidi hielt plötzlich inne, es war nicht sicher, daß der Herr Doktor auch noch zuhöre. Er hatte die Hand über seine Augen gebreitet und saß unbeweglich da. Es dachte, er sei vielleicht ein wenig eingeschlafen; wenn er dann wieder erwachte und noch mehr Verse hören wollte, würde er es schon sagen. Jetzt war alles still. Der Herr Doktor sagte nichts, aber er schlief doch nicht. Er war in eine lang vergangene Zeit zurückversetzt. Da stand er als ein kleiner Junge neben dem Sessel seiner lieben Mutter; die hatte ihren Arm um seinen Hals gelegt und sagte ihm das Lied vor, das er eben von Heidi hörte und das er so lange nicht mehr vernommen hatte. Jetzt hörte er die Stimme seiner Mutter wieder und sah ihre guten Augen so liebevoll auf ihm ruhen, und als die Worte des Liedes verklungen waren, hörte er die freundliche Stimme noch andere Worte zu ihm sprechen; die mußte er gerne hören und ihnen weit nachgehen in seinen Gedanken, denn noch lange Zeit saß er so da, das Gesicht in seine Hand gelegt, schweigend und regungslos. Als er sich endlich aufrichtete, sah er, wie das Heidi in Verwunderung nach ihm blickte. Er nahm die Hand des Kindes in die seinige.

»Heidi, dein Lied war schön«, sagte er und seine Stimme klang froher, als sie bis jetzt geklungen hatte. »Wir wollen wieder hierherkommen, dann sagst du mir's noch einmal.«

Während dieser ganzen Zeit hatte der Peter genug zu tun gehabt, seinem Ärger Luft zu machen. Da war das Heidi seit vielen Tagen nicht mit auf der Weide gewesen, und nun, da es endlich einmal wieder mit war, saß der alte Herr die ganze Zeit neben ihm und der Peter konnte gar nicht an das Heidi herankommen. Das verdroß ihn sehr stark. Er stellte sich in einiger Entfernung hinter dem ahnungslosen Herrn auf, so, daß dieser ihn nicht sehen konnte, und hier machte er erst eine große Faust und schwang sie drohend in der Luft herum, und nach einiger Zeit machte er zwei Fäuste, und je länger das Heidi neben dem Herrn sitzen blieb, je schrecklicher ballte der Peter seine Fäuste und streckte sie immer höher und drohender in die Luft hinauf hinter dem Rücken des Bedrohten.

Unterdessen war die Sonne dahin gekommen, wo sie steht, wenn man zu Mittag essen muß; das kannte der Peter genau. Auf einmal schrie er aus allen Kräften zu den zweien hinüber:

»Man muß essen!«

Das Heidi stand auf und wollte den Sack herbeiholen, damit der Herr Doktor auf dem Platze, wo er saß, sein Mittagsmahl abhalten könne. Aber er sagte, er habe keinen Hunger, er wünsche nur ein Glas Milch zu trinken, dann wolle er gern noch ein wenig auf der Alp umhergehen und etwas weiter hinaufsteigen. Da fand das Heidi, dann habe es auch keinen Hunger und wolle auch nur Milch trinken, und nachher wolle es den Herrn Doktor hinaufführen zu den großen, moosbedeckten Steinen hoch oben, wo der Distelfink einmal fast hinuntergesprungen wäre und wo alle die würzigen Kräutlein wüchsen. Es lief zum Peter hinüber und erklärte ihm alles und daß er nun erst eine Schale Milch vom Schwänli nehmen müsse für den Herrn Doktor und dann noch eine, die wolle es für sich haben. Der Peter schaute erst eine Weile sehr erstaunt das Heidi an, dann fragte er:

»Wer muß haben, was im Sack ist?«

»Das kannst du haben, aber zuerst mußt du die Milch geben und hurtig«, war Heidis Antwort.

So rasch hatte der Peter in seinem Leben noch keine Tat vollendet, als er nun diese fertig brachte, denn er sah immer den Sack vor sich und wußte noch nicht, wie das aussah, das drinnen war und nun ihm gehörte. Sobald drüben die beiden ruhig ihre Milch tranken, öffnete der Peter den Sack und tat einen Blick hinein. Als er das wundervolle Stück Fleisch gewahr wurde, da schüttelte es den ganzen Peter vor Freude und er tat noch einen Blick hinein, um sich zu versichern, daß es auch wahr sei. Dann fuhr er mit der Hand in den Sack hinein, um die erwünschte Gabe zum Genuß herauszuholen. Aber auf einmal zog er die Hand wieder zurück, als ob er nicht zugreifen dürfe. Es war dem Peter in den Sinn gekommen, wie er dort hinter dem Herrn gestanden und gegen ihn gefaustet hatte, und nun schenkte ihm derselbe Herr sein ganzes, unvergleichliches Mittagsessen. Jetzt reute den Peter seine Tat, denn es war ihm gerade so, wie wenn sie ihn verhinderte, sein schönes Geschenk herauszunehmen und sich daran zu erlaben. Auf einmal sprang er in die Höhe und lief zurück auf die Stelle hin, wo er gestanden hatte. Da streckte er seine beiden Hände ganz flach in die Luft hinauf, zum Zeichen, daß das Fausten nicht mehr gelte, und so blieb er eine gute Weile stehen, bis er das Gefühl hatte, die Sache sei nun wieder ausgeglichen. Dann kam er in großen Sprüngen zu dem Sack zurück, und nun, da das gute Gewissen hergestellt war, konnte er mit vollem Vergnügen in sein ungewöhnlich leckeres Mittagsmahl beißen.

Der Herr Doktor und das Heidi waren lange miteinander herumgewandert und hatten sich sehr gut unterhalten. Jetzt aber fand der Herr, es sei Zeit für ihn zurückzukehren, und meinte, das Kind wolle nun auch gern noch ein wenig bei seinen Geißen bleiben. Aber das kam dem Heidi nicht in den Sinn, denn dann mußte ja der Herr Doktor mutterseelenallein die ganze Alp hinuntergehen. Bis zur Hütte vom Großvater wollte es ihn durchaus begleiten und auch noch ein Stück darüber hinaus. Es ging immer Hand in Hand mit seinem guten Freunde und hatte auf dem ganzen Wege ihm noch genug zu erzählen und ihm alle Stellen zu zeigen, wo die Geißen am liebsten weideten und wo es im Sommer am meisten von den glänzenden, gelben Weideröschen und vom roten Tausendgüldenkraut und noch anderen Blumen gebe. Die wußte es nun alle zu benennen, denn der Großvater hatte ihm den Sommer durch alle ihre Namen beigebracht, so wie er sie kannte. Aber zuletzt sagte der Herr Doktor, nun müsse er zurückkehren. Sie nahmen Abschied und der Herr ging den Berg hinunter; doch kehrte er sich von Zeit zu Zeit noch einmal um. Dann sah er, wie das Heidi immer noch auf derselben Stelle stand und ihm nachschaute und mit der Hand ihm nachwinkte. So hatte sein eigenes, liebes Töchterchen getan, wenn er vom Hause fortging. –

Es war ein klarer, sonniger Herbstmonat. Jeden Morgen kam der Herr Doktor zur Alp herauf und dann ging es gleich weiter auf eine schöne Wanderung. Öfters zog er mit dem Alm-Öhi aus, hoch in die Felsenberge hinauf, wo die alten Wettertannen herunternickten und der große Vogel in der Nähe hausen mußte, denn da schwirrte er manchmal sausend und krächzend ganz nahe an den Köpfen der beiden Männer vorbei. Der Herr Doktor hatte ein großes Wohlgefallen an der Unterhaltung seines Begleiters und er mußte sich immer mehr verwundern, wie gut der Öhi alle Kräutlein ringsherum auf seiner Alp kannte und wußte, wozu sie gut waren, und wie viel kostbare und gute Dinge er da droben überall herauszufinden wußte; so in den harzigen Tannen und in den dunkeln Fichtenbäumen mit den duftenden Nadeln, in dem gekräuselten Moos, das zwischen den alten Baumwurzeln emporsproß, und in all den feinen Pflänzchen und unscheinbaren Blümchen, die noch ganz hoch oben dem kräftigen Alpenboden entsprangen.

Ebenso genau kannte der Alte auch das Wesen und Treiben aller Tiere da oben, der großen und der kleinen, und er wußte dem Herrn Doktor ganz lustige Dinge von der Lebensweise dieser Bewohner der Felsenlöcher, der Erdhöhlen und auch der hohen Tannenwipfel zu erzählen.

Dem Herrn Doktor verging die Zeit auf diesen »Wanderungen, er wußte gar nicht wie, und oftmals, wenn er am Abend dem Öhi herzlich die Hand zum Abschied schüttelte, mußte er von neuem sagen:

»Guter Freund, von Ihnen geh' ich nie fort, ohne wieder etwas gelernt zu haben.«

An vielen Tagen aber, und gewöhnlich an den allerschönsten, wünschte der Herr Doktor mit dem Heidi auszuziehen. Dann saßen sie öfter miteinander auf dem schönen Vorsprung der Alp, wo sie am ersten Tag gesessen hatten, und das Heidi mußte wieder seine Liederverse sagen und dem Herrn Doktor erzählen, was es nur wußte. Dann saß der Peter öfter hinter ihnen an seinem Platze, aber er war jetzt ganz zahm und faustete nie mehr.

So ging der schöne Septembermonat zu Ende. Da kam der Herr Doktor eines Morgens und sah nicht so fröhlich aus, wie er sonst immer ausgesehen hatte. Er sagte, es sei sein letzter Tag, er müsse nach Frankfurt zurückkehren; das mache ihm große Mühe, denn er habe die Alp lieb gewonnen. Dem Alm-Öhi tat die Nachricht sehr leid, denn auch er hatte sich überaus gern mit dem Herrn Doktor unterhalten, und das Heidi hatte sich so daran gewöhnt, alle Tage seinen guten und liebevollen Freund zu sehen, daß es gar nicht begreifen konnte, wie das nun mit einemmale ein Ende nehmen sollte. Es schaute fragend und ganz verwundert zu ihm auf. Aber es war wirklich so. Der Herr Doktor nahm Abschied vom Großvater und fragte dann, ob das Heidi ihn noch ein wenig begleiten werde. Es ging an seiner Hand den Berg hinunter, aber es konnte immer noch nicht recht fassen, daß er ganz fortgehe.

Nach einer Weile stand der Herr Doktor still und sagte, nun sei das Heidi weit genug gekommen, es müsse zurückkehren. Er fuhr ein paarmal zärtlich mit seiner Hand über das krause Haar des Kindes hin und sagte: »Nun muß ich fort, Heidi! Wenn ich dich nur mit mir nach Frankfurt nehmen und bei mir behalten könnte!«

Dem Heidi stand auf einmal ganz Frankfurt vor den Augen, die vielen, vielen Häuser und steinernen Straßen und auch Fräulein Rottenmeier und die Tinette, und es antwortete ein wenig zaghaft: »Ich wollte doch lieber, daß Sie wieder zu uns kämen.«

»Nun ja, so wird's besser sein. So leb wohl, Heidi«, sagte freundlich der Herr Doktor und hielt ihm die Hand hin. Das Kind legte die seinige hinein und schaute zu dem Scheidenden auf. Die guten Augen, die zu ihm niederblickten, füllten sich mit Wasser. Jetzt wandte sich der Herr Doktor rasch und eilte den Berg hinunter.

Das Heidi blieb stehen und rührte sich nicht. Die liebevollen Augen und das Wasser, das es darinnen gesehen hatte, arbeiteten stark in seinem Herzen. Auf einmal brach es in ein lautes Weinen aus und mit aller Macht stürzte es dem Forteilenden nach und rief, von Schluchzen unterbrochen, aus allen Kräften:

»Herr Doktor! Herr Doktor!«

Er kehrte um und stand still.

Jetzt hatte ihn das Kind erreicht. Die Tränen strömten ihm die Wangen herunter, während es herausschluchzte:

»Ich will gewiß auf der Stelle mit nach Frankfurt kommen und will bei Ihnen bleiben, so lang Sie wollen, ich muß es nur noch geschwind dem Großvater sagen.«

Der Herr Doktor streichelte beruhigend das erregte Kind.

»Nein, mein liebes Heidi«, sagte er mit dem freundlichsten Tone, »nicht jetzt auf der Stelle; du mußt noch unter den Tannen bleiben, du könntest mir wieder krank werden. Aber komm, ich will dich etwas fragen: Wenn ich einmal krank und allein bin, willst du dann zu mir kommen und bei mir bleiben? Kann ich denken, daß sich dann noch jemand um mich kümmern und mich lieb haben will?«

»Ja, ja, dann will ich sicher kommen, noch am gleichen Tag, und Sie sind mir auch fast so lieb wie der Großvater«, versicherte das Heidi noch unter fortwährendem Schluchzen.

Jetzt drückte ihm der Herr Doktor noch einmal die Hand, dann setzte er rasch seinen Weg fort. Das Heidi aber blieb auf derselben Stelle stehen und winkte fort und fort mit seiner Hand, so lange es nur noch ein Pünktchen von dem forteilenden Herrn entdecken konnte. Als dieser zum letztenmal sich umwandte und nach dem winkenden Heidi und der sonnigen Alp zurückschaute, sagte er leise vor sich hin:

»Dort oben ist's gut sein, da können Leib und Seele gesunden und man wird wieder seines Lebens froh.«

Der Winter im Dörfli

Um die Almhütte lag der Schnee so hoch, daß es anzusehen war, als ständen die Fenster auf dem flachen Boden, denn weiter unten war von der ganzen Hütte gar nichts zu sehen, auch die Haustür war völlig verschwunden. Wäre der Alm-Öhi noch oben gewesen, so hätte er dasselbe tun müssen, was der Peter täglich ausführen mußte, weil es gewöhnlich über Nacht wieder geschneit hatte. Jeden Morgen mußte er jetzt aus dem Fenster der Stube hinausspringen, und war es nicht sehr kalt, so daß über Nacht alles zusammengefroren war, so versank er dann so tief in dem weichen Schnee, daß er mit Händen und Füßen und mit dem Kopf auf alle Seiten stoßen und werfen und ausschlagen mußte, bis er sich wieder herausgearbeitet hatte. Dann bot ihm die Mutter den großen Besen aus dem Fenster und mit diesem stieß und scharrte der Peter nun den Schnee vor sich weg, bis er zur Tür kam. Dort hatte er dann eine große Arbeit, denn da mußte aller Schnee abgegraben werden, sonst fiel entweder, wenn er noch weich war und die Tür aufging, die ganze, große Masse in die Küche hinein, oder er fror zu, und nun war man ganz vermauert drinnen, denn durch diesen Eisfelsen konnte man nicht dringen und durch das kleine Fenster konnte nur der Peter hinaus schlüpfen. Für diesen brachte dann die Zeit des Gefrierens viele Bequemlichkeiten mit sich. Wenn er ins Dörfli hinunter mußte, öffnete er nur das Fenster, kroch durch und kam draußen zu ebener Erde auf dem festen Schneefeld an. Dann schob ihm die Mutter den kleinen Schlitten durch das Fenster nach, und der Peter hatte sich nur darauf zu setzen und abzufahren, wie und wo er wollte, er kam jedenfalls hinunter, denn die ganze Alm um und um war dann nur ein großer, ununterbrochener Schlittweg.

Der Öhi war nicht auf der Alp den Winter; er hatte Wort gehalten. Sobald der erste Schnee gefallen war, hatte er Hütte und Stall abgeschlossen und war mit dem Heidi und den Geißen nach dem Dörfli hinuntergezogen. Dort stand in der Nähe der Kirche und des Pfarrhauses ein weitläufiges Gemäuer, das war in alter Zeit ein großes Herrenhaus gewesen, was man noch an vielen Stellen sehen konnte, obschon jetzt das Gebäude überall ganz oder halb zerfallen war. Da hatte einmal ein tapferer Kriegsmann gewohnt; der war in spanische Dienste gegangen und hatte da viele tapfere Taten verrichtet und viele Reichtümer erbeutet. Da war er heimgekommen nach dem Dörfli und hatte aus seiner Beute ein prächtiges Haus erstellt; darinnen wollte er nun wohnen. Aber es ging gar nicht lange, so konnte er es in dem stillen Dörfli nicht mehr aushalten vor Langerweile, denn er hatte zu lange draußen in der lärmvollen Welt gelebt. Er zog wieder hinaus und kam gar niemals mehr zurück. Als man nach vielen, vielen Jahren sicher wußte, daß er tot war, übernahm ein ferner Verwandter unten im Tal das Haus, aber es war schon am Verfallen und der neue Besitzer wollte nicht mehr aufbauen. So zogen arme Leute in das Haus, die wenig dafür bezahlen mußten, und wenn ein Stück abfiel von dem Gebäude, so ließ man es liegen. Seit jener Zeit waren nun wieder viele Jahre darübergegangen. Schon als der Öhi mit seinem jungen Buben Tobias hergekommen war, hatte er das verfallene Haus bezogen und darin gelebt. Seither hatte es meistens leer gestanden, denn wer nicht verstand, vorweg dem Verfall ein wenig zu begegnen und die Löcher und Lücken, wo sie entstanden, gleich irgendwie zu stopfen und zu flicken, der konnte da nicht bleiben. Der Winter droben im Dörfli war lang und kalt. Dann blies und wehte es von allen Seiten durch die Räume, daß die Lichter auslöschten und die armen Leute vom Frost geschüttelt wurden. Aber der Öhi wußte sich zu helfen. Gleich nachdem er zu dem Entschluß gekommen war, den Winter im Dörfli zuzubringen, hatte er das alte Haus wieder übernommen und war den Herbst durch öfter heruntergekommen, um darin alles so herzurichten, wie es ihm gefiel. Um die Mitte des Oktobermonats war er dann mit dem Heidi heruntergezogen.

Kam man von hinten an das Haus heran, so trat man gleich in einen offenen Raum ein, da war auf einer Seite die ganze Wand und auf der andern die halbe eingefallen. Über dieser war noch ein Bogenfenster zu sehen, aber das Glas war längst weg daraus und dicker Epheu rankte sich darum und hoch hinauf bis zur Decke, die noch zur Hälfte fest war. Die war schön gewölbt und man konnte gut sehen, das war die Kapelle gewesen. Ohne Tür kam man weiter in eine große Halle hinein, da waren hier und da noch schöne Steinplatten auf dem Boden und zwischendurch wuchs das Gras dicht empor. Da waren die Mauern auch alle halb weg und große Stücke der Decke dazu, und hätten da nicht ein paar dicke Säulen noch ein festes Stück der Decke getragen, so hätte man denken müssen, diese könne jeden Augenblick auf die Köpfe derer niederfallen, die darunter standen. Hier hatte der Öhi einen Bretterverschlag ringsum gemacht und den Boden dick mit Streu belegt, denn hier in der alten Halle sollten die Geißen logieren. Dann ging es durch allerlei Gänge, immer halb offen, daß einmal der Himmel hereinguckte und einmal wieder die Wiese und der Weg draußen. Aber zuvorderst, wo die schwere, eichene Tür noch fest in den Angeln hing, kam man in eine große, weite Stube hinein, die war noch gut. Da waren noch die vier festen Wände mit dem dunkeln Holzgetäfel ohne Lücken, und in der einen Ecke stand ein ungeheurer Ofen, der ging fast bis an die Decke hinauf, und auf die weißen Kacheln waren große, blaue Bilder hingemalt. Da waren alte Türme darauf, mit hohen Bäumen ringsum, und unter den Bäumen ging ein Jäger dahin mit seinen Hunden. Dann war wieder ein stiller See unter weitschattigen Eichen, und ein Fischer stand daran und hielt seine Rute weit in das Wasser hinaus. Um den ganzen Ofen herum ging eine Bank, so daß man da gleich hinsitzen und die Bilder studieren konnte. Hier gefiel es dem Heidi sogleich. So wie es mit dem Großvater in die Stube eingetreten war, lief es auf den Ofen zu, setzte sich auf die Bank und fing an, die Bilder zu betrachten. Aber wie es, auf der Bank weiter gleitend, bis hinter den Ofen gelangte, nahm eine neue Erscheinung seine ganze Aufmerksamkeit in Beschlag: in dem ziemlich großen Raum zwischen dem Ofen und der Wand waren vier Bretter erstellt, so wie zu einem Apfelbehälter. Darinnen lagen aber nicht Äpfel, da lag unverkennbar Heidis Bett, ganz so, wie es oben auf der Alm gewesen war: ein hohes Heulager mit dem Leintuch und dem Sack als Decke darauf. Das Heidi jauchzte auf:

»O, Großvater, da ist meine Kammer, o wie schön! Aber wo mußt du schlafen?«

»Deine Kammer muß nah beim Ofen sein, damit du nicht frierst«, sagte der Großvater; »die meine kannst du auch sehen.«

Das Heidi hüpfte durch die weite Stube dem Großvater nach, der auf der andern Seite eine Tür aufmachte, die in einen kleinen Raum hinein-führte, da hatte der Großvater sein Lager errichtet. Dann kam aber wieder eine Tür. Das Heidi machte sie geschwind auf und stand ganz verwundert still, denn da sah man in eine Art von Küche hinein, die war so ungeheuer groß, wie es noch nie in seinem Leben eine gesehen hatte. Da war viel Arbeit für den Großvater gewesen und es blieb auch noch immer viel zu tun übrig, denn da waren Löcher und weite Spalten in den Mauern auf allen Seiten, wo der Wind hereinpfiff, und doch waren schon so viele mit Holzbrettern vernagelt worden, daß es aussah, als wären ringsum 60 kleine Holzschränke in der Mauer angebracht. Auch die große, uralte Tür hatte der Großvater wieder mit vielen Drähten und Nägeln fest zu machen verstanden, so daß man sie schließen konnte, und das war gut, denn nachher ging es in lauter verfallenes Gemäuer hinaus, wo dickes Gestrüpp emporwuchs und Scharen von Käfern und Eidechsen ihre Wohnungen hatten.

Dem Heidi gefiel es wohl in der neuen Behausung, und schon am an-dern Tag, als der Peter kam, um zu sehen, wie es in der neuen Wohnung zugehe, hatte es schon alle Winkel und Ecken so genau ausgeguckt, daß es ganz daheim war und den Peter überall herum führen konnte. Es ließ ihm auch durchaus keine Ruhe, bis er ganz gründlich alle die merkwür-digen Dinge betrachtet hatte, die der neue Wohnsitz enthielt.

Das Heidi schlief vortrefflich in seinem Ofenwinkel; aber am Morgen meinte es doch immer, es sollte auf der Alp erwachen und es müsse gleich die Hüttentür aufmachen, um zu sehen, ob die Tannen nicht 61 rauschten, weil der hohe, schwere Schnee darauf liege und die Äste nie-derdrücke. So mußte es jeden Morgen zuerst lang hin und her schauen, bis es sich wieder besinnen konnte, wo es war, und jedesmal fühlte es etwas auf seinem Herzen liegen, das es würgte und drückte, wenn es sah, daß es nicht daheim sei auf der Alp. Aber wann es dann den Großvater reden hörte, draußen mit dem Schwänli und dem Bärli, und dann die Geißen so laut und lustig meckerten, als wollten sie ihm zurufen: »Mach doch, daß du einmal kommst, Heidi« – dann merkte es, daß es doch daheim war, und sprang fröhlich aus seinem Bett und dann so schnell als möglich in den großen Geißenstall hinaus. Aber am vierten Tage sagte das Heidi sorglich: »Heute muß ich gewiß zur Großmutter hinauf, sie kann nicht so lange allein sein.«

Aber der Großvater war nicht einverstanden. »Heute nicht und morgen auch noch nicht«, sagte er. »Die Alm hinauf liegt der Schnee klaftertief und immer noch schneit es fort; kaum kann der feste Peter durchkommen. Ein Kleines, wie du, Heidi, wäre auf der Stelle eingeschneit und zugedeckt und nicht mehr zu finden. Wart' noch ein wenig, bis es friert, dann kannst du schon über die Schneedecke hinaufspazieren.«

Das Warten machte zuerst dem Heidi ein wenig Kummer. Aber die Tage waren jetzt so angefüllt von Arbeit, daß immer einer unversehens dahin war und ein anderer kam.

Jeden Morgen und jeden Nachmittag ging das Heidi jetzt in die Schule im Dörfli und lernte ganz eifrig, was da zu lernen war. Den Peter sah es aber fast nie in der Schule, denn meistens kam er nicht. Der Lehrer war ein milder Mann, der nur hier und da sagte: »Es scheint mir, der Peter sei wieder nicht da; die Schule täte ihm doch gut, aber es liegt auch gar viel Schnee dort hinauf, er wird wohl nicht durchkommen.« Aber gegen Abend, wenn die Schule aus war, kam der Peter meistens durch und machte seinen Besuch beim Heidi.

Nach einigen Tagen kam die Sonne wieder hervor und warf ihre Strahlen über den weißen Boden hin; aber sie ging ganz früh wieder hinter die Berge hinab, so, als gefalle es ihr lange nicht so gut herunterzuschauen, wie im Sommer, wenn alles grünte und blühte. Aber am Abend kam der Mond ganz hell und groß herauf und leuchtete die ganze Nacht über die weiten Schneefelder hin und am andern Morgen glitzerte und flimmerte die ganze Alp von oben bis unten wie ein Kristall. Als der Peter, wie die Tage vorher, aus seinem Fenster in den tiefen Schnee hinabspringen wollte, ging es ihm, wie er nicht erwartet hatte. Er nahm einen Satz hinaus, aber anstatt ins Weiche hinab zu kommen, schlug es ihn auf dem unerwartet harten Boden gleich um, und unversehens fuhr er ein gutes Stück den Berg hinunter wie ein herrenloser Schlitten. Sehr verwundert kam er schließlich wieder auf seine Füße, und nun stampfte er mit aller Macht auf den Schneeboden, um sich zu versichern, daß auch wirklich möglich sei, was ihm soeben begegnet war. Es war richtig: wie er auch stampfte und einschlug mit den Absätzen, kaum konnte er ein kleines Eissplitterchen herausschlagen; die ganze Alm war steinhart zugefroren. Das war dem Peter eben recht: er wußte, daß dieser Zustand der Dinge nötig war, damit das Heidi einmal wieder da heraufkommen konnte. Schleunig kehrte er um, schluckte seine Milch hinunter, welche die Mutter eben auf den Tisch gestellt hatte, steckte sein Stücklein Brot in die Tasche und sagte eilig: »Ich muß in die Schule.«

»Ja, so geh und lern auch brav«, sagte die Mutter beistimmend.

Der Peter kroch zum Fenster hinaus – denn nun war man eingesperrt um des Eisberges willen vor der Tür –, zog seinen kleinen Schlitten nach sich, setzte sich darauf und schoß den Berg hinunter.

Es ging wie der Blitz, und als er beim Dörfli da ankam, wo es gleich weiter hinab gegen Maienfeld hin ging, fuhr der Peter weiter, denn es kam ihm so vor, als müßte er sich und dem Schlitten Gewalt antun, wenn er auf einmal den Lauf einhalten wollte. So fuhr er zu, bis er ganz unten in der Ebene ankam und es von selbst nicht mehr weiter ging. Dann stieg er ab und schaute sich um. Die Gewalt der Niederfahrt hatte ihn noch ziemlich über Maienfeld hinausgejagt. Jetzt bedachte er, daß er jedenfalls zu spät in die Schule käme, da sie schon lange begonnen hatte, er aber zum Hinaufsteigen fast eine Stunde brauchte. So konnte er sich alle Zeit lassen zur Rückkehr. Das tat er denn auch und kam gerade oben im Dörfli wieder an, als das Heidi aus der Schule zurückgekehrt war und sich mit dem Großvater an den Mittagstisch setzte. Der Peter trat herein, und da er diesmal einen besonderen Gedanken mitzuteilen hatte, so lag ihm dieser oben auf und er mußte ihn gleich beim Eintreten los werden.

»Es hat ihn«, sagte der Peter, mitten in der Stube stillstehend.

»Wen? Wen? General! Das tönt ziemlich kriegerisch«, sagte der Öhi.

»Den Schnee«, berichtete Peter.

»O! o! Jetzt kann ich zur Großmutter hinauf!« frohlockte das Heidi, das die ganze Ausdrucksweise des Peter gleich verstanden hatte. »Aber warum bist du denn nicht in die Schule gekommen? Du konntest ja gut herunterschlittern«, setzte es auf einmal vorwurfsvoll hinzu, denn dem Heidi kam es vor, das sei nicht in der Ordnung, so draußen zu bleiben, wenn man doch gut in die Schule gehen könnte.

»Bin zu weit gekommen mit dem Schlitten, war zu spät«, gab der Peter zurück.

»Das nennt man desertieren«, sagte der Öhi, »und Leute, die das tun, nimmt man bei den Ohren, hörst du?«

Der Peter riß erschrocken an seiner Kappe herum, denn vor keinem Menschen auf der Welt hatte er einen so großen Respekt wie vor dem Alm-Öhi.

»Und dazu ein Anführer, wie du einer bist, der muß sich doppelt schämen, so auszureißen«, fuhr der Öhi fort. »Was meinst, wenn einmal deine Geißen eine da und die andere dort hinausliefen und sie wollten dir nicht mehr folgen und nicht tun, was gut ist für sie, was würdest du dann machen?«

»Sie hauen«, entgegnete der Peter kundig.

»Und wenn einmal ein Bub so täte, wie eine ungebärdige Geiß, und er würde ein wenig durchgehauen, was würdest du dann sagen?«

»Geschieht ihm recht«, war die Antwort.

»So, jetzt weißt was, Geißenoberst: wenn du noch einmal auf deinem Schlitten über die Schule hinaus fährst, wenn du hinein solltest, so komm dann nachher zu mir und hol dir, was dir dafür gehört.«

Jetzt verstand der Peter den Zusammenhang der Rede und daß er mit dem Buben gemeint sei, der fortlaufe wie eine ungebärdige Geiß. Er war ganz getroffen von dieser Ähnlichkeit und schaute ein wenig bänglich in die Winkel hinein, ob so etwas zu entdecken sei, wie er es in solchen Fällen für die Geißen gebrauchte.

Aber ermunternd sagte nun der Öhi: »Komm an den Tisch jetzt und halt mit, dann geht das Heidi mit dir. Am Abend bringst du's wieder heim, dann findest du dein Nachtessen hier.«Diese unerwartete Wendung der Dinge war dem Peter höchst erfreulich; sein Gesicht verzog sich auf alle Seiten vor Vergnügen. Er gehorchte unverzüglich und setzte sich neben das Heidi hin. Das Kind aber hatte schon genug und konnte gar nicht mehr schlucken vor Freude, daß es zur Großmutter gehen sollte. Es schob die große Kartoffel und den Käsebraten, die noch auf seinem Teller lagen, dem Peter zu, der von der andern Seite vom Öhi den Teller voll bekommen hatte, so daß ein ganzer Wall vor ihm aufgerichtet stand; aber der Mut zum Angriff fehlte ihm nicht. Das Heidi rannte an den Schrank und holte sein Mäntelchen von der Klara hervor; jetzt konnte es, ganz warm eingepackt, mit der Kapuze über dem Kopf, seine Reise machen. Es stellte sich nun neben den Peter hin, und sobald dieser sein letztes Stück eingeschoben hatte, sagte es: »Jetzt komm!« Dann machten sie sich auf den Weg. Das Heidi hatte dem Peter sehr viel zu erzählen vom Schwänli und Bärli, daß sie beide am ersten Tag in dem neuen Stall gar nicht hatten fressen wollen und daß sie die Köpfe hatten hängen lassen den ganzen Tag und keinen Ton von sich gegeben hatten. Und es habe den Großvater gefragt, warum sie so tun; dann habe er gesagt: sie tun so, wie es in Frankfurt, denn sie seien noch nie von der Alm heruntergekommen ihr Leben lang. Und das Heidi setzte hinzu: »Du solltest nur einmal erfahren, wie das ist, Peter.«

Die beiden waren so fast oben angekommen, ohne daß der Peter ein einziges Wort gesagt hätte, und es war auch, als ob ihn ein tiefer Gedanke beschäftigte, daß er nicht einmal recht zuhören konnte, wie sonst. Als sie nun bei der Hütte angekommen waren, stand der Peter still und sagte ein wenig störrisch: »Dann will ich noch lieber in die Schule gehen, als beim Öhi holen, was er gesagt hat.«

Das Heidi war derselben Meinung und bestärkte den Peter ganz eifrig in seinem Vorsatz. Drinnen in der Stube saß die Mutter allein beim Flickwerk; sie sagte, die Großmutter müsse die Tage im Bett bleiben, es sei zu kalt für sie, und dann sei ihr auch sonst nicht recht. Das war dem Heidi etwas Neues; sonst saß die Großmutter immer an ihrem Platz in der Ecke. Es rannte gleich zu ihr in die Kammer hinein. Sie lag ganz von dem grauen Tuch umwickelt in ihrem schmalen Bett mit der dünnen Decke.

»Gott Lob und Dank!« sagte die Großmutter gleich, als sie das Heidi hereinspringen hörte. Sie hatte schon den ganzen Herbst durch eine geheime Angst im Herzen gehabt, die sie noch immer verfolgte, besonders wenn das Heidi eine Zeit lang nicht kam. Der Peter hatte berichtet, wie ein fremder Herr aus Frankfurt gekommen sei und immer mit auf die Weide komme und mit dem Heidi reden wolle, und die Großmutter meinte nicht anders, als der Herr sei gekommen, das Heidi wieder mit fortzunehmen. Wenn er auch nachher schon allein abreiste, so stieg die Angst doch immer wieder in ihr auf, es könnte irgendein Abgesandter von Frankfurt herkommen und das Kind wieder zurückholen. Das Heidi sprang zu dem Bett der Kranken hin und fragte sorglich: »Bist du stark krank, Großmutter?«

»Nein, nein Kind«, beruhigte die Alte, indem sie das Heidi liebevoll streichelte; »der Frost ist mir nur ein wenig in die Glieder gefahren.«

»Wirst du dann auf der Stelle gesund, wenn es wieder warm ist?« fragte eindringlich das Heidi weiter.

»Ja, ja, will's Gott, noch vorher, daß ich wieder an mein Spinnrad kann; ich meinte schon heute, ich wolle es probieren, morgen wird's dann schon wieder gehen«, sagte die Großmutter in zuversichtlicher Weise, denn sie hatte schon gemerkt, daß das Kind erschrocken war.

Ihre Worte beruhigten das Heidi, dem es sehr angst gewesen war, denn krank im Bett hatte es die Großmutter noch nie getroffen. Es betrachtete sie jetzt ein wenig verwundert, dann sagte es:

»In Frankfurt legen sie einen Shawl an zum Spazierengehen. Hast du etwa gemeint, man müsse ihn anlegen, wenn man ins Bett geht, Großmutter?«

»Weißt du, Heidi«, entgegnete sie, »ich nehme den Shawl so um im Bett, daß ich nicht friere. Ich bin so froh darüber, die Decke ist ein wenig dünn.«

»Aber Großmutter«, fing das Heidi wieder an, »bei deinem Kopf geht es bergab, wo es ganz bergauf gehen sollte; so muß ein Bett nicht sein.«

»Ich weiß schon, Kind, ich spüre es auch wohl«, und die Großmutter suchte auf dem Kissen, das wie ein dünnes Brett unter dem Kopfe lag, einen besseren Platz zu gewinnen. »Siehst du, das Kissen war nie besonders dick, und jetzt habe ich so viele Jahre darauf geschlafen, daß ich es ein wenig flach gelegen habe.«

»O hätt' ich nur in Frankfurt die Klara gefragt, ob ich nicht mein Bett mitnehmen könne«, sagte jetzt das Heidi; »da hatte es drei große, dicke Kissen aufeinander, daß ich gar nicht schlafen konnte und immer weiter herunterrutschte, bis wo es flach war, und dann mußte ich wieder hinauf, weil man dort so schlafen muß. Könntest du so schlafen, Großmutter?«

»Ja freilich, das gibt warm und man bekommt den Atem so gut, wenn man so hoch liegen kann mit dem Kopf«, sagte die Großmutter, ein wenig mühsam ihren Kopf aufrichtend, so wie um eine höhere Stelle zu finden. »Aber wir wollen jetzt nicht von dem reden, ich habe ja dem lieben Gott für so vieles zu danken, das andere Alte und Kranke nicht haben: schon das gute Brötchen, das ich immer bekomme, und das schöne, warme Tuch hier, und daß du so zu mir kommst, Heidi. Willst du mir auch wieder etwas lesen heute?«

Das Heidi lief hinaus und holte das alte Liederbuch herbei. Nun suchte es ein schönes Lied nach dem andern, denn es kannte sie jetzt wohl und es freute sich selbst, das alles wieder zu hören, es hatte ja seit vielen Tagen die Verse alle, die ihm lieb waren, nicht mehr gehört.

Die Großmutter lag mit gefalteten Händen da, und auf ihrem Gesichte, das erst so bekümmert ausgesehen hatte, lag jetzt ein so freudiges Lächeln, als wäre ihr eben ein großes Glück zuteil geworden.

Das Heidi hielt auf einmal inne.

»Großmutter, bist du schon gesund geworden?« fragte es.

»Es ist mir wohl, Heidi, es ist mir wohl geworden darüber; lies es noch fertig, willst du?«

Das Kind las sein Lied zu Ende, und als die letzten Worte kamen:

Wird mein Auge dunkler, trüber,
Dann erleuchte meinen Geist,
Daß ich fröhlich zieh' hinüber,
Wie man nach der Heimat reist –

da wiederholte sie die Großmutter und dann noch einmal, und noch einmal, und auf ihrem Gesicht lag jetzt eine große freudige Erwartung. Dem Heidi wurde so wohl dabei. Der ganze, sonnige Tag seiner Heimkehr stieg vor ihm auf, und voller Freude rief es aus: »Großmutter, ich weiß schon, wie es ist, wenn man nach der Heimat reist.« Sie antwortete nichts; aber sie hatte die Worte wohl vernommen und der Ausdruck, der dem Heidi so wohl getan hatte, blieb auf ihrem Gesicht.

Nach einer Weile sagte das Kind wieder: »Jetzt wird's dunkel, Großmutter, ich muß heim; aber ich bin so froh, daß es dir jetzt wieder wohl ist.«

Die Großmutter nahm die Hand des Kindes in die ihrige und hielt sie fest; dann sagte sie:

»Ja, ich bin auch wieder so froh; wenn ich auch noch liegen bleiben muß, so ist es mir doch wohl. Siehst du, das weiß niemand, der es nicht erfahren hat, wie das ist, wenn man viele, viele Tage so ganz allein daliegt und hört kein Wort von einem andern Menschen und kann nichts sehen, nicht einen einzigen Sonnenstrahl. Dann kommen so schwere Gedanken über einen, daß man manchmal meint, es könne nie mehr Tag werden und man könne nicht mehr weiter. Aber wenn man dann einmal wieder die Worte hört, die du mir vorgelesen hast, so ist es, wie wenn einem ein Licht davon aufgehen würde im Herzen, an dem man sich wieder freuen kann.«

Jetzt ließ die Großmutter die Hand des Kindes los, und nachdem es ihr gute Nacht gesagt, lief es in die Stube zurück und zog den Peter eilig hinaus, denn es war unterdessen Nacht geworden. Aber draußen stand der Mond am Himmel und schien hell auf den weißen Schnee, daß es war, als wollte der Tag schon wieder angehen. Der Peter zog seinen Schlitten zurecht, setzte sich vorn darauf, das Heidi hinter ihn, und fort schossen sie, die Alm hinunter, nicht anders, als wären sie zwei Vögel, die durch die Lüfte sausen.

Als später das Heidi auf seinem schönen, hohen Heubett hinter dem Ofen lag, da kam ihm die Großmutter wieder in den Sinn, wie sie so schlecht lag mit dem Kopfe, und dann mußte es an alles denken, was sie gesagt hatte, und an das Licht, das ihr die Worte im Herzen anzünden. Und es dachte: wenn die Großmutter nur alle Tage die Worte hören könnte, dann würde es ihr jeden Tag einmal wohl. Aber es wußte, nun konnte eine ganze Woche, oder vielleicht zwei vergehen, ehe es wieder zu ihr hinauf durfte. Das kam dem Heidi so traurig vor, daß es immer stärker nachsinnen mußte, was es nur machen könnte, daß die Großmutter die Worte jeden Tag zu hören bekäme. Auf einmal fiel ihm eine Hilfe ein, und es war so froh darüber, daß es meinte, es könne gar nicht warten, daß der Morgen wiederkomme und es seinen Plan ausführen könne. Auf einmal setzte das Heidi sich wieder ganz gerade auf in seinem Bett, denn vor lauter Nachdenken hatte es ja sein Nachtgebet noch nicht zum lieben Gott hinaufgeschickt, und das wollte es doch nie mehr vergessen.

Als es nun so recht von Herzen für sich und den Großvater und die Großmutter gebetet hatte, fiel es auf einmal in sein weiches Heu zurück und schlief ganz fest und friedlich bis zum hellen Morgen.

Der Winter dauert noch fort

Am andern Tage kam der Peter exakt zur rechten Zeit in die Schule heruntergefahren. Sein Mittagessen hatte er in seinem Sack mitgebracht, denn da ging es so zu: wenn um Mittag die Kinder im Dörfli nachhause gingen, dann setzten sich die einzelnen Schüler, die weit weg wohnten, auf die Klassentische, stemmten die Füße fest auf die Bänke und breiteten auf den Knien die mitgebrachten Speisen aus, um so ihr Mittagsmahl zu halten. Bis um 1 Uhr konnten sie sich daran vergnügen, dann ging die Schule wieder an. Hatte der Peter einmal einen solchen Schultag mitgemacht, dann ging er am Schluß zum Öhi hinüber und machte seinen Besuch beim Heidi.

Als er heute nach Schulschluß in die große Stube beim Öhi eintrat, schoß das Heidi gleich auf ihn zu, denn gerade auf ihn hatte es gewartet.

»Peter, ich weiß etwas!« rief es ihm entgegen.

»Sag's«, gab er zurück.

»Jetzt mußt du lesen lernen«, lautete die Nachricht.

»Hab's schon getan«, war die Antwort.

»Ja, ja, Peter, so mein' ich nicht«, eiferte jetzt das Heidi; »ich meine so, daß du es nachher kannst.«

»Kann nicht«, bemerkte der Peter.

»Das glaubt dir jetzt kein Mensch mehr und ich auch nicht«, sagte das Heidi sehr entschieden. »Die Großmama in Frankfurt hat schon gewußt, daß es nicht wahr ist, und sie hat mir gesagt, ich soll es nicht glauben.« Der Peter staunte über diese Nachricht.

»Ich will dich schon lesen lehren, ich weiß ganz gut wie«, fuhr das Heidi fort; »du mußt es jetzt einmal erlernen und dann mußt du alle Tage der Großmutter ein Lied lesen oder zwei.«

»Das ist nichts«, brummte der Peter.

Dieser hartnäckige Widerstand gegen etwas, das gut und recht war und dem Heidi so sehr am Herzen lag, brachte es in Aufregung. Mit blitzenden Augen stellte es sich jetzt vor den Buben hin und sagte bedrohlich:

»Dann will ich dir schon sagen, was kommt, wenn du nie etwas lernen willst: Deine Mutter hat schon zweimal gesagt, du müssest auch nach Frankfurt, daß du allerhand lernest, und ich weiß schon, wo dort die Buben in die Schule gehen; beim Ausfahren hat mir die Klara das furchtbar große Haus gezeigt. Aber dort gehen sie nicht nur, wenn sie Buben sind, sondern immerfort, wenn sie schon ganz große Herren sind; das habe ich selber gesehen; und dann mußt du nicht meinen, daß nur ein einziger Lehrer da ist, wie bei uns, und ein so guter. Da gehen immer ganze Reihen, viele miteinander in das Haus hinein und alle sehen ganz schwarz aus, wie wenn sie in die Kirche gingen, und haben *so* hohe schwarze Hüte auf den Köpfen« – und das Heidi gab das Maß von den Hüten an vom Boden auf.

Dem Peter fuhr ein Schauder den Rücken hinauf.

»Und dann mußt du dort hinein unter alle die Herren«, fuhr das Heidi mit Eifer fort, »und wenn es dann an dich kommt, so kannst du gar nicht lesen und machst noch Fehler beim Buchstabieren. Dann kannst du nur sehen, wie dich die Herren ausspotten, das ist dann noch viel ärger, als die Tinette, und du solltest nur wissen, wie es ist, wenn diese spottet.«

»So will ich«, sagte der Peter halb kläglich, halb ärgerlich.

Im Augenblick war das Heidi besänftigt. »So, das ist recht, dann wollen wir gleich anfangen«, sagte es erfreut, und geschäftig zog es den Peter an den Tisch hin und holte das nötige Werkzeug herbei.

In dem großen Paket der Klara hatte sich auch ein Büchlein befunden, das dem Heidi wohlgefiel, und schon gestern Nacht war es ihm in den

Sinn gekommen, das könne es gut zu dem Unterricht für den Peter gebrauchen, denn das war ein Abc-Büchlein mit Sprüchen.

Jetzt saßen die beiden am Tisch, die Köpfe über das kleine Buch gebeugt, und die Lehrstunde konnte beginnen.

Der Peter mußte den ersten Spruch buchstabieren und dann wieder und dann noch einmal, denn das Heidi wollte die Sache sauber und geläufig haben.

Endlich sagte es: »Du kannst's immer noch nicht, aber ich will dir ihn jetzt einmal hintereinander lesen; wenn du weißt, wie's heißen muß, kannst du's dann besser zusammenbuchstabieren.« Und das Heidi las:

Geht heut' das A B C noch nicht,
Kommst morgen du vors Schulgericht.

»Ich geh' nicht«, sagte der Peter störrisch.

»Wohin?« fragte das Heidi.

»Vor das Gericht«, war die Antwort.

»So mach, daß du einmal die drei Buchstaben kennst, dann mußt du ja nicht gehen«, bewies ihm das Heidi.

Jetzt setzte der Peter noch einmal an und repetierte beharrlich die drei Buchstaben so lange fort, bis das Heidi sagte:

»Jetzt kannst du die drei.«

Da es aber nun bemerkt hatte, welch eine Wirkung der Spruch auf den Peter ausgeübt hatte, wollte es gleich noch ein wenig vorarbeiten für die folgenden Lehrstunden.

»Wart, ich will dir jetzt noch die anderen Sprüche lesen«, fuhr es fort, »dann wirst du sehen, was alles noch kommen kann.«

Und es begann sehr klar und verständlich zu lesen:

D E F G muß fließend sein,
Sonst kommt ein Unglück hintendrein.

78

Vergessen H I K,
Das Unglück ist schon da.

Wer am L M noch stottern kann,
Zahlt eine Buß' und schämt sich dann.

Es gibt etwas und wüßtest's du,
Du lerntest schnell N O P Q.

Stehst du noch an bei R S T,
Kommt etwas nach, das tut dir weh.

Hier hielt das Heidi inne, denn der Peter war so mäuschenstill, daß es einmal sehen mußte, was er mache. Alle die Drohungen und geheimen Schrecknisse hatten ihm so zugesetzt, daß er kein Glied mehr bewegte und schreckensvoll das Heidi anstarrte.

Das rührte sogleich sein mitleidiges Herz und tröstend sagte es:

»Du mußt dich nicht fürchten, Peter; komm du jetzt nur jeden Abend zu mir, und wenn du dann lernst, wie heut', so kennst du allemal zuletzt die Buchstaben und dann kommt ja das andere nicht. Aber nun mußt du alle Tage kommen, nicht so wie du in die Schule gehst; wenn es schon schneit, es tut dir ja nichts.«

Der Peter versprach, so zu tun, denn der erschreckende Eindruck hatte ihn ganz zahm und willig gemacht. Jetzt trat er seinen Heimweg an. –

Der Peter befolgte Heidis Vorschrift pünktlich, und jeden Abend wurden mit Eifer die folgenden Buchstaben einstudiert und der Spruch beherzigt.

Oft saß auch der Großvater in der Stube und hörte dem Exerzitium zu, indem er vergnüglich sein Pfeifchen rauchte, während es öfter in seinen Mundwinkeln zuckte, so, als ob ihn von Zeit zu Zeit eine große Heiterkeit übernehmen wollte.

Nach der großen Anstrengung wurde der Peter dann meistens aufgefordert, noch dazubleiben und beim Abendessen mitzuhalten, was ihn alsbald für die ausgestandene Angst, die der heutige Spruch mit sich gebracht hatte, reichlich entschädigte.

So gingen die Wintertage dahin. Der Peter erschien regelmäßig und machte wirklich Fortschritte mit seinen Buchstaben.

Mit den Sprüchen hatte er aber täglich zu fechten. Man war jetzt beim U angelangt. Als das Heidi den Spruch las:

Wer noch das U in V verdreht,
Kommt dahin, wo er nicht gern geht –

da knurrte der Peter: »Ja, wenn ich ginge!« Aber er lernte doch tüchtig zu, so, als stehe er unter dem Eindrucke, es könnte ihn doch heimlich einer beim Kragen nehmen und dorthin bringen, wohin er nicht gern ginge.

Am folgenden Abend las das Heidi:

Ist dir das W noch nicht bekannt,
Schau nach dem Rütlein an der Wand.

Da guckte der Peter hin und sagte höhnisch:
»Hat keins.«
»Ja, ja, aber weißt du, was der Großvater im Kasten hat?« fragte das Heidi. »Einen Stecken, fast so dick wie mein Arm, und wenn man ihn herausnimmt, so kann man nur sagen: ›Schau nach dem Stecken an der Wand!‹«
Der Peter kannte den dicken Haselstock. Augenblicklich beugte er sich über sein W und suchte es zu erfassen.

Am andern Tage hieß es:

Willst du noch das X vergessen
Kriegst du heute nix zu essen.

Da schaute der Peter forschend zu dem Schrank hinüber, wo das Brot und der Käse drin lagen, und sagte ärgerlich:
»Ich habe ja gar nicht gesagt, daß ich das X vergessen wolle.«
»Es ist recht, wenn du das nicht vergessen willst, dann können wir auch gleich noch einen lernen«, schlug das Heidi vor, »dann hast du morgen nur noch einen einzigen Buchstaben.«
Der Peter war nicht einverstanden. Aber schon las das Heidi:

Machst du noch Halt beim Y,
Kommst du mit Hohn und Spott davon.

Da stiegen vor Peters Augen alle die Herren in Frankfurt auf mit den hohen, schwarzen Hüten auf den Köpfen und Hohn und Spott in den Gesichtern. Augenblicklich warf er sich auf das Ypsilon und ließ es nicht wieder los, bis er es so gut kannte, daß er die Augen zutun konnte und doch wußte, wie es aussah.

Am Tag darauf kam der Peter schon ein wenig hoch beim Heidi an, denn da war ja nur noch ein einziger Buchstabe zu verarbeiten, und als ihm das Heidi gleich den Spruch las:

Wer zweifelnd noch beim Z bleibt stehn,
Muß zu den Hottentotten gehn!

da höhnte der Peter: »Ja, wenn kein Mensch weiß, wo die sind!«

»Freilich, Peter, das weiß der Großvater schon«, versicherte das Heidi; »wart nur, ich will ihn geschwind fragen, wo sie sind, er ist nur beim Herrn Pfarrer drüben«, und schon war das Heidi aufgesprungen und wollte zur Tür hinaus.

»Wart!« schrie jetzt der Peter in voller Angst, denn schon sah er in seiner Einbildung den Alm-Öhi mitsamt dem Herrn Pfarrer daher kommen und wie ihn die zwei nun gleich anpacken und den Hottentotten übersenden würden, denn er hatte ja wirklich nicht mehr gewußt, wie das Z hieß. Sein Angstschrei ließ das Heidi stillstehen.

»Was hast du denn?« fragte es verwundert.

»Nichts! Komm zurück! Ich will lernen!« stieß der Peter mit Unterbrechungen hervor. Aber das Heidi hätte jetzt selbst gern gewußt, wo die Hottentotten seien, und es wollte durchaus den Großvater fragen. Der Peter schrie ihm aber so verzweifelt nach, daß es nachgab und zurückkam. Nun mußte er aber auch etwas tun dafür. Nicht nur wurde das Z so manchmal wiederholt, daß der Buchstabe für alle Zeit in seinem Gedächtnis festsitzen mußte, sondern das Heidi ging gleich noch zum Syllabieren über, und an dem Abend lernte der Peter so viel, daß er um einen ganzen Ruck vorwärts kam. – So ging es weiter Tag für Tag.

Der Schnee war wieder weich geworden, und darüberhin schneite es neuerdings einen Tag um den andern, so daß das Heidi wohl drei Wochen lang gar nicht zur Großmutter hinauf konnte. Um so eifriger war es in seiner Arbeit an dem Peter, daß er es ersetzen könne beim Liederlesen. So kam eines Abends der Peter heim vom Heidi, trat in die Stube ein und sagte:

»Ich kann's!«

»Was kannst du, Peterli?« fragte erwartungsvoll die Mutter.

»Das Lesen«, antwortete er.

»Ist auch das möglich! Hast du's gehört, Großmutter?« rief die Brigitte in hoher Verwunderung aus.

Die Großmutter hatte es gehört und mußte sich auch sehr verwundern, wie das zugegangen sei.

»Ich muß jetzt ein Lied lesen, das Heidi hat's gesagt«, berichtete der Peter weiter. Die Mutter holte hurtig das Buch herunter und die Großmutter freute sich, sie hatte so lange kein gutes Wort gehört. Der Peter setzte sich an den Tisch hin und begann zu lesen. Seine Mutter saß aufhorchend neben ihm; nach jedem Vers mußte sie mit Bewunderung sagen: »Wer hätte es auch denken können!«

Auch die Großmutter folgte mit Spannung einem Vers nach dem andern, sie sagte aber nichts dazu.

Am Tage nach diesem Ereignis traf es sich, daß in der Schule in Peters Klasse eine Leseübung stattfand. Als die Reihe an den Peter kommen sollte, sagte der Lehrer:

»Peter, muß man dich wieder übergehen, wie immer, oder willst du einmal wieder – ich will nicht sagen lesen, ich will sagen: versuchen, an einer Linie herumzustottern?«

Der Peter fing an und las hintereinander drei Linien, ohne abzusetzen.

Der Lehrer legte sein Buch weg. Mit stummem Erstaunen blickte er auf den Peter, so, als habe er desgleichen noch nie gesehen. Endlich sprach er:

»Peter, an dir ist ein Wunder geschehen! So lange ich mit unbeschreiblicher Geduld an dir gearbeitet habe, warst du nicht imstande, auch nur das Buchstabieren richtig zu erfassen. Nun ich, obwohl ungern, die Arbeit an dir als nutzlos aufgegeben habe, geschieht es, daß du erscheinst und hast nicht nur das Buchstabieren, sondern ein ordentliches, sogar deutliches Lesen erlernt. Woher können zu unserer Zeit denn noch solche Wunder kommen, Peter?«

»Vom Heidi«, antwortete dieser.

Höchst verwundert schaute der Lehrer nach dem Heidi hin, das ganz harmlos auf seiner Bank saß, so daß nichts Besonderes an ihm zu sehen war. Er fuhr fort:

»Ich habe überhaupt eine Veränderung an dir bemerkt, Peter. Während du früher oftmals die ganze Woche, ja mehrere Wochen hintereinander in der Schule gefehlt hast, so bist du in der letzten Zeit nicht einen Tag ausgeblieben. Woher kann eine solche Umwandlung zum Guten in dich gekommen sein?«

»Vom Öhi«, war die Antwort.

Mit immer größerem Erstaunen blickte der Lehrer vom Peter auf das Heidi und von diesem wieder auf den Peter zurück.

»Wir wollen es noch einmal versuchen«, sagte er dann behutsam; und noch einmal mußte der Peter an drei Linien seine Kenntnisse erproben. Es war richtig, er hatte lesen gelernt.

Sobald die Schule zu Ende war, eilte der Lehrer zum Herrn Pfarrer hinüber, um ihm mitzuteilen, was vorgefallen war und in welcher erfreulichen Weise der Öhi und das Heidi in der Gemeinde wirkten.

Jeden Abend las jetzt der Peter daheim ein Lied vor; so weit gehorchte er dem Heidi, weiter aber nicht, ein zweites unternahm er nie; die Großmutter forderte ihn aber auch nie dazu auf.

Die Mutter Brigitte mußte sich noch täglich verwundern, daß der Peter 86 dieses Ziel erreicht hatte, und an manchen Abenden, wenn die Vorlesung vorbei war und der Vorleser in seinem Bett lag, mußte sie wieder zur Großmutter sagen:

»Man kann sich doch nicht genug freuen, daß der Peterli das Lesen so schön erlernt hat; jetzt kann man gar nicht wissen, was noch aus ihm werden kann.«

Da antwortete einmal die Großmutter:

»Ja, es ist so gut für ihn, daß er etwas gelernt hat; aber ich will doch herzlich froh sein, wenn der liebe Gott nun bald den Frühling schickt, daß das Heidi auch wieder heraufkommen kann; es ist doch, wie wenn es ganz andere Lieder läse. Es fehlt so manchmal etwas in den Versen, wenn sie der Peter liest, und ich muß es dann suchen, und dann komm' ich nicht mehr nach mit den Gedanken und der Eindruck kommt mir nicht ins Herz, wie wenn mir das Heidi die Worte liest.«

Das kam aber daher, weil der Peter sich beim Lesen ein wenig einrichtete, daß er's nicht zu unbequem hatte. Wenn ein Wort kam, das gar zu lang war, oder sonst schlimm aussah, so ließ er es lieber ganz aus, denn er dachte, um drei oder vier Worte in einem Vers werde es der Großmutter wohl gleich sein, es kommen ja dann noch viele. So kam es, daß es fast keine Hauptwörter mehr hatte in den Liedern, die der Peter vorlas. 87

Die fernen Freunde regen sich

Der Mai war gekommen. Von allen Höhen strömten die vollen Frühlings-
bäche ins Tal herab. Ein warmer, lichter Sonnenschein lag auf der Alp.
Sie war wieder grün geworden; der letzte Schnee war weggeschmolzen,
und von den lockenden Sonnenstrahlen geweckt, guckten schon die ersten
Blümchen mit ihren hellen Augen aus dem frischen Gras heraus. Droben
rauschte der fröhliche Frühlingswind durch die Tannen und schüttelte
ihnen die alten, dunkeln Nadeln fort, daß die jungen, hellgrünen herauskommen und die Bäume herrlich schmücken konnten. Hoch oben
schwang wieder der alte Raubvogel seine Flügel in den blauen Lüften
und rings um die Almhütte lag der goldene Sonnenschein warm am Boden und trocknete die letzten feuchten Stellen auf, daß man wieder hinsitzen konnte, wo man nur wollte.

Das Heidi war wieder auf der Alp. Es sprang dahin und dorthin und
wußte gar nicht, wo es am schönsten war. Jetzt mußte es dem Winde
lauschen, wie er tief und geheimnisvoll oben von den Felsen heruntersau-
ste, immer näher und immer mächtiger, und jetzt schoß er in die Tannen
und rüttelte und schüttelte sie, und das war, als jauchze er vor Vergnügen,
und das Heidi mußte auch aufjauchzen und wurde dabei hin- und herge-
blasen wie ein Blättlein. Dann lief es wieder auf das sonnige Plätzchen
vor der Hütte und setzte sich auf den Boden und guckte in das kurze
Gras hinein, zu entdecken, wie viele kleine Blumenkelche sich öffnen
wollten und schon offen waren. Da hüpften und krochen und tanzten
auch so viele lustige Mücken und Käferchen in der Sonne herum und
freuten sich, und das Heidi freute sich mit ihnen und sog den Frühlings-
duft, der aus dem frisch erschlossenen Boden emporstieg, in langen Zügen
ein und meinte, so schön sei es noch nie auf der Alp gewesen. Den tausend kleinen Tierlein mußte es so wohl sein wie ihm, denn es war gerade,
als summten und sängen sie in heller Freude alle durcheinander:
»Auf der Alp! Auf der Alp! Auf der Alp!«

Vom Schopf hinter der Hütte hervor tönte es hie und da wie ein eifriges
Klopfen und Sägen, und das Heidi lauschte auch einmal dorthin, denn
das waren die alten, heimatlichen Töne, die es so gut kannte, die von
Anfang an zum Leben auf der Alp gehört hatten. Jetzt mußte es aufsprin-
gen und auch einmal dorthin rennen, denn es mußte doch wissen, was
beim Großvater vorging. Vor der Schopftür stand schon fix und fertig

ein schöner, neuer Stuhl, und am zweiten arbeitete der Großvater mit geschickter Hand.

»O, ich weiß schon, was das gibt!« rief das Heidi in Freuden aus. »Das ist nötig, wenn sie von Frankfurt kommen. Der ist für die Großmama und der, den du jetzt machst, für die Klara und dann – dann muß noch einer sein«, fuhr das Heidi zögernd fort, »oder glaubst du nicht, Großvater, daß Fräulein Rottenmeier auch mitkommt?«

»Das kann ich nun nicht sagen«, meinte der Großvater, »aber es ist sicherer, einen Stuhl bereit zu haben, daß wir sie zum Sitzen einladen können, wenn sie kommt.«

Das Heidi schaute nachdenklich auf die hölzernen Stühlchen ohne Lehne hin und machte still seine Betrachtungen darüber, wie Fräulein Rottenmeier und ein solches Stühlchen zusammenpassen würden. Nach einer Weile sagte es, bedenklich den Kopf schüttelnd:

»Großvater, ich glaube nicht, daß sie darauf sitzt.«

»Dann laden wir sie auf das Kanapee mit dem schönen, grünen Rasenüberzug ein«, entgegnete ruhig der Großvater.

Als das Heidi noch nachsann, wo das schöne Kanapee mit dem grünen Rasenüberzug sei, erscholl plötzlich von oben her ein Pfeifen und Rufen und Rutenschwingen durch die Luft, daß das Heidi sofort wußte, woran es war. Es schoß hinaus und war augenblicklich von den herabspringenden Geißen dicht umringt. Denen mußte es wohl sein, wie es dem Heidi war, wieder auf der Alp zu sein, denn sie machten so hohe Sprünge und meckerten so lebenslustig wie noch nie und das Heidi wurde dahin und dorthin gedrängt, denn jede wollte ihm zunächst kommen und ihre Freude bei ihm auslassen. Aber der Peter stieß sie alle weg, eine rechts und die andere links, denn er hatte dem Heidi eine Botschaft zu überbringen. Als er zu ihm vorgedrungen war, hielt er ihm einen Brief entgegen.

»Da!« sagte er, die weitere Erklärung der Sache dem Heidi selbst überlassend. Es war sehr erstaunt.

»Hast du denn auf der Weide einen Brief für mich bekommen?« fragte es voller Verwunderung.

»Nein«, war die Antwort.

»Ja, wo hast du ihn denn genommen, Peter?«

»Aus dem Brotsack.«

Das war richtig. Gestern Abend hatte der Postbeamte im Dörfli ihm den Brief an das Heidi mitgegeben. Den hatte der Peter in den leeren Sack gelegt. Am Morgen hatte er seinen Käse und sein Stück Brot darauf gepackt und war ausgezogen. Den Öhi und das Heidi hatte er wohl gesehen, als er ihre Geißen abholte; aber erst als er um Mittag mit Brot und Käse zu Ende war und noch die Krumen herausholen wollte, war der Brief wieder in seine Hand gekommen.

91

Das Heidi las aufmerksam seine Adresse ab; dann sprang es zum Großvater in den Schopf zurück und streckte ihm in hoher Freude den Brief entgegen: »Von Frankfurt! Von der Klara! Willst du ihn gleich hören, Großvater?«

Das wollte dieser schon gern, und auch der Peter, der dem Heidi gefolgt war, schickte sich zum Zuhören an. Er stemmte sich mit dem Rücken gegen den Türpfosten an, um einen festen Halt zu haben, denn so war es leichter, dem Heidi nachzukommen, wie es nun seinen Brief herunterlas:

Liebes Heidi!

Wir haben schon alles verpackt und in zwei oder drei Tagen wollen wir abreisen, sobald Papa auch abreist, aber nicht mit uns, er muß zuerst noch nach Paris reisen. Alle Tage kommt der Herr Doktor und ruft schon unter der Tür: ›Fort! fort! – Auf die Alp!‹ Er kann es gar nicht erwarten, daß wir gehen. Du solltest nur wissen, wie gern er selbst auf der Alp war! Den ganzen Winter ist er fast jeden Tag zu uns gekommen; dann sagte er immer, er komme zu mir, er müsse mir wieder erzählen! Dann setzte er sich zu mir hin und erzählte von allen Tagen, die er mit Dir und dem Großvater auf der Alp zugebracht hat, und von den Bergen und den Blumen und von der Stille so hoch oben über allen Dörfern und Straßen, und von der frischen, herrlichen Luft; und er sagte oft: ›Dort oben müssen alle Menschen wieder gesund werden.‹ Er ist auch selbst wieder so anders geworden, als er eine Zeit lang war, ganz jung und fröhlich sieht er wieder aus. O, wie freu' ich mich, das alles zu sehen und bei Dir auf der Alp zu sein, und auch den Peter und die Geißen kennen zu lernen! Erst muß ich in Ragaz etwa sechs Wochen lang eine Kur machen, das hat der Herr Doktor befohlen, und dann sollen wir im Dörfli wohnen nachher, und ich soll dann an schönen Tagen auf die Alp hinaufgefahren werden in meinem Stuhl und den Tag über bei Dir bleiben. Die Großmama kommt mit und bleibt bei mir; sie freut sich auch, zu Dir hinaufzukommen. Aber denk, Fräulein Rottenmeier will nicht mit. Fast jeden Tag sagt die Großmama einmal: ›Wie ist's mit der Schweizerreise, werte Rottenmeier? Genieren Sie sich nicht, wenn Sie Lust haben, mitzukommen.‹ Aber sie dankt immer

92

furchtbar höflich und sagt, sie wolle nicht unbescheiden sein. Aber ich weiß schon, woran sie denkt: Der Sebastian hat eine so erschreckliche Beschreibung von der Alp gemacht, als er von Deinem Begleit nachhause kam, wie furchtbare Felsen dort herunterstarren und man überall in Klüfte und Abgründe niederstürzen könne, und daß es so steil hinaufgehe, daß man *auf jedem Tritt befürchten müsse, wieder rücklings herunterzukommen, und daß wohl Ziegen, aber keine Menschen ohne Lebensgefahr da hinaufklettern können. Sie hat sehr geschaudert vor dieser Beschreibung und seither schwärmt sie nicht mehr für Schweizerreisen, wie früher. Der Schrecken ist auch in die Tinette gefahren, sie will auch nicht mit. So kommen wir allein, Großmama und ich; nur Sebastian muß uns bis nach Ragaz begleiten, dann kann er wieder heimkehren.*

Ich kann es fast nicht erwarten, bis ich zu Dir kommen kann.

Lebe wohl, liebes Heidi, die Großmama läßt Dich tausendmal grüßen.

Deine treue Freundin

Klara.

Als der Peter diese Worte vernommen hatte, sprang er von dem Türpfosten weg und hieb mit seiner Rute nach rechts und links so rücksichtslos und wütend drein, daß die Geißen alle im höchsten Schrecken die Flucht ergriffen und den Berg hinunterrannten in so maßlosen Sprüngen, wie sie noch selten gemacht hatten. Hinter ihnen her stürmte der Peter und hieb mit seiner Rute in die Luft hinein, als habe er an einem unsichtbaren Feind einen unerhörten Grimm auszulassen. Dieser Feind war die Aussicht auf die Ankunft der Gäste aus Frankfurt, welche den Peter so sehr erbittert hatte.

Das Heidi war so voller Glück und Freude, daß es durchaus am andern Tag der Großmutter einen Besuch machen und ihr alles erzählen mußte, wer nun von Frankfurt kommen, und besonders auch, wer nicht kommen werde; das mußte für die Großmutter ja von der größten Wichtigkeit sein, denn sie kannte die Personen alle so genau und lebte mit dem Heidi alles, was zu seinem Leben gehörte, immerfort mit der tiefsten Teilnahme durch. Es zog auch beizeiten aus am folgenden Nachmittag, denn jetzt konnte es seine Besuche schon wieder allein unternehmen: die Sonne schien ja wieder hell und blieb lange am Himmel stehen, und über den trockenen Boden hin war es ein herrliches Bergabrennen, während der lustige Maiwind hinterhersauste und das Heidi noch ein wenig schneller hinunterjagte. Die Großmutter lag nicht mehr zu Bett. Sie saß wieder in ihrer Ecke und spann. Es lag aber ein Ausdruck auf ihrem Gesicht, als habe sie es mit schweren Gedanken zu tun. Das war so seit gestern Abend, und die ganze Nacht durch hatten diese Gedanken sie verfolgt und nicht schlafen lassen. Der Peter war in seinem großen Grimm heimgekommen, und sie hatte seinen abgebrochenen Ausrufungen entnehmen können, daß eine Schar von Leuten aus Frankfurt nach der Almhütte hinaufkommen werde. Was dann weiter geschehen sollte, wußte er nicht; aber die Großmutter mußte weiter denken, und das waren gerade die Gedanken, die sie ängstigten und ihr den Schlaf genommen hatten.

Jetzt sprang das Heidi herein und gerade auf die Großmutter zu, setzte sich auf sein Schemelchen, das immer da stand, und erzählte ihr mit einem solchen Eifer alles, was es wußte, daß es selbst immer noch mehr davon erfüllt wurde. Aber auf einmal hörte es mitten in seinem Satz auf und fragte besorgt:

»Was hast du, Großmutter, freut dich alles gar kein bißchen?«

»Doch, doch Heidi, es freut mich schon für dich, weil du eine so große Freude daran haben kannst«, antwortete sie und suchte ein wenig fröhlich auszusehen.

»Aber, Großmutter, ich kann ganz gut sehen, daß es dir angst ist. Meinst du etwa, Fräulein Rottenmeier komme doch noch mit?« fragte das Heidi, selber etwas ängstlich.

»Nein, nein! Es ist nichts, es ist nichts!« beruhigte die Großmutter. »Gib mir ein wenig deine Hand, Heidi, daß ich recht spüren kann, daß du noch da bist. Es wird ja doch zu deinem Besten sein, wenn ich es auch fast nicht überleben kann.«

»Ich will nichts von dem Besten, wenn du es fast nicht überleben kannst, Großmutter«, sagte das Heidi so bestimmt, daß dieser mit einemmal eine neue Befürchtung aufstieg; sie mußte ja annehmen, daß die Leute aus Frankfurt kommen, das Heidi wieder zu holen, denn da es nun wieder so gesund war, konnte es ja nicht anders sein, als daß sie es wieder haben wollten. Das war die große Angst der Großmutter. Aber sie fühlte jetzt, daß sie es vor dem Heidi nicht merken lassen sollte; es war ja so mitleidig mit ihr, und da könnte es sich vielleicht widersetzen und nicht gehen wollen, und das durfte nicht sein. Sie suchte nach einer Hilfe, aber nicht lange, denn sie kannte nur eine.

»Ich weiß etwas, Heidi«, sagte sie nun, »das macht mir wohl und bringt mir die guten Gedanken wieder. Lies mir das Lied, wo es gleich im Anfang heißt: *Gott will's machen.*«

Das Heidi wußte jetzt so gut Bescheid in dem alten Liederbuch, daß es auf der Stelle fand, was die Großmutter begehrte, und es las mit hellem Ton:

Gott will's machen,
Daß die Sachen
Gehen, wie es heilsam ist.
Laß die Wellen
Immer schwellen,
Denk, wie du so sicher bist!

»Ja, ja, das ist's grad, was ich hören mußte«, sagte die Großmutter erleichtert, und der Ausdruck der Bekümmernis verschwand aus ihrem Gesichte. Das Heidi schaute sie nachdenklich an, dann sagte es:

»Gelt, Großmutter, ›heilsam‹ heißt, wenn alles heilt, daß es einem wieder ganz wohl wird?«

»Ja, ja, so wird's sein«, nickte bejahend die Großmutter, »und weil der liebe Gott es so machen will, so kann man ja sicher sein, wie's auch kommt. Lies es noch einmal, Heidi, daß wir's so recht behalten können und nicht wieder vergessen.«

Das Heidi las seinen Vers gleich noch einmal und dann noch ein paarmal, denn die Sicherheit gefiel ihm auch so gut.

Als so der Abend herangekommen war und das Heidi wieder den Berg hinaufwanderte, da kam über ihm ein Sternlein nach dem andern heraus und funkelte und leuchtete zu ihm herunter und es war gerade, als wollte jedes wieder neu ihm eine große Freude ins Herz hineinstrahlen, und alle Augenblicke mußte das Heidi wieder stille stehen und hinaufschauen, und wie sie alle ringsum am Himmel in immer hellerer Freude herunterblickten, da mußte es ganz laut hinaufrufen: »Ja, ich weiß schon, weil der liebe Gott alles so gut weiß, wie es heilsam ist, kann man eine solche Freude haben und ganz sicher sein!« Und die Sternlein alle schimmerten und glänzten und winkten dem Heidi zu mit ihren Augen fort und fort, bis es oben bei der Hütte angekommen war, wo der Großvater stand und auch zu den Sternen hinaufschaute, denn so schön hatten sie lange nicht mehr heruntergestrahlt.

Nicht nur die Nächte, auch die Tage dieses Maimonats waren so hell und klar, wie seit vielen Jahren nicht mehr, und öfters schaute der Großvater am Morgen mit Erstaunen zu, wie die Sonne mit derselben Pracht am wolkenlosen Himmel wieder aufstieg, wie sie niedergegangen war, und er mußte wiederholt sagen: »Das ist ein apartes Sonnenjahr; das gibt besondere Kraft in die Kräuter. Paß auf, Anführer, daß deine Springer nicht zu übermütig werden vom guten Futter!«

Dann schwang der Peter ganz kühn seine Rute in der Luft und auf seinem Gesicht stand deutlich die Antwort geschrieben: ›Mit denen will ich's schon aufnehmen.‹

So verfloß der grünende Mai und es kam der Juni mit seiner noch wärmeren Sonne und den langen, langen, lichten Tagen, die alle Blümlein auf der ganzen Alp herauslockten, daß sie glänzten und glühten ringsum und die ganze Luft weit umher mit ihrem süßen Duft erfüllten. Schon ging auch dieser Monat seinem Ende entgegen, als das Heidi eines Morgens aus der Hütte herausgesprungen kam, wo es seine Morgengeschäfte schon vollendet hatte. Es wollte schnell einmal unter die Tannen hinaus, und dann ein wenig weiter hinauf, um zu sehen, ob der ganze große Busch von dem Tausendgüldenkraut offen stehe, denn die Blümchen waren so entzückend schön in der durchscheinenden Sonne. Aber als das Heidi um die Hütte herumrennen wollte, schrie es auf einmal aus allen Kräften so gewaltig auf, daß der Öhi aus dem Schopf heraustrat, denn das war etwas Ungewöhnliches.

»Großvater! Großvater!« rief das Kind wie außer sich: »Komm hierher! Komm hierher! Sieh! Sieh«

Der Großvater erschien auf den Ruf und sein Blick folgte dem ausgestreckten Arm des aufgeregten Kindes.

Die Alm herauf schlängelte sich ein seltsamer Zug, wie noch nie einer hier gesehen worden war. Zuerst kamen zwei Männer mit einem offenen Tragsessel, darauf saß ein junges Mädchen, in viele Tücher eingehüllt. Dann kam ein Pferd, darauf saß eine stattliche Dame, die sehr lebhaft nach allen Seiten blickte und sich eifrig mit dem jungen Führer unterhielt, der ihr zur Seite ging. Dann kam ein leerer Rollstuhl, von einem andern jungen Burschen gestoßen, denn die Kranke, die hineingehörte, wurde den steilen Berg hinan auf dem Tragsessel sicherer transportiert. Zuletzt kam ein Träger, der hatte auf sein Reff so viele Decken, Tücher und Pelze übereinandergehäuft, daß sie oben noch hoch über seinen Kopf hinausragten.

»Sie sind's! Sie sind's!« schrie das Heidi und hüpfte hochauf vor Freude. Sie waren es wirklich. Nun kamen sie näher und näher, und nun waren sie da. Die Träger setzten ihren Sessel auf die Erde, das Heidi sprang herzu und die beiden Kinder begrüßten sich mit ungeheurer Freude. Jetzt war auch die Großmama oben und stieg von ihrem Pferd herunter. Das Heidi rannte zu ihr hin und wurde mit großer Zärtlichkeit begrüßt. Dann wandte sich die Großmama zumAlm-Öhi um, der sich genaht hatte, um sie zu bewillkommnen. Da war gar keine Steifheit in der Begrüßung, denn sie kannte ihn und er sie so gut, als hätten sie schon lange Zeit miteinander verkehrt.

Gleich nach den ersten Worten der Begrüßung sagte auch die Großmama mit großer Lebhaftigkeit:»Mein lieber Öhi, was haben Sie für einen Herrensitz! Wer hätte das gedacht! Mancher König könnte Sie darum beneiden! Wie sieht auch mein Heidi aus! – Wie ein Monatsröschen«, fuhr sie fort, indem sie das Kind an sich zog und ihm die frischen Backen streichelte. »Was ist das für eine Herrlichkeit um und um! Was sagst du, Klärchen, mein Kind, was sagst du?«

Klara schaute in völligem Entzücken um sich; so etwas hatte sie ja in ihrem ganzen Leben nicht gekannt, nicht geahnt.

»O, wie schön ist's da! O, wie schön ist's da!« rief sie ein Mal ums andere aus; »so hab' ich mir's nicht gedacht. O Großmama, hier möcht' ich bleiben!«

Der Öhi hatte derweilen den Rollstuhl herbeigerückt und einige der Tücher vom Reff heruntergenommen und hineingebettet. Jetzt trat er an den Tragsessel heran.

»Wenn wir das Töchterchen nun in den gewohnten Stuhl setzten, so wäre es besser daran, der Reisesessel ist ein wenig hart«, sagte er, wartete aber nicht darauf, ob da jemand Hand anlegen werde, sondern hob sofort die kranke Klara mit seinen starken Armen sachte aus dem Strohsessel und setzte sie mit der größten Sorgfalt auf den weichen Sitz hin. Dann legte er ihr die Tücher über die Knie zurecht und bettete ihr die Füße so bequem auf die Polster, als hätte der Öhi sein Leben lang nichts getan, als Menschen mit kranken Gliedern gepflegt. Die Großmama hatte im höchsten Erstaunen zugeschaut.

»Mein lieber Öhi«, brach sie jetzt aus, »wenn ich wüßte, wo Sie die Krankenpflege erlernt haben, noch heute schickte ich alle Wärterinnen, die ich kenne, dahin, daß sie dasselbe tun. Wie ist denn so etwas möglich?«

Der Öhi lächelte ein wenig. »Es kommt mehr vom Probieren, als vom Studieren«, entgegnete er, aber auf seinem Gesichte lag trotz des Lächelns ein Zug der Traurigkeit. Vor seinen Augen war aus längstvergangener Zeit das leidende Antlitz eines Mannes aufgestiegen, der so in einen Stuhl gebettet da saß und so verstümmelt war, daß er kaum ein Glied mehr gebrauchen konnte. Das war sein Hauptmann, den er in Sizilien nach dem heißen Gefecht so an der Erde gefunden und weggetragen hatte und der ihn nachher als einzigen Pfleger um sich litt und nicht mehr von sich gelassen hatte, bis seine schweren Leiden zu Ende waren. Der Öhi sah seinen Kranken wieder vor sich; es war ihm nicht anders, als ob es jetzt seine Sache sei, die kranke Klara zu pflegen und ihr alle die erleichternden Dienstleistungen zu erweisen, die er so wohl kannte.

Der Himmel lag dunkelblau und wolkenlos über der Hütte und über den Tannen und weit über die hohen Felsen weg, die grau schimmernd hineinragten. Klara konnte sich gar nicht genug umschauen, sie war ganz voller Entzücken über alles, was sie sah.

»O Heidi, wenn ich nur mit dir herumgehen könnte, hier rund um die Hütte und unter die Tannen!« rief sie sehnsüchtig aus. »Wenn ich doch alles mit dir ansehen könnte, was ich schon so lange kenne und doch noch nie gesehen habe!«

Jetzt machte das Heidi eine große Anstrengung, und richtig, es gelang, der Stuhl rollte ganz schön über den trockenen Grasboden hin bis unter die Tannen. Hier wurde Halt gemacht. So etwas hatte ja Klara wieder in ihrem Leben nie gesehen, wie die hohen, alten Tannen waren, deren lange, breite Äste bis auf den Boden herabwuchsen und da immer größer und dicker wurden. Auch die Großmama, die den Kindern gefolgt war, stand in hoher Bewunderung da. Sie wußte nicht, was das Schönste an den uralten Bäumen war, ob die vielen, rauschenden Wipfel hoch oben im Blau, oder die graden, festen Säulenstämme, die mit ihren gewaltigen Ästen von so vielen, vielen Jahren erzählten, die sie schon da oben gestanden und auf das Tal niedergeschaut hatten, wo die Menschen kamen und gingen und immer wieder alles anders wurde, und sie waren immer dieselben geblieben.

Unterdessen hatte das Heidi den Rollstuhl vor den Geißenstall hingeschoben und hatte da die kleine Tür weit aufgerissen, damit Klara auch alles recht sehen könne. Da war nun freilich für diesmal nicht sehr viel zu sehen, da die Bewohner nicht daheim waren. Ganz bedauerlich rief Klara zurück:

»O Großmama, wenn ich doch nur Schwänli und Bärli noch erwarten könnte und alle die anderen Geißen und den Peter! Die kann ich ja alle gar nicht sehen, wenn wir dann immer so früh fort müssen, wie du gesagt hast; das ist so schade!«

»Liebes Kind, jetzt erfreuen wir uns an all dem Schönen, das da ist, und denken nicht daran, was noch fehlen könnte«, berichtigte die Großmama, dem Stuhle folgend, der nun wieder weitergeschoben wurde.

»O die Blumen!« schrie Klara wieder auf, »ganze Büsche so feine, rote Blümchen und alle die nickenden Blauglöckchen! O wenn ich doch heraus könnte und sie holen!

Das Heidi rannte augenblicklich hin und brachte einen großen Strauß zurück.

»Aber das ist noch gar nichts, Klara«, sagte es, die Blumen auf ihren Schoß legend. »Wenn du einmal mit uns auf die Weide hinaufkommst, dann wirst du erst etwas sehen! Auf einem Platz zusammen so viele, viele Büsche von dem roten Tausendgüldenkraut und noch viel, viel mehr blaue Glockenblümchen, als hier, und so viele Tausend von den hellen, gelben, daß es ist, wie lauter Gold, das am Boden glänzt. Der Großvater sagt, sie heißen Sonnenaugen und dann sind noch die braunen, weißt, mit den runden Köpfchen, die riechen so gut, und da ist es so schön! Wenn man da sitzt, dann kann man gar nicht mehr aufstehen, so schön ist es!«

Heidis Augen funkelten vor Verlangen, wieder zu sehen, was es beschrieb, und Klara war wie angezündet davon, und aus ihren sanften, blauen Augen leuchtete ein völliger Widerschein von Heidis feurigem Verlangen auf.

»O Großmama, kann ich wohl dahin kommen? Glaubst du, ich kann so hoch hinauf?« fragte sie sehnsüchtig. »O wenn ich nur gehen könnte, Heidi, und so mit dir auf der Alp herumsteigen, überall hin!«

»Ich will dich schon stoßen«, beruhigte sie das Heidi und nahm nun zum Zeichen, wie leicht das gehe, einen solchen Anlauf um die Ecke herum, daß der Stuhl fast den Berg hinuntergeflogen wäre. Da stand aber der Großvater in der Nähe und hielt ihn eben noch rechtzeitig auf in seinem Lauf.

Während der Besuch unter den Tannen stattgefunden hatte, war der Großvater nicht müßig gewesen. Bei der Bank vor der Hütte stand jetzt der Tisch und die nötigen Stühle, und alles lag schon bereit, damit hier das schöne Mittagsmahl eingenommen werden konnte, das noch in der

Hütte drinnen im Kessel dampfte und an der großen Gabel über den Gluten schmorte. Es währte aber gar nicht lange, so hatte der Großvater alles auf den Tisch gesetzt, und fröhlich saß nun die ganze Gesellschaft beim Mahle.

Die Großmama war in hellem Entzücken über diesen Speisesaal, von dem aus man weit, weit hinab ins Tal und über alle Berge weg in den blauen Himmel hinein schauen konnte. Ein milder Wind fächelte den Tischgenossen liebliche Kühlung zu und säuselte drüben in den Tannen so anmutig, als wäre er eine eigens zum Feste bestellte Tafelmusik.

»So etwas ist mir noch nicht vorgekommen. Es ist eine wahre Herrlichkeit!« rief die Großmama wieder und wieder aus. »Aber was seh' ich«, setzte sie jetzt in höchster Bewunderung hinzu, »ich glaube gar, du bist an einem zweiten Stück Käsebraten angekommen, Klärchen?«

Wirklich lag das zweite, golden glänzende Stück auf Klaras Brotschnitte.

»O, das schmeckt so gut, Großmama, besser als die ganze Tafel in Ragaz«, versicherte Klara und biß mit großem Appetit in die gewürzige Speise hinein.

»Nur zu! Nur zu!« sagte der Alm-Öhi wohlgefällig. »Das ist unser Bergwind, der hilft nach, wo die Küche zurückbleibt.«

So nahm das fröhliche Mahl seinen Verlauf. Die Großmama und der Alm-Öhi verstanden sich ausnehmend wohl und ihr Gespräch war immer belebter geworden. Sie stimmten in allerhand Meinungen über Menschen und Dinge und den Verlauf der Welt so gut überein, daß es war, als hätten die beiden schon jahrelang in einem freundschaftlichen Verkehr gestanden. So ging eine gute Zeit dahin und auf einmal schaute die Großmama gegen Abend hin und sagte:

»Wir müssen uns bald rüsten, Klärchen, die Sonne ist schon weit vorgerückt; die Leute müssen bald wiederkommen mit Pferd und Sessel.«

Aber auf das eben noch so fröhliche Gesicht der Klara kam ein ganz trauriger Ausdruck und sie bat eindringlich:

»O, nur noch eine Stunde, Großmama, oder zwei! Wir haben ja die Hütte noch gar nicht gesehen und Heidis Bett und die ganze Einrichtung. O wenn der Tag nur noch zehn Stunden hätte!«

»Das ist nun nicht gut möglich«, meinte die Großmama, aber die Hütte wollte sie auch gern noch ansehen. Man brach also gleich vom Tisch auf, und der Öhi lenkte den Stuhl mit fester Hand der Tür zu. Aber hier ging es nicht weiter, der Stuhl war viel zu breit, um durch die

Öffnung eingehen zu können. Der Öhi besann sich nicht lange. Er hob Klara heraus und trug sie auf seinem sicheren Arm in die Hütte hinein.

Hier lief die Großmama hin und her und besah sich genau die ganze Einrichtung und hatte ihren großen Spaß an der ganzen Häuslichkeit, die so hübsch aufgeräumt und wohlgeordnet aussah. »Das ist ja wohl dein Bett dort auf der Höhe, Heidi, nicht wahr?« fragte sie jetzt und stieg gleich unerschrocken das Leiterchen hinauf zum Heuboden. »O wie das hübsch duftet, das muß ein gesundes Schlafgemach sein!« Und die Großmama ging zu dem Loch hin und guckte durch, und schon stieg auch der Großvater mit der Klara auf dem Arm nach, und hintendrein hüpfte das Heidi herauf.

Jetzt standen sie alle um Heidis schön ausgerüstetes Heubett herum, und ganz nachdenklich schaute die Großmama darauf hin und zog von Zeit zu Zeit in langen Atemzügen den würzigen Duft des frischen Heues mit Behagen ein. Klara war von Heidis Schlafstätte völlig hingerissen.

»O, Heidi, wie lustig hast du's doch! Vom Bett aus siehst du gerade in den Himmel hinein und hast einen so schönen Geruch um dich und hörst die Tannen rauschen draußen. O so lustig und kurzweilig hab' ich noch gar kein Schlafzimmer gesehen!«

Der Öhi schaute jetzt zu der Großmama hinüber.

»Ich hätte so meine Gedanken«, sagte er, »wenn die Frau Großmama mir glauben wollte und ihr die Sache nicht widerstrebte. Ich meine, wenn wir das Töchterchen ein wenig hier oben behielten, so könnte es zu neuen Kräften kommen. Es sind da so allerhand Tücher und Decken mitgekommen, aus denen bereiten wir hier ein ganz apart weiches Bett, und um die Pflege des Töchterchens müßte die Frau Großmama keine Sorge haben, die übernehme ich.«

Klara und Heidi jauchzten miteinander auf wie zwei freigelassene Vögel, und über das Gesicht der Großmama kam ein ganzer Sonnenschein.

»Mein lieber Öhi, Sie sind ein prächtiger Mann!« brach sie aus. »Was meinen Sie, was ich eben jetzt dachte? Ich sagte im stillen: Müßte nicht ein Aufenthalt hier oben das Kind ganz besonders stärken? Aber die Pflege! die Sorge! die Unbequemlichkeit für den Wirt! Und Sie kommen und sprechen es aus, als wäre da gar nichts dabei. Ich muß Ihnen danken, mein lieber Öhi, ich muß Ihnen von ganzem Herzen danken!« Und die Großmama schüttelte dem Öhi die Hand ein Mal ums andere und immer wieder, und der Öhi schüttelte auch die ihrige mit einem ganz erfreuten Gesicht.

Sofort ging der Öhi zur Tat über. Er trug Klara in ihren Sessel vor die Hütte zurück, vom Heidi gefolgt, das nicht wußte, wie hoch es vor Freude springen wollte. Dann lud er gleich die sämtlichen Tücher und Pelzdecken auf seine Arme und sagte wohlgefällig lächelnd: »Es ist gut, daß die Frau Großmama so wie zu einem Winterfeldzug gerüstet hatte; das können wir brauchen.«

»Mein lieber Öhi«, antwortete die Herzutretende lebhaft, »Vorsicht ist eine schöne Tugend und schützt vor manchem Ungemach. Wenn man auf den Reisen über Ihre Gebirge ohne Sturm und Wind und Wolkenbrüche davonkommt, so kann man nur danken und das wollen wir tun, und meine Schutzmittelchen sind auch so noch gut zu gebrauchen; darin sind wir einig.«

Während dieses kleinen Gespräches waren die beiden nach dem Heuboden hinaufgestiegen und begannen nun die Tücher über das Bett hinzubreiten, eins nach dem andern. Da waren ihrer so viele, daß das Bett zuletzt aussah wie eine kleine Festung.

»Jetzt soll mir noch ein einziger Heuhalm durchstechen, wenn er kann«, sagte die Großmama, indem sie noch einmal mit der Hand auf allen Seiten eindrückte; aber die weiche Mauer war so undurchdringlich, daß wirklich keiner mehr durchstach. Nun stieg sie befriedigt die Leiter hinunter und trat zu den Kindern heraus, die mit strahlenden Angesichtern nah zusammensaßen und ausmachten, was sie nun tun wollten vom Morgen bis zum Abend, so lange Klara auf der Alp bleiben durfte. Aber wie lange würde das sein? Das war nun die große Frage, welche augenblicklich der Großmama vorgelegt wurde. Die sagte, das wisse der Großvater am besten, ihn müßten sie fragen, und als dieser eben herzutrat und nun die Frage an ihn gerichtet wurde, meinte er, vier Wochen seien gerade recht, um beurteilen zu können, ob die Alpluft ihre Schuldigkeit an dem Töchterchen tue, oder nicht. Jetzt jubelten die Kinder erst recht auf, denn die Aussicht auf solches Zusammenbleiben übertraf alle ihre Erwartungen.

Nun sah man von unten herauf wieder die Sesselträger und den Pferdeführer mit seinem Tier heranrücken. Die ersteren konnten gleich wieder umkehren.

Als die Großmama sich anschickte, ihr Pferd zu besteigen, rief Klara fröhlich aus: »O Großmama, das ist nun gar kein Abschied, wenn du schon fortreitest, denn nun kommst du von Zeit zu Zeit zu uns zu Besuch auf die Alp, um zu sehen, was wir machen, und das ist dann so lustig, nicht, Heidi?«

Heidi, das heute von einem Vergnügen ins andere fiel, konnte seine zustimmende Antwort nur durch einen hohen Freudensprung ausdrücken.

Nun bestieg die Großmama das feste Saumtier, und der Öhi ergriff den Zügel und führte das Pferd mit sicherer Hand den steilen Berg hinunter. Wie auch die Großmama eiferte, er möchte doch nicht so weit mitgehen, es half nichts; der Öhi erklärte, er werde ihr sein Geleit bis zum Dörfli hinunter geben, da die Alp so steil und der Ritt nicht ohne Gefahr sei.

In dem einsamen Dörfli gedachte die Großmama, nun sie allein war, nicht zu bleiben. Sie wollte nach Ragaz zurückkehren und von dort aus dann von Zeit zu Zeit ihre Alpenreise wiederholen.

112

Noch bevor der Öhi wieder zurückgekehrt war, kam der Peter mit seinen Geißen dahergerannt. Als diese merkten, wo das Heidi war, stürzten sie alle der Stelle zu; im Augenblick war die Klara in ihrem Stuhl samt dem Heidi mitten in dem Rudel drinnen, und drängend und stoßend guckte immer eine der Geißen über die andere her und jede wurde gleich vom Heidi der Klara genannt und vorgestellt.

So kam es, daß diese in der kürzesten Zeit die langerwünschte Bekanntschaft mit dem kleinen Schneehöppli, dem lustigen Distelfink, den sauberen Geißen des Großvaters, mit allen, allen, bis hinauf zum großen Türk, gemacht hatte. Der Peter aber stand derweilen abseits und warf seltsam drohende Blicke auf die vergnügte Klara hin.

Als nun die Kinder beide freundlich zu ihm hinüberriefen: »Gute Nacht, Peter!« gab er durchaus keine Antwort, sondern hieb mit seiner Rute so grimmig in die Luft hinein, als wollte er diese völlig entzweischlagen. Dann lief er davon und sein Gefolge hinter ihm her.

Zu allem Schönen, das Klara heute auf der Alp schon gesehen hatte, kam nun noch der Schluß.

Als sie oben auf dem Heuboden auf dem großen, weichen Bette lag, zu dem nun auch das Heidi emporkletterte, da schaute sie durch das offene, runde Loch gerade mitten in die schimmernden Sterne hinein, und voller Entzücken rief sie aus:

»O Heidi, sieh, es ist gerade, wie wenn wir auf einem hohen Wagen in den Himmel hineinfahren würden!«

»Ja, und weißt du, warum die Sterne so voller Freude sind und uns so mit den Augen winken?« fragte das Heidi.

»Nein, das weiß ich nicht; was meinst du denn?« fragte Klara zurück.

»Weil sie droben im Himmel sehen, wie der liebe Gott alles so gut einrichtet für die Menschen, daß sie gar keine Angst haben müssen und ganz sicher sein können, weil alles so kommt, wie es heilsam ist. Das freut sie so; sieh, wie sie winken, daß wir auch so fröhlich sein sollen! Aber weißt, Klara, wir müssen auch nicht vergessen, zu beten, wir müssen recht den lieben Gott bitten, daß er auch an uns denke, wenn er alles so schön einrichtet, daß wir auch immer so sicher sein können und uns vor gar nichts fürchten müssen.«

Jetzt saßen die Kinder noch einmal auf und sagten jedes sein Nachtgebet. Dann legte sich das Heidi auf seinen runden Arm und schlief augenblicklich ein. Aber Klara blieb noch lange wach, denn etwas so Wunderbares, wie diese Schlafstätte im Sternenschein, hatte sie noch in ihrem Leben nicht gesehen.

Sie hatte ja überhaupt kaum je die Sterne gesehen, denn außer dem Hause war sie des Nachts nie gewesen und drinnen wurden die dichten Vorhänge längst niedergelassen, bevor die Sterne kamen. So wenn sie jetzt die Augen zumachen wollte, mußte sie sie gleich noch einmal aufschlagen, um zu sehen, ob denn die beiden großen, hellen Sterne immer noch hereinfunkelten und so merkwürdig winkten, wie das Heidi gesagt hatte. Und immer noch war es so, und Klara konnte es nicht genug bekommen, in das Flimmern und Leuchten hineinzuschauen, bis endlich ihre Augen von selbst zufielen und sie nur im Traum noch die zwei
großen, schimmernden Sterne sah.

Wie es auf der Alp weiter geht

Eben war die Sonne hinter den Felsen heraufgestiegen und warf nun ihre goldenen Strahlen über die Hütte und über das Tal hinab. Der Alm-Öhi hatte, wie er jeden Morgen tat, still und andächtig zugeschaut, wie ringsum auf den Höhen und im Tal die leichten Nebel sich lichteten und das Land aus dem Dämmerschatten herausschaute und zum neuen Tag erwachte.

Heller und heller wurden oben die lichten Morgenwolken, bis jetzt die Sonne völlig heraustrat und Fels und Wald und Hügel mit goldenem Lichte übergoß.

Jetzt trat der Öhi in seine Hütte zurück und ging leise die kleine Leiter hinauf. Klara hatte eben die Augen aufgeschlagen und schaute in der höchsten Verwunderung auf die hellen Sonnenstrahlen, die durch das runde Loch hereindrangen und auf ihrem Bett tanzten und blitzten. Sie wußte gar nicht, was sie sah und wo sie war. Doch jetzt erblickte sie das schlafende Heidi an ihrer Seite und nun ertönte auch die freundliche Stimme des Großvaters: »Gut geschlafen? Nicht müde?« Klara versicherte, sie sei nicht müde, und, einmal eingeschlafen, sei sie auch die ganze Nacht nicht mehr erwacht. Das gefiel dem Großvater, und nun fing er gleich an und besorgte die Klara so gut und so verständnisvoll, als wäre es geradezu sein Beruf, kranke Kinder zu besorgen und es ihnen bequem zu machen.

Das Heidi hatte jetzt seine Augen auch aufgemacht und sah auf einmal mit Erstaunen, wie der Großvater die schon fertig gerüstete Klara auf den Arm nahm und forttrug. Da mußte es doch dabei sein. Blitzschnell ging seine Ausrüstung vor sich; dann ging's die Leiter hinunter, und nun war auch das Heidi aus der Tür und stand draußen, mit großer Verwunderung betrachtend, was der Großvater jetzt wieder ausführte. Er hatte am Abend vorher, als die Kinder schon oben auf ihrem Lager angekommen waren, überlegt, wo der breite Rollstuhl unter Dach gebracht werden könnte. Die Tür der Hütte war ja viel zu schmal, hier konnte er nie ein- gefahren werden. Da war ihm ein Gedanke gekommen. Er machte hinten am Schopf zwei große Laden los, so daß da eine große Einfahrt entstand. Der Stuhl wurde hineingestoßen und die hohen Bretter wieder an ihre Stelle gebracht, wenn auch nicht fest gemacht. Das Heidi kam eben an, nachdem der Großvater Klara drinnen in ihren Stuhl gesetzt, dann die Bretter weggenommen hatte und nun mit ihr aus dem Schopf in den Morgensonnenschein herausgefahren kam. Mitten auf dem Platz ließ er den Stuhl stehen und ging dem Geißenstall zu. Das Heidi sprang an Klaras Seite.

Der frische Morgenwind wehte um die Gesichter der Kinder, und ein würziger Tannenduft kam mit jedem neuen Windeswehen herüber und durchströmte die sonnige Morgenluft. Klara zog tiefe Züge und lehnte sich in ihren Stuhl zurück, in einem Gefühl des Wohlseins, wie sie es nie empfunden hatte.

Noch nie in ihrem Leben hatte sie ja auch frische Morgenluft draußen in der freien Natur eingeatmet, und nun wehte die reine Alpenluft um sie so kühl und erfrischend, daß jeder Atemzug ein Genuß war. Dazu der helle, süße Sonnenschein, der gar nicht heiß war hier oben und so lieblich warm auf ihren Händen lag und an dem trockenen Grasboden zu ihren Füßen. Daß es so auf der Alp sein könnte, das hätte sich Klara gar nicht vorstellen können.

»O Heidi, wenn ich nur immer, immer hier oben bei dir bleiben könnte!« sagte sie jetzt, sich ganz wohlig hin und her wendend in ihrem Stuhl, um so recht von allen Seiten Luft und Sonne einzutrinken.

»Jetzt siehst du, daß es so ist, wie ich dir gesagt habe«, entgegnete das Heidi erfreut, »daß es am schönsten auf der ganzen Welt beim Großvater auf der Alm ist.« Eben trat dieser aus dem Stall heraus zu den Kindern heran. Er brachte zwei Schüsselchen voll schäumender, schneeweißer Milch und reichte eins der Klara, das andere dem Heidi.

»Das wird dem Töchterchen wohltun«, sagte er, Klara zunickend; »sie ist vom Schwänli, die gibt Kraft. Zum Wohlsein! Nur zu!« Klara hatte noch nie Milch von einer Geiß getrunken, sie hatte erst zur Sicherheit ein wenig daran riechen müssen. Als sie nun aber sah, mit welcher Begier das Heidi seine Milch heruntertrank, ohne ein einziges Mal abzusetzen – so erstaunlich gut schmeckte sie ihm –, da setzte Klara auch an und trank und trank, und wahrhaftig, sie war so süß und kräftig, als wäre Zucker und Zimmet darin, und Klara trank zu, bis nichts mehr im Schüsselchen war.

»Morgen nehmen wir zwei«, sagte der Großvater, der mit Befriedigung zugesehen hatte, wie Klara Heidis Beispiel gefolgt war.

Jetzt erschien der Peter mit seiner Schar, und während das Heidi durch die allseitigen Morgenbegrüßungen gleich mitten in die Herde hineingedrängt wurde, nahm der Öhi den Peter ein wenig auf die Seite, damit dieser verstehen könne, was er ihm zu sagen hatte, denn die Geißen meckerten immer, eine stärker als die andere, vor lauter Freude und Freundschaftsbezeugungen, sobald sie das Heidi in ihrer Mitte hatten.

»Jetzt hör zu und paß auf«, sagte der Öhi. »Von heut' an lässest du dem Schwänli seinen Willen. Es hat die Fühlung, wo die kräftigsten Kräutlein sind; also wenn es hinauf will, so gehst du nach, den anderen tut's ja auch gut, und wenn es höher will, als du sonst mit ihnen gehst, so gehst du wieder und hältst es nicht zurück, hörst du! Wenn du auch ein wenig klettern mußt, schad' nichts, du gehst, wo es will, denn in der Sache ist es vernünftiger als du und es muß nur noch vom Besten bekommen, daß es eine Prachtmilch gibt. Warum guckst du dort hinüber, wie wenn du einen verschlucken wolltest? Es wird dir niemand im Wege sein. So, jetzt vorwärts und denk dran!«

Der Peter war gewohnt, dem Öhi aufs Wort zu folgen. Er trat gleich seinen Marsch an; man konnte aber sehen, daß er noch etwas im Hinterhalt hatte, denn er drehte immer den Kopf um und rollte mit den Augen. Die Geißen folgten und drängten das Heidi noch eine Strecke mit vorwärts. Das war dem Peter eben recht. »Du mußt mit«, rief er jetzt drohend in das Geißenrudel hinein, »du mußt mit, wenn man dem Schwänli nach muß!«

»Nein, ich kann nicht«, rief das Heidi zurück, »und ich kann jetzt lang, lang nicht mitkommen, so lange die Klara bei mir ist! Aber einmal kommen wir dann miteinander hinauf, der Großvater hat es uns versprochen.«

Unter diesen Worten hatte das Heidi sich aus den Geißen herausgewunden und sprang nun zu Klara zurück. Jetzt machte der Peter mit beiden Fäusten eine so drohende Gebärde gegen den Rollstuhl hinunter, daß die Geißen auf die Seite sprangen; er sprang aber auf der Stelle nach, und ohne Aufenthalt eine ganze Strecke weit hinauf, bis er außer Sicht war, denn er dachte, der Öhi könnte ihn etwa gesehen haben, und er wollte lieber nicht wissen, was für einen Eindruck das Fäusten dem Öhi gemacht habe.

Klara und Heidi hatten für heute so viel im Sinn, daß sie gar nicht wußten, wo anfangen. Das Heidi schlug vor, zuerst den Brief an die Großmama zu schreiben, den hatten sie ja bestimmt versprochen und so für jeden Tag einen neuen. Die Großmama war doch ihrer Sache nicht so ganz sicher, wie es in die Länge da droben der Klara behagen und auch, wie es mit ihrer Gesundheit gehen würde, und so hatte sie den Kindern das Versprechen abgenommen, ihr jeden Tag einen Brief zu schreiben und alles zu erzählen, was sie erlebten. So konnte die Großmama auch sogleich wissen, wenn sie oben nötig werden sollte, und bis dahin ruhig unten bleiben.

»Müssen wir in die Hütte hinein zum Schreiben?« fragte Klara, die wohl dafür war, der Großmama Bericht zu geben; aber da draußen war es ihr so wohl, daß sie gar nicht weg mochte.

Aber das Heidi wußte sich einzurichten. Augenblicklich rannte es in die Hütte hinein und kam mit seinen sämtlichen Schulsachen und dem niedrigen Dreibeinstühlchen beladen wieder zurück. Nun legte es sein Lesebuch und Schreibheft der Klara auf den Schoß, daß sie darauf schreiben konnte, und es selbst setzte sich an die Bank hin auf sein Stühlchen und nun begannen sie beide der Großmama zu erzählen. Aber 120 nach jedem Satz, den Klara geschrieben hatte, legte sie ihren Bleistift wieder hin und schaute um sich. Es war gar zu schön. Der Wind war nicht mehr so kühl; nur lieblich fächelnd wehte er um ihr Gesicht, und drüben in den Tannen flüsterte er leise. In der klaren Luft tanzten und summten die kleinen, fröhlichen Mücken, und weit umher lag eine große Stille auf dem ganzen sonnigen Gefilde. Groß und still schauten die hohen Felsenberge herüber und das ganze, weite Tal hinab lag alles wie im stillen Frieden. Nur hier und da schallte das frohe Jauchzen eines Hirtenbuben durch die Luft und leise gab das Echo die Töne oben in den Felsen wieder.

Der Morgen war dahin, die Kinder wußten nicht, wie, und schon kam der Großvater mit der dampfenden Schüssel daher, denn er sagte, mit dem Töchterchen bleibe man nun draußen, so lang ein Lichtstrahl am Himmel sei. So wurde das Mittagsmahl, wie gestern, vor der Hütte aufgestellt und mit Vergnügen eingenommen. Dann rollte das Heidi den Stuhl samt der Klara unter die Tannen hinüber, denn die Kinder hatten ausgemacht, den Nachmittag wollten sie dort in dem schönen Schatten sitzen und einander alles erzählen, was sich zugetragen, seit das Heidi Frankfurt verlassen hatte. Wenn auch das alles im gewohnten Geleise weiter gegangen war, so hatte Klara doch allerlei Besonderes zu berichten von den Menschen, die im Hause Sesemann lebten und die dem Heidi ja so gut bekannt waren.

So saßen die Kinder nebeneinander unter den alten Tannen, und je eifriger sie im Erzählen wurden, desto lauter pfiffen die Vögel oben in den Zweigen, denn das Geplauder da unten freute sie und sie wollten auch mithalten. So flog die Zeit dahin und unversehens war es Abend geworden, und schon kam das Geißenheer heruntergestürmt, der Anführer 121 hinterdrein mit Stirnrunzeln und grimmiger Miene.

»Gute Nacht, Peter!« rief ihm das Heidi zu, als es sah, daß er nicht im Sinne hatte, still zu stehen.

»Gute Nacht, Peter!« rief auch Klara freundlich hinüber.

Er gab keinen Gruß zurück und jagte schnaubend die Geißen weiter.

Als Klara jetzt sah, wie der Großvater das saubere Schwänli zum Melken nach dem Stalle führte, da ergriff sie auf einmal ein solches Verlangen nach der gewürzigen Milch, daß sie es fast nicht erwarten konnte, bis der Großvater damit kommen würde. Sie mußte selbst erstaunen darüber.

»Das ist aber einmal kurios, Heidi«, sagte sie; »so lang ich weiß, habe ich nur gegessen, weil ich mußte, und alles, was ich bekam, schmeckte nach Fischtran, und tausendmal habe ich gedacht: Wenn man nur nie essen müßte! Und jetzt kann ich es fast nicht erwarten, bis der Großvater kommt mit der Milch.«

»Ja, ich weiß schon, was das ist«, entgegnete das Heidi ganz verständnisvoll, denn es gedachte der Tage in Frankfurt, da ihm alles im Halse stecken blieb und nicht hinunter wollte. Klara aber begriff die Sache doch nicht. Sie hatte aber, so lange sie lebte, noch nie einen Tag lang in der freien Luft gesessen, wie heute, und nun gar in dieser hohen, belebenden Bergluft.

Als der Großvater mit seinen Schüsselchen herankam, erfaßte Klara schnell dankend das ihrige, und in durstigen Zügen trank sie hintereinander und war diesmal noch vor dem Heidi zu Ende.

»Darf ich noch ein wenig haben?« fragte sie, dem Großvater das Schüsselchen hinhaltend.

Er nickte wohlgefällig, nahm auch Heidis Gefäß wieder in Empfang und ging zur Hütte zurück. Als er wieder kam, brachte er auf jedem Schüsselchen einen hohen Deckel mit, der war aber von anderem Stoff, als die Deckel gewöhnlich sind.

Der Großvater hatte am Nachmittag einen Gang nach dem grünen Maiensäß hinüber gemacht, zu der Sennhütte, wo die süße, gelbe Butter gemacht wird. Von dort hatte er einen schönen, runden Ballen mitgebracht. Jetzt hatte er zwei feste Schnitten Brot genommen und die süße Butter schön dick darauf gestrichen. Diese sollten nun die Kinder zu ihrem Nachtessen haben. Gleich bissen auch alle beide so tief in die appetitlichen Schnitten hinein, daß der Großvater stehen blieb und zuschaute, wie das weiter gehen würde, denn das gefiel ihm.

Als Klara nachher auf ihrem Lager wieder nach den schimmernden Sternen schauen wollte, ging es ihr wie dem Heidi an ihrer Seite: die Augen fielen ihr auf der Stelle zu und es kam ein so fester, gesunder Schlaf über sie, wie sie ihn niemals gekannt hatte.

In dieser erfreulichen Weise verging auch der folgende Tag und dann noch einer, und dann folgte eine große Überraschung für die Kinder. Es kamen zwei kräftige Träger den Berg heraufgestiegen; jeder trug auf seinem Reff ein hohes Bett, fertig aufgerüstet in der Bettschaft, beide ganz gleich bedeckt mit einer weißen Decke, sauber und nagelneu. Auch hatten die Männer einen Brief von der Großmama abzugeben. Da stand darin, daß diese Betten für Klara und Heidi seien, daß das Heu- und Deckenlager nun aufgehoben werden solle, und daß von nun an das Heidi immer in einem richtigen Bett schlafen müsse, denn im Winter solle das eine der beiden ins Dörfli hinuntergeschafft werden, das andere aber oben bleiben, damit Klara es immer vorfinde, wenn sie wiederkomme. Dann lobte die Großmama die Kinder um ihrer langen Briefe willen und ermunterte sie, täglich so fortzufahren, damit sie immer alles mitleben könne, als ob sie bei ihnen wäre.

Der Großvater war hineingegangen, hatte den Inhalt von Heidis Lager auf den großen Heuhaufen geworfen und die Decken weggelegt. Nun kam er wieder, um mit Hilfe der Männer die beiden Betten dorthinauf zu transportieren. Dann rückte er sie hart aneinander, damit von beiden Kopfkissen aus die Aussicht durch das Loch dieselbe bliebe, denn er kannte die Freude der Kinder an dem Morgen- und Abendschein, der da hereinglänzte. –

Unterdessen saß die Großmama unten im Bade Ragaz und war hoch erfreut über die vortrefflichen Nachrichten, die täglich von der Alp zu ihr heruntergelangten.

Das Entzücken über ihr neues Leben steigerte sich bei Klara noch von Tag zu Tag und sie wußte nicht genug zu sagen von der Güte und sorglichen Pflege des Großvaters und wie lustig und kurzweilig das Heidi sei, noch viel mehr als in Frankfurt, und wie sie jeden Morgen beim Erwachen immer zuerst denke: »O gottlob; ich bin noch auf der Alp!«

Über diese ausnehmend erfreulichen Berichte war die Großmama jeden Tag aufs neue froh. Sie fand auch, da alles so stand, so könne sie ihren Besuch auf der Alp gar wohl noch ein wenig verschieben, was ihr nicht unlieb war, denn der Ritt den steilen Berg hinauf und wieder herunter war ihr doch etwas beschwerlich vorgekommen.

Der Großvater mußte eine ganz besondere Teilnahme für seinen Pflegling gefaßt haben, denn es verging kein Tag, an welchem er nicht irgendetwas Neues zu seiner Kräftigung ausdachte. Er machte jetzt jeden Nachmittag weitere Gänge in die Felsen hinauf, immer höher, und jedesmal brachte er ein Bündelchen mit zurück, das duftete schon von weitem durch die Luft wie gewürzige Nelken und Thymian, und kehrten die Geißen am Abend heim, so fingen sie alle zu meckern und zu springen an und wollten alle miteinander in den Stall eindringen, wo das Bündelchen lag, denn sie kannten den Geruch. Aber der Öhi hatte die Tür gut zugemacht, denn er kletterte den seltenen Kräutchen nicht nach, hoch an die Felsen hinauf, damit die Geißenschar ohne Mühe zu einer guten Mahlzeit komme. Die Kräutlein waren alle für das Schwänli bestimmt, damit es immer noch kräftigere Milch hergebe. Man konnte auch gut sehen, wie die außerordentliche Pflege bei ihm anschlug, denn es warf den Kopf immer lebendiger in die Höhe und machte ganz feurige Augen dazu.

So war nun schon die dritte Woche gekommen, seit Klara auf der Alp war. Seit einigen Tagen hatte der Großvater des Morgens, wenn er sie heruntertrug, um sie in ihren Stuhl zu setzen, jedesmal gesagt: »Will das Töchterchen nicht einmal probieren, ein wenig auf dem Boden zu stehen?« Klara hatte dann wohl versucht, ihm den Gefallen zu tun, aber sie hatte immer gleich gesagt: »O es tut zu weh!« und hatte sich an ihn festgeklammert; er ließ sie aber jeden Tag ein wenig länger probieren.

Ein so schöner Sommer war seit Jahren nicht auf der Alp gewesen. Jeden Tag zog die strahlende Sonne durch den wolkenlosen Himmel hin, und alle kleinen Blumen machten ihre Kelche weit auf und glühten und dufteten zu ihr empor und am Abend warf sie ihr Purpur- und Rosenlicht auf die Felsenhörner und das Schneefeld hinüber und tauchte dann in ein golden flammendes Meer hinab.

Davon erzählte das Heidi seiner Freundin Klara immer wieder, denn nur oben auf der Weide konnte man das alles so recht sehen, und von der Stelle oben am Abhange erzählte es mit besonderem Feuer, wie dort jetzt die großen Scharen der glitzernden, goldenen Weideröschen stehen und Blauglöckchen so viele, daß man meine, dort sei das Gras blau geworden, und daneben ganze Büsche von den braunen Kolbenblümchen, die so schön riechen, daß man nur auf den Boden sitzen müsse zu ihnen und gar nicht mehr fort wolle.

Eben jetzt, unter den Tannen sitzend, hatte das Heidi aufs neue von den Blumen dort oben und der Abendsonne und den leuchtenden Felsen erzählt, und dabei war ein solches Verlangen in ihm aufgestiegen, wieder einmal dorthin zu kommen, daß es mit einemmal aufsprang und davonrannte, dem Großvater zu, der im Schopf auf seinem Schnitzstuhl saß.

»O Großvater«, rief es schon von weitem hinüber, »kommst du morgen mit uns auf die Weide? O jetzt ist es so schön dort oben!«

»Es bleibt dabei«, sagte der Großvater zustimmend; »aber dann muß mir das Töchterchen auch einen Gefallen tun: es muß mir heut' Abend das Stehen noch einmal recht probieren.«

Frohlockend kam das Heidi mit seiner Nachricht zu Klara zurück, und diese versprach gleich, sovielmal versuchen zu wollen, auf ihren Füßen zu stehen, als der Großvater nur wolle, denn sie freute sich ganz ungeheuer, diese Reise nach der schönen Geißenweide hinauf zu machen. Das Heidi war so voller Jubel, daß es gleich dem Peter entgegenrief, sobald es ihn am Abend beim Herunterkommen erblickte:

»Peter! Peter! morgen kommen wir auch mit und bleiben den ganzen Tag dort oben!«

Als Antwort brummte der Peter wie ein gereizter Bär und schlug mit Wut nach dem unschuldigen Distelfink, der neben ihm trabte. Aber der flinke Distelfink hatte die Bewegung zur rechten Zeit wahrgenommen. Er machte einen hohen Satz über das Schneehöppli weg und der Hieb sauste in die Luft hinaus.

Klara und Heidi bestiegen heut' voll herrlicher Erwartungen ihre zwei schönen Betten, und so erfüllt waren sie von ihren Plänen für morgen, daß sie beschlossen, die ganze Nacht wach zu bleiben und immerfort davon zu sprechen, bis sie wieder aufstehen durften. Kaum lagen sie aber auf ihren guten Kissen, so hörten die Gespräche plötzlich auf, und Klara sah im Traum ein großes, großes Feld vor sich, das war ganz himmelblau anzusehen, so dicht besäet war es von lauter Glockenblumen; und das Heidi hörte den Raubvogel oben in den Höhen, wie er herunterschrie: »Kommt! kommt! kommt!«

Es geschieht, was keiner erwartet hat

In aller Frühe trat der Öhi am andern Morgen aus der Hütte und schaute ringsum, wie der Tag sich gestalten wolle.

Auf den hohen Bergspitzen lag ein rötlich-goldener Schein; ein frischer Wind fing an die Äste der Tannen hin und her zu wiegen; die Sonne wollte kommen.

Eine Weile noch stand der Alte und schaute andächtig zu, wie nach den hohen Berggipfeln die grünen Hügel golden zu schimmern begannen und dann aus dem Tale leise die dunkeln Schatten wichen und ein rosiges Licht hineinfloß und nun Höhen und Tiefen im Morgengold erglänzten; die Sonne war gekommen.

Jetzt holte der Öhi den Rollstuhl aus dem Schopf heraus, stellte ihn, zur Reise gerüstet, vor die Hütte hin, und trat dann hinein, um den

Kindern zu sagen, wie schön der Morgen erwacht sei, und sie herauszuholen.

Eben jetzt kam der Peter herangestiegen. Seine Geißen kamen nicht zutraulich, wie gewohnt, an seiner Seite und nahe vor und hinter ihm den Berg herauf; sie schossen scheu umher, dahin und dorthin, denn der Peter hieb alle Augenblicke ohne jede Veranlassung um sich wie ein 130 Wütender, und wo er traf, tat es nicht wohl. Der Peter war auf dem höchsten Punkt des Zornes und der Erbitterung angelangt. Seit Wochen hatte er nie mehr das Heidi für sich gehabt, so wie er's gewohnt war. Kam er am Morgen von unten herauf, so wurde schon immer das fremde Kind in seinem Stuhl herausgetragen und das Heidi gab sich mit ihm ab. Kam er am Abend von oben herunter, so stand noch der Rollstuhl mit seiner Inhaberin unter den Tannen und das Heidi machte sich mit ihr zu schaffen. Nie war es noch zur Weide hinaufgekommen den ganzen Sommer, und nun heute wollte es kommen, aber mitsamt dem Stuhle und der Fremden darin, und wollte die ganze Zeit nur mit dieser sich abgeben. Das sah der Peter voraus und das hatte seinen inneren Grimm auf den höchsten Punkt gebracht. Jetzt erblickte er den Stuhl, der so stolz da auf seinen Rollen stand, und schaute ihn an wie einen Feind, der ihm alles zuleide getan hatte und heut' noch viel mehr tun wollte. Der Peter schaute um sich – alles war still, kein Mensch zu sehen. Wie ein Wilder stürzte er jetzt auf den Stuhl, packte ihn an und stieß ihn mit so erbitterter 131 Gewalt dem Bergabhang zu, daß der Stuhl förmlich davonflog und augenblicklich verschwunden war.

Jetzt stürzte der Peter die Alm hinan, als hätte er selber Flügel bekommen, und er setzte kein einziges Mal ab, bis er oben zu einem großen Brombeerstrauch gelangte, hinter dem er verschwinden konnte, denn er begehrte nicht, daß der Öhi ihn erblicke. Er wollte aber doch gern sehen, was der Stuhl mache, und der Strauch auf dem Bergvorsprung war gut gelegen. Der Peter konnte halb verborgen die Alm hinabschauen und, kam der Öhi zum Vorschein, hurtig sich ganz verstecken. So tat er, und was erschauten seine Blicke! Weit unten schon stürzte sein Feind dahin, von immer größerer Gewalt getrieben. Jetzt überschlug er sich, wieder und wieder; dann machte er einen hohen Satz, dann schlug es ihn wieder auf die Erde nieder, und überschlagend rollte er seinem Verderben entgegen.

Schon flogen da und dort die Stücke von ihm weg, Füße, Lehnen, 132 Polsterfetzen, alles hoch in die Luft geworfen. Der Peter empfand eine so unbändige Freude an dem Anblick, daß er mit beiden Füßen zugleich in die Luft springen mußte; er lachte laut auf, er stampfte vor Wonne, er sprang in Sätzen im Kreis herum, er kam wieder an denselben Platz und guckte den Berg hinab. Ein neues Gelächter erscholl, neue Luftsprünge; der Peter war völlig außer sich vor Vergnügen über diesen Untergang seines Feindes, denn er sah lauter gute Dinge vor sich, die nun kommen würden. Jetzt mußte die Fremde abreisen, denn sie hatte kein Mittel mehr, sich zu bewegen. Das Heidi war wieder allein und kam mit ihm auf die Weide, und am Abend und Morgen war es für ihn da, wenn er kam, und alles war wieder in der alten Ordnung. Aber der Peter bedachte nicht, wie es geht, wenn man eine böse Tat begangen hat und was dann nachher kommt.

Jetzt kam das Heidi aus der Hütte gesprungen und rannte dem Schopf zu. Hinter ihm her kam der Großvater mit Klara auf dem Arm.

Die Schopftür stand weit offen, die beiden Bretter daneben waren weggestellt, bis in den hintersten Winkel war es taghell. Das Heidi guckte hin und her, lief um die Ecke, kam wieder zurück, die ungeheuerste Verwunderung lag auf seinem Gesicht. Nun trat der Großvater heran.

»Was ist das? Hast du den Stuhl weggerollt, Heidi?« fragte er.

»Ich suche ihn ja allenthalben, Großvater, und du hast gesagt, er stehe neben der Schopftür«, sagte das Kind, immer noch nach allen Seiten mit den Augen herumsuchend.

Der Wind war unterdessen stärker geworden; eben klapperte er an der Schopftür herum und warf sie auf einmal krachend gegen die Wand zurück.

»Großvater, der Wind hat's gemacht!« rief das Heidi und seine Augen blitzten auf bei der Entdeckung. »O, wenn er den Stuhl bis ins Dörfli hinabgejagt hätte, dann bekäme man ihn erst viel zu spät wieder und wir könnten gar nicht gehen.«

»Wenn er dort hinunter gerollt ist, so kommt er gar nicht mehr zurück, dann ist er in hundert Stücken«, sagte der Großvater, um die Ecke tretend und den Berg hinabschauend. »Aber kurios ist's doch zugegangen«, setzte er hinzu, indem er auf das Stück zurücksah, das der Stuhl erst um die Ecke der Hütte herum zu machen hatte.

»O, wie schade, jetzt können wir gar nicht gehen und vielleicht gar nie«, jammerte Klara; »nun muß ich gewiß heimgehen, wenn ich keinen Stuhl mehr habe. O, wie schade! Wie schade!«

Aber das Heidi schaute ganz vertrauensvoll zu seinem Großvater auf und sagte:

»Gelt, Großvater, du kannst schon etwas erfinden, daß es nicht so geht, wie die Klara meint, und daß sie nicht auf einmal heim muß?«

»Jetzt gehen wir für einmal auf die Weide, wie wir uns vorgenommen haben; dann wollen wir sehen, was weiter kommt«, sagte der Großvater. Die Kinder jubelten.

Er trat nun wieder in die Hütte zurück, holte einen guten Teil der Tücher heraus, legte sie auf den sonnigsten Platz an die Hütte hin und setzte Klara darauf. Dann holte er den Kindern ihre Morgenmilch und führte Schwänli und Bärli vor den Stall hinaus.

»Warum der nur so lang nicht von da unten heraufkommt«, sagte der Öhi vor sich hin, denn Peters Morgenpfiff war ja noch gar nicht ertönt.

Jetzt nahm der Großvater Klara wieder auf den einen Arm, die Tücher auf den andern.

»So, nun vorwärts!« sagte er vorangehend; »die Geißen kommen mit uns.«

Das war dem Heidi eben recht. Einen Arm um Schwänlis und einen um Bärlis Hals gelegt, wanderte das Heidi hinter dem Großvater her, und die Geißen hatten solche Freude, einmal wieder mit dem Heidi auszuziehen, daß sie es fast zusammendrückten zwischen sich vor lauter Zärtlichkeit.

Oben auf dem Weidplatz angelangt, sahen die Kommenden mit einemmal da und dort an den Abhängen die friedlich grasenden Geißen in Gruppen stehen, und mitten drin den Peter, der Länge nach auf dem Boden liegend.

»Ein ander Mal will ich dir das Vorbeigehen vertreiben, Schlafpelz; was heißt das?« rief ihm der Öhi zu.

Der Peter war bei dem Ton der bekannten Stimme aufgeschossen.

»War noch niemand auf!« gab er zurück.

»Hast du etwas von dem Stuhl gesehen?« frug der Öhi wieder.

»Von welchem?« rief der Peter störrisch zurück.

Der Öhi sagte nichts mehr. Er breitete seine Tücher an dem sonnigen Abhang hin, setzte Klara darauf und fragte, ob's ihr so bequem sei.

»So bequem wie im Stuhl«, sagte sie dankend, »und am schönsten Platz bin ich da. Da ist's so schön, Heidi, so schön!« rief sie, rings um sich blickend, aus.

Der Großvater schickte sich zur Rückkehr an. Er sagte, sie sollten sich's nun wohl sein lassen miteinander, und wenn die Zeit da sei, sollte Heidi das Mittagsmahl herbeiholen, das er, in den Sack verpackt, drüben in den Schatten gelegt hatte. Dann sollte der Peter ihnen Milch dazu geben, so viel sie trinken wollten, aber das Heidi sollte gut aufpassen, daß er sie vom Schwänli nehme. Gegen Abend wollte der Großvater wiederkommen; jetzt wollte er vor allem dem Stuhle nachgehen und sehen, was aus ihm geworden sei.

Der Himmel war dunkelblau und um und um war nicht ein einziges Wölkchen zu sehen. Auf dem großen Schneefeld drüben blitzte es wie von tausend und tausend Gold- und Silbersternen. Die grauen Felsenhörner standen hoch und fest an ihrem Platz, wie vor alter Zeit, und schauten ernsthaft ins Tal hinab. Der große Vogel wiegte sich oben im Blau und über die Höhen strich der Bergwind hin und wehte kühl rings um die sonnige Alp. Den Kindern war es unbeschreiblich wohl. Hier und da kam ein Geißlein heran und ließ sich ein wenig nieder bei ihnen; am öftersten kam das zärtliche Schneehöppli und legte sein Köpfchen an das Heidi heran und wäre da wohl gar nicht mehr weggegangen, hätte es nicht ein anderes von der Herde wieder vertrieben. So lernte Klara jetzt eine um die andere von den Geißen so nahe kennen, daß sie niemals mehr eine mit der andern verwechselte, denn jede hatte ja auch ein ganz besonderes Gesicht und ihre eigene Art.

Sie wurden jetzt auch so zutraulich zu Klara, daß sie ihr ganz nahe kamen und ihre Köpfe an ihren Schultern rieben; das war immer das Zeichen ihrer nahen Bekanntschaft und Zuneigung.

So waren schon einige Stunden vergangen; da kam es dem Heidi in den Sinn, wenn es doch einmal hinübergehen könnte an den Platz, wo die vielen Blumen waren und sehen, ob sie auch alle offen stehen und so schön seien, wie vor dem Jahr. Erst am Abend, wenn der Großvater wieder kam, konnte man auch mit Klara hinübergehen, und dann machten die Blumen vielleicht schon wieder die Augen zu. Das Verlangen stieg immer höher im Heidi, es konnte nicht mehr widerstehen.

Ein wenig zaghaft fragte es: »Wirst du nicht bös, Klara, wenn ich geschwind von dir fortlaufe und du allein sein mußt? Ich möchte so gern sehen, wie die Blumen sind; aber wart« – dem Heidi war ein Gedanke gekommen. Es sprang auf die Seite und riß ein paar schöne Büschel von den grünen Kräutern aus; dann nahm es das Schneehöppli um den Hals, das ihm gleich zugelaufen war, und führte es der Klara zu.

»So, jetzt mußt du doch nicht allein sein«, sagte das Heidi, indem es auf seinen Platz neben Klara das Schneehöppli ein wenig hindrückte, was das Geißlein gleich gut verstand und sich niederlegte. Dann warf Heidi seine Blätter der Klara in den Schoß, und diese sagte erfreut, das Heidi solle jetzt nur gehen und die Blumen recht ansehen, sie wolle gern allein mit dem Geißlein bleiben; das hatte sie ja noch gar nie erlebt. Das Heidi rannte fort und Klara fing nun an, Blättchen für Blättchen dem Schneehöppli hinzuhalten, und dieses wurde so zutraulich, daß es sich ganz an seine neue Freundin anschmiegte und die Blättchen ihr langsam aus den Fingern fraß. Man konnte auch gut sehen, wie wohl es ihm war, daß es da so ruhig und friedlich in gutem Schutz liegen durfte, denn draußen bei der Herde hatte es immer viele Verfolgungen auszustehen von den großen und starken Geißen. Der Klara kam es so köstlich vor, so ganz allein auf einem Berge zu sitzen, nur mit einem zutraulichen Geißlein, das ganz hilfsbedürftig zu ihr aufsah; ein großer Wunsch stieg auf in ihr, auch einmal ihr eigener Herr zu sein und einem andern helfen zu können und nicht nur immer sich von allen anderen helfen lassen zu müssen. Und es kamen der Klara jetzt so viele Gedanken, die sie gar nie gehabt hatte, und eine unbekannte Lust, fortzuleben in dem schönen Sonnenschein und etwas zu tun, mit dem sie jemand erfreuen konnte, wie sie jetzt das Schneehöppli erfreute. Eine ganz neue Freude kam ihr ins Herz, so, als ob alles, was sie wußte und kannte, auf einmal viel schöner und anders sein könnte, als sie es bis jetzt gesehen hatte, und es wurde ihr so schön und wohl zumute, daß sie das Geißlein um den Hals nehmen und ausrufen mußte: »O Schneehöppli, wie schön ist es hier oben; wenn ich nur immer da bei euch bleiben könnte!«

138

Das Heidi war unterdessen an dem Blumenplatz angekommen. Es stieß einen Freudenschrei aus. Von leuchtendem Gold bedeckt lag die ganze Halde da. Das waren die schimmernden Cystusröschen. Dichte, dunkelblaue Büsche von Glockenblumen wiegten sich darüber, und ein so starker gewürziger Duft wogte um die sonnige Halde, als wären die köstlichsten Balsamschalen da oben ausgeschüttet worden. Der ganze Wohlgeruch kam aber von den kleinen, braunen Kolbenblümchen her, die ihre runden Köpfchen hier und da bescheiden zwischen den Goldkelchen emporstreckten. Das Heidi stand und schaute und zog den süßen Duft in langen Zügen ein. Auf einmal kehrte es um und kam außer Atem vor Erregung zu Klara zurück.

»O du mußt gewiß kommen!« rief es ihr schon von weitem zu; »sie sind so schön und alles ist so schön, und am Abend ist es vielleicht nicht mehr so. Ich kann dich vielleicht tragen, meinst du nicht?«

Klara schaute das erregte Heidi mit Verwunderung an; sie schüttelte aber den Kopf.

»Nein, nein, was denkst du, Heidi; du bist ja viel kleiner als ich. O, wenn ich nur gehen könnte!«

Jetzt schaute das Heidi suchend um sich, es mußte etwas Neues im Sinne haben. Dort oben, wo der Peter vorher auf dem Boden gelegen hatte, saß er jetzt und starrte auf die Kinder herunter. So hatte er schon seit Stunden gesessen und immerzu herabgestarrt, so, als könne er nicht fassen, was er vor sich sah. Er hatte den feindlichen Stuhl zerstört, damit alles aufhören und die Fremde sich gar nicht mehr bewegen könne, und eine ganze Weile nachher erschien sie da oben und saß vor ihm auf dem Boden neben dem Heidi. Das konnte ja nicht sein, und doch war es immer noch so, er konnte hinsehen, wann er wollte.

Jetzt schaute das Heidi zu ihm auf.

»Komm hier herunter, Peter!« rief es sehr bestimmt.

»Komme nicht!« rief er zurück.

»Doch, du mußt; komm, ich kann es nicht allein machen, du mußt mir helfen; komm schnell!« drängte das Heidi.

»Komme nicht!« ertönte es wieder.

Jetzt sprang das Heidi eine kleine Strecke den Berg hinan, dem Angeredeten entgegen.

Da stand es mit flammenden Augen und rief hinauf:

»Peter, wenn du nicht auf der Stelle kommst, so will ich dir auch etwas machen, das du dann gewiß nicht gern hast; das kannst du glauben!«

Diese Worte gaben dem Peter einen Stich, und eine große Angst packte ihn an. Er hatte etwas Böses getan, das kein Mensch wissen sollte. Bis jetzt hatte es ihn gefreut; aber nun redete das Heidi, wie wenn es alles wüßte, und was es wußte, sagte es alles seinem Großvater, und vor dem fürchtete der Peter sich ja, wie vor keinem andern. Wenn der nun vernähme, was mit dem Stuhl vorgegangen war! Den Peter würgte die Angst immer ärger. Er stand auf und kam dem wartenden Heidi entgegen.

»Ich komme, aber dann mußt du das nicht machen«, sagte er, so zahm vor Furcht, daß das Heidi ganz mitleidig wurde.

»Nein, nein, das tu' ich nun schon nicht«, versicherte es; »komm jetzt nur mit mir, es ist nichts zum Fürchten, was du tun mußt.«

Bei Klara angelangt, ordnete nun das Heidi an, auf der einen Seite sollte der Peter, auf der andern wollte es selbst Klara fest unter dem Arm fassen und aufheben. Das ging nun ziemlich gut, aber jetzt kam das Schwierigere. Klara konnte ja nicht stehen, wie sollte man sie nun festhalten und vorwärts bringen? Das Heidi war zu klein, um ihr mit seinem Arm eine Stütze zu bieten.

»Du mußt mich jetzt um den Hals nehmen, ganz fest – so. Und den Peter mußt du am Arm nehmen und ganz fest darauf drücken, dann können wir dich tragen.«

Aber der Peter hatte noch nie jemandem den Arm gegeben. Klara umfaßte diesen wohl; der Peter aber hielt ihn ganz steif am Leib herunter, wie einen langen Stecken.

»So macht man es nicht, Peter«, sagte das Heidi sehr bestimmt. »Du mußt mit dem Arm einen Ring machen, und dann muß die Klara mit dem ihrigen durchfahren, und dann muß sie ganz fest aufdrücken und du mußt um keinen Preis nachgeben, dann kommen wir schon vorwärts.«

Das wurde nun so ausgeführt. Man kam aber nicht gut vorwärts. Klara war nicht so leicht und das Gespann zu ungleich in der Größe; auf der einen Seite ging es herab und auf der andern hinauf, das gab eine ziemliche Unsicherheit in den Stützen.

Klara probierte es hier und da ein wenig mit den eigenen Füßen, zog aber einen nach dem andern immer bald wieder zurück.

»Stampf einmal recht herunter«, schlug das Heidi vor, »dann tut es dir gewiß nachher weniger weh.«

»Meinst du?« sagte Klara zaghaft.

Sie gehorchte aber und wagte einen festen Tritt auf den Boden und dann mit dem zweiten Fuß; sie schrie aber ein wenig auf dabei. Dann hob sie den einen wieder und setzte ihn leiser hin.

»O, das hat schon viel weniger weh getan«, sagte sie voller Freude.

»Mach's noch einmal«, drängte eifrig das Heidi. Klara tat es und dann noch einmal und noch einmal, und auf einmal schrie sie auf:

»Ich kann, Heidi! O ich kann! Sieh! sieh! Ich kann Schritte machen, einen nach dem andern.«

Jetzt jauchzte das Heidi noch viel mehr auf.

»O! o! Kannst du gewiß selbst Schritte machen? Kannst du jetzt gehen? Kannst du gewiß selbst gehen? O wenn nur der Großvater käme! Jetzt kannst du selbst gehen, Klara, jetzt kannst du gehen!« rief es ein Mal ums andere in jubelnder Freude aus.

Klara hielt sich wohl fest an auf beiden Seiten; aber mit jedem Schritt wurde sie ein wenig sicherer, das konnten alle drei empfinden. Das Heidi kam ganz außer sich vor Freude.

»O, nun können wir alle Tage miteinander auf die Weide gehen und auf der Alp herum, wo wir wollen«, rief es wieder aus, »und du kannst dein Lebtag gehen, wie ich, und mußt nie mehr im Stuhl gestoßen werden und wirst gesund. O, das ist die größte Freude, die wir haben können!«

Klara stimmte mit dem ganzen Herzen ein. Gewiß kannte sie garkein größeres Glück auf der Welt, als auch einmal gesund zu sein und herumgehen zu können, wie die anderen Menschen, und nicht mehr elend die ganzen Tage lang in den Krankensessel gebannt zu sein.

Es war nicht weit zu der Blumenhalde hinüber. Dort sah man schon das Glitzern der Goldröschen in der Sonne. Jetzt waren sie bei den Büschen der blauen Glockenblumen angekommen, wo zwischendurch der sonnige Boden so einladend aussah.

»Können wir nicht hier niedersitzen?« fragte Klara.

Das war ganz nach Heidis Wunsch, und mitten in die Blumen hinein setzten sich die Kinder; Klara zum erstenmal auf den trockenen, warmen Alpenboden hin; das gefiel ihr unbeschreiblich wohl. Und nun rings um sie die wiegenden blauen Glockenblumen, die schimmernden Goldröschen, das rote Tausendgüldenkraut und um und um der süße Duft der braunen Kolbenblümchen, der würzigen Prünellen. Alles war so schön! so schön!

Auch das Heidi neben ihr meinte, so schön sei es noch nie gewesen da oben, und es wußte gar nicht, warum es eine solche Freude im Herzen hatte, daß es nur immer hätte laut jauchzen mögen. Aber auf einmal kam es ihm dann wieder in den Sinn, daß Klara gesund geworden war; das war zu allem Schönen ringsumher noch die allergrößte Freude. Klara wurde ganz still vor Wonne und Entzücken über alles, was sie sah, und über alle die Aussichten, die ihr aufgegangen waren durch das eben Erlebte. Das große Glück hatte fast nicht Platz in ihrem Herzen, und der Sonnenglanz und Blumenduft dazu überwältigten sie mit einem Wonnegefühl, das sie völlig verstummen machte.

Auch der Peter lag still und regungslos mitten in dem Blumenfeld, denn er war fest eingeschlafen.

Leise und lieblich wehte hier der Wind hinter den schützenden Felsen hervor und säuselte oben in den Büschen. Von Zeit zu Zeit mußte das Heidi wieder aufstehen und dahin laufen und dorthin, denn es war immer irgendwo noch schöner, die Blumen noch dichter, der Wohlgeruch noch stärker, weil ihn da der Wind hin- und herwehte; überall mußte es wieder hinsitzen.

So vergingen die Stunden.

Die Sonne war längst über den Mittag hinaus, als ein Trüppchen der Geißen ganz ernsthaft auf die Blumenhalde zu geschritten kam.

Es war nicht ihr Weideplatz, sie wurden nie dahin geführt, denn es gefiel ihnen nicht, in den Blumen zu grasen. Sie sahen aus wie eine Gesandtschaft, der Distelfink voran. Die Geißen waren sichtlich ausgegangen, ihre Gesellschafter zu suchen, die sie so lange im Stich gelassen hatten und über alle Ordnung hinaus fortgeblieben waren, denn die Geißen kannten ihre Zeit wohl. Als der Distelfink die drei Vermißten in dem Blumenfeld entdeckte, stieß er ein überlautes Meckern aus, und auf der Stelle stimmte der ganze Chor ein, und fortmeckernd kamen sie alle dahergetrabt. Jetzt erwachte der Peter. Er mußte sich aber stark die Augen reiben, denn es hatte ihm geträumt, der Rollstuhl stehe wieder schön rot gepolstert und unversehrt vor der Hütte und noch im Erwachen hatte er die goldenen Nägel um das Polster herum in der Sonne blitzen gesehen; aber jetzt entdeckte er, daß es nur die gelben Glitzerblümchen auf dem Boden gewesen waren. Jetzt kam dem Peter die Angst zurück, die er beim Anblick des unbeschädigten Stuhles ganz verloren hatte. Denn wenn auch das Heidi versprochen hatte, nichts zu machen, so war doch nun die Furcht im Peter lebendig geworden, die Sache könnte auch sonst noch auskommen. Er ließ sich jetzt ganz zahm und willig zum Führer machen und tat alles perfekt so, wie das Heidi es haben wollte.

Als sie nun auf dem Weideplatz angekommen waren, holte das Heidi hurtig seinen vollen Speisesack herbei und schickte sich an, sein Versprechen zu lösen, denn auf den Inhalt des Sackes hatte seine Drohung sich bezogen. Es hatte wohl bemerkt am Morgen, wie viel gute Sachen der Großvater da hineinpackte, und mit Freuden hatte es vorausgesehen, daß dem Peter davon ein gutes Teil zufallen werde. Als er dann aber so störrig war, wollte es ihm zu verstehen geben, daß er nichts bekomme, was der Peter aber anders gedeutet hatte. Nun holte das Heidi Stück für Stück aus seinem Sack heraus und machte drei Häufchen davon, die wurden so hoch, daß es voller Befriedigung vor sich hin sagte: »Dann bekommt er noch alles, was wir zu viel haben.«

Jetzt trug es jedem sein Häufchen zu, und mit dem seinigen setzte es sich neben Klara hin, und die Kinder ließen sich's wohlschmecken nach der großen Anstrengung.

Es ging aber, wie das Heidi vorausgesehen hatte: als sie beide völlig satt waren, blieb noch so viel übrig, daß dem Peter noch einmal ein Häufchen, so groß wie das erste, zugeschoben werden konnte. Er aß still und beharrlich alles auf und dann noch die Krumen, aber er vollzog sein Werk nicht mit der gewohnten Befriedigung. Dem Peter lag etwas auf dem Magen, das nagte und würgte ihn und klemmte ihm jeden Bissen zusammen.

Die Kinder waren so spät zu ihrer Mahlzeit gekommen, daß schon gleich nachher der Großvater zu sehen war, der die Alm hinanstieg, um sie abzuholen. Das Heidi stürzte ihm entgegen; es mußte ihm zuerst sagen, was sich ereignet hatte. Es war indes so erregt von seiner beglückenden Nachricht, daß es die Worte fast nicht fand, sie dem Großvater mitzuteilen; er verstand aber sogleich, was das Kind berichtete, und eine helle Freude kam auf sein Gesicht. Er beschleunigte seinen Schritt und bei Klara angekommen, sagte er fröhlich lächelnd:

»So, haben wir's gewagt? Nun haben wir's auch gewonnen!«

Dann hob er Klara vom Boden auf, umfaßte sie mit dem linken Arm und hielt ihr seine Rechte als starke Stütze für ihre Hand hin, und Klara marschierte, mit der festen Wand im Rücken, noch viel sicherer und unerschrockener dahin, als sie vorher getan hatte.

Das Heidi hüpfte und jauchzte nebenher, und der Großvater sah aus, als sei ihm ein großes Glück widerfahren. Jetzt nahm er aber Klara mit einemmal auf seinen Arm und sagte: »Wir wollen's nicht übertreiben, es ist auch Zeit zur Heimkehr«, und er machte sich gleich auf den Weg, denn er wußte, daß nun der Anstrengungen für heute genug waren und Klara der Ruhe bedurfte. –

Als der Peter später am Abend mit seinen Geißen nach dem Dörfli herunter kam, stand eine Menge von Leuten an einem Knäuel zusammen, und eins stieß das andere ein wenig weg, um besser sehen zu können, was mitten drin am Boden lag. Das mußte der Peter auch sehen; er drückte und drängte rechts und links und bohrte sich hinein.

Da, jetzt sah er's.

Auf dem Grase lag das Mittelstück vom Rollstuhl, und noch ein Teil des Rückens hing daran. Das rote Polster und die glänzenden Nägel zeugten noch davon, wie prächtig der Stuhl in seiner Vollkommenheit ausgesehen hatte.

»Ich war dabei, als sie ihn hinauftrugen«, sagte der Bäcker, der neben dem Peter stand; »wenigstens 500 Franken war er wert, das wett' ich mit jedem. Es nimmt mich nur wunder, wie es zugegangen ist.«

»Der Wind kann ihn heruntergejagt haben, das hat der Öhi selbst gesagt«, bemerkte die Barbel, die nicht genug das schöne rote Zeug bewundern konnte.

»Es ist gut, daß es kein anderer ist, der's getan hat«, sagte der Bäcker wieder; »dem ging's schön! Wenn es der Herr in Frankfurt vernimmt, wird er schon untersuchen lassen, wie's zugegangen ist. Ich für mich bin froh, daß ich seit zwei Jahren nie mehr auf der Alm war; der Verdacht kann auf jeden fallen, der um die Zeit dort oben gesehen wurde.«

Es wurden noch viele Meinungen ausgesprochen, aber der Peter hatte genug gehört. Er kroch ganz zahm und sachte aus dem Knäuel heraus und lief aus allen Kräften den Berg hinauf, so, als wäre einer hinter ihm drein, der ihn packen wollte. Die Worte des Bäckers hatten ihm eine furchtbare Angst eingejagt. Er wußte ja jetzt, daß jeden Augenblick ein Polizeidiener aus Frankfurt ankommen konnte, der die Sache untersuchen mußte, und dann konnte es doch auskommen, daß er es getan hatte, und dann würden sie ihn packen und nach Frankfurt ins Zuchthaus schleppen. Das sah der Peter vor sich, und seine Haare sträubten sich vor Schrecken.

Ganz verstört kam er daheim an. Er gab keine Antwort, auf gar nichts, er wollte seine Kartoffeln nicht essen; eilends kroch er in sein Bett hinein und stöhnte.

»Der Peterli hat wieder Sauerampfer gegessen, er hat's im Magen, daß er so ächzen muß«, meinte die Mutter Brigitte.

»Du mußt ihm ein wenig mehr Brot mitgeben, gib ihm morgen noch ein Stücklein von dem meinen«, sagte die Großmutter mitleidig. – Als die Kinder heut' von ihren Betten in den Sternenschein hinausschauten, sagte das Heidi:

»Hast du nicht heut' den ganzen Tag denken müssen, wie gut es doch ist, daß der liebe Gott nicht nachgibt, wenn wir noch so furchtbar stark beten um etwas, wenn er etwas viel Besseres weiß?«

»Warum sagst du das jetzt auf einmal, Heidi?« fragte Klara.

»Weißt, weil ich in Frankfurt so stark gebetet habe, daß ich doch auf der Stelle heimgehen könne, und weil ich das immer nicht konnte, habe ich gedacht, der liebe Gott habe nicht zugehört. Aber weißt du, wenn ich so bald fortgelaufen wäre, so wärest du nie gekommen und du wärest nicht gesund geworden auf der Alp.«

Klara war ganz nachdenklich geworden. »Aber, Heidi«, fing sie nun wieder an, »dann müßten wir ja um gar nichts beten, weil der liebe Gott ja schon immer etwas viel Besseres im Sinn hat, als wir wissen und wir von ihm erbitten wollen.«

»Ja, ja, Klara, meinst du, es gehe dann nur so?« eiferte jetzt das Heidi. »Alle Tage muß man zum lieben Gott beten und um alles, alles; denn er muß doch hören, daß wir es nicht vergessen, daß wir alles von ihm bekommen. Und wenn wir den lieben Gott vergessen wollen, so vergißt er uns auch; das hat die Großmama gesagt. Aber weißt du, wenn wir dann nicht bekommen, was wir gern hätten, dann müssen wir nicht denken: der liebe Gott hat nicht zugehört, und ganz aufhören, zu beten, sondern dann müssen wir so beten: Jetzt weiß ich schon, lieber Gott, daß du etwas Besseres im Sinn hast, und jetzt will ich nur froh sein, daß du es so gut machen willst.«

»Wie ist dir das alles so in den Sinn gekommen, Heidi?« fragte Klara.

»Die Großmama hat mir's zuerst erklärt und dann ist es auch so gekommen und dann hab' ich's gewußt. Aber ich meine auch, Klara«, fuhr das Heidi fort, indem es sich aufsetzte, »heute müssen wir gewiß dem lieben Gott noch recht danken, daß er das große Glück geschickt hat, daß du jetzt gehen kannst.«

»Ja gewiß, Heidi, du hast recht, und ich bin froh, daß du mich noch erinnerst; vor lauter Freude hätte ich es fast vergessen.«

Jetzt beteten die Kinder noch und dankten dem lieben Gott jedes in seiner Weise für das herrliche Gut, das er der so lange krank gewesenen Klara geschenkt hatte.

Am andern Morgen meinte der Großvater, nun könnte man einmal an die Frau Großmama schreiben, ob sie nicht jetzt nach der Alp kommen wolle, es wäre da etwas Neues zu sehen. Aber die Kinder hatten einen andern Plan gemacht. Sie wollten der Großmama eine große Überraschung bereiten. Erst sollte Klara das Gehen noch besser lernen, so daß sie, allein auf das Heidi gestützt, einen kleinen Gang machen könnte; von allem aber müßte die Großmama keine Ahnung haben. Nun wurde der Großvater beraten, wie lang das noch währen könnte, und da er meinte, kaum acht Tage, so wurde im nächsten Brief die Großmama dringend eingeladen, um diese Zeit auf die Alp zu kommen; von etwas Neuem wurde ihr aber kein Wort berichtet.

Die Tage, die nun folgten, waren noch von den allerschönsten, welche Klara auf der Alp verlebt hatte. Jeden Morgen erwachte sie mit der lauten

Freudenstimme in ihrem Herzen: »Ich bin gesund! Ich bin gesund! Ich muß nicht mehr im Rollstuhl sitzen, ich kann selbst umhergehen wie die anderen Menschen!«

Dann folgte das Umhergehen, und jeden Tag ging es leichter und besser, und immer längere Gänge konnten gemacht werden. Die Bewegung brachte dann einen solchen Appetit mit sich, daß der Großvater seine dicken Butterschnitten täglich ein wenig größer machte und mit Wohlgefallen sah, wie sie verschwanden. Er brachte jetzt auch immer gleich einen großen Topf voll von der schäumenden Milch herbei und füllte Schüsselchen um Schüsselchen. So kam das Ende der Woche heran und damit der Tag, der die Großmama bringen sollte!

Es wird Abschied genommen, aber auf Wiedersehen

Die Großmama hatte einen Tag vor ihrer Ankunft noch einen Brief nach der Alp hinauf geschrieben, damit sie oben bestimmt wüßten, daß sie komme. Diesen Brief brachte am andern Tag der Peter in der Frühe mit sich, als er auf die Weide zog. Schon war der Großvater mit den Kindern aus der Hütte getreten und auch Schwänli und Bärli standen beide draußen und schüttelten lustig ihre Köpfe in der frischen Morgenluft, während die Kinder sie streichelten und ihnen glückliche Reise wünschten zu ihrer Bergfahrt. Behaglich stand der Öhi dabei und schaute bald auf die frischen Gesichter der Kinder, bald auf seine sauber glänzenden Geißen nieder. Beides mußte ihm gefallen, denn er lächelte vergnüglich.

Jetzt kam der Peter heran. Als er die Gruppe gewahr wurde, näherte er sich langsam, streckte den Brief dem Öhi entgegen, und sobald dieser ihn erfaßt hatte, sprang er scheu zurück, so, als ob ihn etwas erschreckt habe, und dann guckte er schnell hinter sich, gerade als ob von hinten ihn auch noch etwas hätte erschrecken wollen; dann machte er einen Sprung und lief davon, den Berg hinauf.

»Großvater«, sagte das Heidi, das dem Vorgang verwundert zugeschaut hatte, »warum tut der Peter jetzt immer wie der große Türk, wenn der eine Rute hinter sich merkt; dann scheut er mit dem Kopf und schüttelt ihn auf alle Seiten und macht auf einmal Sprünge in die Luft hinauf.«

»Vielleicht merkt der Peter auch eine Rute hinter sich, die er verdient«, antwortete der Großvater.

Nur die erste Halde hinauf lief der Peter so in einem Zuge davon; sobald man ihn von unten nicht mehr sehen konnte, kam es anders. Da stand er still und drehte scheu den Kopf nach allen Seiten; plötzlich tat er einen Sprung und schaute hinter sich, so erschreckt, als habe ihn eben einer im Genick gepackt. Hinter jedem Busch hervor, aus jeder Hecke heraus meinte jetzt der Peter den Polizeidiener aus Frankfurt auf sich losstürzen zu sehen. Je länger aber diese gespannte Erwartung dauerte, je schreckhafter wurde es dem Peter zumute, er hatte keinen ruhigen Augenblick mehr. –

Nun mußte das Heidi seine Hütte aufräumen, denn die Großmama sollte doch alles in guter Ordnung finden, wenn sie kam.

Klara fand dieses geschäftige Treiben Heidis in allen Ecken der Hütte herum immer so kurzweilig, daß sie mit Vorliebe dieser Tätigkeit zuschaute.

So vergingen die frühen Morgenstunden den Kindern unversehens, und schon konnte man der Ankunft der Großmama entgegensehen.

Jetzt kamen die Kinder bereit und zum Empfang gerüstet wieder heraus und setzten sich nebeneinander auf die Bank vor der Hütte, in voller Erwartung auf die kommenden Ereignisse.

Auch der Großvater trat jetzt wieder zu ihnen; er hatte einen Gang gemacht und hatte einen großen Strauß dunkelblauer Enziane mitgebracht, die leuchteten so schön in der hellen Morgensonne, daß die Kinder aufjauchzten bei dem Anblick. Der Großvater trug sie in die Hütte hinein. Von Zeit zu Zeit sprang das Heidi von der Bank, um auszuspähen, ob von dem Zug der Großmama noch nichts zu entdecken sei.

Aber jetzt: da kam es von unten herauf, gerade so, wie das Heidi es erwartet hatte. Voran stieg der Führer, dann kam das weiße Roß und die Großmama darauf und zuletzt kam der Träger mit dem hohen Reff, denn ohne reichliche Schutzmittel zog die Großmama nun einmal nicht auf die Alp.

Näher und näher kam der Zug. Jetzt war die Höhe erreicht; die Großmama erblickte die Kinder von ihrem Pferd herunter.

»Was ist denn das? Was seh' ich, Klärchen? Du sitzest nicht in deinem Sessel? Wie ist das möglich?« rief sie erschrocken aus und stieg nun eilig

herunter. Bevor sie aber noch bei den Kindern angekommen war, schlug sie die Hände zusammen und rief in der höchsten Aufregung:

»Klärchen, bist du's oder bist du's nicht? Du hast ja rote Wangen, kugelrunde! Kind! Ich kenne dich nicht mehr! »Jetzt wollte die Großmama auf Klara losstürzen. Aber unversehens war das Heidi von der Bank geglitten, Klara hatte sich schnell auf seine Schultern gestützt, und fort wanderten die Kinder, ganz gelassen einen kleinen Spaziergang machend. Die Großmama war plötzlich still gestanden, erst vor Schrecken, sie meinte nicht anders, als das Heidi stelle eben etwas Unerhörtes an.

Aber was sah sie vor sich!

Aufrecht und sicher ging Klara neben dem Heidi her; jetzt kamen sie wieder zurück, beide mit strahlenden Gesichtern, beide mit rosenroten Backen.

156

Jetzt stürzte die Großmama ihnen entgegen. Lachend und weinend umarmte sie ihr Klärchen, dann das Heidi, dann wieder Klara. Vor Freude fand die Großmama gar keine Worte.

Auf einmal fiel ihr Blick auf den Öhi, der bei der Bank stand und mit behaglichem Lächeln nach den dreien herüberschaute. Jetzt faßte die Großmama Klaras Arm in den ihrigen und wanderte mit ihr unter immerwährenden Ausrufungen des Entzückens, daß es ja wirklich so sei, daß sie umherwandern könne mit dem Kinde, der Bank zu. Hier ließ sie Klara los und ergriff den Alten bei beiden Händen.

»Mein lieber Öhi! Mein lieber Öhi! Was haben wir Ihnen zu danken! Es ist Ihr Werk! Es ist Ihre Sorge und Pflege –«

»Und unseres Herrgotts Sonnenschein und Almluft«, fiel der Öhi lächelnd ein.

»Ja, und Schwänlis gute, schöne Milch gewiß auch!« rief nun Klara ihrerseits; »Großmama, du solltest nur wissen, wie ich die Geißenmilch trinken kann, und wie gut sie ist!«

»Ja, das kann ich an deinen Backen sehen, Klärchen«, sagte jetzt die Großmama lachend. »Nein, dich kennt man nicht mehr; rund, breit bist du ja geworden, wie ich nie geahnt, daß du je werden könntest, und groß bist du, Klärchen! Nein, ist es denn auch wahr? Ich kann dich ja nicht genug ansehen! Aber nun muß auf der Stelle telegraphiert werden an meinen Sohn in Paris, er muß sogleich kommen. Ich sag' ihm nicht: warum; das ist die größte Freude seines Lebens. Mein lieber Öhi, wie machen wir das? Sie haben wohl die Männer schon entlassen?«

157

»Die sind fort«, antwortete er; »aber wenn's der Frau Großmama pressiert, so läßt man den Geißenhüter herunterkommen, der hat Zeit.«

Die Großmama bestand darauf, sofort ihrem Sohne eine Depesche zu schicken, denn dieses Glück sollte ihm keinen Tag vorenthalten bleiben.

Nun ging der Öhi ein wenig auf die Seite, und hier tat er einen so durchdringenden Pfiff durch seine Finger, daß es hoch oben von den Felsen zurückpfiff, so weit weg hatte er das Echo geweckt. Es währte gar nicht lange, so kam der Peter heruntergerannt, er kannte den Pfiff wohl. Der Peter war kreideweiß, denn er dachte, der Alm-Öhi rufe ihn zum Gericht. Es wurde ihm aber nur ein Papier übergeben, das die Großmama unterdessen überschrieben hatte, und der Öhi erklärte ihm, er habe das Papier sofort ins Dörfli hinunterzutragen und auf dem Postamt abzugeben, die Bezahlung werde der Öhi später selbst in Ordnung bringen, denn so viele Dinge auf einmal konnte man dem Peter nicht übertragen.

Dieser ging nun mit seinem Papier in der Hand, für diesmal wieder erleichtert, davon, denn der Öhi hatte ja nicht zum Gericht gepfiffen, es war kein Polizeidiener angekommen. –

Endlich konnte man sich denn fest und ruhig zusammen um den Tisch vor der Hütte herumsetzen, und nun mußte der Großmama erzählt werden, wie von Anfang an alles sich zugetragen hatte. Wie zuerst der Großvater jeden Tag ein wenig das Stehen und dann ein Schrittchen mit Klara probiert hatte, wie dann die Reise auf die Weide gekommen war, und der Wind den Rollstuhl fortgejagt hatte. Wie Klara vor Begierde nach den Blumen den ersten Gang machen konnte, und so eins aus dem andern gekommen war. Aber es währte lange, bis diese Erzählung von den Kindern zu Ende gebracht wurde, denn zwischendurch mußte die Großmama immer wieder in Verwunderung und in Lob und Dank ausbrechen, und immer wieder rief sie aus:

»Aber ist es denn auch möglich! Ist es denn auch wirklich kein Traum? Sind wir denn auch alle wach und sitzen wir hier vor der Almhütte, und das Mädchen vor mir mit dem runden, frischen Gesicht ist mein altes, bleiches, kraftloses Klärchen?«

Und Klara und Heidi hatten immer neue Freude, daß ihre schön ausgedachte Überraschung so gut gelungen war bei der Großmama und immer noch fortwirkte. Herr Sesemann hatte unterdessen seine Geschäfte in Paris beendet, und auch er hatte vor, eine Überraschung zu bereiten. Ohne ein Wort an seine Mutter zu schreiben, setzte er sich an einem der sonnigen Sommermorgen auf die Eisenbahn und fuhr in einem Zuge bis nach Basel, von wo er in aller Frühe des folgenden Tages gleich wieder aufbrach, denn es hatte ihn ein großes Verlangen ergriffen, einmal wieder sein Töchterchen zu sehen, von dem er nun den ganzen Sommer durch getrennt gewesen war. Im Bade Ragaz kam er einige Stunden nach der Abfahrt seiner Mutter an.

Die Nachricht, daß sie eben heute die Reise nach der Alp unternommen habe, kam ihm gerade recht. Sofort setzte er sich in einen Wagen und fuhr nach Maienfeld hinüber. Als er da hörte, daß er auch noch bis zum Dörfli hinauffahren könne, tat er dies, denn er dachte, die Fußpartie den Berg hinauf werde ihm immer noch lang genug werden.

Herr Sesemann hatte sich nicht getäuscht; die unausgesetzte Steigung die Alp hinan kam ihm sehr lang und beschwerlich vor. Noch immer war keine Hütte in Sicht, und er wußte doch, daß auf dem halben Wege er auf die Wohnung des Geißenpeter stoßen sollte, denn oftmals hatte er die Beschreibung dieses Weges vernommen.

Es waren überall Spuren von Fußgängern zu sehen, manchmal gingen die schmalen Wege nach allen Richtungen hin. Herr Sesemann wurde unsicher, ob er auch auf dem richtigen Pfade sei, oder ob vielleicht die Hütte auf einer andern Seite der Alp liege. Er sah sich um, ob kein menschliches Wesen zu entdecken sei, das er um den Weg befragen könnte. Aber es war still ringsum, weit und breit war nichts zu sehen, noch zu hören. Nur der Bergwind sauste dann und wann durch die Luft, und im sonnigen Blau summten die kleinen Mücken, und ein lustiges Vögelein pfiff da und dort auf einem einsamen Lärchenbäumchen. Herr Sesemann stand eine Weile still und ließ sich die heiße Stirne vom Alpenwind kühlen.

Jetzt kam jemand von oben heruntergelaufen; es war der Peter mit seiner Depesche in der Hand. Er lief gradaus, steil herunter, nicht auf dem Fußweg, auf dem Herr Sesemann stand. Sobald der Läufer aber nahe genug war, winkte ihm Herr Sesemann, daß er herüberkommen sollte. Zögernd und scheu kam der Peter heran, seitwärts, nicht gradaus, und so, als könne er nur mit dem einen Fuß richtig vorankommen und müsse den andern nachschleppen.

»Na, Junge, frisch heran!« ermunterte Herr Sesemann.

»Jetzt sag mir mal, komme ich auf diesem Weg zu der Hütte hinauf, wo der alte Mann mit dem Kind Heidi wohnt, bei dem die Leute aus Frankfurt sind?«

Ein dumpfer Ton furchtbarsten Schreckens war die Antwort, und so maßlos schoß der Peter davon, daß er kopfüber und über die steile Halde hinabstürzte und fortrollte in unwillkürlichen Purzelbäumen, immer weiter und weiter, ganz ähnlich wie der Rollstuhl getan hatte, nur daß glücklicherweise der Peter nicht in Stücke ging, wie es bei dem Sessel der Fall gewesen war.

Nur die Depesche wurde arg zugerichtet und flog in Fetzen davon.

»Merkwürdig schüchterner Bergbewohner«, sagte Herr Sesemann vor sich hin, denn er dachte nicht anders, als daß die Erscheinung eines Fremden diesen starken Eindruck auf den einfachen Alpensohn hervorgebracht habe.

Nachdem er Peters gewalttätige Talfahrt noch ein wenig betrachtet hatte, setzte Herr Sesemann seinen Weg weiter fort.

Der Peter konnte trotz aller Anstrengung keinen festen Standpunkt gewinnen, er rollte immer zu, und von Zeit zu Zeit überschlug er sich noch in besonderer Weise.

Aber das war nicht die schrecklichste Seite seines Schicksals in diesem Augenblick, viel erschrecklicher waren die Angst und das Entsetzen, die ihn erfüllten, nun er wußte, daß der Polizeidiener aus Frankfurt wirklich angekommen war. Denn er konnte nicht daran zweifeln, daß der Fremde es sei, der den Frankfurtern beim Alm-Öhi nachgefragt hatte. Jetzt, am letzten hohen Abhang oberhalb des Dörfli, warf es den Peter an einen Busch hin, da konnte er sich endlich festklammern. Einen Augenblick blieb er noch liegen, er mußte sich erst wieder ein wenig besinnen, was mit ihm sei.

»Gut so, wieder einer!« sagte eine Stimme hart neben dem Peter. »Und wer kriegt morgen den Puff da droben, daß er herunterkommt wie ein schlechtvernähter Kartoffelsack?«

Es war der Bäcker, der so spottete. Da er da droben aus seinem heißen Tagewerk weg sich ein wenig erluften wollte, hatte er ruhig zugesehen, wie eben der Peter, dem Heranrollen des Stuhles nicht unähnlich, von oben heruntergekommen war.

Der Peter schnellte auf seine Füße. Er hatte seinen neuen Schrecken. Jetzt wußte der Bäcker auch schon, daß der Stuhl einen Puff bekommen hatte. Ohne ein einziges Mal zurückzusehen, lief der Peter wieder den Berg hinauf. Am liebsten wäre er jetzt heimgegangen und in sein Bett gekrochen, daß ihn keiner mehr finden konnte, denn da fühlte er sich am sichersten. Aber er hatte ja die Geißen noch oben und der Öhi hatte ihm noch eingeschärft, bald wiederzukommen, daß die Herde nicht zu lang allein sei. Den Öhi aber fürchtete er vor allen und hatte einen solchen Respekt vor ihm, daß er niemals gewagt hätte, ihm ungehorsam zu sein. Der Peter ächzte laut und hinkte weiter, es mußte ja sein, er mußte wieder hinauf. Aber rennen konnte er jetzt nicht mehr, die Angst und die mannigfaltigen Stöße, die er soeben erduldet hatte, konnten nicht ohne Wirkung bleiben. So ging es denn mit Hinken und Stöhnen weiter die Alm hinauf.

Herr Sesemann hatte kurz nach der Begegnung mit Peter die erste Hütte erreicht und wußte nun, daß er auf dem richtigen Wege war. Er stieg mit erneutem Mute weiter, und endlich, nach langer, mühevoller Wanderung, sah er sein Ziel vor sich. Dort oben stand die Almhütte und oben drüber wogten die dunkeln Wipfel der alten Tannen.

Herr Sesemann ging mit Freuden an die letzte Steigung, gleich konnte er sein Kind überraschen. Aber schon war er von der Gesellschaft vor der Hütte entdeckt und erkannt worden, und für den Vater wurde vorbereitet, was er nicht ahnte.

Als er den letzten Schritt zur Höhe getan hatte, kamen ihm von der Hütte her zwei Gestalten entgegen. Es war ein großes Mädchen mit hellblonden Haaren und einem rosigen Gesichtchen, das stützte sich auf das kleinere Heidi, dem ganze Freudenblitze aus den dunkeln Augen funkelten. Herr Sesemann stutzte, er stand still und starrte die Herankommenden an. Auf einmal stürzten ihm die großen Tränen aus den Augen. Was stiegen auch für Erinnerungen in seinem Herzen auf! Ganz so hatte Klaras Mutter ausgesehen, das blonde Mädchen mit den angehauchten Rosenwangen. Herr Sesemann wußte nicht, war er wachend oder träumte er. 164

»Papa, kennst du mich denn gar nicht mehr?« rief ihm jetzt Klara mit freudestrahlendem Gesicht entgegen, »bin ich denn so verändert?«

Nun stürzte Herr Sesemann auf sein Töchterchen zu und schloß es in seine Arme.

»Ja, du bist verändert! Ist es möglich? Ist es Wirklichkeit?«

Und der überglückliche Vater trat wieder einen Schritt zurück, um noch einmal hinzusehen, ob denn das Bild nicht verschwinde vor seinen Augen.

»Bist du's, Klärchen, bist du's denn wirklich?« mußte er ein Mal ums andere ausrufen. Dann schloß er sein Kind wieder in die Arme, und gleich nachher mußte er noch einmal sehen, ob es wirklich sein Klärchen sei, das aufrecht vor ihm stand.

Jetzt war auch die Großmama herbeigekommen, sie konnte nicht so lange warten, bis sie das glückliche Gesicht ihres Sohnes erblicken sollte.

»Na, mein lieber Sohn, was sagst du jetzt?« rief sie ihm zu. »Die Überraschung, die du uns machst, ist recht schön; aber diejenige, die man dir bereitet hat, ist noch viel schöner, nicht?« Und die erfreute Mutter begrüßte nun mit großer Herzlichkeit ihren lieben Sohn. »Aber jetzt, mein Lieber«, sagte sie dann, »kommst du mit mir dort hinüber, unsern Öhi zu begrüßen, der ist unser allergrößter Wohltäter.«

»Gewiß, und auch unsere Hausgenossin, unser kleines Heidi muß ich noch begrüßen«, sagte Herr Sesemann, indem er Heidis Hand schüttelte. »Nun? Immer frisch und gesund auf der Alp? Aber man muß nicht fragen, kein Alpenröschen kann blühender aussehen. Das ist mir eine Freude, Kind, das ist mir eine große Freude!«

Auch das Heidi schaute mit leuchtender Freude zu dem freundlichen Herrn Sesemann auf. Wie gut war er immer zu ihm gewesen! Und daß er nun hier auf der Alp ein solches Glück finden sollte, das machte Heidis Herz laut schlagen vor großer Freude.

Jetzt führte die Großmama ihren Sohn zum Alm-Öhi hinüber, und während nun die beiden Männer sich sehr herzlich die Hände schüttelten und Herr Sesemann begann, seinen tiefgefühlten Dank auszusprechen und sein unermeßliches Erstaunen darüber, wie nur dieses Wunder hatte geschehen können, da wandte sich die Großmama und ging ein wenig nach der andern Seite hinüber, denn das hatte sie nun schon durchgesprochen. Sie wollte einmal nach den alten Tannen sehen.

Da harrte ihrer schon wieder etwas Unerwartetes: mitten unter den Bäumen, da, wo die langen Äste noch einen freien Platz gelassen hatten, stand ein großer Busch der wundervollsten, dunkelblauen Enziane, so frisch und glänzend, als wären sie eben da herausgewachsen. Die Großmama schlug die Hände zusammen vor Entzücken.

»Wie köstlich! Wie prächtig! Welch ein Anblick!« rief sie ein Mal ums andere aus. »Heidi, mein liebes Kind, komm hierher! Hast du mir das zur Freude bereitet? Es ist vollkommen wundervoll!«

Die Kinder waren schon da.

»Nein, nein, ich gewiß nicht«, sagte das Heidi; »aber ich weiß schon, wer's gemacht hat.«

»So ist's droben auf der Weide, Großmama, und noch viel schöner«, fiel hier Klara ein. »Aber rat einmal, wer dir heut' früh schon die Blumen von der Weide heruntergeholt hat!« Und Klara lächelte so vergnüglich zu ihrer Rede, daß der Großmama einen Augenblick der Gedanke kam, das Kind sei am Ende heut' selbst schon dort oben gewesen. Das war aber doch fast nicht möglich.

Jetzt hörte man ein leises Geräusch hinter den Tannenbäumen; es kam vom Peter her, der unterdessen hier oben angelangt war. Da er aber gesehen hatte, wer beim Öhi vor der Hütte stand, hatte er einen großen Bogen gemacht und wollte nun ganz heimlich hinter den Tannen hinaufschleichen. Aber die Großmama hatte ihn erkannt, und plötzlich stieg ein neuer Gedanke in ihr auf. Sollte der Peter die Blumen mit heruntergebracht haben und nun aus lauter Scheu und Bescheidenheit so heimlich vorbeischleichen wollen? Nein, das durfte nicht sein, er sollte doch eine kleine Belohnung haben.

»Komm, mein Junge, komm hier heraus, frisch, ohne Scheu!« rief die Großmama laut und steckte ein wenig den Kopf zwischen die Bäume hinein.

Starr vor Schrecken stand der Peter still. Er hatte keine Widerstandskraft mehr nach allem Erlebten. Er fühlte nur noch das eine: »Jetzt ist's aus!« Alle Haare standen ihm aufrecht auf dem Kopf, und farblos und entstellt von höchster Angst trat der Peter hinter den Tannen hervor.

»Nur frisch heran, ohne Umwege«, ermunterte die Großmama. »So, nun sag mir mal, Junge, hast du das gemacht?«

Der Peter hob seine Augen nicht auf und sah nicht, wohin der Zeigefinger der Großmama wies. Er hatte gesehen, daß der Öhi an der Ecke der Hütte stand und daß dessen graue Augen durchdringend auf ihn gerichtet waren, und neben dem Öhi stand das Schrecklichste, das der Peter kannte, der Polizeidiener aus Frankfurt. An allen Gliedern zitternd und bebend, stieß der Peter einen Laut hervor, es war ein »Ja«.

»Na nu«, sagte die Großmama, »was ist denn das Erschreckliche dabei?«

»Daß er – daß er – daß er auseinander ist und man ihn nicht mehr machen kann«, brachte mühsam der Peter heraus, und nun schlotterten seine Knie so, daß er fast nicht mehr stehen konnte. Die Großmama ging nach der Hüttenecke hinüber.

»Mein lieber Öhi, rappelt es denn wirklich ernstlich bei dem armen Buben?« fragte sie teilnehmend.

»Gar nicht, gar nicht«, versicherte der Öhi; »der Bube ist nur der Wind, der den Rollstuhl fortgejagt hat, und nun erwartet er seine wohlverdiente Strafe.«

Das konnte nun die Großmama gar nicht glauben, denn sie meinte, boshaft sehe der Peter doch ganz und gar nicht aus, und sonst hätte er doch keinen Grund gehabt, den so notwendigen Rollstuhl zu zerstören. Aber dem Öhi war das Geständnis nur die Bestätigung eines Verdachtes gewesen, der gleich nach der Tat in ihm aufgestiegen war. Die grimmigen Blicke, die der Peter vom Anfang an der Klara zugeworfen hatte, und andere Merkmale seiner Erbitterung gegen die neuen Erscheinungen auf der Alp waren dem Öhi nicht entgangen. Er hatte einen Gedanken an den andern gehängt, und so hatte er genau den ganzen Gang der Dinge erkannt und teilte ihn jetzt der Großmama in aller Klarheit mit. Als er zu Ende war, brach die Dame in große Lebhaftigkeit aus.

169

»Nein, mein lieber Öhi, nein nein, den armen Buben wollen wir nicht weiter strafen. Man muß billig sein. Da kommen die fremden Leute aus Frankfurt hereingebrochen und nehmen ihm ganze Wochen lang das Heidi weg, sein einziges Gut, und wirklich ein großes Gut, und da sitzt er allein Tag für Tag und hat das Nachsehen. Nein, nein, da muß man billig sein; der Zorn hat ihn überwältigt und hat ihn zu der Rache getrieben, die ein wenig dumm war, aber im Zorn werden wir alle dumm.«

Damit ging die Großmama zum Peter zurück, der noch immerfort bebte und schlotterte.

Sie setzte sich auf die Bank unter die Tanne und sagte freundlich:

»So, nun komm, mein Junge, da vor mich hin, ich habe dir etwas zu sagen. Hör auf zu zittern und zu beben und hör mir zu; das will ich haben. Du hast den Rollstuhl den Berg hinuntergejagt, damit er zerschmettere. Das war etwas Böses, das hast du recht wohl gewußt, und daß du eine Strafe verdientest, das wußtest du auch, und damit du diese nicht erhaltest, hast du dich recht anstrengen müssen, daß keiner es merke, was du getan hattest. Aber siehst du: wer etwas Böses tut und denkt, es weiß es keiner, der verrechnet sich immer. Der liebe Gott sieht und hört ja doch alles, und sobald er bemerkt, daß ein Mensch seine böse Tat verheimlichen will, so weckt er schnell in dem Menschen das Wächterchen auf, das er schon bei seiner Geburt in ihn hineingesetzt hat und das da drinnen schlafen darf, bis der Mensch ein Unrecht tut. Und das Wächterchen hat einen kleinen Stachel in der Hand, mit dem sticht es nun in einem fort den Menschen, daß er gar keinen ruhigen Augenblick mehr hat. Und auch mit seiner Stimme beängstigt es den Gequälten noch, denn es ruft ihm immer quälend zu: ›Jetzt kommt alles aus! Jetzt holen sie dich zur Strafe!‹ So muß er immer in Angst und Schrecken leben und hat keine Freude mehr, gar keine. Hast du nicht auch so etwas erfahren, Peter, eben jetzt?«

170

Der Peter nickte ganz zerknirscht, aber wie ein Kenner, denn perfekt so war es ihm ergangen.

»Und noch in einer Weise hast du dich verrechnet«, fuhr die Großmama fort. »Sieh, wie das Böse, das du tatest, zum Besten ausfiel für die, der du es zufügen wolltest! Weil Klara keinen Sessel mehr hatte, auf dem man sie hinbringen konnte, und doch die schönen Blumen sehen wollte, so strengte sie sich ganz besonders an, zu gehen, und so lernte sie's und geht nun immer besser, und bleibt sie hier, so kann sie am Ende jeden Tag hinauf zur Weide gehen, viel öfter, als sie in ihrem Stuhl hinaufgekommen wäre. Siehst du wohl, Peter? So kann der liebe Gott, was einer böse machen wollte, nur schnell in seine Hand nehmen und für den andern, der geschädigt werden sollte, etwas Gutes daraus machen, und der Bösewicht hat das Nachsehen und den Schaden davon. Hast du nun auch alles gut verstanden, Peter, ja? So denk daran, und jedesmal, wenn es dich wieder gelüsten sollte, etwas Böses zu tun, denk an das Wächterchen da drinnen mit dem Stachel und der unangenehmen Stimme. Willst du das tun?«

»Ja, so will ich«, antwortete der Peter, noch sehr gedrückt, denn noch wußte er ja nicht, wie alles enden würde, da der Polizeidiener immer noch drüben stand neben dem Öhi.

»So, nun ist's gut, die Sache ist abgetan«, schloß die Großmama. »Nun sollst du aber auch noch ein Andenken an die Frankfurter haben, das dich freut. So sag mir nun, mein Junge, hast du auch schon mal was gewünscht, das du haben möchtest? Was war's denn? Was möchtest du am liebsten haben?«

Jetzt hob der Peter seinen Kopf auf und starrte die Großmama mit ganz kugelrunden, erstaunten Augen an. Noch immer hatte er etwas Erschreckliches erwartet, und nun sollte er auf einmal bekommen, was er gern hätte. Dem Peter kam alles durcheinander in seinen Gedanken.

»Ja, ja, es ist mir Ernst«, sagte die Großmama; »du sollst etwas haben, das dich freut, zur Erinnerung an die Leute von Frankfurt und zum Zeichen, daß sie nicht mehr daran denken, daß du etwas Unrechtes getan hast. Verstehst du's nun, Junge?«

In dem Peter fing die Einsicht aufzudämmern an, daß er keine Strafe mehr zu befürchten habe und daß die gute Frau, die vor ihm saß, ihn aus der Gewalt des Polizeidieners errettet hatte. Jetzt empfand er eine Erleichterung, als fiele ein Berg von ihm ab, der ihn fast zusammengedrückt hatte. Aber nun hatte er auch begriffen, daß es besser geht, wenn man gleich eingesteht, was gefehlt ist, und auf einmal sagte er:

»Und das Papier hab' ich auch verloren.«

Die Großmama mußte sich ein wenig besinnen, aber der Zusammenhang kam ihr bald in den Sinn und sie sagte freundlich:

»So, so, es ist recht, daß du's sagst! Immer gleich bekennen, was nicht recht ist; dann kommt's wieder in Ordnung. Und jetzt, was hättest du gern?«

Nun konnte der Peter auf der Welt wünschen, was er nur wollte. Es wurde ihm fast schwindelig. Der ganze Jahrmarkt von Maienfeld flimmerte vor seinen Augen mit all den schönen Sachen, die er oft stundenlang angestaunt und für immer unerreichbar gehalten hatte, denn Peters Besitztum hatte nie einen Fünfer überstiegen und alle die lockenden Gegenstände kosteten immer das Doppelte. Da waren die schönen, roten Pfeifchen, die er so gut für seine Geißen brauchen konnte. Da waren die lockenden Messer mit runden Heften, Krötenstecher genannt, mit denen man in allen Haselrutenhecken die besten Geschäfte machen konnte.

Tiefsinnig stand der Peter da; denn er überdachte, welches von den zweien das Wünschbarste wäre, und er fand den Entscheid nicht. Aber jetzt kam ihm ein lichtvoller Gedanke, so konnte er sich noch bis zum nächsten Jahrmarkt besinnen.

»Einen Zehner«, antwortete Peter jetzt entschlossen.

Die Großmama lachte ein wenig.

»Das ist nicht übertrieben. So komm her!« Sie zog jetzt ihren Beutel heraus und nahm einen großen, runden Taler heraus; darauf legte sie noch zwei Zehnerstückchen.

»So, wir wollen gerade Rechnung machen«, fuhr sie fort; »das will ich dir erklären. Hier hast du nun gerade so viele Zehner, als Wochen im Jahre sind! So kannst du jeden Sonntag einen Zehner hervornehmen und verbrauchen, das ganze Jahr durch.«

»Meiner Lebtag?« fragte der Peter in harmloser Weise.

Jetzt mußte die Großmama so ungeheuer lachen, daß die Herren drüben ihr Gespräch unterbrechen mußten, um zu hören, was da vorgehe.

Die Großmama lachte immer noch.

»Das sollst du haben, Junge; – das gibt einen Passus in mein Testament – hörst du, mein Sohn? –, und nachher geht er in das deinige über; also: Dem Geißenpeter einen Zehner wöchentlich, so lang er am Leben ist.«

Herr Sesemann nickte zustimmend und lachte auch herüber.

Der Peter schaute noch einmal auf das Geschenk in seiner Hand, ob es auch wirklich wahr sei. Dann sagte er: »Danke Gott!«

Und nun rannte er davon in ganz ungewöhnlichen Sprüngen; aber diesmal blieb er doch auf den Füßen, denn jetzt trieb ihn nicht der Schrecken davon, sondern eine Freude, wie der Peter noch gar keine gekannt hatte sein Leben lang. Alle Angst und Schrecken waren vergangen, und jede Woche hatte er einen Zehner zu erwarten sein Leben lang. –

Als später die Gesellschaft vor der Almhütte das fröhliche Mittagsmahl beendet hatte und nun noch in allerlei Gesprächen zusammensaß, da nahm Klara ihren Vater, der ganz strahlte vor Freude und jedesmal, wenn er sie wieder anschaute, noch ein wenig glücklicher aussah, bei der Hand und sagte mit einer Lebhaftigkeit, die man nie an der matten Klara gekannt hatte: »O Papa, wenn du nur wüßtest, was der Großvater alles für mich getan hat! So viel alle Tage, daß man es gar nicht nacherzählen kann; aber ich vergesse es in meinem ganzen Leben nicht. Und immer denke ich, wenn ich nur dem lieben Großvater auch etwas tun könnte, oder etwas schenken, das ihm so recht Freude machen würde, nur auch halb so viel, wie er mir Freude gemacht hat.«

»Das ist ja auch mein größter Wunsch, liebes Kind«, sagte der Vater; »ich sinne schon immer darüber nach, wie wir unserem Wohltäter unseren Dank nur auch einigermaßen dartun könnten.«

Herr Sesemann stand jetzt auf und ging zum Öhi hinüber, der neben der Großmama saß und sich ausnehmend gut mit ihr unterhalten hatte. Er stand aber jetzt auch auf. Herr Sesemann ergriff seine Hand und sagte in der freundschaftlichsten Weise:

»Mein lieber Freund, lassen Sie uns ein Wort zusammen sprechen! Sie werden es verstehen, wenn ich Ihnen sage, daß seit langen Jahren ich keine rechte Freude mehr kannte. Was war mir all mein Geld und Gut, wenn ich mein armes Kind anblickte, das ich mit keinem Reichtum gesund und glücklich machen konnte? Nächst unserm Gott im Himmel haben Sie mir das Kind gesund gemacht und mir, wie ihm, damit ein neues Leben geschenkt. Nun sprechen Sie, womit kann ich Ihnen meine Dankbarkeit zeigen? Vergelten kann ich nie, was Sie uns getan haben; aber was ich vermag, das stelle ich zu Ihrer Verfügung. Sprechen Sie, mein Freund, was darf ich tun?«

Der Öhi hatte still zugehört und den glücklichen Vater mit vergnüglichem Lächeln angeblickt.

»Herr Sesemann glaubt mir wohl, daß ich meinen Teil an der großen Freude über diese Genesung auf unserer Alm auch habe; meine Mühe ist mir wohl dadurch vergolten«, sagte jetzt der Öhi in seiner festen Weise. »Für die gütigen Anerbietungen danke ich Herrn Sesemann, ich habe nichts nötig; so lang ich lebe, habe ich für das Kind und mich genug. Aber einen Wunsch hätte ich; wenn mir der erfüllt werden könnte, so hätte ich für dieses Leben keine Sorge mehr.«

»Sprechen Sie, sprechen Sie, mein lieber Freund!« drängte Herr Sesemann.

»Ich bin alt«, fuhr der Öhi fort, »und kann nicht mehr lange hier bleiben. Wenn ich gehe, kann ich dem Kinde nichts hinterlassen, und Verwandte hat es keine mehr; nur eine einzige Person, die würde noch ihren Vorteil aus ihm ziehen wollen. Wenn mir der Herr Sesemann die Zusicherung geben wollte, daß das Heidi nie in seinem Leben hinaus muß, um sein Brot unter den Fremden zu suchen, dann hätte er mir reichlich zurückgegeben, was ich für ihn und sein Kind tun konnte.«

»Aber, mein lieber Freund, von dem kann ja niemals eine Rede sein«, brach Herr Sesemann nun aus; »das Kind gehört ja zu uns. Fragen Sie meine Mutter, meine Tochter; das Kind Heidi werden sie ja in ihrem Leben nicht anderen Leuten überlassen! Aber da, wenn es Ihnen eine Beruhigung ist, mein Freund, hier meine Hand darauf. Ich verspreche Ihnen: nie in seinem Leben soll dieses Kind hinaus, um unter fremden Menschen sein Brot zu verdienen; dafür will ich sorgen, auch über meine Lebenszeit hinaus. Nun aber will ich noch etwas sagen: Dieses Kind ist nicht für ein Leben in der Fremde gemacht, wie auch die Verhältnisse wären; das haben wir erfahren. Aber es hat sich Freunde gemacht. Einen solchen kenn' ich, der ist noch in Frankfurt; da tut er seine letzten Geschäfte ab, um dann nachher dahin zu gehen, wo es ihm gefällt, und sich da zur Ruhe zu setzen. Das ist mein Freund, der Doktor, der noch diesen Herbst hier ankommen wird und, Ihren Rat dazu in Anspruch nehmend, sich in dieser Gegend niederlassen will, denn in Ihrer und des Kindes Gesellschaft hat er sich so wohl befunden, wie sonst nirgends mehr. So sehen Sie, das Kind Heidi wird fortan zwei Beschützer in seiner Nähe haben. Mögen ihm beide miteinander noch recht lange erhalten bleiben!«

»Das gebe der liebe Gott!« fiel hier die Großmama ein, und den Wunsch ihres Sohnes bestätigend, schüttelte sie dem Öhi eine gute Weile mit großer Herzlichkeit die Hand. Dann faßte sie auf einmal das Heidi um den Hals, das neben ihr stand, und zog es zu sich heran.

»Und du, mein liebes Heidi, dich muß man doch auch noch fragen. Komm, sag mir mal: Hast du denn nicht auch einen Wunsch, den du gern erfüllt hättest?«

»Ja freilich, das hab' ich schon«, antwortete das Heidi und blickte sehr erfreut zu der Großmama auf.

»So, das ist recht, so komm heraus damit«, ermunterte diese; »was hättest du denn gern, Kind?«

»Ich hätte gern mein Bett aus Frankfurt mit den drei hohen Kissen und der dicken Decke, dann muß die Großmutter nicht mehr mit dem Kopf bergab liegen und kann fast nicht atmen, und sie hat warm genug unter der Decke und muß nicht immer mit dem Shawl ins Bett gehen, weil sie sonst furchtbar friert.«

Das Heidi hatte alles in einem Atemzuge gesagt vor Eifer, zu seinem gewünschten Ziel zu kommen.

»Ach, mein liebes Heidi, was sagst du mir da!« rief die Großmama erregt aus. »Das ist gut, daß du mich erinnerst. In der Freude vergißt man leicht, woran man zu allererst hätte denken sollen. Wenn uns der liebe Gott was Gutes schickt, müßten wir doch gleich an diejenigen denken, die so vieles entbehren! Jetzt wird auf der Stelle nach Frankfurt telegraphiert! Noch heute soll die Rottenmeier das Bett zusammenpacken, in zwei Tagen kann es da sein. Will's Gott, soll die Großmutter gut schlafen darin!«

Das Heidi hüpfte frohlockend rings um die Großmama herum. Aber auf einmal stand es still und sagte eilig:

»Nun muß ich gewiß geschwind zur Großmutter hinunter, es wird ihr auch wieder angst, wenn ich so lang nicht mehr komme.«

Denn nun konnte das Heidi es nicht mehr erwarten, der Großmutter die Freudenbotschaft zu bringen, und es war ihm auch wieder in den Sinn gekommen, wie es der Großmutter angst gewesen, als sie zuletzt bei ihr war.

»Nein, nein, Heidi, was meinst du?« ermahnte der Großvater. »Wenn man Besuch hat, läuft man nicht mit einemmal auf und davon.«

Aber die Großmama unterstützte das Heidi.

»Mein lieber Öhi, das Kind hat so unrecht nicht«, sagte sie; »die arme Großmutter ist auch seit langem viel zu kurz gekommen um unsertwillen. Nun wollen wir gleich alle miteinander zu ihr gehen, und ich denke, dort warte ich mein Pferd ab und wir setzen dann unseren Weg weiter fort, und unten im Dörfli wird sogleich das Telegramm nach Frankfurt aufgegeben. Mein Sohn, was meinst du dazu?«

Herr Sesemann hatte bis jetzt noch gar nicht Zeit gehabt, über seine Reisepläne zu sprechen. Er mußte also seine Mutter bitten, nicht sogleich ihr Unternehmen auszuführen, sondern noch einen Augenblick sitzen zu bleiben, bis er seine Absicht ausgesprochen habe.

Herr Sesemann hatte sich vorgenommen, mit seiner Mutter eine kleine Reise durch die Schweiz zu machen und erst zu sehen, ob sein Klärchen imstande sei, eine kurze Strecke mit zu reisen. Nun war es so gekommen, daß er die genußreichste Reise in Gesellschaft seiner Tochter vor sich sah, und nun wollte er auch gleich diese schönen Spätsommertage dazu benutzen. Er hatte im Sinne, die Nacht im Dörfli zuzubringen und am folgenden Morgen Klara auf der Alm abzuholen, um mit ihr zur Großmama nach dem Bade Ragaz und von da weiter zu ziehen.

Klara war ein wenig betroffen über die Anzeige der plötzlichen Abreise von der Alp; aber es war ja so viel Freude daneben, und überdies war da gar keine Zeit, sich dem Bedauern hinzugeben.

Schon war die Großmama aufgestanden und hatte Heidis Hand erfaßt, um den Zug anzuführen. Jetzt kehrte sie sich plötzlich um.

»Aber was in aller Welt macht man nun mit Klärchen?« rief sie erschrocken aus, denn es war ihr in den Sinn gekommen, daß der Gang doch für sie viel zu lang sein würde.

Aber schon hatte in gewohnter Weise der Öhi sein Pflegetöchterchen auf den Arm genommen und folgte mit festem Schritte der Großmama nach, die jetzt mit vielem Wohlgefallen zurücknickte. Zuletzt kam Herr Sesemann und so ging der Zug weiter den Berg hinunter.

Das Heidi mußte immerfort aufhüpfen vor Freude an der Seite der Großmama, und diese wollte nun alles wissen von der Großmutter, wie sie lebe und wie alles bei ihr zugehe, besonders im Winter, bei der großen Kälte da droben.

Das Heidi berichtete über alles ganz genau, denn es wußte schon, wie das alles zuging und wie dann die Großmutter zusammengeduckt in ihrem Winkelchen saß und zitterte vor Kälte. Es wußte auch gut, was sie dann zu essen hatte, und auch, was sie nicht hatte.

Bis zur Hütte hinunter hörte die Großmama mit der lebhaftesten Teilnahme Heidis Berichten zu. –

Die Brigitte war eben daran, Peters zweites Hemd an die Sonne zu hängen, damit, wenn das eine wieder genug getragen war, das andere angezogen werden konnte. Sie erblickte die Gesellschaft und stürzte in die Stube hinein.

»Jetzt grad' geht alles fort, Mutter«, berichtete sie; »es ist ein ganzer Zug; der Öhi begleitet sie, er trägt das Kranke.«

»Ach, muß es denn wirklich sein?« seufzte die Großmutter. »So nehmen sie das Heidi mit, das hast du gesehen? Ach wenn es mir nur auch noch die Hand geben dürfte! Wenn ich es nur auch noch einmal hörte!«

Jetzt wurde stürmisch die Tür aufgemacht, und das Heidi war in wenigen Sprüngen in der Ecke bei der Großmutter und umklammerte sie.

»Großmutter! Großmutter! Mein Bett kommt aus Frankfurt und alle drei Kissen und auch die dicke Decke; in zwei Tagen ist es da, das hat die Großmama gesagt.«

Das Heidi hatte gar nicht schnell genug seinen Bericht herausbringen können, denn es konnte die ungeheure Freude der Großmutter fast nicht abwarten. Sie lächelte, aber ein wenig traurig sagte sie:

»Ach, was muß das für eine gute Frau sein! Ich sollte mich nur freuen, daß sie dich mitnimmt, Heidi; aber ich kann es nicht lang überleben.«

»Was? was? Wer sagt denn der guten, alten Großmutter so etwas?« fragte hier eine freundliche Stimme, und die Hand der Alten wurde dabei erfaßt und herzlich gedrückt, denn die Großmama war hinzugetreten und hatte alles gehört. »Nein, nein, davon ist keine Rede! Das Heidi bleibt bei der Großmutter und macht ihre Freude aus. Wir wollen das Kind auch wieder sehen, aber wir kommen zu ihm. Jedes Jahr werden wir nach der Alm hinaufkommen, denn wir haben Ursache, an dieser Stelle dem lieben Gott alljährlich unseren besonderen Dank zu sagen, wo er ein solches Wunder an unserem Kinde getan hat.«

Jetzt kam der echte Freudenschein auf das Gesicht der Großmutter, und mit wortlosem Dank drückte sie fort und fort die Hand der guten Frau Sesemann, während ihr vor lauter Freude zwei große Tränen die alten Wangen herabglitten. Das Heidi hatte den Freudenschein auf dem Gesichte der Großmutter gleich gesehen und war jetzt ganz beglückt.

»Gelt, Großmutter«, sagte es, sich an sie schmiegend, »jetzt ist es so gekommen, wie ich dir zuletzt gelesen habe? Gelt, das Bett aus Frankfurt ist gewiß heilsam?«

»Ach ja, Heidi, und noch so vieles, so viel Gutes, das der liebe Gott an mir tut!« sagte die Großmutter mit tiefer Rührung. »Wie ist es nur möglich, daß es so gute Menschen gibt, die sich um eine arme Alte bekümmern und so viel an ihr tun! Es ist nichts, das einem den Glauben so stärken kann an einen guten Vater im Himmel, der auch sein Geringstes nicht vergessen will, wie so etwas zu erfahren, daß es solche Menschen gibt voll Güte und Barmherzigkeit für ein armes, unnützes Weiblein, wie ich eins bin.«

»Meine gute Großmutter«, fiel hier Frau Sesemann ein, »vor unserem Herrn im Himmel sind wir alle gleich armselig, und alle haben wir es gleich nötig, daß er uns nicht vergesse. Und nun nehmen wir Abschied, aber auf Wiedersehen, denn sobald wir nächstes Jahr wieder nach der Alm kommen, suchen wir auch die Großmutter wieder auf; die wird nie mehr vergessen!« Damit erfaßte Frau Sesemann noch einmal die Hand der Alten und schüttelte sie.

Aber sie kam nicht so schnell fort, wie sie meinte, denn die Großmutter konnte nicht aufhören zu danken, und alles Gute, das der liebe Gott in seiner Hand habe, wünschte sie auf ihre Wohltäterin und deren ganzes Haus herab.

Jetzt zog Herr Sesemann mit seiner Mutter talabwärts, während der Öhi Klara noch einmal mit nachhause trug und das Heidi, ohne auszusetzen, hochauf hüpfte neben ihnen her, denn es war so froh über die Aussicht der Großmutter, daß es mit jedem Schritt einen Sprung machen mußte.

Am Morgen darauf aber gab es heiße Tränen bei der scheidenden Klara, nun sie fort mußte von der schönen Alm, wo es ihr so wohl gewesen war, wie noch nie in ihrem Leben. Aber das Heidi tröstete sie und sagte:

»Es ist im Augenblick wieder Sommer und dann kommst du wieder und dann ist's noch viel schöner. Dann kannst du von Anfang an gehen und wir können alle Tage mit den Geißen auf die Weide gehen und zu den Blumen hinauf, und alles Lustige geht von vorn an.«

Herr Sesemann war nach Abrede gekommen, sein Töchterchen abzuholen. Er stand jetzt drüben beim Großvater, die Männer hatten noch allerlei zu besprechen. Klara wischte nun ihre Tränen weg, Heidis Worte hatten sie ein wenig getröstet.

»Ich lasse auch den Peter noch grüßen«, sagte sie wieder, »und alle Geißen, besonders das Schwänli. O wenn ich nur dem Schwänli ein Geschenk machen könnte; es hat so viel dazu geholfen, daß ich gesund geworden bin.«

»Das kannst du schon ganz gut«, versicherte das Heidi. »Schick ihm nur ein wenig Salz, weißt, wie gern schleckt es am Abend das Salz aus des Großvaters Hand.«

Der Rat gefiel der Klara wohl.

»O, dann will ich ihm gewiß hundert Pfund Salz aus Frankfurt schicken«, rief sie erfreut aus, »es muß auch ein Andenken an mich haben!«

Jetzt winkte Herr Sesemann den Kindern, denn er wollte abreisen. Diesmal war das weiße Pferd der Großmama für Klara gekommen, und jetzt konnte sie herunterreiten, sie brauchte keinen Tragsessel mehr.

Das Heidi stellte sich auf den äußersten Rand des Abhanges hinaus und winkte mit seiner Hand der Klara zu, bis kein Pünktchen mehr von Roß und Reiterin zu sehen war. – –

Das Bett ist angekommen und die Großmutter schläft jetzt so gut jede Nacht, daß sie gewiß dadurch zu ganz neuen Kräften kommt.

Den harten Winter auf der Alp hat die gute Großmama auch nicht vergessen. Sie hat einen großen Warenballen nach der Geißenpeter-Hütte gesandt; darin war so viel warmes Zeug verpackt, daß die Großmutter sich um und um damit einhüllen kann und gewiß nie mehr zitternd vor Kälte in ihrer Ecke sitzen muß.

Im Dörfli ist ein großer Bau im Gang. Der Herr Doktor ist angekommen und hat vorderhand sein altes Quartier bezogen. Auf den Rat seines Freundes hin hat der Herr Doktor das alte Gebäude angekauft, das der Öhi im Winter mit dem Heidi bewohnt hatte und das ja schon einmal ein großer Herrensitz gewesen war, was man immer noch an der hohen Stube mit dem schönen Ofen und dem kunstreichen Getäfel sehen konnte. Diesen Teil des Hauses läßt der Herr Doktor als seine eigene Wohnung aufbauen. Die andere Seite wird als Winterquartier für den Öhi und das Heidi erstellt, denn der Herr Doktor kennt den Alten als einen unabhängigen Mann, der seine eigene Behausung haben muß. Zuhinterst wird ein festgemauerter, warmer Geißenstall eingerichtet, da werden Schwänli und Bärli in sehr behaglicher Weise ihre Wintertage zubringen.

Der Herr Doktor und der Alm-Öhi werden täglich bessere Freunde, und wenn sie zusammen auf dem Gemäuer herumsteigen, um den Fortgang des Baues zu besichtigen, kommen ihre Gedanken meistens auf das Heidi, denn beiden ist die Hauptfreude an dem Hause, daß sie mit ihrem fröhlichen Kinde hier einziehen werden.

»Mein lieber Freund«, sagte kürzlich der Herr Doktor, mit dem Öhi oben auf der Mauer stehend, »Sie müssen die Sache ansehen wie ich.

Ich teile alle Freude an dem Kinde mit Ihnen, als wäre ich der nächste nach Ihnen, zu dem das Kind gehört; ich will aber auch alle Verpflichtungen teilen und nach bester Einsicht für das Kind sorgen. So habe ich auch meine Rechte an unserem Heidi und kann hoffen, daß es mich in meinen alten Tagen pflegt und um mich bleibt, was mein größter Wunsch ist. Das Heidi soll in alle Kindesrechte bei mir eintreten; so können wir es ohne Sorge zurücklassen, wenn wir einmal von ihm gehen müssen, Sie und ich.«

Der Öhi drückte dem Herrn Doktor lange die Hand; er sagte kein Wort, aber sein guter Freund konnte in den Augen des Alten die Rührung und hohe Freude lesen, die seine Worte erweckt hatten. –

Derweilen saßen das Heidi und der Peter bei der Großmutter, und das erstere hatte so viel zu tun mit Erzählen und der letztere mit Zuhören, daß sie alle beide kaum zu Atem kommen konnten und vor Eifer immer näher auf die glückliche Großmutter eindrangen.

Wie viel war ihr auch zu berichten von alledem, das den ganzen Sommer durch sich ereignet hatte, denn man war ja so wenig zusammengekommen während dieser Zeit.

Und von den dreien sah immer eins glücklicher aus als das andere über das neue Zusammensein und über alle die wunderbaren Ereignisse. Jetzt aber war das Gesicht der Mutter Brigitte noch fast am glücklichsten anzusehen, da mit Heidis Hilfe nun zum erstenmal klar und verständlich die Geschichte des unaufhörlichen Zehners herauskam. Zuletzt aber sagte die Großmutter:

»Heidi, lies mir ein Lob- und Danklied! Es ist mir, als könne ich nur noch loben und preisen und unserem Gott im Himmel Dank sagen für alles, was er an uns getan hat.«

Biographie

1827 *12. Juni:* Johanna Louise Heusser wird in Hirzel, einem oberhalb des Zürichsees gelegenen Dorf, als viertes von sechs Kindern der Arztes Johann Jakob Heusser und seiner Ehefrau, der als Dichterin religiöser Lieder hervorgetretenen Anna Margaretha (Meta) Barbara Heusser, geb. Schweitzer, geboren.

1833 Besuch der Volksschule (bis 1839).

1839 Besuch der Repetierschule und der privaten Sekundarschule (bis 1841).

1841 Übersiedlung zu einer entfernten Tante nach Zürich, wo sie Privatunterricht in modernen Sprachen und am Klavier erhält.
Beginn der Freundschaft mit Betsy Meyer und deren Bruder Conrad Ferdinand Meyer.

1844 Besuch eines Pensionats in Yverdon.

1845 *Herbst:* Rückkehr nach Hirzel ins Elternhaus zur Unterrichtung ihrer jüngeren Schwestern.
Umfangreiche Lektüre, u.a. der Werke von Homer, Ferdinand Freiligrath, Annette von Droste-Hülshoff, Lord Byron, Gotthold Ephraim Lessing und vor allem Johann Wolfgang von Goethe.
Erste Gedichte entstehen.

1852 *9. September:* Heirat mit dem sechs Jahre älteren Zürcher Rechtsanwalt und Redakteur der »Eidgenössischen Zeitung« Johann Bernhard Spyri, einem Jugendfreund ihres Bruders Theodor.
Anschließend Übersiedlung nach Zürich.
Enger freundschaftlicher Verkehr mit Betsy und Conrad Ferdinand Meyer.
Bekanntschaft mit Richard Wagner, für den sich sich jedoch nur kurzzeitig begeistern kann, und mit Gottfried Keller, den sie zwar als Schriftsteller, nicht aber als Menschen schätzt.

1855 *17. August:* Geburt des Sohnes Diethelm Bernhard.
In den folgenden Jahren versinkt Johanna Spyri in tiefe Depressionen, die vermutlich durch Konflikte in der Familie ausgelöst und durch den Verkehr in pietistischen Kreisen verstärkt worden sind. Sie leidet auf erdrückende Weise an Schuldkomplexen, die sie später schreibend zu bewältigen sucht.

1868 Nach der Ernennung von Johann Bernhard Spyri zum Zürcher

Stadtschreiber zieht die Familie in die Amtswohnung im alten Stadthaus am Zürichsee (bis 1884).

1871 Ihr erste Erzählung »Ein Blatt auf Vrony's Grab« erscheint anonym.

1872 »Nach dem Vaterhause« (Erzählungen).

1875 Beginn des Engagement für die neu gegründete Höhere Töchterschule in Zürich. Ansonsten steht sie der entstehenden Frauenbewegung ablehnend gegenüber und spricht sich auch gegen die Zulassung von Frauen zum Universitätsstudium aus.

1876 Tod der Mutter.

1878 »Heimatlos« (Erzählungen). Beginn der Beziehung zum Verlag Friedrich Andreas Perthes in Gotha, der in den folgenden Jahren nahezu alle ihre Werke herausbringt.

1880 »Heidi's Lehr- und Wanderjahre. Eine Geschichte für Kinder und auch für Solche, welche die Kinder lieb haben« (Roman, anonym). Das Buch wird ein sensationeller Erfolg, noch im Jahr der Erstausgabe erscheinen zwei weitere Auflagen (fortan unter ihrem Namen).

1881 »Heidi kann brauchen, was es gelernt hat« (Roman).

1883 »Wo Gritlis Kinder hingekommen sind« (Erzählungen).

1884 *3. Mai:* Tod des einzigen Sohnes Bernhard nach langjähriger schwerer Krankheit.
19. Dezember: Tod des Ehemannes Johann Bernhard Spyri. In ihrer im Folgejahr publizierten Erzählung »Aus dem Leben eines Advokaten« setzt sie ihm ein Denkmal.

1885 Umzug in eine Wohnung in der Vorstadt von Zürich.
In den folgenden Jahren unternimmt sie zahlreiche Reisen an die italienische Riviera, nach Montreux und St. Moritz.

1886 »Was soll denn aus ihr werden?« (Erzählung, Fortsetzung unter dem Titel »Was aus ihr geworden ist«, 1889).

1889 »Aus den Schweizer Bergen« (Erzählungen).

1901 *7. Juli:* Johanna Spyri stirbt im Alter von 74 Jahren in Zürich.

Karl-Maria Guth (Hg.)

Erzählungen aus dem Biedermeier

HOFENBERG

Karl-Maria Guth (Hg.)

Erzählungen aus dem Biedermeier II

HOFENBERG

Karl-Maria Guth (Hg.)

Erzählungen aus dem Biedermeier III

HOFENBERG

Erzählungen aus dem Biedermeier

Biedermeier - das klingt in heutigen Ohren nach langweiligem Spießertum, nach geschmacklosen rosa Teetässchen in Wohnzimmern, die aussehen wie Puppenstuben und in denen es irgendwie nach »Omma« riecht.

Zu Recht. Aber nicht nur.

Biedermeier ist auch die Zeit einer zarten Literatur der Flucht ins Idyll, des Rückzuges ins private Glück und der Tugenden. Die Menschen im Europa nach Napoleon hatten die Nase voll von großen neuen Ideen, das aufstrebende Bürgertum forderte und entwickelte eine eigene Kunst und Kultur für sich, die unabhängig von feudaler Großmannssucht bestehen sollte.

Georg Büchner Lenz **Karl Gutzkow** Wally, die Zweiflerin **Annette von Droste-Hülshoff** Die Judenbuche **Friedrich Hebbel** Matteo **Jeremias Gotthelf** Elsi, die seltsame Magd **Georg Weerth** Fragment eines Romans **Franz Grillparzer** Der arme Spielmann **Eduard Mörike** Mozart auf der Reise nach Prag **Berthold Auerbach** Der Viereckig oder die amerikanische Kiste

ISBN 978-3-8430-1884-5, 444 Seiten, 29,80 €

Erzählungen aus dem Biedermeier II

Annette von Droste-Hülshoff Ledwina **Franz Grillparzer** Das Kloster bei Sendomir **Friedrich Hebbel** Schnock **Eduard Mörike** Der Schatz **Georg Weerth** Leben und Taten des berühmten Ritters Schnapphahnski **Jeremias Gotthelf** Das Erdbeerimareili **Berthold Auerbach** Lucifer

ISBN 978-3-8430-1885-2, 440 Seiten, 29,80 €

Erzählungen aus dem Biedermeier III

Eduard Mörike Lucie Gelmeroth **Annette von Droste-Hülshoff** Westfälische Schilderungen **Annette von Droste-Hülshoff** Bei uns zulande auf dem Lande **Berthold Auerbach** Brosi und Moni **Jeremias Gotthelf** Die schwarze Spinne **Friedrich Hebbel** Anna **Friedrich Hebbel** Die Kuh **Jeremias Gotthelf** Barthli der Korber **Berthold Auerbach** Barfüßele

ISBN 978-3-8430-1886-9, 452 Seiten, 29,80 €

Lightning Source UK Ltd.
Milton Keynes UK
UKHW012136290822
408023UK00002B/739